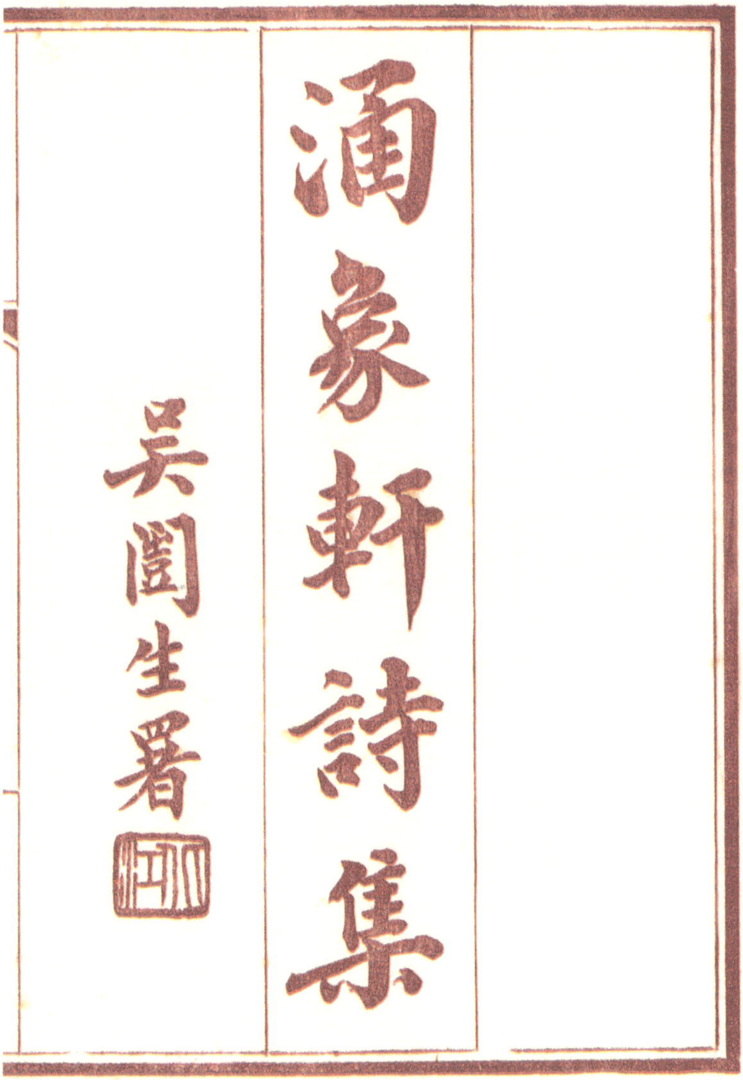
涵象軒詩集

吳闓生署

民国二十四年
(1935) 刊本
《涵象轩诗集》书影

涵象軒詩集序

有清一代文學自方姚梅曾以降張吳兩先生最爲海內宗仰時先大父松坡公以文范公肯堂以詩起傳其緒吾師北江先生旣承太夫子之學又從先大父及范公遊卓然起於學術嬗化之交而南宮李剛已先生實以太夫子先大父范先生三公爲之師北江先生爲之友丁乎叔季濁亂百維弛竄之時以曠絕古今之氣發悲壯激烈之音擷風騷之精英託雅頌之微旨崒然爲北方詩家之冠子建旣承家學復受業吾師意氣俶儻才思沈雄爲官二十年不忘吟詠蓋其至性過人闇修

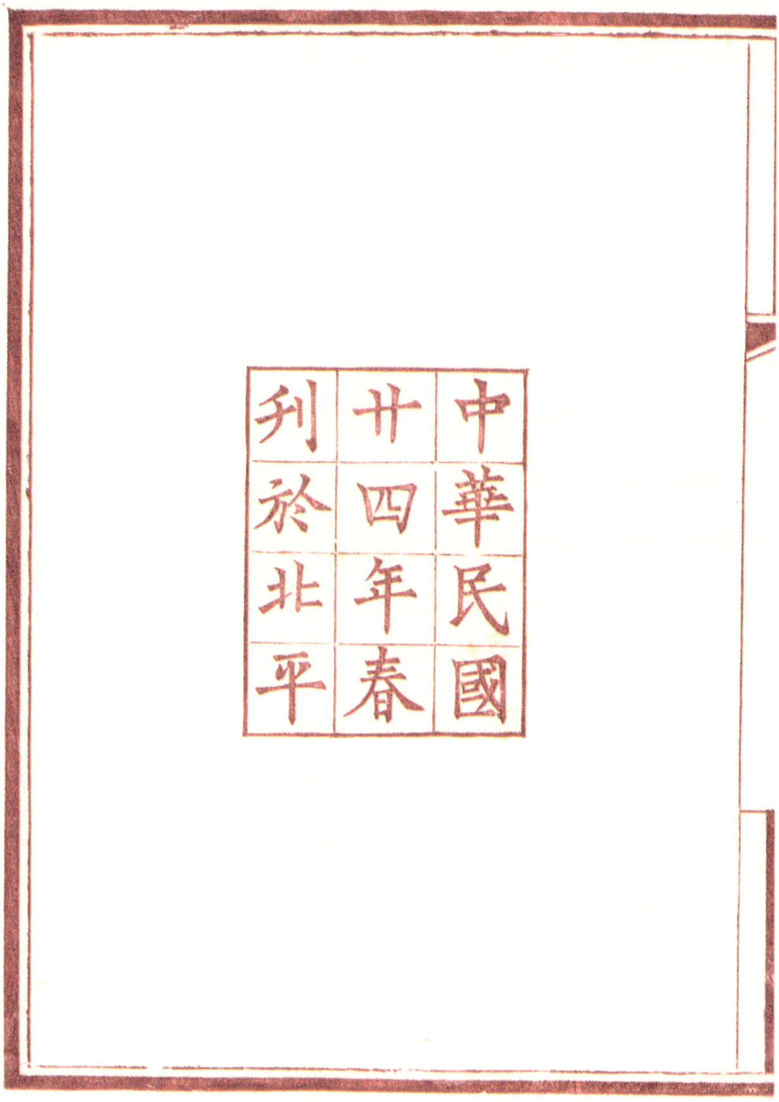

中華民國廿四年春刊於北平

民国二十四年
(1935) 刊本
《涵象轩诗集》书影

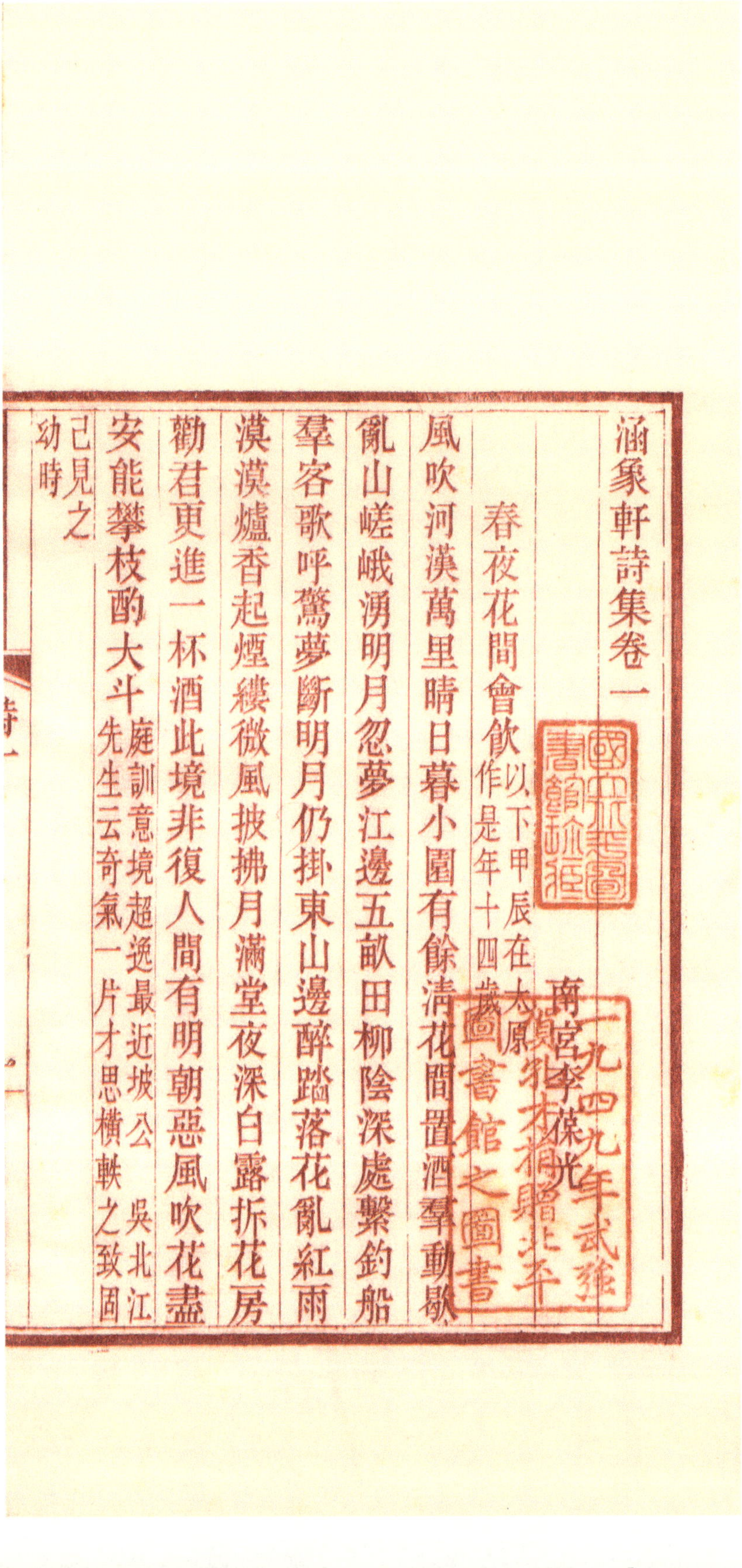
涵象軒詩集卷一

春夜花間會飲以下甲辰在太原作是年十四歲

南宫李葆光

風吹河漢萬里晴日暮小園有餘清花間置酒羣動歇亂山嵯峨湧明月忽夢江邊五畝田柳陰深處繫釣船羣客歌呼驚夢斷明月仍掛東山邊醉踏落花亂紅雨漠漠爐香起煙縷微風披拂月滿堂夜深白露拆花房勸君更進一杯酒此境非復人間有明朝惡風吹花盡安能攀枝酌大斗庭訓意境超逸最近坡公吳北江先生云奇氣一片才思橫軼之致固已見之幼時

民国二十四年
(1935) 刊本
《涵象轩诗集》书影

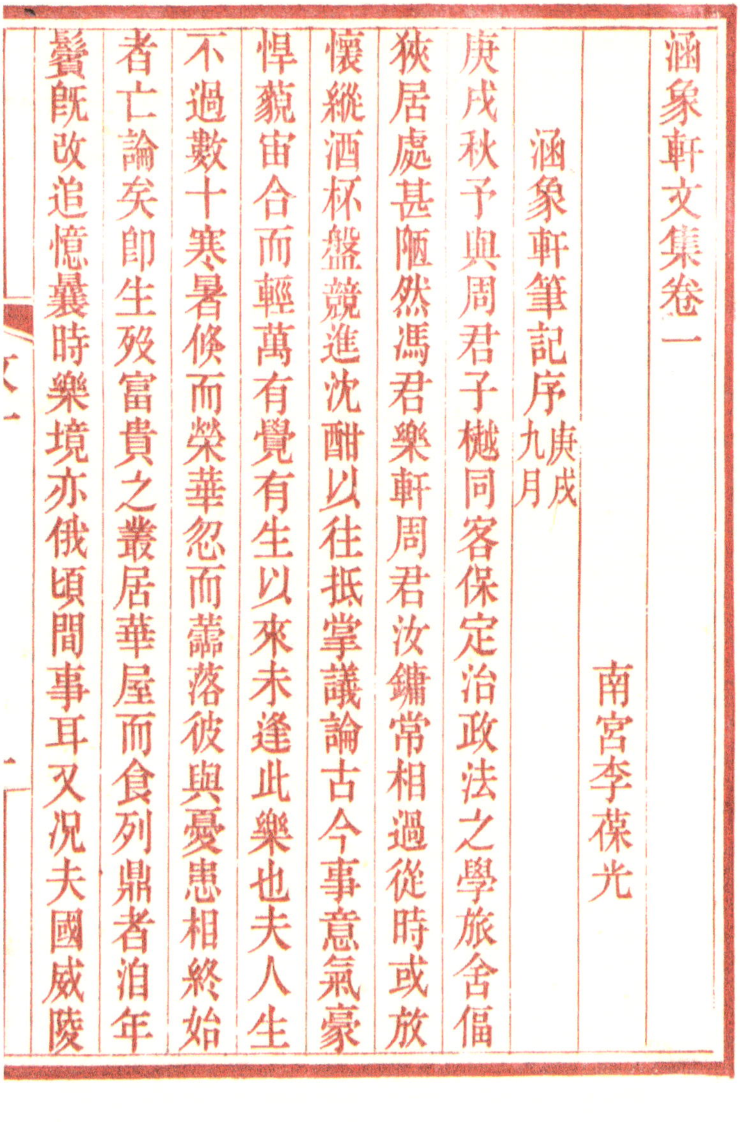

涵象軒文集卷一

南宮李葆光

涵象軒筆記序 庚戌九月

庚戌秋予與周君子樾同客保定治政法之學旅舍偪狹居處甚陋然馮君樂軒周君汝鏞常相過從時或放懷縱酒杯盤競進沈酣以往抵掌議論古今事意氣豪悍藐宙合而輕萬有覺有生以來未逢此樂也夫人生不過數十寒暑倏而榮華忽而蕭落彼與憂患相終始者亡論矣即生歿富貴之叢居華屋而食列鼎者洎年鬢既改追憶曩時樂境亦俄頃間事耳又況夫國威陵

民国二十四年
(1935)刊本
《涵象轩文集》书影

王善慶 餘齋 直隸豐潤 本縣胥各莊復隆號 北京陸軍大學

許恩晃 軒堂 安徽桐城 安慶樅陽鎮景春和號轉五谷井

殷士奎 壬甫 安徽桐城 山東督軍署參謀處胡聘三轉

羨鍾寅 蘇生 直隸冀縣 本縣官道李鎮慶和裕 京師總商會

李相因 士閎 安徽桐城 安慶樅陽鎮李公聚號轉蘭莊

李葆光 子建 直隸南宮 北京東太平街三十二號

張武 國樂 安徽桐城

李鉞 秉威 直隸邯鄲 東安門內騎河樓蒙福祿館李佑周先生轉

劉書鉢 素儒 直隸衡水 本縣鉅鹿鎮郵政局轉南律村

民国十三年（1924）印行《文学社题名录》

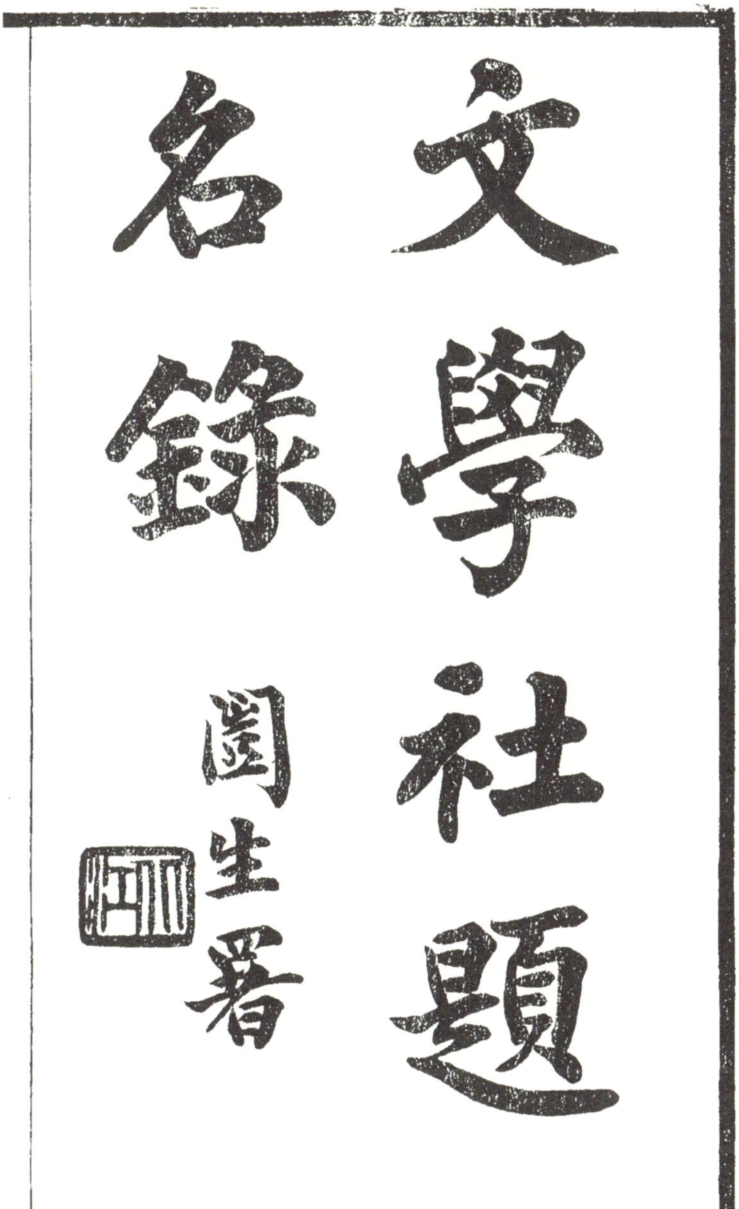

民国十三年（1924）
印行《文学社题名录》

民国二十五年(1936)秋
李葆光自书诗扇面赠杨溥(伯庐)

河北大学燕赵文化高等研究院
INSTITUTE FOR ADVANCED STUDY OF YANZHAO CULTURE,HEBEI UNIVERSITY
成果文库

河北省高等教育教学改革与实践项目
新文科背景下中国文学批评史课程教学与改革研究
（2022GJJG001）的阶段成果

涵象軒集

李葆光 著
于广杰 徐宁 整理

河北大学出版社
·保定·

书名题签：齐霄鹏
责任编辑：郝　健
装帧设计：赵　谦
责任校对：耿兆飞
责任印制：常　凯

图书在版编目（CIP）数据

涵象轩集 / 李葆光著 ；于广杰，徐宁整理 . -- 保定 ：河北大学出版社，2023.12
ISBN 978-7-5666-2312-6

Ⅰ . ①涵… Ⅱ . ①李… ②于… ③徐…Ⅲ . ①中国文学－现代文学－作品综合集 Ⅳ . ① I216.2

中国国家版本馆 CIP 数据核字 (2024) 第 014523 号

涵象轩集
HANXIANGXUAN JI

出版发行：河北大学出版社
地址：河北省保定市七一东路2666号　邮编：071000
电话：0312-5073003　0312-5073029
网址：www.hbdxcbs.com
邮箱：hbdxcbs818@163.com
印　　刷：涿州市般润文化传播有限公司
幅面尺寸：170 mm × 240 mm
字　　数：376千字
印　　张：24
版　　次：2023年12月第1版
印　　次：2023年12月第1次印刷
书　　号：ISBN 978-7-5666-2312-6
定　　价：120.00 元

如发现印装质量问题，影响阅读，请与本社联系。
电话：0312-5073023

莲池学派及其文艺思想研究综论（代序）

清代同治、光绪以来，晚期桐城派的领袖人物曾国藩主政直隶，将桐城之学带到朴茂的燕赵大地，开启了直隶学术新风。“曾门学士”张裕钊、吴汝纶相继主讲直隶莲池书院，造就河北多士，如贺涛、王树楠、赵衡、李刚己、籍忠寅、邓毓怡等皆能以学问、文章自立。燕赵文风大倡，一时海内宗仰。桐城派的中心遂由南而北，莲池书院成为晚清继承、传播桐城文脉的根据地。其后贺涛、吴闿生等莲池弟子于畿辅地区衍续桐城文脉，门生弟子在晚清民国之际号为昌盛。论者多将这个以直隶莲池书院为中心展开学术思想、文艺活动的群体称为“莲池学派”。莲池学派作为晚清民国桐城派的核心，以曾国藩为初祖，以张裕钊、吴汝纶为二宗。起自曾国藩督直（1868），至俞大酉弃世（1966）而止，绵延六代近百年，为晚清民国学坛、文坛的重要组成部分。晚清桐城派中心北移直隶保定以后，莲池学派文艺活动以古文创作和批评为中心，在全国形成了声势浩大的文化影响力。从地域文化角度来讲，亦有衍续和繁荣燕赵文脉的意义。这个横亘晚清民国近百年，继承桐城派世系传播特征和文化学术精神的流派，是我国传统文艺发展演变历程中的重要一环。学界对于“莲池学派”的研究目前尚处于起步阶段，主要关注他们在晚清民国时期的政治活动、教育改革；于文艺活动的研究主要以桐城派为主要框架和视野，探讨他们在古文创作与批评及建构桐城诗派与诗学的成就。以燕赵学人和文化爱好者为主体，张裕钊、刘春霖、贺培新、刘世衡等人物的书法、篆刻、绘画艺术也渐受社会重视，成为地域文化挖掘的热点。然其仅限于一些经典艺术作品的搜集和整理，很难说有系统深入的研究。为了推进莲池学派及其文艺思想研究的深入发展，笔者在搜集整理研究资料的基础上进行了细致的梳理和解读，以期比较全面地呈现莲池学派这一北方桐城派文人群体的构成与活动，阐述他们的文艺思想，并通过研究方法、内容、视域的考察，总结此项研究的意义和得失，并对未来的研究提出若干切实的思考。

一、莲池学派及其群体构成研究

晚清民国以来，即有人或隐或明地以“莲池派”表彰张裕钊、吴汝纶主讲莲池书院后造就的燕赵古文创作群体。隐指者如徐世昌曰：“（张裕钊）‘主莲池书院最久，畿辅治古文者踵起，皆廉卿开之。’”① 吴汝纶之子吴闿生曰：“自廉卿先生来莲池，士始知有学问。先公继之，日以高文典册摩厉多士，一时才俊之士奋起云兴，标英声而腾茂实者先后相望不绝也。已丑以后，风会大开，士既相竞以文词，而尤重中外大势、东西国政法有用之学。畿辅人才之盛甲于天下，取巍科、登显仕，大率莲池高第。江、浙、川、粤各省望风敛避，莫敢抗衡，其声势可谓盛哉！”② 显指者如王树楠曰：“黄贵筑师（黄彭年）主讲保定莲池书院去后，予与挚甫荐之（张裕钊）直督张靖达公，继主讲席。廉卿去后，挚甫继之。河北文派，自两先生开之也。”③ 刘声木作《桐城文学渊源考》勾勒了莲池学派士人的群体构成。此书卷十载“师事及私淑张裕钊、吴汝纶诸人”：吴汝绳、贺涛、王树楠、孙葆田、范当世、张謇、朱铭盘、赵衡、宋书升、马其昶、姚永朴、姚永概、范钟、范铠、张以南、弓汝恒、常堉璋、王振尧、李刚己、张宗瑛、吴闿生、徐宗亮、贾恩绂、方献彝、查燕绪、李传黻、刘晓堂、张诚、赵彬、王景逵、严钊、叶玉麒、龚煦春、王恩绂、张缙璜、丁亦康、李书田、高步瀛、刘培极、尚秉和、武锡珏、吴兆璜、贺培新、曾克端、李葆光、方福东、张溥、吴鋆、贾应璞、谷钟秀、籍忠寅、邓毓怡、李景濂、阎志廉、马鉴滢、韩德铭、刘彤儒、孟庆荣、崔

① 徐世昌辑：《晚晴簃诗汇》，中国书店 1988 年版，第三册，第 786 页。

② 吴闿生编：《吴门弟子集》，中国书店 2009 年版，卷首。

③ 张裕钊著，王达敏校点：《张裕钊诗文集》，上海古籍出版社 2012 年版，第 599 页。

栋、张殿士、刘登瀛、李广濂、王宾基、何其巩、吴镗、刘乃晟、步其诰、赵宗忭、傅增湘、梁建章、秦嵩、刘春堂、孟君燕、阎凤华、廉泉、刘若曾、安文澜、黄凤翙、胡源清、王树森、赵翼宸、钟广生、金轼、陈凤五、李国松、何范之、洪寿华、宫岛彦、黎汝谦、王仪型、阎凤阁、柯劭忞、李谐韺、陈嘉谟、齐令辰、胡庭麟、刘子香、姚椿寿、王翰宸、齐赓芾、王含章、贺沅、贺澎、崔炳炎、蒋耀奎、费师洪、谢鼎仁、路士桓、郑禄昌、王在棠、刘世斌、弓尧、雷振镛、李德膏、刘春霖、王瑚、齐福丕、梁建邦、姚永楷、言有章、曾克耑、傅增湲、杜丛桂、刘步瀛、李哲生、张庆开、魏兆麟、黄锡龄、杨越、张銮坡、李春晖、王守恂、张镇午、杨英绩、崔庄平、崔琳、张坪、于凤鸣、马锡蕃、李季驯、姜问桐、吴钱孙、吴笈孙、吴贫孙、徐昂、张铁山、王笃恭、蔡如梁、杜之堂、何之熔、潘式、唐尔炽、步以绅、步以庄、白钟元、萧树升、高飏生、许士衡、夏光普、徐德源、王延纶、宗树枏、谢荣寿、谢润庭、周樾、羡钟寅、李钺、邢之襄、赵芾、叶昌炽、吴千里、纪钜湘、王宝均、羡继涵、籍郁恩、何云蔚、叶玉麟、孙达宣、李家煌、中岛裁之、中岛成章、宫岛诚一郎。张、吴二人是曾国藩的门生，列入“曾门四子”，亦是开辟直隶莲池学派的重要人物。张裕钊继承了姚鼐、曾国藩注重文章声音、声调的理论，刘声木说张裕钊谓“文章之道，声音最要，凡文之精微要眇悉寓其中”①，因此其“一生精力全从声音上著功夫，声音节奏皆能应弦赴节，屹然为一大宗”②。吴汝纶好文出于天性，刘声木说吴汝纶尝谓“文者，精神志趣寄焉，不得其精神志趣，则不能得其要领”③，其为文深渺古懿，使人往复不厌。魏际昌先生《桐城古文学派与莲池书院》一文虽未直接称“莲池学派”，就其论述观之，已非常明确地指出，“曾国藩任直督以后，书院达到了鼎盛时期。桐城古文学派开始在书院扎根发芽，先后有曾国藩的学生张裕钊、吴汝纶二位桐城派后劲主讲书院，使桐城古文学派的中心由南

① 刘声木撰，徐天祥点校：《桐城文学渊源考撰述考》，黄山书社1989年版，第285页。

② 刘声木撰，徐天祥点校：《桐城文学渊源考撰述考》，黄山书社1989年版，第285页。

③ 刘声木撰，徐天祥点校：《桐城文学渊源考撰述考》，黄山书社1989年版，第286页。

移到了北方直隶，具体地说就是到了莲池书院”[①]。魏际昌先生所述莲池学派成员除张、吴二子及见于刘声木《桐城文学渊源考》著录者外，尚从光绪戊戌（1898）莲池书院《学古堂文集》钩稽出数人。王达敏先生《张裕钊与清季文坛》一文直接以“莲池派”名张裕钊、吴汝纶开辟的以莲池书院为中心的古文群体。其《曾国藩总督直隶与莲池新风的开启》一文曰：“莲池派若从曾国藩督直（1868）算起，到俞大酉弃世（1966）为止，绵延近百年，相承历六代。其成员多半来自畿辅，活跃在保定、北京、天津、沈阳等地；主要任职于教育界、政界、新闻界；有姓名可考者约四百人，有文学成绩者不下百人。”[②] 其文详述了“莲池派”起自曾国藩督直（1868），终于俞大酉弃世（1966），绵延近百年，相承历六代的发展历程，并就此学派经世致用、融贯中西的担当精神和社会启蒙意识，与晚清民国政坛的紧密关系及主要社会文化活动做了初步梳理。

二、莲池学派文学创作和文学思想研究

目前学界对莲池学派的研究是从桐城古文的整体脉络展开的，并主要集中在张裕钊、吴汝纶、贺涛等古文大家身上。除了研究桐城派发展史的专著有部分章节介绍外，尚有一些颇具代表性的单篇论文。如孙莹莹《张裕钊文气论与桐城传承》探讨了张裕钊的“文气论”与前期桐城古文家的渊源，以及与吴汝纶相互交流、激发的作用，认为宗尚“平淡”是其古文美学的极则。李松荣《张裕钊的创作分期及其在莲池书院的散文创作》指出张裕钊在莲池书院中创作的散文是其重要的丰收期代表作，体现了其散文“以意度胜”和“词峻以厉”的特点。然唯魏际昌《桐城古文学派与莲池书院》、王达敏《张裕钊与清季文坛》二文最能发张裕钊古文义法、声气、诗歌风貌的真趣。关

---

① 魏际昌、吴占良：《桐城古文学派与莲池书院》，《文物春秋》1996年第3期，第25页。

② 王达敏：《曾国藩总督直隶与莲池新风的开启》，《安徽大学学报（哲学社会科学版）》2014年第6期，第68页。

于吴汝纶的研究近年似较张裕钊研究成熟。除了一些考证吴汝纶生平交游的文章外，更有任亮直从吴汝纶的儒学思想出发，为其文论探源；杨新平从“风格观”探求吴汝纶的古文美学思想；孙文周以吴汝纶论文信笺为资料，探索其文章学观念；胡丹以“正变”观考察吴汝纶的文学创作和文学思想。关于贺涛的研究实在寂寥，且多为皮相之论。唯范丹凝《贺涛与清末畿辅古文圈》一文对贺涛家世、古文创作、文学思想做了较为细致的研究，且以贺涛为中心，对后莲池书院时期畿辅古文圈的群体构成、交游、文学活动做了初步梳理。由此看来，莲池学派作为晚清民国熔铸河北地域特色、传承燕赵文脉传统的学术、文艺群体，并未受到应有的重视。深湛如魏际昌、王达敏二先生，提出“莲池派”，亦多是从桐城古文的角度立论，缺乏融莲池学派古文、诗歌、游艺之学为一体的文艺观照视阈。而对莲池学派游艺之学的研究，除张裕钊、刘春霖书法之外，更属寥寥，遑论透过莲池学派文艺诸体交融会通的现象，探寻古文、诗歌、游艺之学等不同文艺形式的内在联系。关于莲池学派文艺创作和思想传播的方式途径也是一个非常重要的问题。李松荣认为：“文学传播的方式有很多种，可以是著书立说，也可以是教书育人，桐城派这一特殊的文学群体，他们的很多代表人物都在书院担任教职，于是它的传播也就与书院教育结下了不解之缘。”① 以张裕钊、吴汝纶在直隶的活动来看，张裕钊主要是担任莲池书院山长，以教育为业；吴汝纶任职深州、冀州知州期间，重抓教育事业，深州、冀州教育蔚然而兴，其后吴汝纶掌莲池书院，也以冀州及周边州县学子为多。由此看来，张裕钊、吴汝纶的文艺创作及思想传播主要还是通过书院教育，其于直隶文化影响面之深广亦缘于此。

平心而论，莲池诸子的古文在晚清民国社会巨变的影响下，与清中期以来脱胎科举八股和模拟的“古文”相比已经有很大进步。从内容上来讲，义理、考据、辞章中，义理突破经义的范围，融入更多西方传入的近现代政治、经济、哲学思想，并多以实践、务实的手眼论证之，一时形成融入时务、参

---

① 李松荣：《“枝蔓相萦结，恋嫪不可改”——张裕钊与莲池书院师生间的情谊》，《广东广播电视大学学报》2012 年第 6 期，第 79 页。

酌中西、归于儒家义理的思想内容局面；考据亦多从典章制度、历史沿革入手，梳理时务关涉的焦点和重点，有为而作，而不是泛著空文；辞章更加讲求朴实平淡。他们虽然不丢以声气律调为核心的古文创造法则，但因思想和内容的变化，他们的文章更加平典朴实。这种务实而紧跟时代的古文创作潮流在当时深受文人士大夫阶层欢迎。

莲池学派以幕府文人为主，多是以经学为文化正统根据的、与权力中心接近的士人和官僚。在发展过程中先后得到曾国藩、李鸿章、袁世凯、徐世昌等政治实权人物的支持和庇护。因莲池学派依附政治权力中心，又是一批以斯文相号召的文人士大夫，所以社会文化思潮的变化、政局的变化都会对此一群体的发展产生重要的影响，比如传播的根据地、地域范围和传播的方式、内容乃至文风等诸多方面。其中，就莲池学派学术和文学传播的根据地和地域范围来讲，往往与所依附的政治中心有密切的关系。其初，以保定莲池书院为中心，辐射到直隶地方州县书院，如吴汝纶当政、贺涛主持的冀州信都书院。其后，清末民初随着莲池诸子进京，直隶政治中心移至天津，莲池学派的学术和文学活动也随之形成以北京、天津、保定为活动中心的格局。

在晚清民国波谲云诡的政局中，莲池学派在新文化潮流的冲击和政治权力挤压的夹缝中与世浮沉，艰难求存，发展渐趋于保守。但他们以中华文脉的守护者自居，正因担负了斯文之重任，在文化思想和形态上表现出与时代思潮相颉颃的巨大灵活性。比如曾国藩及曾门四子、贺涛、赵湘、吴闿生诸人对桐城古文的变革，他们把桐城古文集约成中国道统和文统的载体，是斯文的具体形式，只要以此斯文精神为文，其题材内容、义理均可以自由伸缩，其文章的语言形式也发生较大的变化。然而，莲池学派所代表的斯文传统毕竟是传统的文人文化，代表一种文化精英意识，其觉世牖民的文化宣传和动员能力难以适应救亡图存的大众文化的需要。因为进入民国以后，在新文化运动兴起的时候，莲池学派所代表的桐城古文首当其冲，被视为旧文化、旧文学的象征，成为革命的对象。

三、莲池学派游艺之学和文献整理研究

儒者依仁游艺，先秦时期即有儒家“六艺”之学。宋元以来，琴棋书画等艺术逐渐被文人驯化，成为他们寄托意趣与怀抱的载具。元代理学家刘因提出儒者“新六艺”，将琴棋书画均纳入儒者游艺之学的范围。莲池学派以宋学为本，融通汉学，文章之余，亦游心艺事。张裕钊、吴汝纶、刘春霖并以书法名世，而张裕钊又雅擅山水。早在清末民初，康有为作《广艺舟双楫》即称赞张裕钊书法集北碑之大成。欧阳中石《张裕钊书法艺术溯源》（2010）对张裕钊书法艺术的取法对象进行了细致的研究。日本杉村邦彦《张裕钊的传记与书法》一文当为目前张裕钊书法研究资料最为丰富且切实的佳作。近年另有《张裕钊碑味行书研究》《张裕钊书法艺术研究》等硕士论文问世。然这些研究多为就书法论书法，对张裕钊的书学思想以及与其学术思想、文学精神的内在联系缺乏立体的思考，学界于刘春霖书法的研究亦属此类。刘春霖（1872—1944），字润琴，号石云，直隶肃宁（今河北省沧州市肃宁县）人，光绪三十年（1904）进士，为我国历史上最后一名状元，尝自谓“第一人中最后人”。刘春霖善书法，尤长于小楷，有“楷法冠当世，后学宗之”之誉，今天的书法界仍然有“大楷学颜（真卿）、小楷学刘（春霖）”的说法。刘春霖的书法圆匀平正，为典型之馆阁体。其小楷娟秀端庄，笔力清秀刚劲，气质深蕴沉厚。曾有小楷字帖《大唐三藏圣教序》《文昌帝君阴骘文》《闲邪公家传》《兰亭序》《灵飞经》等多种出版。贺培新（1903—1952），字孔才，号天游，河北武强人，为莲池学派巨子贺涛之孙。曾任北平特别市政府秘书，中国大学国学会教授、秘书长，河北省通志馆纂修。1949 年初，他将二百年来家藏之图书、文物捐献给北京图书馆和历史博物馆，受当时北平军管会通令嘉奖。贺培新于古文能世其家学，虽不以名世，却也能够自立。书法宗欧阳询、褚遂良，秀劲丰厚。民国间书墓志多种，法北碑，得张裕钊精髓。治印入白石老人之室，其论治印当气体贯注，追求古雅淡泊之趣，与古文义法和审美宗尚有异曲同工之妙。刘叶秋序《近代名家印集》曰：“贺（孔才）、

邓（散木）俱未得享大年，而各臻精诣，贺公从赵、吴两家入手，以上溯秦、汉，小章秀劲，大印浑沦，朱文粗笔，尤属一时独步。”① 辑有《武强贺培新印草》二册，成书于1923年，亦名《迂轩印存》。上册收印四十八方，下册收印四十七方，共存印九十五方，多为时人姓名、斋堂印。关于贺培新的印学研究，目前仅有宋致中主编《齐白石贺孔才批刘淑度印稿手迹》（2004）、《孔才印存》（2013）二册问世。吴占良先生近年从事燕赵书学文献的整理，其于莲池高弟王树楠、刘春霖、刘世衡的书法文献整理颇勤，先后已有《燕京墨场——刘世衡书法集》（2021）等专辑出版。总之，关于莲池学派游艺之学的整理和研究尚处于初步阶段。其主要关注点是张裕钊、吴汝纶、刘春霖的书法及贺培新等人的印学。实则，莲池学派诸人物，除诗歌、古文、书法外，于绘画、音乐等诸体艺术多有研究。我们考察他们的游艺之学也应该扩大范围，将研究的视野扩展到这些领域之中。只有这样，才能从更深广的视角揭示出莲池学派文艺思想的丰富内容和魅力。

近年来关于莲池学派的文献整理成果日益丰富。国家清史编纂委员会整理出版了《桐城派名家文集》，其中包括张裕钊、吴汝纶、贺涛、范当世等四位作家的文章选集和马其昶、姚永朴、姚永概等三位作家的诗文集。另张裕钊、吴汝纶、贺涛、范当世等人的诗文集已经有点校本问世，其中王达敏先生点校《张裕钊诗文集》、施培毅等点校《吴汝纶全集》、马亚中等点校《范伯子诗文集》、祝伊湄等点校《贺涛文集》、张善文点校尚秉和《周易尚氏学》，另有吴闿生《诗意会通》《吴门弟子集》及高步瀛《唐宋诗举要》等诗文选本也有学人专门整理出版。这些文献整理工作为我们研究莲池学派及其文艺思想提供了基本的文献资料。但是尚有很多名家的诗文集没有整理。另有一些人的诗文集在其生前并未刊刻或出版，散落各处。这需要我们进一步搜集莲池学派名家的诗文集，进行系统的研究。徐世昌对晚期莲池学派的发展影响甚大，众多莲池弟子都曾有游历徐世昌幕府的经历。他倡导复兴“颜李学”，以此作为他施政的理论基础。“四存学会”和该学会的会刊《四存月

① 韩天衡编：《中国篆刻大辞典》，上海辞书出版社2003年版，第331页。

刊》都凝聚了莲池弟子的不少心血。2014年广陵书社整理出版了北京四存学会编的《四存月刊》，为我们考察莲池学派在此一阶段的学术和文艺活动提供了重要资料。贺涛之子贺葆真所作《贺葆真日记》亦由徐雁平整理，其中有关贺涛的文艺活动，颜李学与莲池学派的关系，四存学会及莲池学派在冀州、保定、北京、天津活动的记载，多有助于对莲池学派文人交游情实的考述。

综上所述，莲池学派是晚清民国熔铸河北地域文化、承继燕赵传统文脉的重要学术、文艺群体，是桐城派正传，晚清民国华夏文脉所系。深入研究莲池学派及其文艺思想，可拓宽晚清民国桐城派研究的视野和思路，廓大清代桐城派研究的学术堂庑，亦可重新发现莲池学派文艺创作的价值和意义，纠正近现代文学史叙述中凸显新文学、忽视传统文学的偏差，深化晚清民国时期中国文学史和文艺思想史的研究。目前学界对莲池学派文艺思想的研究尚处于起步阶段。对莲池学派的群体构成，活动时间和地域，文艺思想资料的搜集和整理，文艺思想的立体研究等诸多基础性、拓荒性的工作尚待我们去努力。

前　言

李葆光（1890—1940），字子建，直隶南宫孙村（今河北省南宫市）人。祖永敬（1834—1900），字宗晏，侠义慷慨，名重乡里。父刚己（1873—1914），天资聪颖，年十三四学作时文，已能度越侪辈。桐城吴汝纶知冀州，读其文章，列入优等。吴汝纶主讲莲池书院，李刚己往从受教。李鸿章认为“此人材器闳远，异日当为吾辈事业”①。光绪甲午（1894）成进士，用为山西知县，历任灵丘、繁峙、五台、静乐等县。辛亥革命爆发，至大同，兼署知府。民国三年，受聘于保定高等师范国文部教席。李刚己古文受吴汝纶、贺涛指授，诗歌得到范当世真传，与吴闿生等人唱和交游，是近代诗坛“河北派”诗人群的健将，在光宣诗坛占有一席之地。汪辟疆《光宣诗坛点将录》将李刚己与王懿荣、王树楠并列为“地英星天目将”。有《李刚己先生遗集》传世。母朱氏，仁慈恺恻，治家有方。娶威县寺庄镇房公讳树华之长女蕴冰。房公字时荣，性爽直英断，幼读书未成，弃儒而贾，富甲一方。李葆光1890年出生于南宫县孙村，自幼聪慧，为祖父、父亲所喜。七岁入家塾读书，十余岁即颇有奇志。后随父宦游山西，1911年肄业于保定法政学堂，1914年考取法官，分发吉林，任职吉林高等审判厅，曾任东省特别区域地方审判厅主任检察官。李葆光幼承家学，后又立雪吴汝纶之子吴闿生之门，是吴闿生主持的文学社的重要成员。任职吉林期间，参与吉林省省长郭宗熙主持的松江修暇社，是社中的骨干分子。在哈尔滨任职期间，参与东省特别区市政管理局局长马忠骏主持的遁园吟社（后演变为松滨吟社）。1931年“九一八”事变

① ［清］李刚己著，于广杰点校：《李刚己集》，中国社会科学出版社2021年版，第287页。

后，痛愤当局不抵抗政策，致使东北沦陷日本人之手，遂挂冠去职，寓居北京，以诗书自娱。

一、李葆光与北方桐城派

北方桐城派以直隶保定的莲池书院文人群体为主要力量，学界称这一文人群体为“莲池学派”，因其以学术为本，主张经史致用，不仅专注诗古文的文学创作，还从事传统经史之学及西学的研究和传播。莲池学派自张裕钊始，均以绍述桐城古文所传承的斯文之道为己任。他们以义理为轨辙，以辞章为风骨，以考据为舟筏，通权达变，经纶人生与时务。在晚清内忧外患、中西文化大碰撞的政治文化背景下，积极拓展文人因应世变的精神世界和事功格局。因受政治立场和学养所限，他们并未总体上超出“中体西用”的时代思潮，但他们坚持守护中华文化之根，融通中西以植新生的文化改良路径，在一些学术和事功的具体方面取得了明显的实效。他们的文化活动在文化改良主义和狂飙突进的革命之间，形成了引导与制衡、纠缠与矛盾、挣扎与叛离、反思与回归的内在发展逻辑，对揭示和反思我国近现代文化嬗变的历史真实和演变规律具有重要的意义。

（一）立雪吴闿生之门，绍述桐城文统

李葆光之父刚己先生师从吴汝纶、贺涛、范当世，其天分既高，才学清雅，出仕山西以后，多有政绩，是推动莲池学派发展的代表人物，在北方桐城派诸子中有很高威望。他涵濡斯文之道，受桐城义法，对三位恩师有深厚的感戴之情。李刚己尝在《汪星次墓表》中追忆吴汝纶冀州幕府人才之盛：

> 丙戌丁亥间，刚己初游吴先生之门。先生方倾纳四方豪俊，一时幕府宾客僚佐之盛冠于畿辅。如通州范先生、武强贺先生、新城王晋卿之徒，皆天下闳才硕学，先后来吾州。其余材辨明敏之士，尤不可胜数……是时，先生牧冀已数年，化洽政成，上下和乐。暇则日率诸君子驰骋文词，留连觞酌，往往穷日夜不倦。刚己于时，年虽少，幸得追陪

> 左右。尝私以谓自古贤人君子身殁向千载，后之人读其遗文，经其生平宦游之地，犹或慨慕叹息，想见其交游之乐，以为不可常得。而吾冀以区区一州，贤才萃聚之盛，至于如此，诚可谓天下之至幸。①

吴汝纶诗文中常追忆在曾国藩幕府中与诸文人的交游之乐，李刚己以相同的笔调和情感追怀其在吴汝纶幕府中的快乐生活。我们说此“乐”是传统文人们嘤鸣求友、切磋道艺、砥砺人格精神的生命之乐。在涉及国家、社会、民众的公共领域，这种情志的交流、德艺的切磨，转变成一种觉世牖民、经世致用的文化精神和生命理想，是他们生命旅途中的精神依归和信仰，潜隐着知己同道间铿锵谐鸣的生命旨趣，凝聚着他们慷慨自得、弘道济民的理想和情怀，这无疑是莲池学派以斯文号召起来的文人生命协奏曲。李刚己《冀州宅中》诗曰：“道欲探精奥，情真似渴饥。穷年恒兀兀，入室庶几几”②，叙写在吴、范门下游从问道的情形和心态。又谓吴、范二人“高山屹相并，举世所瞻依。品谊当天出，文章极古稀”③，对吴汝纶、范当世的德行与文章推崇至深。《上范先生兼简子城兄》诗曰：“花香能醉枝头蝶，蝶亦绕枝不忍飞。有鸟啼呼下空阔，向花深处恋晴晖。”④ 以蝴蝶依恋花丛、小鸟依偎晴晖暗喻对范当世的敬仰与爱戴。范当世评曰：“忠厚之至，可与言三百篇矣。”《怀武强贺先生》诗曰：“先生于世如维斗，贱子尝从问歧路”⑤，充分肯定了贺涛继张裕钊、吴汝纶之后，以古文号召斯文的文化地位，及对其学术的引领之功。师弟子之间以道艺相切磋，以“悦志”之旨，激荡同道的斯文自觉，擘画生命的理想、事功和归趣。诚如李刚己《怀魏征甫》诗所言：“历境诚难凭，定志谁能枉。学道如治军，成败要自强。”⑥ 自得自乐和自强弘毅的精神是他们

---

① ［清］李刚己著，于广杰点校：《李刚己集》，中国社会科学出版社 2021 年版，第 271 页。
② ［清］李刚己著，于广杰点校：《李刚己集》，中国社会科学出版社 2021 年版，第 228 页。
③ ［清］李刚己著，于广杰点校：《李刚己集》，中国社会科学出版社 2021 年版，第 228 页。
④ ［清］李刚己著，于广杰点校：《李刚己集》，中国社会科学出版社 2021 年版，第 230 页。
⑤ ［清］李刚己著，于广杰点校：《李刚己集》，中国社会科学出版社 2021 年版，第 251 页。
⑥ ［清］李刚己著，于广杰点校：《李刚己集》，中国社会科学出版社 2021 年版，第 231 页。

的生命意志，撑起了他们的人生格局。李刚己对莲池学派的另一重要人物张裕钊也怀有深挚的感情。张裕钊辞莲池书院讲席之后，其次子张浍迎养关中，直到逝世。李刚己《怀濂亭先生关中》诗曰："斯文百代发雄光，旧六渊源到此长。晚抱遗经向函谷，世留绝学嗣湘乡。好贤六一今无继，受业三千已半亡。耆旧如公几人在，栖迟零落为时伤。"① 表达了对张裕钊嗣响曾国藩、肩荷斯文的学行和造诣的敬仰。张裕钊《重刊毛诗古音考序》中说："夫惟特立之君子高蹈远览，不与时俗贸迁，独为绝学于举世不为之日，深造自得，而卓然不谬于古人，夫然后独立于百世而不可磨灭。孟子所以称'豪杰之士'者，此也。"② 他在其诗文中将这种豪杰的精神品质归纳为独立自由的治学精神和自得无外的人生旨趣。张裕钊文章事业上崇尚独立和自得的旨趣，通过尚友古人、倾心知己得到证悟和提升。这种人生体验和文化心理，也作为莲池学派的心法，在莲池弟子中代代相传。其核心是对古文所代表的斯文之道的尊崇，而外化为以莲池诸大家、桐城派古文家上接斯文的文统叙述。

李葆光能世其家学，在诗歌、古文方面克绍桐城派的传统，又与北方桐城派诸多代表人物交游密切，是晚清民国这一文士群体非常活跃的中坚分子。他以至性为诗，法中和之音，所作诗歌含藏时事，多寓身世之感，高华绵密，清刚健举，有父风③而自成面目。贺培新《涵象轩诗集序》曰：

> 夫天地间最可贵者，吾之至性耳。本之不立，则虽有奇节异行，足以动天地，震三光，转瞬时移势变，有识者方将唾弃屏夷之，以为不足道。况文字飘风虚响、讬浮采于易朽之竹帛，苟无衷质以主之，安望其能久存哉?④

至性是人的根本，是天地间最为宝贵的。人的行为根本于至性，奇节异行以

---

① ［清］李刚己著，于广杰点校：《李刚己集》，中国社会科学出版社 2021 年版，第 233 页。

② ［先秦］孟子著，杨伯峻译注，《孟子译注》，中华书局 1960 年，第 15 页。

③ 参见刘声木撰、徐天祥点校《桐城文学渊源考撰述考》，黄山书社 1989 年版，第 300 页。

④ 贺培新著，王达敏、王九一、王一村整理：《贺培新集》，凤凰出版社 2016 年版，第 39 页。

此为依据和根底，才有终极的价值和超越时俗的意义。所以，作为“飘风虚响”的文学，之于生命与道德又较为虚诞而稍有不同，故而必须以“衷质以主之”，使至性成为文学的核心。如何以“至性”为诗文，李葆光在《中和篇》中说：“斯文如琴瑟，贵发中和声。曾公衍四象，说本姚桐城。创解空千古，名著久服膺。惜哉义未周，举惋舍其精。屈子所咏叹，左氏所述称。诗如曹子建，词如周美成。皆契中和旨，阴阳安足程。……雍容麒麟步，铿锵鸾凤鸣。刚猛殊虎豹，柔脆异燕莺。体兹中庸德，三五道以明。岂惟词翰美，艺林卓高旌。”① 他以出于至性，发为中和的诗文创作论，试图统合乃至超越曾国藩合“气势、趣味、识度、情韵”为一体的诗文“四象”论。如其所论，确实有总结提升之功。“出于至性，发为中和”的文学创作，在情感特质、思想内容、审美风格上都有其独特性，体现着传统的文人文学的艺术精神和文化旨趣。清人马先登说：“诗之眷恋君父者，皆自肺腑中流出，关乎至性。其立言必痛切凄婉，不必穷愁后工。而在流离颠沛、患难死生之际为尤真挚。”②黄仲基也认为至性尤其体现在乱离之世中的坚贞与操守，“本诸素性，百变不漓，守忠崇拙”③。贺培新因李葆光的诗歌，对此有深入的体会，并且做了升华。他说：

古之君子得其位，则思尽瘁以死官，否则修辞以明道。故大之足以兼济天下，小亦独善其身。吾身之未善，吾本之未立，吾道之未明，则虽著述等身，徒见其骛外徇物、中无所有而已矣。否则，虽平生不以文见，而后世得其遗迹者，皆宝爱珍重，慨慕流连不能已。是固后学者，闳识孤怀，有不自禁而使然，亦以人心之大公，天地之正气，五帝三王周孔之教化，所以浸淫渐被，维系纲常，纳斯民于轨物，救人类于不绝

① 李葆光：《涵象轩诗集》，民国二十四年刊本，卷六。

② 马先登：《勿待轩诗话存稿》，《清代家集丛刊》第 24 册，国家图书馆出版社 2015 年版，第 540 页。

③ 黄仲基：《寿山藏语》，安徽文艺出版社 2020 年版，第 197 页。

者，端在于此也。①

至性基于文人自觉的忠爱之情、自得之思，是文人对家国和生民的社会责任感，是先忧后乐的政治责任、道德使命和文化精神的根本呈现。李葆光诗中的至性主要表现为感时伤逝的哀悯隐切之音，是他伤于治乱和国运、欲有所为的文人社会责任感和生命精神的一种深刻体验，也是诗人深处乱世，隐藏于高华瑰玮辞章之中的悲感人生。他的诗歌气势豪宕刚健，写景萧条旷远而饶深情，思致卓荦迈俗才、有独行不顾之慨，体现着体道用真、注目时代变革的豪杰精神。

李葆光立雪吴闿生之门，绍述桐城文统，是吴闿生主持的文学社的重要成员。吴闿生（1877—1950），字辟疆，号北江，吴汝纶之子。早濡家学，守先人遗绪，复请业于贺涛。其文章纵恣转变，能究极笔势，辞气喷薄，浩乎沛然。贺涛尝叹曰："文章天下公器。自今日观之，已为吾师家事。"② 文学史家钱基博对吴闿生推崇备至，谓其辞气喷薄而出，以酝酿深醇，兴象空邈，而能为沈郁顿挫，其势沛然，其容穆然，震荡错综，真正能得其父吴汝纶之血脉。贺培新《涵象轩诗集序》将北方桐城派的传承谱系做了梳理，他说："有清一代，文学自方、姚、梅、曾以降，张、吴两先生最为海内宗仰。时先大父松坡公以文，范公肯堂以诗，起传其绪。吾师北江先生既承太夫子之学，又从先大父及范公游，卓然起于学术嬗化之交。而南宫李刚已先生实以太夫子、先大父、范先生三公为之师，北江先生为之友。……子建既承家学，复受业吾师，意气俶傥，才思沉雄，为官二十年，不忘吟咏。"③ 将李葆光置于北方桐城派传承发展的谱系中。民国初年，吴闿生主盟大型社团"文学社"，在京师文坛形成了较大影响。关于李葆光立雪吴闿生之门及参与文学社的情况，王达敏先生《论桐城派的现代转型》一文论述说："文学社由吴闿生及其

① 贺培新著，王达敏、王九一、王一村整理：《贺培新集》，凤凰出版社 2016 年版，第 39 页。

② 张舜徽：《清人文集别录》，华中师范大学出版社 2004 年版，第 584 页。

③ 贺培新著，王达敏、王九一、王一村整理：《贺培新集》，凤凰出版社 2016 年版，第 39 页。

弟子组成。吴氏最早的弟子是辛亥革命元老张继。张氏父亲张以南是张裕钊、吴汝纶的得意门生。年十六，他遵父命拜吴闿生为师，时吴氏年才十九。但吴氏真正抗颜为师，则在新文化运动兴起之后。至1920年底，吴氏门人贾应璞、张庆开等集同学六十二人，次其名字、年岁、乡里，为《文学社题名录》，以张继冠首。'文学社'之名由吴氏所赐。1924年夏、1936年底，在贺培新主持下，《文学社题名录》又经二刻、三刻，分别增入吴门弟子六十二人、一百四十人。数十年间，《文学社题名录》共录吴门弟子二百六十四人，知名当时与后世者有：张继、李葆光、周明泰、李濂堂、柯昌泗、于省吾、贺翊新、贺培新、齐燕铭、吴兆璜、潘伯鹰、谢国祯、徐鸿玑、李鸿翱、曾克耑、何其巩、陆宗达、贺又新、王芷章、张江裁、李钜、陈汝翼、王汝棠、王维庭、吴君瑗、吴防等。"① 可见李葆光在北方桐城派文人群体中的重要地位。李葆光作为文学社的重要成员，参与文学社的文学和文化活动，而其职业则是民国时期专业的地方法官。与清末"丙午改制"后由刑部官吏转型而来的第一代现代法官不同，其思想观念、职业素养、业务能力已经远非科举制度培养的文人法官可比拟。他与北方桐城派文人一样，在内忧外患、新文化运动方兴未艾之时，以传承华夏文明为己任，坚持"竭力融新知于旧学，以再造文明"的文化立场和为学为文的旨趣。李葆光诗集中与吴闿生的唱和最多，或因阔别既久，表达思念之情；或以唱和往还而研讨诗艺；或感慨身世，寄托家国忧思。《上北江先生》诗曰："峥嵘独抱匡时略，袖手乾坤涕泪多。守道翻为人所忌，陈言况与世殊科。茫茫古圣遥相语，烂烂高文永不磨。垂老忽逢朝市改，几多志事付哀歌。"② 此诗充满卓荦沉雄的豪杰之气，将吴闿生的生命际遇和以斯文为己任的精神清晰地勾勒出来。这首诗不仅是为吴闿生传神，从某种程度上来说也是李葆光的夫子自道。晚清民国时期，不仅是朝代更迭，也是华夏文明在欧风美雨的洗礼中走出传统的拘囿，走向现代

---

① 王达敏：《论桐城派的现代转型》，《安徽大学学报（哲学社会科学版）》2016年第6期，第55页。

② 李葆光：《涵象轩诗集》，民国二十四年刊本，卷二。

转型的重要时期。所以，吴闿生、李葆光等人面对如此复杂的世界，与过去文人易代之际的心态是有极大不同的。他们有传统文人基于谋生的生命哀叹和反思，更有基于时代变迁和文化现代转型所造成的人生价值错位的恐惧、凝思和坚守。他们是华夏文明悲情的守护者、传承者。就他们的文化活动和成就来看，他们根本的价值不在于会通化合、转化新知的创造，而是以“第一现场”亲历者身份凝成的对时代精神、社会演变、生命心态的真切体验和诗意传达。

（二）李葆光与武强贺氏及其他北方桐城派人物的交游

武强贺氏是清代畿南著名的文化家族。这个家族耕读传家，举人、进士累代不绝，至贺涛、贺沅兄弟，受业于张裕钊、吴汝纶之门，同年成进士，一时传为佳话。贺涛之子贺葆真于民国时期活跃于京、津、直隶文化中心圈层，在出版、报业、教育、收藏领域颇有影响；文孙贺培新的诗歌、古文、治印、书法自能名家，为吴闿生之后北方桐城派的祭酒。李刚己在冀州信都书院读书时，师从贺涛。贺涛（1849—1912），字松坡，直隶武强人，同治九年（1870）举人，官大名教谕，光绪十二年（1886）进士，授刑部主事。吴汝纶邀主冀州信都书院，从大名学使调冀州学正。后游京师，任长沙陈启泰、天津徐世昌家讲席。袁世凯总督直隶，聘其主持保定文学馆事。其古文师事张裕钊、吴汝纶，所作以雄峭闳肆胜。徐世昌将其列入明清古文八大家，与桐城马其昶、通州范当世齐名。贺涛是继张裕钊、吴汝纶之后北方桐城派的代表人物，受到门弟子的推崇。李刚己《怀武强贺先生》诗曰：“一从曾傅上骑箕，旧六光芒已稍衰。两海大通文益弊，三豪尽覆士无师。”又曰：“先生于世如维斗，贱子尝从问路歧。安得雍容更趋侍，高谈为破万重疑。”[①] “三豪”谓张裕钊、吴汝纶、范当世，时三人均已作古，唯有贺涛独立支撑北方古文坛砧，故李刚己有“先生于世如维斗”的赞誉。贺涛论文多从文章的语言、声音层面悟入，探寻古人安章宅句的文心，又特别善于讲论，故而生徒多能借此体会圣贤立言以立人极的根本精神。其弟子赵衡说先生语言妙天下，

---

① ［清］李刚己著，于广杰点校：《李刚己集》，中国社会科学出版社2021年版，第251页。

“然雅趣不为滑稽滥说，闻者解颐，而事理的破，昭晰无疑。尤妙于说书，善为形容，正言不喻，而偏宕言之，间以譬况，俾古人之音声笑貌凌厉纸上，汲引学者心目，由百世之下等百世之上，若亲与古人昭对、唯诺一室之中”①。吴千里《祭松坡先生文》说：“先生善谈，正嘲间作。化俗为雅，颐解神愕。及其为文，通微合天。精能要渺，突过师传。”② 贺涛解说古文正言明理，戏言衍情，务求梳理文意气脉和字句的节奏意蕴。李刚己“高谈为破万重疑”应该是就此而论的。因为其父与贺涛的这层师生关系，李葆光与贺氏子弟交往非常亲密。不仅贺涛之子贺葆真襄助李葆光刊刻《李刚己先生遗集》，贺涛之孙贺培新更是以“通家三世”之谊相许③。李葆光《忽忆刑部公》诗曰：“先生如白日，吾等如游星。游星环日走，焜耀远莫承。天王与海王，黯黯仅具形。我一卫星耳，常绕行星行。大地光万里，势与日争明。”④ 李葆光所作与乃父二诗都极力推崇贺涛传承桐城文脉的承先启后之功，对北方桐城派的文统建构传承有重要的意义。当然，北方桐城派文士强烈的宗派意识和积极的文统建构确实也有现实的需要。从生命个体来说，身处乱世之中，生命依归于文化传统和代表此一传统的文士群体，以凝聚共识，形成一股文化承继的力量。而桐城派诸大家多从事教育事业，他们的革新思维和文化精神确实对年轻学子有极大的吸引力和影响力。从政治社会层面来讲，晚清民国的北方主要政治力量出于巩固政治基础的需要，也有意拉拢、利用、塑造了一个相对保守而崇尚改良的文化群体，以为文化界的表率。他们以文化事业上的共同追求，凝成政治上的共识，在师友之间也形成一种互为奥援的生存样态。

据现存文献来看，李葆光早在宣统初年求学直隶法政学堂时，受父命到莲池书院文学馆从贺涛习古文，并与贺葆真有比较密切的交游。李刚己于家

---

① ［清］贺涛著，祝伊湄、冯永军点校：《贺涛文集》，华东师范大学出版社2011年版，第272页。

② ［清］贺涛著，祝伊湄、冯永军点校：《贺涛文集》，华东师范大学出版社2011年版，第277页。

③ 贺培新《子建母夫人挽诗，刚己先生配也》其三曰：“通家三世话酸辛，予室翘翘足怆神。百虑心焦谁与慰，一朝梦断了无因。名贤四海争为诔，懿范千秋总若春。倾海怒潮来眼底，全归犹是太平人。（贺培新著，王达敏、王九一、王一村整理：《贺培新集》，凤凰出版社2016年版，第244页）

④ 李葆光：《涵象轩诗集》，民国二十四年刊本，补遗。

书中说："松坡先生既在彼开文学馆，汝等若能常往听讲，于中学实大有裨益。"① 《贺葆真日记》载："宣统三年（1911）六月十六日（6月12日），访李子健（建）。子建，字葆光，刚己之子，肄业法政学堂。余去岁将所存辟疆之书托冯乐轩代售。乐轩存于一小书肆，乐轩既不在保，无人照料，乃托子建取回，交孙镜臣所办日新排印局中。"② 民国四年（1915），李葆光赴吉林审判厅任，贺葆真受吴闿生之托，将李葆光履历呈内阁总理徐世昌，请其托吉林巡按使多加照拂。民国六年（1917）至民国七年（1918）间，李葆光筹划刊刻《李刚己先生遗集》，从刻工的选任、版式内容的设计、校勘、刊印到最后的发售，贺葆真为董理其事。在李刚己文集刊印完成后，贺葆真于日记中有一段深情的回忆：

> 房袭明来访，为刚己遗集事。出所装池刚己日记及《西教纪略》残稿相示，有吴、范两先生平识，虽非全编，亦可珍也。刚己在信都书院时，与刘苹西同室。余每问刚己读何书，辄出姚王《古今诗选》见示，又时时假其日记临吴先生《诗经》评点，盖其日记钞《诗经》全文，而录吴先生评点，亦往往载自作之诗文。其首卷有寿范肯堂之文，时刚己年方十四五，至书院之前一年也，文已奇诡可读，今日记残本不见此文。乌乎！已三十年矣。③

这段记述因李葆光妻弟房袭明携来李刚己日记及《西教纪略》残稿而发，叙述了青少年时期在信都书院读书时与李刚己的交情，对李刚己用心评点之学的勤奋精审、诗文创作展露的颖异才情钦佩不已。也正是因为这一段交游，笃于情义的贺葆真才会在李刚己身后，帮助李葆光刊刻乃父文集，而李葆光与贺葆真及贺氏子侄的交游也奠定了深厚的感情基础。李葆光有《偕贺性存

---

① ［清］李刚己著，于广杰点校：《李刚己集》，中国社会科学出版社 2021 年版，第 281 页。

② 贺葆真著，徐雁平整理：《贺葆真日记》，凤凰出版社 2014 年版，第 181 页。

③ 贺葆真著，徐雁平整理：《贺葆真日记》，凤凰出版社 2014 年版，第 455—456 页。

丈葆真、李艺圃兄树谷玉泉山纳凉》《江亭为康雍二百余年骚人墨客觞咏之所，中元日陪贺性存丈、齐峙青兄乘凉其上》二诗，作于民国十年（1921），虽是追陪贺葆真等人的纪游之作，亦可从诗句见出他与诸人平时交游的融洽与风雅。

贺涛之孙贺培新是李葆光颇为重要的诗文之友。贺培新（1903—1951），字孔才，号天游，贺涛次子葆良之子。长于诗古文、书法、篆刻，是民国时期北方文化圈中非常活跃的人物。“贺培新的诗文闳肆典丽，自成格调；其所纂《文编》汲取《古文辞类纂》和《经史百家杂钞》的精华，张扬桐城派的精神和为文门径”①，立雪吴闿生之门，是莲池学者群体第五代的祭酒。民国十一年（1922）八月十一日，李葆光访贺培新，成《盛暑过贺孔才培新谈诗饮酒，夜分始归》：

> 檐上浮屠耸以危，矮垣映日锁双扉，中有佳人彩笔挥。我入访之人不知，蛩音满地听移时，回头一见笑声驰。用何为乐酒与酏，更拔幽愤裁新诗。不知天上收丹曦，但觉夜久凉生髭。逝波岁月去不归，四方扰扰翻旌麾。勋业未立朱颜非，对食不餐泪交垂。安得山鬼女萝衣，群游麋鹿老深溪。不然抗兵临北鞮，万马蹂尸骨纷披，犹胜低首在尘泥。②

诗中叙写了贺培新居所的幽静以及主人的清雅多才，二人谈诗饮酒的酣畅淋漓。透过表面的诗酒风流，我们看到的是他们面对国家内忧外患、军阀混战的黑暗现实困境和理想抱负难以实现的生命焦虑。他们的内心是幽愤不平的，遂借诗人幽邈比兴之笔赋写怨艾慷慨的悲情。贺培新《次均和子建》对李葆光幽微的内心有强烈共鸣：

> 醉翁疾俗慨时危，屏绝百虑掩双扉，濡染大笔不停挥。立言苦冀千

① 贺培新著，王达敏、王九一、王一村整理：《贺培新集》，凤凰出版社2016年版，第2页。
② 李葆光：《涵象轩诗集》，民国二十四年刊本，卷二。

秋知。灏灏元气纵横时，千车万马来奔驰。十年薄宦无余酏，空留人间千首诗。百代茫茫朝暮曦，倏君玖鬓我生髭。大江沄沄去不归，飘风卷浪如翻麾。贤愚一例何是非，那须简册光芒垂。秋风漠漠催寒衣，红枣万颗飘深溪。趣更野服履革鞮，青流蹴踏蓁莽披，伫看燕采涧边泥。①

“醉翁疾俗慨时危，屏绝百虑掩双扉”，他们无可奈何，幽居深隐，只能以“立言”实现生命的完满。他们信仰的是承载着“灏灏元气”的文章，揭示社会人生的发展大道，借此经世垂训，挽国家衰亡于既倒，建人文之极于未肇。他们志量宏远而含悲，辞气闳肆夭矫而用微，深得衰世诗歌亢健萧肃、高古幽怨之美的精髓。有感于此，李葆光三复“危”字韵，《七夕前一日叠韵答孔才》《孔才来诗多忧虑之旨，并促予和，乃三次前韵以答之》均畅述此情。贺培新的一些诗歌中曾论述到李葆光诗歌的艺术渊源与特色。从诗歌的艺术渊源来看，贺培新认为李葆光“翻身高揖千秋上，昌谷昌黎恣幽赏”（《十二叠均寄涵象轩主人》）②，又说“边荒借助诗人兴，坟典钟彝八代文”（《次均子建见寄》）③，可见他的诗歌浸淫儒家经典，诗艺从李贺、韩愈入手，抗心希古，追求高古之境。李葆光任职东省的经历使他得江山之助，而“浩漫烟涛遍九州”（《次均子建见寄》）的时事，也令一个赤诚的爱国者“佯狂跌宕兴悠悠”（《次均子建见寄》），或不得已“花径离披觉殊好，柴门寂寞自忘忧”（《次均子建见寄》）。李葆光的诗歌写内心的幽愤，以人、事、景形诸风咏，营造出一种“萧萧落木满庭秋”（《次均子建见寄》）的老苍悲感的情调。

与李葆光交游密切的北方桐城派文人尚有籍忠寅、邓毓怡。籍忠寅（1877—1930），字亮侪，号困斋，直隶任丘（今河北省任丘市）人。邓毓怡（1880—1929），字和甫，号拙园，直隶大城（今河北省廊坊市大城县）人。二人均师从吴汝纶，受古文法，是吴汝纶晚年得意弟子，后游学日本，归国

① 贺培新著，王达敏、王九一、王一村整理：《贺培新集》，凤凰出版社2016年版，第155页。
② 贺培新著，王达敏、王九一、王一村整理：《贺培新集》，凤凰出版社2016年版，第167页。
③ 贺培新著，王达敏、王九一、王一村整理：《贺培新集》，凤凰出版社2016年版，第172页。

后从事教育事业。籍氏热衷政治，清末参与宪政改革，入民国为北京临时参议院议员、国会参议院议员，参与发起护国运动。邓氏入民国后曾任众议院议员、大总统府谘议等职，与籍氏都是民国宪政运动的核心人物。20世纪20年代末期政治失势后，二人闭门幽居，重理文章事业，以吟咏自娱。李葆光说："二公皆遇我厚，每论文计事必披沥直陈，以依违两可为耻。籍公深明政治情伪，于时贤才能之高下衡量精审，言之如明镜摄物，清泉泻影，妍媸毕宣，毫发罔遁。邓公则留意文翰与哲理，举凡古今名人之著作，中西事物之发明，信口月旦，无不批窾导窍，犁然有当于人心。二公辩才，各有独到。籍公侃侃，剑气逼人；邓公娓娓，醇醪欲醉。异曲同功，未易轩轾。追陪既久，益觉嗣宗之慎言过当，当为无足取也。夫轲、愈、屈、贾辈横绝千古，岂二公所能望。然二公才气飙发，要为一时之彦，今皆墓木拱矣。平生知己，以二公为最。"① 其他与李葆光交游密切的北方桐城派人物还有王树楠、刘登瀛、贾恩绂、齐福丕、尚秉和、高步瀛、李广濂等人，限于篇幅，这里就不一一叙述了。

（三）李葆光与北方桐城派文人交游的文化特质与意义

李葆光与北方桐城派文人的交游与文学活动具有传统文学流派中文人间交游唱酬的基本特征。但是，晚清民国时期的政治社会和文化环境的巨变，也使他们的交游展现出独特的时代、地域的文化意义。

首先，在晚清民国中西文化激烈碰撞，西学涌入，中学被改革和革命思潮不断冲击以至于衰落的文化背景下，以文章绍述文统，守护华夏数千年来一脉相承的文脉与道统，传承华夏文明，是李葆光等北方桐城派文士共同的生命精神和文化理想。他们所祖述的文统，有强烈的经世意识和文化价值，由贺涛、吴汝纶、张裕钊、曾国藩上追桐城三祖、唐宋八家以至周秦诸子。这一文士群体文统意识的新意在于，以曾国藩的事功与文章为核心，重新阐释了"文"的功能与价值，建构了以桐城派为核心的明清文脉系统，并以此为主线，下沿到当代。这在新文化思潮风起云涌的现当代文学中，是一股坚

① 李葆光：《涵象轩诗集》，民国二十四年刊本，卷二。

守传统文脉的潮流。其新与旧、保守与进步暂且不讨论，他们的诗古文作品中蕴含的中华文明本位意识，守正创新、经世致用、知行合一的方法论意义，以及由此建构起来的发扬蹈厉、慷慨悲壮、自觉而觉人的“豪杰”人格与晚清民国以来爱国爱民的仁人志士的人格精神异曲同工。也正是由这种文化的自信确立了民族精神的自觉，并推动了民族国家的独立自主。

其次，吴闿生继承乃父吴汝纶的文章事业，是民国时期北方桐城派的中心人物。不仅吴汝纶任职深州、冀州的追随者，莲池书院的诸弟子都与吴闿生保持密切的交往，奉他为桐城文章正宗。这些追随者和弟子的子侄们也相继投到吴闿生门下，成为其主盟的大型社团“文学社”的成员。在内忧外患、新文化运动方兴未艾之时，文学社成员共同坚守着斯文一脉的传承，竭力融新知于旧学，以再造文明。但是，以吴闿生为中心的北方桐城派文士群体，与传统意义上的文学流派是有很大不同的。他们的聚合因文学而结缘，因科举制度下师生授受形成的交谊为纽带；在内忧外患、文化革新的时代背景下，他们因共同的文化理想、时代精神的感召，不仅在文学与经史学术上用心，更在民主政治、风俗革新、教育、法律、实业、出版等多领域都有不俗的业绩。“吴门弟子或为革命家，或为抗日志士，或为学者，或为小说家、戏曲家，等等，多非传统意义上的桐城文士。”① 他们在大转折年代是一群坚守华夏文明传统，以道统斯文立身，以所学专业技能奔走国是，又有个体生命自觉精神的现代文人。李葆光习法律，先后在东北、北京任职地方审判庭审判官，其本职是民国司法系统的法律工作者，因家学渊源，又从吴闿生习诗古文。他的文化身份与传统文士有着巨大差别，而与北方桐城派文士的交游，也具有超出文学本身的更为丰富和复杂的现代社会意义和时代特征。可以说，受时代精神的影响，李葆光与北方桐城派的聚合已超出桐城派作为文学社团的界限，具有学派和政治文化团体的某种特质。

再次，李葆光所交游的对象不限于直隶，有不少文士来自其他省份，但

---

① 王达敏：《论桐城派的现代转型》，《安徽大学学报（哲学社会科学版）》2016 年第 6 期，第 55 页。

以直隶为多。他们以师友关系为纽带，又具有共同地域文化浸润的乡谊优势。因此，李葆光与北方桐城派文士的交游体现出明显的地域包容性，但也别具一种燕赵地域文化特征。桐城派自清初兴起以来，流衍全国十八省，与不同地域文化的会通化合，形成诸如阳湖派、湘乡派、莲池派等多个有重要影响力的地域中心。桐城派在北方的传播，以河南、山东、山西、直隶为中心，但影响力最大的是直隶莲池书院文人群体。这一群体的形成与曾国藩、李鸿章先后任直隶总督，提倡文教事业有重要关系。而直隶本为畿辅首善之区，清王朝政教之本，自方苞与颜李学派代表人物李塨密切交游，相互援引，经颜李学派的接引，桐城派在直隶已经开枝散叶。彼时直隶文士王源、王兆符、李习仁、王又朴、陈浩、尹会一等均受方苞影响而习古文。其后方苞族侄方观承任职直隶，后为直隶总督，其政风与文章对畿辅清切雅正的文风影响极为深远。在其主持下，莲池书院山长多为名儒硕学，他们共同影响了乾隆时期直隶的学风和文风，拓展了桐城派在畿辅传播的风气。其后曾国藩任直隶总督，黄彭年、张裕钊、吴汝纶均以桐城派诗古文和经史之学号召畿辅士林，开启了以经史学问为根底，经世致用、中西会通、道艺兼修的学术新风。以至形成了以莲池书院学子为核心的莲池学派文士群体，完成了桐城派重心的北移。[①] 但是，文化的传播多是双向互动而融通化合的，桐城派在直隶的传播也是如此。不可否认的是，桐城派作为一种时代思潮影响下形成的学术和文学精神、一套文章创作义法具有超越地域、时代的意义和价值，故能够在全国广泛传播开来。其代表人物在直隶的政教和文学活动确实起到过引领士林，一新学风和文风的历史作用。但是，直隶文士研习桐城派学术和文章并不固陋。他们主动接引和融入其他地域或全国性学术和文学思潮、流派在本土的传播，打破了地域文化的封闭性，有着清醒的国家文化整体意识。同时，他们将燕赵文脉融入整个文脉体系中，借以完善地方文脉的叙写，以融入华夏文脉和道统，从而促进了地域文化增殖和升华，为华夏文明生生不息的发展

① 参见李艳丽、于广杰《王树楠题画诗的生命忧思与文人趣味》，《河北大学学报（哲学社会科学版）》2020 年第 2 期，第 37—45 页。

提供了原发性的动力。

二、李葆光与东省松江修暇社、遁园吟社

（一）李葆光与吉林松江修暇社

民国初年，李葆光任职吉林，入松江修暇社。松江修暇社于民国五年（1916）成立，以吉林省省长郭宗熙为首，雷飞鹏、栾骏声、瞿方梅、王闻长、成本璞、阐毓泽、成多禄、李葆光、程嘉绂、范景荣、孙葆瑨、洪汝沖、郑家溉、胡大华为骨干，凡十五人。郭宗熙是湖南人，于宣统元年（1909）6月2日来吉林省任东南兵备道，驻珲春城，管理珲春、延吉、绥芬一带边务和关税。其后，几经升迁，于民国五年（1916）7月26日，总统黎元洪任为吉林省省长，民国八年（1919）辞职。其他成员除寓居北京的吉林籍文士成多禄以外，都是从南方追随郭宗熙而来的僚属。松江修暇社先后举行了9次雅集活动（见《松江修暇社集情况一览表》），雅集的地点主要是吉林北山、龙潭山等名胜风景区。

松江修暇社诸人诗歌唱和的内容，雷飞鹏在《松江修暇社启》中说："时日有暇，开经望益，摅昶天签，殊趣同归。或好梁父之吟，或负塞下之书，或兴广武之叹，或发苏门之啸。"① "梁父之吟"，指诗社同仁书写如同诸葛亮躬耕南阳、高卧隆中时的隐逸之思和高士情怀。"塞下之书"指诗社同仁多为关内人士，今远宦东北边疆，借描写边地自然风光，以写亲人离别之苦、思乡之情及朋从文宴之乐。"广武之叹"的"广武"指楚汉之际荥阳东北广武山上之古城。此城有东西二城，相距约二百步，中隔广武涧。楚汉相争时，刘邦屯西城，项羽屯东城，互相对峙。"广武之叹"则指诗社同仁感于民国初年"万方多艰，沴孽未解"，表达对军阀纷争给国家和人民造成巨大创伤的哀叹，流露出期盼国家统一、人民幸福的社会理想。"苏门之啸"，《晋书·阮籍传》

---

① 李澍田主编，蒙一丁、李国芳、杨开丽等整理：《长白丛书（五集）·松江休暇集》，吉林文史出版社1991年版，第100页。

曰："籍尝于苏门山遇孙登，与商略终古及栖神道气之术。登皆不应，籍因长啸而退。至半岭，闻有声若鸾凤之音，响于岩谷，乃登之啸也。"① 这里则是将诗社同仁抒写难以自已、缥缈不群的高逸志趣的诗歌比喻为"苏门之啸"。松江修暇社文人雅集活动对于东北文化与文学的传承和发展具有重要的意义。雷飞鹏在《松江修暇社启》中梳理了东北地区从上古至清初的文明史迹，对影响此地文化与文学发展的管宁、邴原、张邵、洪皓、杨友声、吴兆骞等人的文采风流做了重点的叙述，将松江修暇社雅集置于东北文脉的统系之中，赋予这一活动厚重的历史价值和文化意义。另外，吉林山水经文人诗思点化，趣灵而神异，使东北自然风光进入文学史中，焕发出独具人文精神的巨大魅力；而诗人也将风雅之道融入自然审美，在诗酒风流中畅神悦性。松江修暇社活动期间，正逢各派军阀混战以及复辟与反复辟的复杂斗争，国家和人民处于水深火热的生活中，文人们"旁皇文宴"，虽不值得崇尚效仿，但是以诗歌陶冶性情，流连山水，抒发情志，感慨时事，也是一段"发乎情，止乎礼义"的风雅。

李葆光与松江修暇社主人的唱和之作善于写景，每有兴寄。如《陪颐庵节使大水渡江寻秋农圃分韵得一字》诗曰："古渡逗轻舸，佳游随六一。十日雨悬江，一晴远山密。田禾交午风，岸草净如栉。农圃对青郭，墙头出枣栗。新秋信足娱，孤亭可抱膝。俯仰斯须间，浮云悟得失"②，诗笔写景如在目前，清新可喜。又如《新秋感怀仍用澹堪韵》诗曰："终岁簿书愁鞅掌，新秋郊野暂徘徊。日涵江渚千龙睡，雨过云山万马来。避地仲宣空有赋，登车孟博岂无才。邱原极目枢榆茂，坐看他人筚路开"③，寄情风景之中，自伤难遇，且伤时乱，多有仕进蹇塞、怀归不得的牢骚不平。李葆光的诗歌受李刚己、吴闿生的影响，很少专为摹写风景而作，多有兴寄。身世之感、生命之思、家国之痛、文道之忧构成其诗歌情志的核心，诗笔传达诗思的语言结构、意境

① ［唐］房玄龄：《晋书》，中华书局 1996 年版，卷四十九。

② 李葆光：《涵象轩诗集》，民国二十四年刊本，卷一。

③ 李葆光：《涵象轩诗集》，民国二十四年刊本，卷一。

营造也围绕这些主题展开。如《书怀步澹堪韵》《北山看红叶》《立夏日陪颐庵节使饯春山寺见杏花盛开》《四月三日展禊江曲》诸诗，或瘦硬老健、开合有致有似黄庭坚，或绵密蕴藉、思致幽邈有似晚唐诸家，或昂扬奇异、刚健磅礴有似韩愈，总能诗思飞动、景余情韵而兴寄遥深，体现了桐城派诗歌的义法韵致和燕赵才士慷慨低徊的内行之美。

表 1　松江修暇社集情况一览表①

社集次序	参与人	诗词唱和情况
第一集	雷飞鹏（艾室）、栾骏声（睡石）、郭宗熙（颐庵）、瞿方梅（非园）、王闻长（酌笙）、成本璞（棹渔）、李葆光（子健）、阐毓泽（润斋）、成多禄（澹堪）	同游吉林北山，唱和纪游
第二集	成多禄（澹堪）、栾骏声（睡石）、瞿方梅（非园）、李葆光（子健）、阐毓泽（润斋）、王闻长（酌笙）、雷飞鹏（艾室）、郭宗熙（颐庵）、成本璞（棹渔）	北山雅集唱和
第三集	郭宗熙（颐庵）、李葆光（子健）、阐毓泽（润斋）、雷飞鹏（艾室）、栾骏声（睡石）、王闻长（酌笙）、成多禄（澹堪）、成本璞（棹渔）、瞿方梅（非园）	渡江秋集农场唱和
第四集	栾骏声（睡石）、成本璞（棹渔）、廖楚璜（麓樵）、范璟荣（湘梅）、雷飞鹏（艾室）、郭宗熙（颐庵）、李葆光（子健）、程嘉绂（思睿）、王闻长（酌笙）、瞿方梅（非园）、阐毓泽（润斋）	是集为七夕后二日，颐庵招邀同人从船厂北岸登舟往游尼什哈山，风景满目，拈题限韵各有所赋
第五集	孙葆瑨（幼谷）、王闻长（酌笙）、郭宗熙（颐庵）、瞿方梅（非园）、洪汝冲（未丹）、栾骏声（睡石）、廖楚璜（麓樵）、阐毓泽（润斋）、范璟荣（湘梅）、李葆光（子健）、程嘉绂（思睿）、雷飞鹏（艾室）、成多禄（澹堪）	九月九日北山高会，拈韵得“千年烟边田”五字，分赋七律，禁用重九登高故事
第六集	瞿方梅（非园）、雷飞鹏（艾室）、王闻长（酌笙）、李葆光（子健）、阐毓泽（润斋）、栾骏声（睡石）、郭宗熙（颐庵）、廖楚璜（麓樵）、程嘉绂（思睿）	北山雅集，看红叶

① 此表根据李澍田主编，蒙一丁、李国芳、杨开丽等整理《长白丛书（五集）·松江休暇集》（吉林文史出版社 1991 年版）整理而成。

续表

社集次序	参与人	诗词唱和情况
第七集	阐毓泽（润斋）、李葆光（子健）、王闻长（酌笙）、瞿方梅（非园）、栾骏声（睡石）、郑家溉（从耘）、雷飞鹏（艾室）、洪汝冲（未丹）、郭宗熙（颐庵）、廖楚璜（麓樵）	北山雪后雅集高宴，食松江白鱼
第八集	郭宗熙（颐庵）、瞿方梅（非园）、栾骏声（睡石）、雷飞鹏（艾室）、洪汝冲（未丹）、郑家溉（从耘）、廖楚璜（麓樵）、阐毓泽（润斋）、李葆光（子健）、孙葆瑨（幼谷）	游北山，饯春山寺
第九集	栾骏声（睡石）、郑家溉（从耘）、瞿方梅（非园）、胡大华（濂周）、雷飞鹏（艾室）、洪汝冲（未丹）、李葆光（子健）、孙葆瑨（幼谷）、郭宗熙（颐庵）	四月三日修褉事

（二）李葆光与哈尔滨遁园吟社

李葆光于民国十二年（1923）四月赴哈尔滨任东省特别区域地方审判厅检察所主任检察官。期间与祝谏、成多禄、柳济、马忠骏等人诗歌唱和，交游颇为密切。成多禄为吉林松江修暇社诗友，寓居北京，二人唱和多为函牍往来。祝谏（1877—1955），字果忱，浙江兰溪人，此时为东省特别区域高等审判厅推事，擅长诗歌。祝谏评李葆光诗歌曰：

> 迹君所为诗，飙举显神勇。豪气水潆洄，刚峰地拔耸。文体极万变，乍读心懵懂。严霜万木枯，旭日五云捧。浮华既刊若，聃出见荒冗。有时振奇语，山岳为撼动。安置百妥帖，栋榱及栿栱。藻缋余事耳，精纯蕴丹汞。裔本昌谷衍，根是青莲种。锲之倘不舍，百家一身总。①

认为李葆光才雄气举，其诗歌雄放豪肆，构思精研，善于锻炼，能立言有物，曲喻传神；指出其诗歌渊源李白、李贺奇情壮采而内蕴精纯。此时的李葆光

① 李葆光：《涵象轩诗集》，民国二十四年刊本，题辞。

精神状态比较压抑，自言“昔我下帷探玄赜，欲与马班争一席。只今病如刍践脊，乱流何处寻泉脉”（《祝果忱主任谏约游俄国公园因示近作草书歌一章》）。从其诗歌来看，主要是因为时局严峻和生活压力。其《将赴滨江倒用前韵一首》诗曰：

> 疾风吹太行，千里向东倒。堕我几案间，豪兴知多少。战马蹂中原，白骨卧边草。岂有七尺躯，而向书丛老。①

又《江堤晚景》诗作于到达哈尔滨的六月十五日，此时黎元洪因军阀内斗而去职总统，诗曰：

> 新丰久客无人识，黑水迢迢复此行。江外荒烟红日下，桥头杰阁碧云平。穷边几日迴征骑，故国于今飞乱莺。南陌龙槐犹在否，可怜群蚁又寻兵。②

伤己之流落东北边荒，又伤家国内忧外患，寄兴夕阳江景，沉郁悲慨有如老杜。其他《次韵答柳少峰济》《前韵少峰再唱因再答》《病中阅战报十八韵》《滨江近境避暑》诸五七言排律，则直陈时事，抒发内心的苦闷不平，甚至可以说是长歌当哭。在这样的时代环境和精神状态下，李葆光只有在自然风光的游览和师友同好的唱和中获得心灵的悦适。此时，他参与了马忠骏主持的遁园吟社雅集。遁园是东省特别区域市政管理局局长马忠骏于民国八年（1919）开始营建的园林，作为退隐躬耕之所。园林采用江南园林建筑风格，而面积广阔，有农场、果园、养殖场。马忠骏遁园落成后，很快成为文人们游览唱和之所。成多禄《遁园杂俎序》曰：

---

① 李葆光：《涵象轩诗集》，民国二十四年刊本，卷二。

② 李葆光：《涵象轩诗集》，民国二十四年刊本，卷三。

海城马遁翁忠骏者，豪华人也。岁晚悟道，弃官而归农，爰躬耕于马家屯，饶有园亭花木之胜，且自筑生圹以自誓，意泊如也。余既一再赋小诗贻之，于是，张、袁诸君皆闻风兴起，诗筒相属于道。同社生半园张鬊，又从而张之；新城王晋卿方伯，为当代文章巨子，首宠以大篇，而海内耆彦纷纷以遁园为星宿海矣。①

据《遁园杂俎》一书统计，其诗友多达百余人，其中有著名文人祝谏、张朝墉、林纾、王树楠、宋伯鲁、成多禄、陈浏、钟广生、章士钊、孙雄、柯绍忞、郭则沄、吴玉如等。民国二十九年（1940）经马忠骏整理，遁园吟社唱和诗文被辑为12卷，名曰《遁园杂俎》，其中文集2卷，诗集10卷。遁园吟社的大量诗作是遁园文化风景的再现，也是马忠骏等人生活和精神的写照。陈浏《过遁园》诗曰："身世擅豪华，朱楼倚钿车。如今营别业，风味似田家。老去依村僻，学农亦学圃。不更起台榭，清霄闹歌舞。京洛闻声早，衣云几变更。多君知止足，蓑笠送平生。风物满郊原，村翁杖履尊。国中方扰攘，此地是桃源。"② 此诗名为题赠马忠骏之作，实际道出了不少遁园吟社诗人的身世和心态。他们无法左右时局，却又不甘心看着军阀混战、列强窥伺的内忧外患使家国沦落到万劫不复的深渊。在所有的变与不变的过渡时期，像马忠骏这样的官场失意者也就选择了退隐或者自我边缘化。他们的诗歌不是时代的最强音，确是当时"体制内"文人的一种生活和精神状态的缩影，有其生动深刻而无可奈何的时代性。

民国十二年（1923）四月，李葆光赴哈尔滨任伊始，他就参与了遁园吟社，与马忠骏有诗歌唱和。此年九月十六日，马忠骏在遁园营建生圹既成，李葆光有《送南郊马遁园忠骏生圹，时日本地震，中国亦整乱未已》：

---

① 马忠骏：《遁园杂俎》，李兴盛、安春杰主编《何陋居集（外二十一种）》，黑龙江人民出版社1997年版，第1548页。

② 马忠骏：《遁园杂俎》，李兴盛、安春杰主编《何陋居集（外二十一种）》，黑龙江人民出版社1997年版，第1548页。

鬼挽群生入九幽，名都弹指沈大海。彭殇万劫谁能分，丹砂九转渺难待。柴门倒启陂陀边，树梢陵日花浮烟。遁园遁此营生圹，欲以无生却尘缘。尘缘蜂集不可扫，富岳虽尊亦自倒。达人古有洗耳翁，羞将乾坤芥素抱。①

此诗体会马忠骏营建生圹逃避世乱尘缘的心理，却又放在日本大地震与军阀混战的时事背景中，用心实在良苦。后来历史的发展证明，正是日本1923年的大地震推动了日本侵华扩张的步伐，而军阀混战、南北分裂也使中国进一步陷入内忧外患的深渊。民国十四年（1925）四月二十八日，李葆光重游遁园，作《重游遁园赠园主》：

何须痛哭骄藩祸，暴雨狂风不日休。岂有雄图开万国，独将高蹈挥千秋。偎墙小树纷遮眼，入户飞花乱打头。物外重来经几劫，茫茫八海尽戈矛。②

“骄藩”指民国拥兵自重的南北军阀。自1920年至1925年，直系、奉系、皖系、中央军、桂系、西北军、晋军之间爆发了数次内战。虽然至1929年，蒋介石国民政府通过北伐战争、中原大战形式上统一了中国，但是内部的矛盾和斗争依然非常激烈，战争所及，一片焦土。所以，李葆光称为“骄藩之祸”，且此祸交相迭仍，“暴雨狂风不日休”。而马忠骏筑园高蹈，袖手天下事，虽是迫于奉系军阀内部的政治矛盾和斗争，而在园主人未必不是一段生命的闲适和自在，对“茫茫八海尽戈矛”的家国之劫却只能徒唤奈何了。民国二十年（1931）四月十一日李葆光有《遁园会饮和遁庵》诗：

东风一夜扫春寒，雪尽不愁行路难。野陌渐生书带草，江冰欲破水

---

① 李葆光：《涵象轩诗集》，民国二十四年刊本，卷四。

② 李葆光：《涵象轩诗集》，民国二十四年刊本，卷四。

晶盘。重来鸡犬浑相识，小憩园林要细看。病后自嗟诗力退，辨翎何以伍文鸾。①

这首诗摹写遁园景色清丽精工，颇见精神，但是也能从诗中看出李葆光有见于时事的意懒心态。不数月间，日本发动“九一八”事变，强占中国东北。李葆光与诗社同仁都面临着生命的抉择。有的诗友拒绝与日伪合作而漂泊他处，有的出仕敌伪政权，有的则先后隐遁而逝。李葆光辞官归关内，寓居北京。

遁园吟社雅集在李葆光内心留下了非常深刻的印记，其中有朋从交游美好的回忆，也有日本侵华而造成的不尽的家国深痛。作于民国二十二年（1933）的《忆滨江旧游》曰：

觞豆无存坐客稀，夜深始自酒家归。逐人灯影冲寒出，穿巷车声破雾飞。过眼欢娱何处问，回头景物已全非。十年历历前游迹，话到滨江泪满衣。②

又《东客来》诗曰：

客自滨江来，问我旧栽树。树已摧为薪，门巷不如故。我昔何太忍，鬻骆师白傅。遂令走战场，骏足死穷驭。诗社旧友朋，强半溘朝露。亦有仕新朝，间谍出徒御。摸棱冀瓦全，祸机来指顾。赫赫马遁园，四方服雅度。一朝中飞文，缇骑迫就路。善类尽夷芟，谁复念黎庶。田塍长榛蒿，绿林有虎踞。种种亡国恨，流涕听君诉。大风起西海，万马力东注。疑见日车翻，未息蛟龙怒。神州理当兴，横流欲飞渡。及时投袂起，

① 李葆光：《涵象轩诗集》，民国二十四年刊本，卷五。
② 李葆光：《涵象轩诗集》，民国二十四年刊本，卷六。

狂态请君恕。①

国土沦亡，物故人非。昔日诗社的同仁境遇各别，遁园的诗酒繁华、文采风流零落殆尽。李葆光对此有深哀大痛。痛亡国之恨，痛风流不再、斯文沦丧。当然，他是悲愤而昂扬的，始终抱着终将驱除侵略者、国家将兴的必胜信心的。

李葆光与遁园吟社同仁们的大量诗作，摹写自然风光、田园之趣，吟咏洁身自好、退隐园林的高蹈之情，虽然有回避民族与社会矛盾、追求自我实现、逃避现实的消极保守的倾向，体现了传统文士保守而自我的趣味。但他们大多数人不同流合污，坚守文人的气节，某种程度上也暴露和批判社会的黑暗，关心国家和人民的命运，展现出一种忧患精神和救世意识，是有一定历史进步意义的。而他们将盛于江南、中原、京师的文人结社活动以宏奖斯文的文学精神在相对落后的东北地区推动开来，对活跃当地的诗歌创作、提升文学层次也有一定的积极作用。在当时欧化与殖民文化甚浓的哈尔滨市，这种具有我国民族特色的诗社与诗歌创作活动表现出的华夏本位意识和爱国主义精神，对当地的文化建设、人才教育，乃至人文地理的发现和塑造都有极大的历史文化意义。另外，李葆光的政治地位和诗才未能如吴汝纶、贺涛等人足以开宗立派，但他与东北文人的诗歌唱和乃至抗颜为师，使桐城诗学的流风余韵传衍到了东北地区，对桐城诗学传播和影响力的扩大具有一定的作用。

三、李葆光与北方桐城派文人的倚声之作

北方桐城派诸家，如张裕钊、吴汝纶、贺涛、吴闿生等人没有词作传世。贺涛专注古文，甚至诗歌创作都极少。其他长于诗歌的北方桐城派诸人如弓汝贞、赵宗忭、韩德铭、籍忠寅、邓毓怡、高步瀛、贾恩绂等人均无词作传

① 李葆光：《涵象轩诗集》，民国二十四年刊本，卷六。

世。黄彭年作为北方桐城派的重要人物主持咸同以来畿辅文教事业十余年，开启了直隶学术和文章的新风。他浸染浙西词派的风习，能出于学者自觉和文人性情超拔而上，与汇聚京师的词坛名宿交游唱和，应该说是晚清词学发展的重要参与者，尤其对常州词派的崛起非常敏锐，较早阐述和传播常州词派词学思想，成为推动常州词派在畿辅传播的重要人物。同时，他与陈钟祥、谢章铤等论词于莲池书院，客观上推动了北方桐城派词学的兴起，对陈永寿、李刚己、常堉璋、王树楠、李葆光、刘世衡等北方桐城派文人的词学活动有较为深远的影响。

陈永寿（1853—1914），字同山，直隶清苑（今河北清苑）人。光绪二十年（1894）成进士，授内阁中书，官河南知县。豫抚刘树堂、河督任道熔常任直隶，知其才，争招之幕中。光绪二十三年（1897）分校河南乡试，署考城知县，后连署祥符、唐县。陈永寿的词学由诸崇俭启蒙，以为诗词“风雅之宗，大抵因物起兴，寄托遥深，言如此而意在彼。所谓诗中有人在，诗外有事在也”①。后来入莲池书院，从王振纲、黄彭年问学，得到曾国藩的称许，“试莲池书院有名，得进谒于曾文正公，称勉之，以是益肆力于学”②，为莲池书院高才弟子，有《竹所词存》一卷传世。陈永寿的词涉及怀古、咏怀、闺情、咏物、羁旅、节序、谈艺、交游等广泛的题材。喜填长调《满江红》《水调歌头》《念奴娇》《齐天乐》《疏影》，出入苏轼、辛弃疾、姜夔、张炎诸家，疏宕慷慨，低徊幽咽，多胸中语。陈永寿科举起步较晚，长期在保定、定州、正定等府县游幕或从教。他的诗词多写当地的山水风景、风土人情，对点染乡帮文物精神，促进地方文化建设有积极的意义。如《念奴娇·黄金台怀古》：

蓟门秋霁。但寒烟衰草，淡鸦斜日。笳吹悲凉龙塞晚，为问金台旧迹。断础尘埋，残碑苔绣，终古燕山碧。登高纵目，西风落叶萧瑟。当

① ［清］陈永寿：《莲漪馆遗稿》，民国抄本，卷首。
② ［清］陈永寿：《莲漪馆遗稿》，民国抄本，卷首。

年骏骨求才，乌头立誓。积愤填胸臆。霸业兴亡如转毂，往事何堪回忆。物换星移，奇材辈出，世有谁人识。临风舒啸，易水东流不息。[1]

《昭明文选》卷二十八鲍照《放歌行》曰：“岂伊白璧赐，将起黄金台。”唐李善注：“王隐《晋书》曰：‘段匹磾讨石勒，进屯故安县故燕太子丹金台。’《上谷郡图经》曰：‘黄金台，易水东南十八里，燕昭王置千金于台上，以延天下之士。’二说既异，故具引之。”[2] 唐宋以来，诗中用“黄金台”“燕台”典故多指燕昭王黄金台，或表达经游燕地的怀古之情，或表达文士希求得到帝王赏识礼遇、实现个人政治理想和生命价值的思想。不论是怀古或思今、得志或失意、喜悦或悲慨，均将“黄金台”“燕台”视为君王礼贤下士，士人得以实现理想抱负的象征。宋元以来诗词中用“燕台”典故，多指燕太子丹金台，并与荆轲刺秦相联系。尤其明末清初岭南遗民屈大均、王邦畿、陈子升、陈恭尹、梁佩兰等人组织的西园诗社“燕台怀古”雅集，更是将明遗民的复国政治意识与先秦的侠义精神相结合，反映了社中诸子的复仇心理和尚侠精神。[3] 清初文人朱彝尊、宋琬、彭而述都有“燕台怀古”之词，宋琬《满江红》（燕台怀古）以荆轲刺秦为主线，融汇了高渐离、张良等人刺杀秦王的壮举，奏成一曲天下义士反抗暴秦的慷慨悲歌。晚清以来词人如蒋春霖、谭献、王鹏运、陈锐、俞陛云等人“燕台怀古”词将文人京都倦游、思乡念远、时事沧桑揉入词中，慷慨悲壮的侠义精神、敦厚恳挚的家国之怀、牢落无着的生命之思所形成的高古沉郁之风在这些词中徘徊荡漾着。其中王鹏运《西河》（燕台怀古）“酒酣击筑讯旧市，是荆高、歌哭乡里。眼底莫论何世，又卢沟冷月，无言愁对，易水萧萧悲风里”，长歌当哭，真有无可奈何而动人心

---

① ［清］陈永寿：《莲漪馆遗稿》，民国抄本，卷一。

② ［梁］萧统编，［唐］李善注：《文选》，上海古籍出版社 1986 年版，第 1329 页。

③ 屈向邦《粤东诗话》云：“番禺王说作邦畿《燕台怀古》诗云云。说作怀亡国之痛，悲天下事无可为，思如荆轲之击秦，或亦泄愤之道。适遇社题《燕台怀古》，乃尽情泄发之。上半言欲如荆轲之击秦，下半则故宫禾黍，遗臣兴周道之悲矣。大抵明季士大多有此想。如陈独漉《再度北游留别诸同人》向云‘入楚客无燕匕首，送行人有白衣冠’，亦以荆轲为言。社题本怀古，十律以独漉之作为杰出。独漉此题有‘生湛秦胸计已疏’句，说作或先见之，故以三四句为和答乎？”

魄的力量。陈永寿此词登黄金台而怀古，对唐宋以来词中“黄金台”“燕台”意象有所提炼。上片写景，黄金台一片荒凉破败的景象，而登高纵目，望中的畿辅“西风落叶萧瑟”。眼前萧瑟的秋色和胸中乱世的悲凉，两相映照，虚实相生。下片由空间的描写进入历史的怀想和省思。千古以来，兴亡的核心是人才，得人才者兴起王霸之业。而千里马常有，伯乐不常有，“物换星移，奇材辈出”，又有谁人能够识人善任呢？一段身世之感和现实忧思油然而出，令人俯仰慨叹，又无可奈何。“临风舒啸，易水东流不息”，言尽而意无穷，比之曹尔堪《金人捧露盘·黄金台怀古》末句“兴亡何限，荒台畔、春草年年”更加蕴藉深沉。从词法角度讲，此词铺叙黄金台周边景物，凭吊往古，抒发今昔之感和现实忧思，宛转有法，一气呵成，与苏轼《念奴娇·赤壁怀古》如出一辙。另如《水调歌头·登定武试院揽胜楼》是陈永寿游幕定州时登试院揽胜楼的游览之作。词中写定州形胜，“倚恒山，回滱水，宋军州。塔移日影，寒鸦点点带城陬”，又“为问兰亭妙墨，待访东坡片石，云物总悠悠”，有欧阳询临摹《兰亭序》刻石、苏轼雪浪石可堪寻访，不愧畿南名郡，人文渊薮。词的上下两片结语“早晚顺风去，暂为稻粱谋”“今古一搔首，逸兴傲沧洲”，前后照应，恬退自然，雅逸清高之情流溢而出。

李刚己长于诗古文，早年尝作小词，与同学常堉璋相唱和。《满庭芳·感旧并索济生和章，用秦少游别意韵》词曰：

> 绕地歌清，连天月皎，秋风又到都门。章台花下，几度共清樽。最忆天津道上，醉梦里、丝管纷纷。酒醒处，匝船蒲苇，灯火出荒村。
> 伤魂。才几日，胜游雨散，故侣星分。试樽前检点，几辈犹存。回首旧游何处，三年事、一梦无痕。莫惆怅，寒鸦疏木，风雨送黄昏。①

常堉璋（1869—?），字稷生，号寄斋，直隶饶阳人。光绪二十年（1894）副榜贡生，后考选优贡。长于诗古文，书画精能。其《满庭芳·和刚己怀旧次

① 于广杰编著：《历代燕赵词全编》，中国社会科学出版社 2022 年版，第 1378 页。

原韵》词曰：

旧梦如云，流年似水，岂怀盛会都门。莲叶池上，几辈共琴尊。最是探骊诗句，刘郎外、余子纷纷。到今日，鸿来信杳，望断暮烟村。怆魂。休更忆、惟吾与子，愁病平分。纵为欢尽日，豪兴何存。又恐异时怀旧，羡今朝、月影花痕。好珍重，秋来风月，容易又黄昏。[①]

二人唱和时在光绪二十三年（1897）秋，词中满是旧游星散、欢聚不在、前路茫茫的感慨与清愁。二人用《满庭芳》反复唱和。常堉璋围绕此义，慨念生平，生出无限今昔之感，又成二阕赠李刚己。《满庭芳》其一词曰：

一棹烟波，主家眷属，昔年道出吴门。沿江上下，醉我（处）酒盈樽。莫问吴头楚尾，送迎处、冠履约纷。一弹指，沧桑变了，归我故山村。 梦魂。犹记归、千帆海市，九派江分。试净揩双眼，故物何存。典到肃鹴裘也，是当年、宿酒留痕。萧条杀，秋风客况，清晓又黄昏。[②]

词中叙写他在吴门、楚中、都下的行旅和交游，追悼旧游，感愤时局，情思在时间轴线的往复中，将乡情与客况、现实与理想的矛盾揭示出来，以凄音苦节写出晚清畿辅士人在求学求仕阶段的内心世界，映照晚清士人的生存困境和生命精神。李刚己和词推阐常堉璋二词中表露的对文人用世之心的解构之意，益为荒诞不经之辞。其词曰：

世界浮沤，英雄过鸟，沧桑不到空门。薰天事业，那值水盈樽。蝼蚁侯王等耳，只赢得、恩怨纷纷。君不见，丰碑员碣，历历白杨村。招魂。休更论、蚁宫豪贵，蜗角崩分。任茫茫大地，一粒无存。却看普

---

① 于广杰编著：《历代燕赵词全编》，中国社会科学出版社 2022 年版，第 1376 页。

② 于广杰编著：《历代燕赵词全编》，中国社会科学出版社 2022 年版，第 1377 页。

施法水，洗千番、浩劫余痕。且莫问，名山片语，尘世几朝昏。①

常堉璋深研佛法，诗词多有以佛禅思想立意的作品。李刚己在这首和词中将他功名一场空幻的思想做了进一步发挥，将晚清内忧外患中文士的功业理想消解在对尘世的透彻之悟中。但是，小词毕竟是他们的笔墨游戏，从思想上可以作为摆脱现实焦虑和压力的一种渠道，但是，家国危亡之际，他们又怎能真的置身事外呢？所以，常堉璋、李刚己不过是借幻戏之笔以词消遣而已，而归趣则是有志青年，自信平生，挥绰才情，以期一展襟抱的生命忧思和时代精神。李刚己有一首怀范当世的《满庭芳》词，其词曰：

稷下人归，信陵客散，曳裾更欲何门。沟中断木，时至或牺樽。南望邯郸旧道，悲风起、落木纷纷。知多少，卖浆屠狗，奇士老荒村。凄魂。古亦有、杜邮剑斩，秦市车分。问螳僵雀败，弋者何存。倒挽银河下泻，洗不尽、怨渍冤痕。看公等，手携皓日，照破十方昏。②

范当世是后期桐城派的代表人物，光宣诗坛的健将。他才高而牢落不偶，游幕畿辅多年，很受南北士林推重，对畿辅诗坛影响甚巨。他曾受吴汝纶之聘，主讲冀州书院，李刚己从其受诗古文，师生有很深的感情。李刚己词有感《史记》所述文人才士的遭际，而联想到晚清如范当世等文士，由此引发深刻的历史和现实的反思，萦绕文人生命中的功名之念、用世之心，在历史的长河中，总是伴随着希冀和失望、荣华和屈辱、兴盛与衰亡。从以上诸词来看，李刚己、常堉璋的词将身世之感、家国之叹和事业理想融为一体，声律工稳，清丽雅健，颇有燕赵才士顿挫幽微的深情和晚清清末文人悲概忧愤的情调。

悲慨忧愤的风格也体现在北方桐城派另一代表人物王树楠的词作中。王树楠（1851—1936），字晋卿，号陶庐，河北新城（今河北省高碑店市）人。

---

① 于广杰编著：《历代燕赵词全编》，中国社会科学出版社2022年版，第1379页。

② 于广杰编著：《历代燕赵词全编》，中国社会科学出版社2022年版，第1379页。

光绪二年丙子（1876）中举，吴汝纶知冀州，聘为信都书院山长。十二年丙戌（1886）成进士，分户部主事，历四川青神、富顺、资阳各县。因事去职，入张之洞幕府。累官至新疆布政使。入中华民国，寓居北平，与清廷遗老诗酒唱和自娱。历任议员参政、清使馆总纂。王树楠以诗文余事作词，自谓“余幼学填词，先祖谓词以晓风残月一派为正宗，学之恐流于轻佻，余自是不复填词”①，故词作绝少。王树楠作为前清的封疆大吏，抱有很深的遗民情节。他对前朝眷恋既深，对民国以来朝野纷争、南北对峙、军阀混战的政局更是痛心疾首。所以，他的词是感于时事，本乎性情，以比兴之法发怆然悲慨之声，与同时代一些词人的豪放叫嚣和雕琢精雅有很大不同。其《金菊对芙蓉》《百字令》《水龙吟》三词，作于民国二十年（1931）。其《金菊对芙蓉》词曰：

烽火连天，鼓鼙动地。霎时城郭都非，问长城消息。风雨凄迷，苍天不管人间事，终日里如醉如痴。最堪怜是破巢卵尽，匝树无依。 只闻屋底乌啼。奈达官走避，又陷潢池。讯主人安在，翠绕珠围，一生拼向花间死。婆娑舞、并蒂连枝。人行乐耳，江山大好，任付伊谁。②

上片写军阀征战“烽火连天，鼓鼙动地”，造成“霎时城郭都非”的极大破坏。而人民无论是底层的平民，还是达官贵人，在“破巢卵尽”的家国悲剧中，都成了“匝树无依”的流离之人。堂前燕子、并蒂连枝，再也难睹昔日繁华。一家如此，江山也是如此零落寥寂。从王树楠的三首词来看，天下沦亡的苍凉悲慨是一般文人的春日清愁承载不了的。王树楠心目中的春景，不是唐宋词中的苑囿春色、江湖小景，而是弥漫天地的春色与风雨交战的大情境。春色代表生命对美好与理想的寄托，而摧残春色的天道自然、狂风骤雨则是时代风雨的具体象喻。天地春色与风雨交战的世界，使春色与风雨的矛

① 王树楠：《陶庐老人随年录》，中华书局2007年版，第92页。

② 于广杰编著：《历代燕赵词全编》，中国社会科学出版社2022年版，第1372页。

盾变得如此普遍猛烈且不可调和。也只有这样的规模和烈度，才能将一个心系家国天下而目睹其不断遭受弊政、战争、外患摧残的耄耋老人内心的愁苦和悲凉体现出来。

北方桐城派另一能词的文士是刘世衡。他是直隶易县（今河北省保定市易县）人，早年在直隶莲池书院攻读举业，宣统元年己酉（1909）科优贡，签分农工商部七品小京官。入民国供职于大理院，任司法部民事司主事。刘世衡先后受知于端方、陈夔龙、刘若曾、傅增湘等人。刘若曾是其生平第一贵人，一生执弟子礼于刘若曾门下。刘若曾从桐城派大家张裕钊受古文法，与继任张裕钊为莲池书院山长的吴汝纶在师友之间。刘世衡曾录刘若曾《寿武昌张涂诗》："武昌先生天下师，人瞻泰斗如退之。六年都讲化三辅，我昔侍坐亲皋比。先生文自湘乡受，太史所录传其遗。"① 武昌先生即张裕钊，诗中提到刘若曾跟随张裕钊学习古文，上追曾国藩所代表的桐城派湘乡文系。刘世衡年辈较晚，没有受到张裕钊、吴汝纶等人的亲炙，是张、吴二人的再传弟子。刘世衡的词抒写才情性灵，藻思丽辞，十分出色。《清平乐》（湖山才见）、《浣溪沙》（秋波几度泛春愁）、《南歌子》（杯泛延龄酒）诸调清丽明媚，声调谐婉，甚有花间宗风。其《满江红·代唐耀昆贺邦勋仁兄与张女士合卺词》曰：

> 匹练方横，彩鸾恰与文箫遇。都道是、良宵正好，佳期不误。解珮曾留汉水隈，传家犹说将军树。果檀郎，恰得御沟题，红叶句。 银烛辉，兰麝炷。凰笙叶，鹊桥渡。掩芙蓉，谁识个中佳趣。娩婉低声问夫婿。鬟鬓新妆锁烟雾。遍阶前，香草卜宜男，心倾慕。②

刘世衡另有一首《合欢带》贺友人赵翰香新婚，词调与题材非常吻合。而《满江红》自宋元以来即都用来抒写悲壮激越的情感，用来祝贺新婚则极少

① 吴占良编著：《燕京墨场——刘世衡翰墨集》，河北大学出版社 2021 年版，第 112 页。
② 于广杰编著：《历代燕赵词全编》，中国社会科学出版社 2022 年版，第 1381 页。

见。此词虽亦用入声字韵，然以祝贺新婚为题材，字句之间不见局促，而气韵纵横、谐趣丛生，很能烘托婚礼欢愉喜庆的氛围，刘世衡的才情由此可见一斑。其《齐天乐》词曰：

海天满眼苍景，羁人半居穷岛。剪水情痴，堆云意懒，乱印泥边鸿爪。良辰易老。怪树垂杨，不知秋到。蟹断鱼罾，败芦深处一灯小。倥偬戎马未息，问无家倦客，惨绿年少。感插茱萸，寒催橘柚，潮落平流斜照。重阳近了，又雨雨风风，遍兜清恼。十尺邻墙，木樨香好。①

从词中我们可以深深感受到一种与李刚己、常堉璋更为接近的身世之感，其中充满了生命漂泊的乡思和功名不就的感慨，是晚清以来丧乱之世的哀吟，与北方桐城派诗古文所蕴的斯文精神和经世意识是一脉相通的。

北方桐城派第四代中能词者是李葆光。他受先辈影响，致力于诗古文，填词数量较少，这与他出身北方桐城派的学术文化背景有一定关系。李葆光现存词17首，长于小令，运思清雄沉厚，不作绮语。题材涉及怀古、咏物、游览、题画、闺情，寄托个人身世之感和家国忧思。《虞美人·燕台怀古》词曰：

头颅一借秦关远。望古登修坂。水声呜咽荻花秋。犹似白衣相对奏离讴。　河中战血流难尽。地下埋幽愤。十年劫影满京华。又到几星烽火自天涯。②

"燕台怀古"主题的诗词已如上述。李葆光《虞美人·燕台怀古》与陈永寿词为同题之作，此词是他乱世生命经验与文人历史文化精神二者相统一的产物。全词有荆轲刺秦事件、人物的隐括，有易水悲歌场景与氛围的渲染；沉浸历

① 于广杰编著：《历代燕赵词全编》，中国社会科学出版社2022年版，第1382页。

② 于广杰编著：《历代燕赵词全编》，中国社会科学出版社2022年版，第1383页。

史情境又瞩目当下，且归结到民国内忧外患的时局给文人侠士带来的身心焦虑。他们怀着巨大的幽愤之情、经世报国的慷慨之志，却只能坐视“城头变幻大王旗”，悲凉惊愕中怀古念今，自伤牢落而已。文人多愁善感的精神特质与侠士慷慨意气的结合，正是李葆光等北方桐城派文士推崇之“豪杰”人格精神特质落实到诗兴表达时的一个重要侧面。

李葆光自视甚高，抱负远大，诗词中有一种雄杰睥睨之气。《念奴娇·早雪新晴望太行有感》词曰：

> 出门西望，问太行、色何时青起。三五英雄，垂典籍，后赵前燕朱李。跃马称王，张弓定霸，战血流千里。沉冤凝碧，入山长化晚绮。安得身效愚公，削除天险，永使干戈止。万笏依然，擎晚照，不忍阑干重倚。目倦征鸿，魂飘落叶，惆怅吾衰矣。茫茫大地，尽霾寒雪堆里。①

远望太行山色，以问起兴，联想到燕赵英雄争雄天下的历史，哪一个政治强人的成功不是造成一场人间的浩劫。冤魂无数，碧血千里，化作太行山隈的绮丽晚霞。故而，词人抒发豪杰之情，希望效法移山的愚公，平息无休无止的争战。但是衰躯已倦，徒然空发感慨而已。

又《水调歌头·游玉泉山》词曰：

> 无地歌长铗，拂袖上青山。山旁清室辇道，高处入云烟。帝业于今何在，只剩残碑三五，寂寞照流泉。酹酒西风里，素月几回圆。　月如旧，风不定，水连天。是谁千里，一棹驶入夕阳边。我自关山久客，听尽人间鼓角，故国不能还。肠断御沟水，有泪共潺湲。②

此词与《念奴娇》相比少了一些慷慨激烈，多了一些凭吊古今的幽怀，那个

① 于广杰编著：《历代燕赵词全编》，中国社会科学出版社 2022 年版，第 1385 页。

② 于广杰编著：《历代燕赵词全编》，中国社会科学出版社 2022 年版，第 1383 页。

怀着深沉的家国忧患意识的文士依然是那样执着和坚韧；而现实的情况却是内忧外患，越陷越深。

陈永寿、李刚己、常堉璋、王树楠、刘世衡的“身世之感”仍然在李葆光的词中有浓重的表达，他们的衰世悲音凸显了抒情主体的悲慨豪宕与忧幽感伤的形象。但需要指出的是，文人是中国社会中一个独特的群体。他们无恒产而有恒心，志道而据德，成己成物，以斯文传承文明，以实行来承担社会的责任。他们兼具官、师的身份，希望完善社会治理，追求理想政治，使当下社会繁荣安定，民生得到保障。他们希望用文化的力量教化上至帝王、下至黎庶，砥砺末俗，使整个社会风俗醇正而有生机活力。所以，他们的忧患意识主要体现在对社会政治、风俗、人事、民情的反思和批判上。他们对整个当下保持着一种乾惕态度，灵敏而专注，笃定而思深，严义利之辨而权衡擘画。他们游于艺的诗歌也没有脱离这种态度。对已然现实感时抚事或规时愤事，迁善改过，亡羊补牢。即使无力回天，也以一种历史的精神，守先待后，寄希望于将来。这是一个为社会思考的群体，这是一个中华文化精神承载的主体。有了他们，无论政治多么糟糕，风俗多么紊乱，人心多么不古，总有文明的火种蕴蓄着，总有一种来自历代先哲的精神传续着。我们在李葆光词中读到的面对时事的无可奈何与徘徊不已，只是他生命精神于词中表现的多愁善感的一面，代表了文人的精神特质；而其幽婉悲慨的风貌，只是因受着词体书写和审美特质的要求和限制。

李葆光的《涵象轩集》刊刻于民国二十四年（1935），包括《涵象轩诗集》（附词）、《涵象轩文集》和《涵象轩联语》三部分。《涵象轩诗集》由吴闿生题署，并有吴闿生、李广濂、贺培新等人评语。本次整理《涵象轩集》，以民国二十四年（1935）刻本为底本，目次顺序不变。诗歌部分校以《松江修暇集》［民国七年（1918）铅印本］所收李葆光诗歌。其余部分诗文参校李葆光民国年间陆续发表在《天津民国日报》《四存月刊》《盛京时报》等刊物上的作品。为了便于文史爱好者的阅读和传播，本书简体横排，采用现代标点，诗歌等韵文除以韵断句外，亦根据文义断句，体现古体诗歌文义的结构义脉。本书对诗文中涉及的重要人物、事件、地理名词进行简明扼要的笺注，便于读者观览。为方便读者阅读与学人研究，我们整理了《李葆光研究资料汇编》附于各篇之后，作为笺注之补充。在本书的整理过程中，得到河北大学文学院和中国曲学研究中心诸位领导、师长的很多关心和勉励，在此一并深表谢忱。

由于整理者水平有限，疏漏错误之处在所难免，敬请方家读者批评指正。

目　录

涵象轩诗集

涵象轩文集

涵象轩诗集

涵象轩诗集序一

有清一代，文学自方、姚、梅、曾以降，张、吴两先生最为海内宗仰。时先大父松坡公以文，范公肯堂以诗，起传其绪。吾师北江先生既承太夫子之学，又从先大父及范公游，卓然起于学术嬗化之交。而南宫李刚己先生实以太夫子、先大父、范先生三公为之师，北江先生为之友。丁乎叔季浊乱、百维弛窳之时，以旷绝古今之气，发悲壮激烈之音，撷风骚之精英，托雅颂之微旨，萃然为北方诗家之冠。子建既承①家学，复受业吾师，意气俶傥，才思沉雄，为官二十年，不忘吟咏。盖其至性过人，暗修深粹，故能艰而弥诚，久而弥笃也。方其跌宕边疆，漫游塞外，寒风朔雪，重山峻岭，戎夷鸟兽，奇情异俗，偶一寓目，莫不搜奇抉怪，摛词掞藻，以极吾思，以昌吾诗。故年未四十而得诗已不下千首。率皆铿锵要眇，瑰伟秀丽，不失古人法度。于是师友交相叹曰："子建之能继父业，以古之向、歆、洵、轼拟之，故可以无愧色矣。"

抑余之所以取于君者，宁独风流吟咏乎哉？夫天地间最可贵者，吾之至性耳。本之不立，则虽有奇节异行，足以动天地、震三光，转瞬时移势变，有识者方将唾弃屏夷之，以为不足道；况文字飘风虚响、托浮采于易朽之竹帛，苟无衷质以主之，安望其能久存哉？古之君子得其位，则思尽瘁以死官，否则修辞以明道。故大之足以兼济天下，小亦独善其身。吾身之未善，吾本之未立，吾道之未明，则虽著述等身，徒见其骛外徇物、中无所有而已矣。否则，虽平生不以文见，而后世得其遗迹者，皆宝爱珍重，慨慕流连不能已。

---

① "既承"，王达敏等整理本《贺培新集》作"饫承"。

是故，后学者闳识孤怀，有不自禁而使然，亦以人心之大公，天地之正气，五帝三王周孔之教化，所以浸淫渐被，维系纲常，纳斯民于轨物，救人类于不绝者，端在于此也。

呜呼！乱离难瘼矣。圣学微茫，机巧变诈，奸伪蜂兴，下效上行，日且益甚。举国纷纶，流离琐尾，恣行纵欲，夜气梏亡，靡所底止。求夫本诸素性，百变不漓，守忠崇拙，以自敕其身者，盖百不得一二。天下之乱何其酷也！以余交游中，英才俊秀，铿锵济济，葩流文采，亦咸能耸动一时，而究所以暗修潜德，砥砺内行，矻矻孜孜，夙夜忧惕，无愧于己，无憾于人，如吾子建者，盖亦不可多觏。吾因益叹明德达人之言为不虚，而慨然想见前贤遗泽流被于①后人者，固渊邈而莫能测也。

子建裒其诗若干，首命曰《涵象轩集》，而嘱培新为之序。

丙寅冬武强贺培新

① “前贤遗泽流被于”，王达敏等整理本《贺培新集》作“先泽之焘育”。

涵象轩诗集序二

南宫李君子建以诗学世其家，鸿翱神交之而恨不之识者几十年矣，岁癸亥，始识之于吾师北江先生之门。君官京师审判厅，进退揖让，循循然若新弟子。越岁，君擢长东省特区检察，去京师几两载，寄示近诗若干首，嘱为之序。

君以循声著东省间，妇孺莫不识其名。顾以高华瑰玮中间流其哀悯隐切之音者，何哉？夫云堤千里，环若山峙，其不容一蚁之穴者，为撼其基也。国聚兆民，河山广轮，其不容一民之失者，为危其本也。是故，先王之治民也，兢兢然若九夏之履冰霜，若朽索之驭驷骏，必先之以衣食以奠其生，次之以礼乐以蓄其德，次之以政刑以齐其治，如陟崇岳之必始于麓，升高堂之必始于阶，未有或之能逾者也。商纣之亡也，重赋税，酷政刑，亿兆离叛，罔弗欲丧，武王伐之而商以殄。西周之亡也，厉、幽昏虐，饥馑荐臻，民食无所资，犬戎乘之而周以覆。嬴秦之亡也，峻法度，刮民财，劳役无度，陈涉振臂一呼而秦以卒。炎汉之亡也，任宦官，宠外戚，民穷而聚为盗，赤眉崛起而汉以倾。杨隋之亡也，专事聚敛，民迫无所告，寇起如毛，宇文化及执宗室而尽戮之而隋以绝。有唐之亡也，旱涝频仍，流离载途，黄巢揭竿而倡乱，饥民争归如水之就下而唐祚以墟。北宋之亡也，粪土财帛，骚扰闾阎，内乱日亟而金人图之，而宋绪以终。元蒙之亡也，妄事兴筑，困苦元元，郭子兴等继河卒而造叛，四海风从而元社以屋。故夫文王伤之，审吉凶之机而《周易》兴矣；贤哲疾世伤已而三百篇著矣；孔子说七十余君而不遇，论旧闻致褒贬，而《春秋》修矣；屈原疾王听之不聪，幽思迫怫而《离骚》作矣。彼庄周、韩非、左丘明、孟轲、乐毅、枚乘、刘安、贾谊、司马相如、扬雄、司马迁、班固、韩愈、柳宗元之伦之所喷薄，曹植、阮籍、陶潜、李白、杜甫、李贺、韩偓、苏轼、黄庭坚、元好问之徒之所纂组，曷一非哀悯隐切之音哉！然则，负天涵地、胞民族物之俦，时丧世变、存绝亡迫之秋，伤古昔淳风之日邈，见厉祸之日滋，若疾病切于己身，未有不临食而叹，兴寝而悲，糜肝剖脑，泣血椎肤而不能已，而昏昧者流，莫或少动其衷。宛转而不得，或呼号斗室之中，或困郁百僚之下，或逃遁于山林之际，或饮酒以猖狂，或被谮而斥废，或囚狱而棰辱。反复歌咏，以少抒其愤郁而不自知其流于哀悯隐切之音者，盖自古已然矣。

今外危于暴邻，内困于旱涝，而兵戈不息，生民垂绝，罔或少息者，非一日矣。籀绎君诗哀悯隐切之音，而益思古今治乱之由，与夫贤哲之所述作者备论之，以告于世人，乃远承以诗序之命。而皇惕益滋，淹稽两载不获已，竟以此烦郁之辞，以塞君之命以重君之忧也，夫岂不亦迂且谬哉！

民国十有五年十二月，丰城同学宗弟鸿翱谨序

涵象轩诗集序三

吾尝谓文章之道不可苟为，峣然自立，独辟区宇，意量悠邈，与古人相后先，而后足以信今而传后。《左氏》世人知其浮夸富艳矣，《离骚》世人知其激荡沉郁矣，司马相如、杨子云世人知其富丽瑰伟矣，司马子长世人知其雄奇诡变矣，韩退之世人知其兀傲简朴矣，杜子美世人知其穷奇极变矣。旷举世而独立，言可泣鬼神，精诚通天地，睥睨今古，不相师放，精神意量赫然常存，焕焉金石之声，蔚焉韶濩武象之音，震荡乎宇宙，明并乎日月，并峙天地间不得偏废，彼必有其独至者。左、马、屈、韩诸家皆伟才矣。使扬雄为史，退之为赋，子美为文，相毗辅而已，夫岂能度越今古，为万世宗，巍然不朽乎？

南宫李君葆光子建雄伟好为诗，北江先生称之不容口。君负美才矣，为众人所不为，独辟意境，不蹈往昔之辙，数十年为之不倦。负册走数万里，越长城，北出塞，喜怒悲愤悉发于诗以自娱，穷极文章能事。人皆怪之，余则曰：“君学高于众，其行亦异于人人。持道养身，不惑于外物，浸之淫之，其必侪于古作者而相角逐乎！”士君子固乐于有为，其行异，其情同，邈然远举，嫉世若遗者，犹不乏人也。旷绝今古，睥睨一世，守其真独游乎数千载之上，不斤斤以喜，不戚戚以忧，上焉者肹蠁冥寤，下焉者付诸渺茫不知纪极之世，非特行独立者其能之乎？

兆璜迂陋，受业于北江先生，业不精而学不进，尝自愧也。甲子冬，君以出塞诗数十首见示，且命之序。若君者固兆璜所畏避且当师事之者，其何说之辞。乃揭君之志行，以告世人云。

秣陵吴兆璜谨序

涵象轩诗集序四

有道于此焉，生而视之僵腐，没而抚之不朽。居晦而名彰，处贱而势隆。天明于时，泽及一世，阴蔽于时，德抱一身。故高巍可以横四海，声施可以传奕叶，而贤人君子致力于是，不以吾生之休戚而移其志也。呜呼！任道者固如此矣，立言者亦宁有异乎？吾观周秦诸子，汪洋自恣，务为伸彼屈此之言，而诗三百莫不主文而谲谏。凡古立言之君子皆不得于时者，激而为之也。《春秋》之后，周道浸衰，大儒孙卿、楚臣屈原甫忧去国而失志之赋作矣。若客难，若宾虚，若解嘲，若惜誓，若感士不遇，咸悱恻有古诗之义，于是诗赋之学兴。是故三百篇后而有楚辞，楚辞后而有汉魏，汉魏后而有六朝，六朝后而有唐、有宋、有元、有明、有清。鸿篇巨制不绝于书，入人深者惟是，文之至者亦惟是，而道之兴亡，世之盛衰，胥寓于此焉。

静澄以顽质获侍于子建先生之门。先生潜心大业，凡所著述惟此尤兢兢。静澄幼也既读桐城遗老之遗文。及长也，得太夫子刚己遗集、北江先生集而读之，知文章之盛举，当时而莫能胜桐城，今亦犹夫昔也。先生少承家学，而邃于经典，复承侍于北江先生而究其旨。所为诗文，雄奇深秀，兼阴阳刚柔之美，渊乎邈乎，小子不可得以研其极也。今先生应门弟子之请，刻是集以行世。静澄编校既毕，并恭录太夫子庭训及各家评语于简端，然则世之慨然以慕乎此者，可以导其渊源矣。

夫为文之道夐而尚已。有谓文之盛衰与时上下，然则今之世非学术衰微之世哉？而何以有先生之文？嗟乎！风会变迁，杂伪并出，莫不弃其旧而新，是谋向之所尊尚者，今则非而毁之。虽有一二才杰之士，以厌兼胜无已之心，别慕乎古之文者，俗说庞言，淆其意趣，为之者鲜，而成之者抑又鲜焉。则前者自矜创获，后者附和偏诐，举世汩于浮游。或知其为害道也，或知其为空言也，亦不过闵此文章蔽于谗愚，徒用灵伤而已。其惟卓然不惑之君子，独于人人不为之日，覃精冥悟，亢继绝学，然后特立于百代，没世而名称。夫惟其为衰微之世也，而始有先生之文。呜呼！其无足怪也矣。静澄初不识修身之要，及承先生之绪论，知放于古而志不究，循于俗而业不就，皆迷不知门户者也，乃始奋发自壮，抑小子之文何足以于此。虽然，惓惓于先生之言，庶几可以塞下流之所归欤。姚惜抱云，能为文者必杰士。吾党之士，其亦有汲汲于斯者乎，则先生是集之刊诚不容已也夫，乃忘其陋而序之云。

民国二十二年十二月，门人李静澄序于北平市政府

涵象轩诗集题词

吴闿生①

积雪乱长空，寒威下枯苇。兵氛正屯塞，阵压常山尾。我友之朔方，不见心悱悱。新篇劳远寄，发纸惊崔玮。猘虺峙西东，兀立中有几。河岱尚安全，四围多战鬼。偷生情已幸，遑论凄百卉。懿君久漂泊，藻思犹斐亹。便觉春风来，阳和荡叆叇。

李侯王佐姿，希圣蓄潜勇。开山春豹出，擘海秋鹰耸。指画陈古今，高谈破懵懂。河汉势滔天，坱土不可捧。遂令旷代才，摧兀侪阘茸。尚有扶风歌，轩眉天地动。方今大厦危，攒立错栱桷。群才竞腾跃，气若倾流汞。蒲壁谬相招，嗟余发已种。何日觌清扬，謦可扶桑总。

祝谏②

迹君所为诗，飙举显神勇。豪气水潆洄，刚峰地拔耸。文体极万变，乍

---

① 吴闿生（1877—1950），字辟疆，号北江。吴汝纶子。早濡家学，守先人遗绪。曾留学日本，入早稻田大学。清末任度支部财政处总办，北洋政府时期任教育部次长、国务院参议。1928年后，任奉天萃升书院教授、北京古学院文学研究员。穷一生精力校刊吴汝纶遗书，复以余力评骘各家之文，摘其微言奥义开导青年，从游者甚众。论文主奇恣纵横，转变究极笔势。钱基博推崇备至，谓其辞气喷薄而出，以酝酿深醇，兴象空邈，而能为沈郁顿挫，其势沛然，其容穆然，震荡错综，是真能得父书之血脉者。著有《周易大义》《尚书大义》《诗义会通》《吉金文录》《孟子文法读本》《北江先生文集》等，所选诗文如《古今诗范》《古文范》尤便初学。

② 祝谏（1877—1955），字果忱，浙江兰溪人。初为廪生，后入京师政法学堂。民国元年（1912）曾任省临时议会议员，光复会会员。历任东北特区、江西省高等法院推事，福建省高等检察厅瓯海分厅首席检察官，金华师范学校教员。抗日战争初期，任浙闽监察使署秘书长。1947年倡议重修《兰溪县志》，任修志馆馆长，惜未成稿。1953年被聘为省文史馆馆员，曾为兰溪人代会特邀代表。谏性耿直，勇于任事。擅诗，遗稿散落，未成集。祝谏与李葆光同任职东省，民国十四年（1925）参与东省特别区市政管理局局长马忠骏主持的松滨吟社。

读心懵懂。严霜万木枯，旭日五云捧。浮华既刊若，聃出见荒冗。有时振奇语，山岳为撼动。安置百妥帖，栋榱及杙栱。藻缋余事耳，精纯蕴丹汞。裔本昌谷衍，根是青莲种。锲之倘不舍，百家一身总。

百战力不竭，君才何虓勇。想见下笔时，心呕复肩耸。立言皆有物，曲喻启懵懂。金精上腾跃，蛟龙将炉捧。有若治大国，百司位繁冗。又如推棋枰，生死知静动。大厦压万钧，一木支短栱。举世无丹砂，代者以流汞。后稷播百谷，世获来牟种。书称教学半，吾衰謷可总。

王荫芬①

东方一片云，吹落蓬窗里。五彩纷陆离，耀室精光起。谛视果何物，君书至千里。外复媵以诗，珠玉烂盈纸。拙作亦赐还，幸未遭摒鄙。诱掖恐逾量，数日兼忧喜。我文本僵石，一字变生死。拍案叫奇绝，君殆神乎技。君诗细细读，酷与先师似。先师蕴未施，陆沉百僚底。郁塞发于文，排荡长江水。江水万古流，公文百世俟。谁谓见君诗，雄放又如此。见子十年前，人谓师有子。当时愚且騃，未识斯言旨。绝塞倡风骚，荒徼辟文轨。继世道益光，贤真逾孔鲤。独余愧师训，荒秽难为理。十载课童蒙，自画吁可耻。村野久埋头，巴音日盈耳。一旦闻咸韶，那辨宫与徵。譬彼乡曲人，初入五都市。环货眩山积，知美不能指。信如柳州言，头当入地尺。子欲我有言，使我颡有泚。非是缺丹黄，佛头敢著矢。受璧不与城，仅用虚言抵。子若愤秦贪，再遣索城使。

邓毓怡②

有子真能读父书，作诗更到李唐初。气吞梦泽犹无尽，力拓天关若有余。我老心期惟落寞，世衰文藻久雕疏。新篇会得江山助，乞与摩翁入画图。

---

① 王荫芬，直隶迁安人。

② 邓毓怡（1880—1929），字和甫，号拙园、白洋狂客，直隶大城（今河北省廊坊市大城县）人。十七岁为诸生，与刘钟英共纂《大城县志》。后入莲池书院，师事张裕钊、吴汝纶，受古文法，称高第弟子。尝东渡日本求学，回国后致力振兴教育，受聘任天津北洋女子师范教授。民国后曾任众议院议员、大总统府谘议等职。毓怡工诗，擅书画，其诗“一本性灵，不尚雕斫”（《桐城文学渊源考》）。著有《拙园诗集》及《拙园文集》（《文集》今未见），又有《欧战后各国新宪法》《现代民主政治》译著多种。

籍忠寅①

珠玉横飞唾九天，尊公诗句绝当年。谁知继世重张日，能使斯文不息肩。开口山川供吐纳，论交杵臼尽才贤。仲尼门下三千众，愧对颜家路与渊。

成多禄②

宦游真送长江水，前度方西此又东。快读君诗今更老，惊看我鬓渐成翁。当年北麓才三集，旧友西曹共一空。要使天骄识麟凤，大名千古继崆峒。

黄式叙③

此士吾心畏，其才昌谷如。一纶狎江海，万佩出襟裾。手拓鸡次典，神游牛斗墟。冥冥真赏在，世事那关渠。

吴景超④

平生误多好，所适恒不至。即以文字言，作辍近儿戏。往日递诗筒，倏已十年事。自尔不嗣音，旷然如隔世。我欲老国门，足足一生睡。无意弃京华，忽被京华弃。此次巧会合，仿佛有天意。提我看君诗，富有发重笥。贺子数卷成，我已惊其异。今君复如此，人豪喜得二。自抚漫嗟吁，追踪渺难继。人俱垂天鹅，我乃蛙黾细。君诗嘱我定，我徒惊巨制。除其卷首一，略揭三五砌。余集怯华衮，失声衣委地。后先依岁年，层层叠瑰丽。入山方未深，苍翠已可眛。及登绝顶头，始觉峰岭大。江水初滥觞，千里会众派。中挟衡庐水，入海流无外。君诗求比似，二者粗梗概。若乃绎幽思，雄声流唾欬。不好章句儒，猷为经百代。篇什多雅正，风流笔端在。忽闻将军死，连篇转激籁。无端凄楚音，英雄具同慨。胸怀见一斑，得此深再拜。我观谓中

---

① 籍忠寅（1877—1930），字亮侪，号困斋，直隶任丘（今河北省任丘市）人。兄忠宣光绪十九年（1893）进士，授内阁中书，山东候补同知。忠寅幼随兄问学，又从安平阎志廉学诗。1906 年以第一名补博士弟子员，入莲池书院从吴汝纶习古文，与邓毓怡、常堉璋并称吴门后起之秀。著有《困斋文集》《困斋诗集》。

② 成多禄（1864—1928），字竹山，号澹堪，祖籍山西，后迁吉林永吉，隶汉军正黄旗。光绪十一年（1885）拔贡，官绥化知府。精诗文、书法，卓然成家。有《淡堪诗草》二卷。

③ 黄式叙（1885—?），字黎雍，号松客，辽宁辽阳人。沈阳高等师范国文专科毕业，曾任奉天省公署秘书，伪满西丰县县长、辽阳县县长、安东省民生厅长。工诗文书法，著有《松客诗》一卷。

④ 吴景超，字海山，吴闿生弟子。

君，殊觉胜蓍蔡。不知君谓何，想亦思无奈。十载不通诗，作此偿诗债。君方疾未瘳，且置同自郐。

钟广生①

嚄唶埋头钻故纸，蟫鱼食字神仙似。北方学者未能先，不让李塨名父子。柏堂谡谡秋霜寒，更有楹书万卷藏名山。君不见鹗衡轭豺当路，托于黄鸡白酒间。

刘善琦

君诗入春云，风格入微妙。慧心觑天巧，凡想讵能料。譬彼凤与鸾，瑞采殊鹰鹞。又如饮醇酒，倾樽未能釂。襟抱有千秋，辉光夺日耀。闳规逼杜韩，清词挈体要。泠然瑶瑟音，操缦附同调。勉策精进功，心惭年非少。短篇贡巴曲，敢博骚坛笑。

李侯巨眼窥千春，襟抱瑰伟殊常伦。文章宗匠有家法，楹书奥博精传薪。少年头角已呈露，恍然地上行麒麟。为文力追古作者，平揖班马词嶙峋。习法家言抉真髓，谳狱远到松江滨。每值讼庭判牍暇，精究诗律气益振。丰才邃学植风骨，冰瓯涤笔无织尘。声名卓荦迅霆震，龙剑会合嗟无因。一朝戎幕遘贺子，贶我大集珍球琳。摆脱俗事疾取读，光焰浑朴声清纯。沉郁几闯浣花室，排奡直接昌黎津。熔唐铸宋戛独造，笔力雄健回千钧。我谓兹道有圣处，要防歧路删荆榛。虚声漫竞流俗赏，造意务去群言陈。风朝雨夕嗜成癖，至味厌饫逾猩唇。奚囊制锦共勤瘁，饭颗戴笠争艰辛。精严诗垒逼我侧，见大敌怯情逡巡。衡才较力百不逮，疆贾余勇操矛矜。性灵感召莫相印，蒋径拟结羊求邻。吾党乐为文字饮，兵气惊逼都城闉。长言咏叹寄深慨，息机梦寐无怀民。直谅多闻夙心企，愿得精语书诸神。暇当造请析疑义，一发胸中所郁湮。

---

① 钟广生（1876—?），字笙叔，号逊庵，浙江仁和人。光绪十九年（1893）举人，授内阁中书，加侍读衔。历任国史馆校对官，实录馆协修，新疆巡抚署总文案。民国三年（1914）襄办辽河工程，旋入黑龙江将军幕府任秘书，吉林军民两署秘书，护路军总司令部顾问，吉林省长顾问等职。师事王树楠，受古文法。有《逊庵文集》《逊庵诗集》各四卷传世。

詹安泰①

孤鹤驱雕鹗，二蛇化龙雉。分位固无常，德名有千祀。当升圣人堂，偶作乱世士。救衰以诗文，吾希南宫李。宁乏王佐姿，万殊本同轨。道在不敢缓，追风况骥子。振奇发古芬，百灵供驱使。老苍转镗鞳，冲夷洞肌理。力上蹑风骚，唐宋乃平视。文亦开宗派，刚柔两善美。大月朗诸天，余光落荒鄙。鸟鼠室久空，连壁忽照几。静夜一玩索，恍若背浇水。时复见奇趣，惊呼中流失。譬彼韩范军，谁能摩其垒。贫贱耻壮游，高山徒仰止。寤寐以求之，庶几道如砥。

① 詹安泰（1902—1967），字祝南，号无庵，广东饶平人。生前任教于中山大学。能诗词，一生着力研究古典诗词，著作甚丰，后汇为《詹安泰文集》，词学论著有《无庵词》《宋词散论》《花外集笺注》《碧山词笺注》《姜词笺解》《詹安泰词学论稿》等。

卷一

春夜花间会饮

以下甲辰在太原作，是年十四岁

风吹河汉万里晴，日暮小园有余清。花间置酒群动歇，乱山嵯峨涌明月。忽梦江边五亩田，柳荫深处系钓船。群客歌呼惊梦断，明月仍挂东山边。醉踏落花乱红雨，漠漠炉香起烟缕。微风披拂月满堂，夜深白露拆花房。劝君更进一杯酒，此境非复人间有。明朝恶风吹花尽，安能攀枝酌大斗。

庭训：意境超逸最近坡公。吴北江先生云：奇气一片，才思横轶之致固已见之幼时。

月　夜

幽居来客少，欹枕自倾壶。酒醒行微径，花间似画图。草根候虫叫，树杪乱禽呼。寂坐三更后，冰轮半有无。

北江先生云：闲丽隽永。

怀周子樾宏荫① 二首

思君千里外，生我万端忧。况复风云夜，萧条木叶秋。孤踪鸥泛泛，往事海悠悠。何日收身去，江湖刺钓舟。

北江先生云：雄横，杜公气魄。

朔风起汾水，落叶满寒林。更对青天月，弥伤远客心。寻花春并辔，被酒夜同衾。回首年前事，纵横泪满襟。

北江先生云：此首似王、孟。

太原晚眺

驻马城西望，山河暮景遥。溪云通远塞，岭雪入层霄。小寺依荒渡，孤烟起断桥。苍茫迷向背，欲问水迢迢。

遣　兴

岁月滔滔去未休，空堂冥坐感千秋。贤愚何异一丘貉，诗酒能轻万户侯。醉倒山城云满市，歌残客馆月临楼。男儿安命无他虑，乘兴良宵自饭牛。

垂　钓

散发临流水，垂竿坐嫩苔。鱼如天上戏，花似镜中开。鸟逐昏钟至，僧从暮霭来。彷徨红日尽，踏月浩歌回。

---

① 周子樾，字宏荫，直隶南宫人。嗜数学，长于绘画，受教于李刚己。与李葆光为总角交，后同游学保定。

日　暮

步履雨初晴，登楼酒半醒。青山衔日尽，幽鸟入林鸣。柳叶新蝉沸，花阴夏潭清。须臾群动息，危坐听钟声。

赠　客

大野何茫茫，峻岭亦巍巍。明月出其上，昭我百尺台。中有醉后客，酣歌气如雷。一唱复三叹，太息有余哀。人生百年内，多忧少欢咍。安得奋双翼，乘云起徘徊。眼中一茅屋，促狭仅可宿。枢动报客来，起迎头打木。幸获千日钱，即粜斗升谷。岂敢肆游宴，被纨食粱肉。悠悠彼苍天，何时得微俸。呜呼！尔言诚可伤，人生有命孰能强（昨暇余乃游前乡豪家第宅罗康庄）。主人治筵客满堂，樽俎既列丝竹张，美酒一举累百觞。日暮高烛何辉煌，缓歌漫舞夜未央。嗟彼几曾如汝忙，醉饱一世穷欢康。今汝无命和所望，往矣努力治词章。

拟陆放翁《舟中对月》元韵

舟中丝管响遏云，江上会我同心人。青天碧水光无别，乱岭苍茫吐华月。醉卧藤床幽梦冷，十里虫声呼不醒。夜半微风吹自觉，千山万山皆月影。停觥零露满觥船，我纵一苇如坡仙。归路不知在何处，暂随明月向西去。

灵丘城外吊赵武灵王

在灵丘作

万古兴亡一局棋，武灵事业草离离。只今惟有东山月，高挂青天似旧时。

予拟今春游学日本未果，后又闻六姑母之丧，感慨赋此

戊申在保定作，1908 年

此胸大不斗升过，万感交填可奈何。纵目高楼思乐土，回头落日且哀歌。沧瀛万里雄心折，骨肉十年新墓多。欲断愁丝无快剪，一声白雁泪滂沱。

京津道中

以下己酉在天津作

残梦依依夜向阑，乘凉荷笈到庭前。九霄蟾影辉宫阙，万户鸡声乱海天。放眼乾坤多感慨，恣情诗酒且流连。旅囊忽报黄金尽，长铗今归何处边。

寄周汝镛宏声

此下在北京作

数缕残霞照水明，犹疑沽酒趁新晴。回头往事悲今日，故友分驰岁几更。

岁易月更直至今，愁丝别绪日纷纷。年来病骨摧颓甚，悲我哪堪更忆君。

登高有感

大空转明月，四海又初秋。逐鹿乾坤事，高歌泪欲流。

过忻州

晨气侵帘鸟鹊喧，峥嵘揽辔出山村。孤城拥雪寒吹角，废寺无僧冷闭门。两代此宗遗庙在，千年英骨断碑存。（忻州城内有元遗山先生祠堂，城南晋程婴墓在焉。）男儿未遂凌烟志，且放哀歌吊九原。

雨后登城

以下庚戌在繁峙作

久困诗书鸟入笼，登高此日与谁同。偶逢绿野开心霁，时见青山现半空。世局百年成逐鹿，乡心千里伴飞鸿。伤怀最是荒城立，几处悲笳咽晚风。

宴罢赏春城外

归路未阑浮白兴，春郊更作踏青游。雨过野菜芽初出，冰解溪桥水乱流。万古贤愚均腐骨，百年事业等浮沤。安能江海孤槎去，长谢人间名利囚。

书　怀

南山铲尽海填平，壮志童时父老惊。谁肯折腰徇微禄，久拚敝屣弃浮荣。勒勋片石垂千古，飞檄崇朝下百城。此愿欲酬定何日，危楼独立四无声。

五台山杂咏

烦热盈天地，清凉到此山。参差千塔顶，历乱五云间。芳草丛冰谷，澄波漾柳湾。此来动幽兴，久住不期还。（初到）

地迥人稀到，风来骨欲寒。山河千里势，都似掌中看。昨梦朝丹阙，长空跨紫鸾。玉楼望不见，延驻白云端。（登狮子卧岭上寺塔）

石凳依山筑，千层碍鸟飞。半天苔径转，古寺佛灯辉。日午藤荫碧，雨余松子肥。童夸极乐景，骤马去忘归。（镇海寺）

琳宫名极乐，金碧烂层阿。堕砌飞泉响，环门古木多。百年晞草露，万事梦槐柯。独立观山色，奔忙世为何。（极乐寺）

驻马华严望，乾坤浩漫中。三朝惊梦破，五岭压天雄。拂袖辞兹土，开

襟啸晚风。重来更何日，浩叹意无穷。(归途过华严岭)

读张节妇诗集

以下辛亥在保定作

老树寒烟带落晖，秋来几见雁南飞。无端更读伤心句，独坐荒斋泪满衣。

乱后乘汽车赴并门

此下由南宫赴大同道中作

朝辞正定雪初收，日午阳泉且小留。梦破何人吹觱篥，夕阳城郭到并州。

雉堞吹笳日向低，闾阎凋敝吏民稀。烽烟遍地吾何往，愁对清汾泪满衣。

并门晚眺

食货千家尽，楼台一炬空。饥鸟啼废垒，战鼓打回风。极目悲人事，哀歌吊鬼雄。干戈殊未已，引首望河东。(时河东战事未息。)

过雁门关

峻岅羊肠曲，廖空雁塞高。冻云霾古寺，急雪扑征袍。路梗新经战，轮摧敢告劳。疮痍满天地，无计罢弓刀。

雁门道中

扰扰尘途履欲穿，悲来永夜不成眠。家贫无计开陶径，世乱常思著祖鞭。岂恨风霜摧瘦骨，谁令翰墨送华年。征车晓渡桑乾水，无限边愁入短篇。

春郊晚眺

以下壬子在大同作

四郊春色满，揽胜趁斜阳。绿草无人径，青天有雁行。年华惜奔骥，国计叹亡羊。处处悲笳发，愁听欲断肠。

挽王虎臣烈士元震 并序

烈士，予客保定时武技师也。辛亥起义，战殁丰镇。今春阎都督遣使求遗骨归葬，念旧好，吊之以诗。

万岭攒天木叶悲，凭高北望泪如丝。云沙何处收英骨，肠断春郊蹴鞠时。

病起口占

新凉侵病榻，旅次又逢秋。出郭闲登眺，风光满目愁。

书愤示李耐冰文藻、阚润斋毓泽①

以下乙卯在吉林作

端居意不惬，拂袖登高楼。四野何萧条，白日归冥幽。狞飙卷地发，惊翼失匹俦。抚物感身世，慷慨泪横流。风尘暗万国，炮石杂公矛。连营遍海陆，战骨成山丘。禹域何脆脆，蝮蛇更西游。存亡争毛发，国运如悬旒。嗟我二三子，高志薄斗牛。何不奋劲翮，雄飞大九州。皓首理陈编，宁非壮士羞。时难安可忘，与子赋同仇。

---

① 李文藻，号耐冰，李葆光弟子李静澄之父。阚毓泽，号润斋，安徽合肥人，1917年任吉林检察厅厅长，入松江修暇社，与李葆光唱和颇多。

赠魏则之尧

禄隐松江畔，才名与日高。胸怀吞八极，文字秃千毫。纬国纾奇策，亭刑入不毛。乘时心未已，肯效北窗陶。

夜宴有感

细雨已浃旬，流云不可扫。今夜雨初歇，高歌兴倍好。花发香满庭，灯暗虫鸣草。晴光动林薄，无处不转鸟。更深万籁寂，冰轮何皎皎。挹我瓮中醅，出我庋中蕘。呼朋莅我堂，趁兹月未朓。剔烛列华筵，精论穷微杳。人生一世间，飞电掣云表。达者尚遐观，为乐毋及老。有如应旦鸡，发声当在晓。胡为宦穷边，风尘苦自扰。目倦青云路，魂飞故乡道。饥驱愿多违，慷慨伤怀抱。

秋夜书怀

败叶填阶递雁悲，松江又到晚秋时。怀人不寐肠成结，抚事哀歌泪暗滋。凌厉中原常自许，飘零长剑欲何之。著书剩有初心在，身后虚名更可疑。

《好大王碑》歌赠张叔乘　并序

朝鲜《好大王碑》，名碑也，中国古无传本，清季隐士李云从始往拓之。及归，大被朝贵激赏，而云从亦以是获重誉焉。云从殁，家中衰，此碑沉沦市廛，不受士夫赏鉴者久矣。后张君叔乘得之书肆，日夜展玩如拱璧。夫名碑终遇识者，固可无恨。至嗜古好学如叔乘，亦岂衰世所能多得者乎？吁！可传也矣。某借观既毕，媵此诗以归之。

爱棠诚勿剪，读碑咸堕泪。泽厚遗思深，此理横天地。丰碣巍巍辽海东，龙腾风翥郁青翠。地荒文字堆藓苔，千载韩王留碑志。生时美政感人心，身后植石勒功德。光沈响绝历几朝，文传上国清之季。一时朝贵竞观摩，金帛交飞书贾肆。兵兴至宝没人间，辗转来归张子笥。物逢识者诚无憾，俯仰令人感不置。忆当海内承平时，在位犹多廊庙器。政暇闭阁绝尘氛，摩挲金石忘名利。伤心十年国政非，士夫节概渐萧瑟。冶游纵博日昏昏，朝野无复风雅事。末世谁如公子贤，嗜好酸咸甘独异。手散黄金致名帖，临池摹写废寝馈。世人于此何徘徊，流连不返昔贤忌。

吉林寒食

客馆凄凉禁火辰，登楼不见柳条新。江南日落山无数，积雪斑斓作暮春。

首夏有感

四野清荫和，春光一瞬过。平芜闹蜂队，乱树掷莺梭。异地仍淹滞，浮生更几何。低徊无限感，对景自哀歌。

十年去乡井，四海阅兵戈。战地鸡豚尽，戍衣虮虱多。端居难自弃，痛哭畏人诃。小白梨花发，扁舟载酒过。

登北山玉皇阁①

历劫青山遗古庙，乘闲飞阁快双眸。栏边乱岭排云出，天际长江撼日流。百战龙蛇空旧垒，千年枭凤共荒邱。登临何限兴亡感，列国称兵又几秋。

寸廪摧人岁数周，登高一望荡千忧。茫茫树色溪边合，浩浩市声云际浮。日落禅堂喧燕雀，天晴草野散羊牛。江山如画家何在，目断残霞望冀州。

---

① 北山玉皇阁：北山位于吉林市西北，原名九龙山。康熙皇帝北巡祭祀，见此山龙气甚盛，命人削为平头山。后改名北山。乾隆时期，宽真大师建玉皇阁于此山最高处，为吉林市一大佛教圣地。

江楼宴集

负岸危楼出霁光，园树积水荡骄阳。开尊肝胆同披露，感事诗歌忽激昂。龙门乾坤田厌血，驹奔日月海生桑。轰雷掣电期公等，试看新磨一剑霜。

学书素志付微茫，仗走天涯只自伤。三载獬冠竟何补，百年龙剑不终藏。凭高纵酒鲸吞海，烂醉谈兵虎出防。满目风波此身在，江楼莫漫泪沾裳。

雨后小集江楼

樽俎依窗设，江山引兴长。水奔挟断木，天远露高樯。酒旆牵风舞，坏花度雨香。为欢此何地，疑是白云乡。

栾睡石厅长骏声[①]片时连赠二诗，赋此志谢

北斗荧荧入望赊，三年薄宦走天涯。干戈几看萁煎豆，身世方惭蓬倚麻。问道有时误扪烛，学诗无似笑鸣蛙。邮筒到手珠光起，佳句长吟想八叉。

夜泛松花江

三年饱饮松江水，夜泛松江恨未曾。今夕扁舟载丝竹，中流舞到月华升。

---

① 栾骏声（1874—1940），字佩石，辽宁海城人。光绪癸卯（1903）科进士。累任京师地方审判厅推事，湖北高等检察厅检察长、司法部佥事，吉林高等审判厅厅长。时李葆光任吉林地方审判庭推事、首席检察官。与栾即为同僚，又同为松江修暇社主要成员。

李耐冰新居

华堂宴罢日初斜，半醉来游高士家。满地清荫人语寂，赤榴花映绿窗纱。故园松菊今何似，三载羁怀不可论。偶借南窗容小憩，依稀午睡醉云轩（醉云轩，葆光幼时读书之所）。

读桐城太夫子遗书①

高人久化冲天鹤，士子争追歧路羊。鼙鼓连年疑海沸，文章万古付山藏。岂惟绝业传三岛，尽有余辉照八荒。耆德如公今孰继，丝虫满纸感沧桑。

阚君家楪，人斋检察长之子，年少能文，今夏东来，欲相从问学，愧不敢承，戏赠长句

韶年经史破重围，才气骅骝脱绊鞿。栝柏终成梁栋恋，云霄驻看孔鸾飞。雷门布鼓难为响，甓社蚌珠曾披辉。学海还期共舟楫，小乘仓猝愧传衣。

① 李刚己《读桐城先生遗集》诗曰："手拂丝虫发箧藏，悲风飒沓动衣裳。蜚声远过东西海，论学兼得内外方。胸际逶迟九云梦，世间流落一毫芒。驷虬乘鹥无归日，怅望高天泪数行。"李葆光诗用韵与此诗相同，构思也相类，当为步乃父韵而作。

忆保定莲池丛竹，因寄贾佩卿恩绂丈[①]

青青苦忆莲池竹，岁晚高人手自栽。十载风霜资劲节，九霄雨露养深荄。腾空终化蛟龙去，阅世宁忧螟蜮灾。剧乱不问此君久，穷边驻望尺书来。

和雷艾傭丈飞鸿陪颐庵节使（郭宗熙）宴北山天后宫元韵[②]

策马荒郊路，新畦草色鲜。江风挟风壮，树影落阶关。排闼延千嶂，开尊照九天。相忘此飞声，世外共蹁跹。[③]

题成澹堪多禄《香雪寻诗图》卷子[④]

先生峻节黄绮俦，挂冠中岁还林丘。绕屋枣栗干云日，坐啸不知春与秋。小楼岁晚北风急，雪花如掌扑帘入。戛然一笑出门行，万树梅花落毡笠。梅

---

① 贾恩绂（1865—1948），字佩卿，直隶盐山人。光绪十六年（1890）入莲池书院，从吴汝纶受古文法。光绪十九年（1893）举人。先后主讲直隶丰润浭阳书院、定县定武书院及北京贵胄学堂。曾担任过临时执政府顾问、东方文化事业总委员会委员。贾恩绂生平在政治、教育、学术方面都很有作为，时人将他与蒋耀奎、崔兰西并称为“燕南三杰”。他精于方志学，是近代著名的方志学家。其编纂方志以地域为核心，地以地系，人以地系，事以地系，将方志正文分为疆域、政经、文献、志余四个门类，各门之下有若干篇目，以类相从。他不赞同章学诚“表传分体”的做法，提倡“表传同卷”，将编年体的表与纪传体的志系统地融合在一起，使方志人事记述的时空系统而立体，纲目清晰，简明扼要。贾恩绂所修方志详于当时经济、教育、新政，以见当世之变，存当今之史。作为古文名家，他纂修的方志用浅显的文言写作，各篇目语言雅驯，篇篇成文，行文连贯，有一气呵成之势。涉及重要人事的部分，也能够有叙有议，客观公允地表达个人观点，很见史识和史才。

② 《松江修暇集》本诗题作“用艾室韵奉呈颐庵节使睡石厅长暨同游诸君”。

③ 《松江修暇集》本此诗字句略有出入，录全诗如下：“驱马荒郊路，新畦草自芊。江声抉风壮，树影落阶圆。排闼延青障，开尊堕碧天。相忘此飞盖，世外暂蹁跹。”

④ 《松江修暇集》本诗题作“题澹堪《香雪寻诗图》”。

落梅开人是非，年来四海多旌旗。鸡虫得失谁管得，买山如图吾亦归。①

前　题

虎豹九阍高莫攀，诗人老去大江湾。开图对景浑如梦，雪压早梅香满山。

北山雅集和澹堪元韵②

惊心鼓角江潮沸，过眼羲娥鸟翼轻。山水偶来成小聚，壶觞同醉见平生。凌寒节拟千年桧，乘障身为万里城。雁集凫翔渺何有，聊陪咏啸晚风清。③

书怀步澹堪韵④

吾生逐化无多日，千载昙花偶一开。面壁达摩了真妄，瞻衡元亮未归来。舌存漫作封侯计，性拙终非应世才。极目青溪何处是，乘风拟此起徘徊。⑤

---

① 《松江修暇集》本此诗字句略有出入，录全诗如下："先生高揖黄绮俦，挂冠中岁还林丘。绕屋枣栗蔽云日，坐啸不知春与秋。小楼岁晚北风急，雪花如掌扑帘入。戛然一笑出门去，万树梅花落毡笠。梅落梅开万事非，地老天荒花自肥。土梗浮埃谁管得，买山如图吾亦归。"

② 《松江修暇集》本诗题作"补和澹堪北山雅集"。

③ 《松江修暇集》本此诗字句略有出入，录全诗如下："惊心鞞鼓江潮沸，过眼羲娥鸟翼轻。山水偶来成小聚，壶觞同醉见平生。诗怀古淡千年佛，人影苍茫一角城。凫雁逍遥渺何有，暂陪吟啸晚风清。"

④ 《松江修暇集》本诗题作"和澹堪北山书感"。

⑤ 《松江修暇集》本此诗字句略有出入，录全诗如下："吾生逐化无多日，千载昙花偶一开。面壁达摩了真妄，瞻衡元亮未归来。忘机鱼鸟成佳侣，乱也风云起壮才。便待澄清事粗了，丹霄鹤羽共徘徊。"

新秋感怀仍用澹堪韵①

终岁簿书愁鞅掌，新秋郊野暂徘徊。日涵江渚千龙②睡，雨过云山万马来。避地仲宣空有赋，登车孟博岂无才。邱原极目枢榆茂，坐看他人筚路开。③

修暇第二集步睡石厅长韵④

江城多暇日，寻胜复同游。有愧青云器，难赓白雪讴。谈禅诗喻偈，得友酒填筹。宴罢开襟坐，深山六日秋。⑤

修暇第二集步瞿非园方梅韵⑥

万窍捣风鸣，张筵意兴生。寒瓜发肌粟，美酒偃心兵。棋局谁投款，诗坛早劫盟。从容整归辔，旧路马蹄轻。⑦

---

① 《松江修暇集》本诗题作"立秋日书怀用前韵"。

② "千龙"，《松江修暇集》本作"群龙"。

③ "邱原极目枢榆茂，坐看他人筚路开"，《松江修暇集》本作"沉吟山隰枢榆意，眼见他人筚路开"。

④ 《松江修暇集》本诗题作"和睡石立秋先四日雨后集北山韵"。

⑤ 《松江修暇集》本此诗字句略有出入，录全诗如下："江城逢暇日，寻胜复同游。有愧青云器，难为白雪讴。参禅诗喻偈，得友酒添筹。合坐静无语，山深六月秋。"

⑥ 《松江修暇集》本诗题作"和非园闻寺檐鸣虫"。

⑦ 《松江修暇集》本此诗字句略有出入，录全诗如下："万窍触风鸣，张筵意兴生。寒瓜发肌栗，美酒偃心兵。棋局方酣战，诗坛欲劫盟。从容整归辔，旧路马蹄轻。"

陪颐庵节使大水渡江寻秋农圃分韵得一字[①]

古渡逗轻舸，佳游随六一。十日雨悬江，一晴远山密。田禾交午风，岸草净如栉。农圃对青郭，墙头出枣栗。新秋信足娱，孤亭可抱膝。俯仰斯须间，浮云悟得失。

颐庵节使见示立秋后四日与同社诸子渡江寻秋截句依韵敬和二首

对岸开芳圃，遥看似画中。轻舟随断鸿，斜渡一江风。

步履榛芜间，秋光无觅处。九霄烟雾深，时见饥鹰去。

与同社诸子游龙潭山憩绿荫深处[②]

万壑云霾路若迷，松崖小憩晓风凄。清阴四合人声杳，得意山禽自在啼。

阴历九月九日北山会饮拈韵得“千年烟边田”五字[③]

陵谷高深变万千，眼中身世是何年。鲈莼归梦迷关月，雁稻游踪遍塞烟。

---

① 《松江修暇集》本诗题作“大水渡江寻秋农场，颐庵节使先有诗，即用诗中‘一棹晓横江，诗人自来去’十字分韵，得一字”。

② 《松江休暇集》第四集此诗题作“行尼什哈山憩绿阴深处”，诗曰：“丛壑云深路若迷，松崖小憩晓风凄。清阴四合人声杳，上有山禽自在啼。”

③ 《松江修暇集》本诗题作“阳历九月九日北山高会，拈韵得‘千年烟边田’五字，分赋七律，禁用重九登高故事”。

一醉名山如有待，四围秋野渺无边。寥天几处盘鹏迴，毛血纷纷洒草田。[①]

次韵寄澹堪京师[②]

金台旧游地[③]，拂墙木千寻。华池冒红藕，水亭坐开襟。凉吹苹未生，清意归长吟。近事一回首，绝塞感不任。故人况千里，魂梦绕青岑。昨读寄我诗，变劫[④]怆昔今。疮痍满三辅，谁能变阳阴。轻肥五陵道，难喻豪士心。

中秋夜与同乡诸子观月松花江，泛舟至城西门而还，次栾公韵二首

偶值良宵绝塞间，江心一棹共清闲。金蛇弄影星沉水，玉兔流形月上山。风引笙歌逼云落，舟摇酒梦逐城弯。归来庭砌明如画，欲和阳春复莫攀。

万籁沉沉水月间，孤舟悄对夜方闲。尊中鬓影风前客，江底眉峰岸上山。故国清光千里共，浮生素魄几回弯。年来渐彻人天理，昂首仙踪觉可攀。

北山看红叶

高会寻秋攀云上，红叶十里吟且望。光华照耀山谷间，眼缬不能穷殊相。疑是朝日出海峤，朱辉散射赤城标。又疑瑶池桃破蕊，万株倒烛云为焦。此游景奇酒亦旨，有客醉歌丹霞里。凄音苦节寄悲思，隔座声声风送耳[⑤]。百川

---

① 《松江修暇集》本此诗字句略有出入，录全诗如下："陵谷迁移感大千，登临今日是何年。鲈莼归梦悬关月，雁稻闲情认塞烟。一醉名山如有待，四望秋野杳无边。更看天际盘雕影，应惜风毛洒草田。"

② 《松江修暇集》本诗题作"和澹堪京师见寄"。

③ "旧游地"，《松江修暇集》本作"金台盛云物"。

④ "变劫"，《松江修暇集》本作"陵谷"。

⑤ "隔座声声风送耳"，《松江修暇集》本作"细听字字风送耳"。

涨决水冲天，故土今秋半为渊，南征何处见①楼船。奇鬼瞰室口流涎，退潮无弩归无田。万里饥驱走荒烟，卧榻坐视他人眠。一樽劝客莫慷慨，霜风几日张红纲。人生为②乐贵及时，再来雪花大如掌。

前诗成意犹未尽再赋绝句

秋郊如掌水如环，枫叶千株映日殷。疑是天孙机杼折，倒垂云锦饰青山。

赠人斋

寒飙裂地雪封天，萧瑟关河住四年。路走羊肠愁缘耳，笔挥鸡距看黄肩。给驹久困东方饿，荐祢谁同北海贤。处厕处仓本由己，买丝共绣马文渊。

夜　读

凄凉一剑滞荒垂，千虑无成岁暗移。策国方看蛇画足，著书胜欲豹留皮。吟残撼枕疏钟落，梦觉横窗冷月知。几辈师儒青简在，茫茫百代共心期。

招杨泊庐溥③聚饮，时南事方急，叠用前韵赋呈二首

鹊败螳僵日未移，将军交臂失南垂。窥天久骇龙无首，阅世空怜鼠有皮。尸冢当涂还自喜，膏肓受病更谁知。清愁赖有醇醪在，寄语佳人莫后期。

鸡林形胜甲东垂，雪里江山数转移。吟兴空飞双马耳，霸图未献五羊皮。

---

① “见”，《松江修暇集》本作“觅”。

② “为”，《松江修暇集》本作“行”。

③ 杨溥（1894—1942），字泊庐，直隶清苑（今河北省保定市）人。擅画山水，取法石涛，为齐白石入室弟子，在齐白石的诗文中多见题杨画或赠杨画之诗。著有《大涤子年考》和《画语录诠释》等，并有《杨泊庐画集》和《泊庐扇画册》出版。

槐宫鼓角悲边郡，柳塞风尘见故知。匡济何年事粗了，谷城黄石与君期。

悲畿南大水三叠前韵

平原几处钓丝垂，故园今秋水道移。高拢荡舟禾出江，败根入馔树无皮。雪鸿遍野图难尽，轩鹤盈城效莫期。我欲西归供三策，危言恐被蛰龙知。

寒夜漫成

入世空为抵鹊珠，闭门剩有影相娱。梦回匝地霜华重，禅定中天月魄孤。灯外吟身怜络纬，眼中安室谢濡需。神州十载干戈满，一舸何当钓镜湖。

病榻口占

惨淡群雄竞霸秋，怀中敝刺向谁投。一官鸡肋原无获，五夜牛衣只自羞。乱世诗书将覆瓿，韶年骨相欠封侯。人生德业诚难料，未许愁肠转万周。

寿于慕忱议长源浦

老桧白蹲小白东，枝条百丈拂青空。沧桑劫后根盘石，阴雨来时叶作宫。括地烟云看积雪，沸天箫籁舞回风。沪寒任尔乾坤闭，独驻春光冻日中。

冬夜友人送酒至，独酌达晓

门前车马似奔雷，永夜幽窗独咏梅。街鼓遥催红蜡尽，檐冰倒烛白衣来。雪迷江郭千家梦，风走郊原万窍哀。醉里胸怀何磊落，鸡鸣仗剑上高台。

覃思示泊庐

覃思人黯淡，积弱国沉吟。才愧丘山重，疴居骨髓深。班生余掷笔，鲍子尚分金。高义何时报，青天日影沉。

睡石厅长生日有作，依韵奉和二首

落木初观东野大，坚冰又筑朔方寒。客中一剑星霜迥，身外孤杯宇宙宽。策国惟闻师魏绛，问民差喜事殷丹。山河感慨业驱爵，万里云鹏定上抟。

几处围城放纸鸢，独从广厦伴诗仙。推诚不管传三虎，买醉频劳费万钱。过眼江山时纵辔，惊心箫鼓又迎年。雪花点地知多少，未损真人两鬓边。

一月二日北山晴雪，颐庵节使约同社诸子饮集，食松江白鱼

以下戊午

乱岭浮天白，寒烟浴日黄。人来餐雪地，诗拟聚星堂。座上江鱼美，盘中楚桔香。醉余归未忍，吾意托层冈。

次韵艾慵丈催税乌拉

羞同浮俗炫新奇，万里蓬飘到九夷。贫贱深知非我病，风尘独恨见公迟。空如司马多文藻，竞逐弘羊问度之。四序松筠原一节，可怜陵谷几迁移。

代阚人斋寿安徽黄寯珊省长及夫人

梦里关河游故国，依稀劫后鹤飞还。旌旗照眼江千里，风雨栖身厦万间。守正悬知眸炯炯，和鸣更仰发斑斑。酒酣一笑乾坤阔，杯底春风绿几山。

上巳日栾公招饮江楼，值大风雨，酒罢天晴，渡江踏青，公归有诗，依韵奉和

水榭初停辔，一江风雨过。不能进舟楫，空对好山河。把酒同惆怅，支蓬忽啸歌。兰亭安可仰，暂戏此晴波。

立夏日陪颐庵节使钱春山寺，见杏花盛开①

忆我去京华，残红满长道。驹光转征轮，催促春色老。游宴失良辰，郊坰暂豁抱。孰谓招提中，丹杏花仍好。朝霞烂庭阶，对之魂魄饱。开落或后先，地气判寒燠。但令香无殊，奚论迟与早。所惜在山阿，叹赏人迹少。持比天街花，托根异拙巧。黯淡历几时，使君忽飞旐。攀枝罄幽怀，酒筹间笔藻。檐花若有知，芳意披词稿。

四月三日展禊江曲

世垢从我身，百虑失灵妙。荡之以佛法，明月始②一耀。烛物殊未周，旋被烟云罩。永念道心微，宿染共袚扫。上巳虽后期，补禊东相约。一舸渡诗魂，青圃花拂帽。晚李作雪飞，小桃红如爝。澄江静不波，中写幽人貌。礼毕各振衣，大梦遽然觉。石火送宇宙，勤③修诫自暴。试读兰亭文，真谛如相诏。爽气被千秋，庸非修禊效。前轨幸未荒，后来孰我吊。俯仰欲放歌，恐为诸天笑。寂坐乐有余，暝色上孤棹。

---

① 《松江修暇集》本诗题作“立夏日饯春山寺见杏花盛开”。

② “始”，《松江修暇集》本作“时”。

③ “勤”，《松江修暇集》本作“焚”。

江南农场小酌，次韵胡濂周太史[①]

舟摇旅梦到仙衢，入夏园林缘可图。嘉卉频经风雨落，高松若有鬼神扶。三春烟景余吟草，万顷江波可脍鲈。醉后朱栏同一笑，清谈不用奏笙竽。

和艾傭丈途次见寄元韵

绕梦江痕冷，惊魂月魄微。指心期大觉，挥手谢群飞。颠倒三途广，迁流万劫非。敢私蕉柱体，道与众生肥。

艾叟仙人侣，驻颜能坐忘。知齐天月满，静失海风狂。充腹亲华露，澄心对妙香。丹成愿相假，一洗世途忙。

次韵寿于慕忱

胜朝文献与江东，磊落于侯气自雄。干禄羞分鸡鹜食，忤时凭笑马牛风。千年神器终无害，八海狂澜幸有穷。小聚今朝宜痛饮，童颜况喜印杯红。

为马小秋兆麒洗尘，请刻一小印

马侯才艺闻声久，握手边城一笑哗。酒气连朝无处吐，看君点石化龙蛇。儒冠苦被兴王溺，仓鼠颇承上相褒。枉自雕镌日稽古，可能无地试牛刀。

和栾公自寿元韵

双瞳闪电胸包海，争奈乾坤不可为。浪迹江湖从久客，兴怀花木得新诗。

---

① 据《松江修暇集》，“江南农场小酌”即“四月三日展禊江曲”时候，此二诗作于同时。

还乡有梦鸥先觉，齐物无言蝶自知。照彻心源或真我，任他尘劫送霜髭。

再和栾公

景物鸡林天下奇，登临几度伴哦诗。澄江酒旆方撩眼，寒塞风刀忽割肌。筑第不妨客驷马，充厨还自饫踆鸱。官贫自古能肥道，试向尊前看笑眉。

哭谢孟衡 名正权，四川人

绿酒红裙更管弦，盛游追忆杳如烟。劫尘簸荡生何世，性海空灵死亦仙。旅榇无由归蜀道，春闺尚自梦辽边。交亲比岁歌蒿里，纵我忘情也惨然。

立春后四日颐庵节使诞辰，与同社诸子献诗祝贺

以下己未

弥天匝地松江雪，万鼓狂风作岁寒。寿酒初温春到座，新诗叠唱暮凭栏。醉呼日月壶中度，醒抱关河掌上看。美意豪情原落落，宁惟逸句压骚坛。

到　家

此下由吉林回南宫作

眼明今日见柴扉，大麦初黄柳絮飞。最忆土门岭西路，满山红杏送人归。参罢重闱笑语温，帘前小立更凄魂。数株庭树清荫满，尽有先人旧手痕。

展　墓

蒿里重来岁序新，旧栽松柏已齐身。荒坟历历榛荆满，尽是当年爱我人。

闻舅父破产，时外祖母犹在堂，为之恻然

口中有舌贫何害，桁上无衣意自坚。不忍高堂簪白发，从人乞米度残年。

鸡林钱荒兵祸，言之可痛

此下吉林作

萃刀作风剑作雪，冰店一夜斫梁折。贾客听鸡着征袍，毡车驱向江心发。夷区貊落去经年，万里怒涛荡归船。跋涉怜尔空皮骨，败楮盈箧无一钱。

斗米十万钱一纸，吁嗟民病何时已。金貂世阀今舆台，昔日舆台甲第起。袨服窄窄冠峨峨，大官每夕醉绮罗。荣枯咫尺天已老，烦冤奈汝儿民何。

太平无日乾坤闭，一夜旌旄满天际。貔貅三万屯黄龙，山中猰貐饿吻厉。暂苦尔民莫涕沱，将军神武宁汝弃。谢傅一枰却敌军，整暇方作樗蒲戏。

怀邢赞庭兄之襄[①]京师

历朝文物化烽烟，剑雪心冰自少年。四海论交眼多白，五陵行乐发犹玄。市中酒伴谁屠狗，塞外诗名愧乐天。世乱相逢渺何日，愿将儒侠问高贤。

---

① 邢赞亭（1880—1972），字之襄，直隶南宫人。早年受业于直隶莲池书院，籍忠寅《谷雨日与莲池同学谷九峰、常朗斋、邓和甫、刘宗尧、徐润帮、刘治琴、刘润琴、王琴南、高阆仙、邢赞庭、吴咏湘、常稷笙写影北海濠濮间，图成，题长句记之》诗曰："邢子吴君年后起，白面翩翩犹可喜"。后留学日本，东京帝国大学法律专业毕业。归国后，曾任保定优级师范学堂监督、东阿县知事、司法部参事、安徽督办、河北莲池讲学院副院长、全国烟酒事务总署总务厅厅长、天津市政府秘书长、北平最高法院顾问等职。"七七"事变爆发，北平沦陷，他弃官从商，曾任德顺隆新记窑业股份有限公司董事长，同时经营生生工厂和生生银号。新中国成立后，经周恩来总理推荐任中央文史研究馆馆员，1960年任副馆长，其时还为北京市文史馆首任馆长、全国政协委员、北京市政协常委。邢赞亭喜收藏古籍图书，与张元济、傅增湘齐名，论者谓其收藏之精之富："北地自张之洞、徐梧生衰替后，屈指到君矣。"曾将多种善本古籍捐赠国家图书馆。编校刊印古籍甚多，有《吉金文录》《桐城先生评点唐诗鼓吹》《吴评史记》《唐诗鼓吹》《吴门弟子集》《桐城吴先生日记》《南宫县志》等。著有《求己斋诗集》。

地　僻

地僻江为郭，更深月在天。将军辞虎节，壮士奋龙泉。辽海羽书冷，挹娄星旆鲜。时屯甘退屏，高唱采薇篇。

伤高氏园林易主

园林茂盛夏，压枝果累累。浓荫四面合，清风高下吹。久坐肌骨冷，天地无炎曦。兹园信幽绝，借问主者谁。园本高氏旧，奴受邻翁资。推宅勉其主，慨赠酒酣时。饱飞奴何黠，高氏一何愚。风烟岁月积，祖宗心血枯。忍贫酒一盏，坐失树千株。先业纵不恤，明夏何为娱。无荫蔽蒸灼，求果于市衢。噬脐古所悯，君子慎厥初。

纪　事

百战此天下，成功能几人。伤心辞部曲，忍泪出城闉。开府十年梦，解鞍千里尘。抵家头尽白，空对箧中珍。

中元夜松花江岸观放河灯

麟阁徒梦思，行年二十九。五度观河灯，松漠我来久。忆昔我出关，战血殷九有。焚树鸟焉栖，藏舟壑亦走。遥望禹山川，齐厄人械杻。有志豁边氛，无名照不朽。景物几怆怀，日月忍回首。江畔自踟蹰，萧鼓黄昏后。万盏波上漂，青天嵌星斗。中流或敛芒，飞萤晃长帚。初燃橘数头，渐繁瓜万亩。或离如布棋，或联如贯柳。炽若火烧山，熄若月颓牖。鱼龙幻形模，楮竹架枢纽。偶闪顷刻光，遽喧儿女口。奔腾错履舄，排进骈妍丑。纷嚣禁不能，金吾色沮忸。河灯披溺魂，古德意良厚。后人资观娱，费多制益苟。昧本夙所叹，弊俗思一纠。肠热言乃轻，强聒只取咎。愁绝此观灯，往矣惟纵酒。

秋野同田父语

秋霖苦索居，晚霁步郊野。平林卷湿烟，红日变屋瓦。侧笠两三人，揖我瓜棚下。席地话耕桑，至乐难口写。归路月横衣，天地镰一把。

追和澹堪贤良寺自寿元韵

澹堪，八旗人，其家距船厂甚迩

天下知心贝叶书，佛堂高卧俗尘疏。九皋鹤唳传新作，一代龙腾自故居。拍枕松花酒醒际，偃山神树野烧余。兴亡历历何能说，且对炉薰一粲如。

医国何年饮上池，天涯滞守见公迟。半窗山影敲吟草，一舸江声共钓丝。旧事惊心春再到，奇书满腹世谁知。金台寂寞冯唐老，风雨鸡鸣数卷诗。

再次韵寿澹堪

日坐萧斋读异书，权门怒我往还疏。鸾凰耻向笯中宿，鸥鹭甘为海上居。三岛渺茫烟水外，百花开落笑谈余。老来道力知何似，历尽风波意自如。

种稻满田藕满池，常思稼圃继樊迟。边荒六载输归鸟，世事千端剧乱丝。几辈交亲劳远梦，异时忧乐可前知。禅堂日月原无绊，欲就幽人学赋诗。

秋雨读书

松花拍岸雨潇潇，开卷幽魂觉可招。骊睡敢云珠易取，虱肥终与母同蕉。连城事大徒亡晋，众口难防且谤侨。一炬萧兰几今昔，石堤篙眼有千朝。

夜　饮

志业当年无管乐，贱曹谁料困天涯。河山耻效穷途哭，编简惟与望古嗟。四壁灯光疑蝃蝀，一帘月影闪龙蛇。先贤几辈饥寒死，换酒呼儿买五车。

题张邻予及德配杨夫人行实后

寄趣形骸外，收勋纪载中。沉船贼奔北，纵弩水流东。瓜瓞绵文德，枌榆变古风。鹤归应有恨，八海尽蒙戎。

蕴德隆苹藻，垂言照典坟。吹寒灶上某，义导豹成文。松柏今盈把，珪璋世有闻。人间摇落际，天珪自清芬。

感　兴

抱病诗书还作祟，凭谁大火续秦烧。家惟四壁无长物，门对三山有远标。云外仙人安可接，江头木叶已全凋。桂花不耐风霜苦，自结灵根上碧霄。

送李静澄续声应军校试于京师，兼怀北江先生

蚁争蛇门何须计，淑世端姿盖世豪。且就霜林修羽翮，西风燕雀国门高。

嗟我尘羁良可耻，五年局促以诗鸣。荆歌高筑无人识，更向何方写不平。

最是吾师堪太息，道高天下不逢时。离亭独立秋风冷，目断征尘有所思。

吉林城北乱山合沓，皆白山系也，秋晚，友人约饮其巅

白山枕郭门，拔地群峰上。贞固历千朝，吐吞抱万象。气郁异人作，王业基此壤。八表归鞭笞，重译奉祭享。迈古收奇勋，关河载精爽。寒暑几代

更，张弛殊今曩。不有登眺娱，奚慰冥漠想。身腾万仞巅，目尽九州广。维时秋渐肃，远山浮秀朗。郊黄足晚禾，城黑起氛坱。指点酒半醺，探奇更扶杖。古垒何突兀，炮石悚遗响。两雄赌乾坤，三边困馈饷。中朝谁厉阶，饮恨清流党。内情昧彼我，面欺要尊攘。鳅船熸一朝，国威堕千丈。补牢纵有人，中兴渺无象。遂令好山川，坐受人羁鞅。闻风可立懦，此语亦我罔。千里望峰峦，岂非古芒砀。触目想英灵，不化民僧驵。近乘欧战勋，敌焰滋益长。跨海蹂我边，士尽鼻息仰。独立能何为，日暮歌慨慷。归路传霜林，恶怀稍一荡。千树红相偎，山行入锦幌。脱叶踏无声，氍毹敷宿莽。径迂失同游，憩坐忽神往。昔人游此不，后来孰我放。频印逸兴飞，欲披仙人氅。回首见敌垒，五内复悒怏。所贵古真人，入世锄强犷。辟谷讵无时，要看刘灭项。兹山苟不移，吾心终无两。

睡石厅长四十九生日，游北山紫霞宫，缅怀太白、东坡浔阳紫极宫前后唱和遗事，援韵寄怀，葆光敬和一首

睥睨共江山，藻芬联帛竹。古人不传心，代远那容掬。高盼极四海，殷忧念茕独。戎马骛中原，云台期列宿。道行讵无时，志定何须卜。日月骕骦奔，红颜去不复。徽之漫看山，方朔溷射覆。前贤知我心，一笑酒方熟。

子樾客开封，久无书至，月夜苦忆成诗

吹台哭起夺云天，尚记梁园痛饮年。四海尘踪困冠带，五更旅梦绕山川。抱关可遇贤公子，屑玉应期古列仙。欲伴心斋渺何处，一城冻雪月初圆。

寿齐震严省长耀琳

代睡石厅长

天上六龙去如飞，胸存正气颜不衰。兴国蓍蔡今伊谁，伊通使君绝世奇。韶年文字喧东垂，壮岁橐笔走京畿。美政堪媲隽不疑，岸谷百变霜生鬓。钟阜开府声名驰，丈夫得志斯其时。旧游回首梦难追，龙潭之顶松江湄。忆会陪宴倾金卮，醉眼中原看弈棋。只今国事益纷披，发药拟叩长桑医。台城翘首会可期，先此长句遥相贻，因祝眉寿达期颐。

小白山顶胜朝有庙，望祭长白山神，春日偶登，逢田父话

以下庚申

鸡林一练属辽东，千里松花落半空。白刃万尖山戴雪，青油四壁树交风。已悲钟鼓他人考，空见关河往古同。田父还思郊垒辱，云端揽涕话岐丰。

前韵留别耐冰诗，哲嗣静澄方客京师

六年歌哭白山东，驿舍重临万事空。江水有情仍沸雪，车轮无赖忽乘风。前行且喜家园近，后会何时尊酒同。幸有麒儿容倒履，云霄驻看羽毛丰。

卷二

暑日同妻弟房袭明用简游西山，晚登玉皇顶

以下在北京作

四野胜烟万岭红，楼台几处渺茫中。日斜凭眺迷归路，更踏飞云上半空。

上北江先生

峥嵘独抱匡时略，袖手乾坤涕泪多。守道翻为人所忌，陈言况与世殊科。茫茫古圣遥相语，烂烂高文永不磨。垂老忽逢朝市改，几多志事付哀歌。

城南兵动，都人竟避走，而赞庭兄携幼弱居比邻，全无惧意，为赋长句奉贻

城南杀气薄云霄，避地纷纷振远镖。黄口哪堪经战斗，青锋自足镇浮嚣。华灯夜语神同王，秘籍晨披腹忘枵。地岌天倾心万里，从何勒绩起高标。

再用前韵奉酬北江先生

夜哭城南战鬼多，相逢命在且酣歌。但知烂醉轻千乘，奚用浮名列四科。掀地风涛鲲欲化，泼天雷雨剑心磨。燕王未暇收枯骨，愿傍灵均隐薜萝。

晨登高阁，叠空字韵

日上金天半郭红，朱门洞启五云中。门前车马纷如织，谁识幽人在碧空。

秋霄病起，苦吟达旦

睡余灯半花，孤影翳残药。小院雨收声，时闻枯枣落。旱云迷故园，何处梦前游。入望无青草，玉盘空自秋。众星一时没，太白耿犹存。云断日思吐，雨来天又昏。鸽铃云际落，蝉壳树梢悬。十里环尘井，清风此地偏。

中秋夜，刘际唐丈登瀛[①]简招同乡诸子聚饮，时座客赵君次元宪曾新拜安徽教育厅长之命，行止未决

山拔万古青，泉响百川洁。荡回起凉飙，蕾落作秋节。我时倦坐衙，兼旬卧不出。檐枣变青红，菊苞展成缬。无心追俗欢，蒿径日萧瑟。迢迢早鸿来，栩栩春思活。所喜接众英，况有杯中物。风轮辗银飞，漆榍接高月。排闼酒溢香，促坐鱼横雪。灯灺饮愈酣，露侵阶砖滑。起顾一怆然，地是古侠窟。荆高昔醉歌，悲筑酸心骨。樊子挟奇冤，头断齿犹切。血花秦庭飞，王迹燕台灭。太子宁弗贤，田生节犹烈。无处招国魂，空植冲冠发。天运几循环，八表又骚屑。主人学五车，众客皆秀发。淑世会有时，一鸣天下彻。望

① 刘登瀛（1868？—1936年前），字际唐，直隶南宫（今河北省南宫市）人。年十五补弟子员。吴汝纶牧冀州，遴选入信都书院读书，先后师事王树楠、吴汝纶。光绪乙酉（1885）举人，选授巨鹿县训导。清末兴新学，直隶学校司派赴日本考察教育，归国，派充省视学及保定高等学堂优级师范教员。光绪三十三年（1907）举贡考职，以知县用，分发山东不赴。其后历充河北大学、山西大学教授。前后二三十年中，尽心教育。暇则致力所学，自音韵小学、政治地理无不洞其源而澈其流。登瀛深于经学，能够融通汉学、宋学，不迷信前人旧说，以考据为基础，入情入理，阐明儒家经典的义理，为文章则秉承吴汝纶所传桐城古文义法，河北学子尊为一时耆宿。著有《伦理讲义》一卷、《农学述要》、诗文集四卷。

古难继踪，行今难比辙。龙眠有至人，招我授丹诀。长啸凌云颠，永与古今别。

前韵奉答北江先生

惊沙贯九衢，恐夺素衣洁。斗米混末曹，敢忘高士节。岁晚大道荒，时危异论出。是非素与丹，纷如花散缬。至人守所闻，竽门独操瑟。宁辞苦一身，实望众生活。悲风掣地号，急霜扫万物。梦醒金沸天，毒舌覆明月。匏系道未行，两鬓漆点雪。健笔五云飞，捷思春波滑。满目横妖氛，谁辨神仙窟。斯文在太空，原是天地骨。未伤秦火焚，二氏更逼切。日月可倒行，琅嬛终不灭。堪笑谰言辈，坐井窥先烈。螳臂抗车轮，炉火掷毛发。焦烂不旋踵，诛讨吾岂屑。大海蚌珠沉，有光云外发。烛龙翔困冈，下照九州彻。所愿匄南针，与世觉迷辙。拜舞法坛前，密叩不传诀。肆马得一顾，立与驽骀别。

游艺园赏菊，仍用前韵

飞梯上九天，刮月取其洁。来作菊花魂，抗此凌寒节。分苗及春阑，度夏抽茎出。烂漫霜后华，拂砌如裙缬。龙门有孤桐，抱响中琴瑟。老桧在圣乡，挺干千年活。眼见菊齐美，爽气压万物。万物何惨凄，干戈渺岁月。赤日琉璃河，白刃灿如雪。百谷饱马肠，田径溅血滑。哀哀无告民，偷息窜山窟。吊伐果是非，腐儒痛至骨。乡国旱云高，丧乱迭迫切。身如空际灯，分随雨点灭。歌舞荡兵氛，丹青写英烈。论功复此回，吾命延一发。花底仍开尊，四座飞金屑。咄尔抱寒根，何向尘外发。久溷人海中，清意何由彻。檐隙腾众嚣，门前交乱辙。流涕收残英，拂衣与世诀。并植天桂旁，芳味谁能别。

次韵酬邓拙园丈

浩荡天涯入仕初，茅斋四壁架群书。买舟吊古寒云畔，延客谈兵积雪余。万里龙沙神尚王，六年鸡肋计何疏。金台无限飞腾意，付于幽人作画图。

叠渊字韵答籍亮侪丈忠寅

日月应弦落九天，凭谁一射驻流年。可怜竹马初离胯，便觉银丝欲上肩。落落高才思有立，堂堂大国岂无贤。先生早奋凌云笔，定取修名似子渊。

大雪答北江先生，用吴海山景超韵

斗室冥想数更筹，积胸冤愤向谁白。木叶齐凋一夜风，云底独秀青青麦。地走江河日耀空，昌黎文章耸高格。兴酣斫树收穷庞，硬句十日荡心魄。进欲封侯惭骨相，退思循俗怵绳墨。立意治经守一师，更耐鏖文战三北。忆昔榆关驻飞车，登高天地日无隔。海波激日赤一轮，积雪寒拥万谷窄。中原回首羽箭飞，交亲星散形影只。数将离泪苦穷途，一旦联吟喜动色。孰知人事麻益纷，短檠愁对心恻恻。布衾铁冷衣肘见，朝阳何时破昏黑。丈夫生世终绝尘，藐藐一身万民则。霜刃快斩毒舌开，玉盘莫放妖蟆蚀。真气盘中肝胆温，一洗牢愁去眉额。鸡鸣重读二豪诗，徂徕恍见岱宗侧。

读北江先生赐诗，翻忆“论文老谪仙”之句，追思代北趋庭往事，再次韵赋寄悲怀

四月雪压清凉山，云外高浮五点白。我昔宝马揽其奇，杏初垂实场登麦。过眼兰若不记名，涧底幽禽鸣格格。疑是天竺迦陵音，东来万里度冤魄。暮归堂上献新诗，珠影摇窗赐丹墨。温语激动少年心，出门高睨无晋北。唾手

功名谓可期，孰料人天一旦隔。身后万家嗟何益，况我行营墓道窄。人事常苦难相保，故乡昨到鱼一只。剖鱼尺素堕我前，如见家人饥寒色。饥寒未死避贼去，墟落人稀风恻恻。遗黎掘食到草根，松柏恐化炊烟黑。我走风尘归不得，日读遗书想遗则。古贤承志有高文，马史班书光莫蚀。我才纵非二子俦，肯望千秋徒蹙额。今后蓼莪欲报恩，藏山倘胜庐墓侧。

三次海山韵戏北江先生

伊谁大笔绍国风，前有植潜后甫白。元气盘空立意真，饷世无殊粟与麦。韩苏继起才亦豪，百代斯文存正格。降元迤明气始糜，团团璧月潜生魄。胜朝制艺败群材，登高四望天如墨。直南万笏是龙眠，远控湘江孕冀北。苍翠亘古恒如新，上接殷周绝间隔。蕴采抱奇久莫宣，异人竟出此土窄。名臣大侠更硕儒，鸾凤翔天百万只。就中吾师甫白伦，高揖千秋无愧色。宁知笔力可扛鼎，难为八口御寒恻。忆从新国奠新基，率土同霾战云黑。上枢痛哭思澄清，绝海超山问治则。百岁祸胎伏人心，禳星那能救月蚀。何不虚位登耆贤，煌煌大文榜门额。民化箫韶草偃风，四方庶此失反侧。

迁居步北江先生韵

僵雪此枯树，中孕来岁华。丈夫闭户卧，无碍德音嘉。长安形势地，广衢乱柳遮。繁灯烂如绳，夹道直复斜。豪门夜罢宴，歌场走飞车。耳畔朱丝闹，头上白刃加。由来知几士，抵死守桑麻。我少事远征，边霜拂剑花。感事发高咏，六载矜词葩。在昔子云友，天地一侯芭。况今时剧乱，四野门龙蛇。黄鹄拘笼底，鬼车向云拿。谁问三寸管，苦思两部蛙。畿南赤眉横，岁晚难归家。负城得废宅，绕室数叹嗟。檐瓦暗藏鸽，庭莽深没蜗。乐兹静中趣，不用建高牙。

酒楼独酌，叠用前韵

掀云望兵气，八垠接京华。何人是吾主，霸略空郭嘉。韶龄探圣户，管钥无扃遮。壮年讲戎韬，山水穷褒斜。北海上鹏翼，西岭迥日车。感时心弥壮，投闲岁频加。我岂诗人欤，览镜泪如麻。郁郁修竹干，娟娟晚梅花。冒寒有冬笋，舒笑先春葩。昨来遭地陷，沦落同蓬芭。闻此叹吾道，世谁辨龙蛇。裸国轻章甫，低篼鲜高拿。河北经年旱，千里无鸣蛙。饥民踣山谷，野兽穴人家。自顾微躯在，敢兴穷途嗟。斗金博一醉，甘卖枥畔騧。珍馐惜不食，终亦委虎牙。

齐峙青立震[①]辱诗和迁居，依韵答之

积劫燕台路，林花几度开。开成兴废迹，落尽古今才。夫子时摩诘，高风昔老莱。冥冥契真境，不管骨生苔。

妄念来灵界，虚空结蜃楼。声施希往代，书剑去吾州。大海孤舟破，微身一叶浮。枝栖今有托，敢复计乔幽。

立春日换衣示峙青

辛酉二月七日

心绪如春柳，迎风发乱丝。绩名愧包老，门第异唐儿。牖底虫吟日，海边龙战时。禅衣对君着，何似古要离。

---

① 齐立震，字峙青、次青，直隶枣强（今河北省枣强县）人。吴汝纶、贺涛弟子，长于诗古文。尝留学日本中央大学经济科。与修民国二十年（1931）《枣强县志》。

咏苏武牧羊石像

辛酉二月十六日

丁零归未归，乡泪春转甚。骨肉谁存亡，路远音莫审。长安莺正飞，广陌花如锦。轻白柳吹绵，园紫桑垂葚。居人竞嬉遨，羁客愁孤寝。时光剧箭驰，投荒岁十稔。奴佁共卧起，毛血强茹饮。奇寒中羊骨，雪底同澿痒。零落节毛稀，苦操每自懔。引刀视说降，众口一时噤。英风绝前纪，义声喧左衽。难危两鬓衰，芳馡万竹锓。我今拜石像，眉宇犹凛凛。九载蒙事鞱，北鄙少安枕。何当继高踪，一折虏踔踸。

前韵和北江先生辛酉初春

儿性如鸟声，遇春辄欢甚。既长畏春来，变化难自审。昨梦遨穹霄，衣剪天孙锦。初月尝半瓜，乱星摘新葚。穴雾望人间，沈沈万屋寝。歌哭递相送，海底谷穗稔。悲极梦遽觉，邻家未终饮。快意能几时，不寒体生痒。佛力灭无常，闻法当只懔。冥冥索玄珠，应世口须噤。城南转花风，士女游连衽。不惜千劫慖，自向五中锓。谁肯如李生，书斋卧凄凛。楞伽横案间，虚明生一枕。味此甘闭门，非病行踔踸。

野老歌

辛酉二月二十日

雪风万刀割未死，杖藜蹩躠城中来。甲第箫云起，轻车响晴雷。朝览鱼龙戏，暮倾蒲桃杯。新贵买笑轻金璧，嗷嗷白屋何人哀。卢沟桥之战，河南北之灾，化我妻子为尘埃。老夫径欲相随往，春风挽我稍徘徊。徘徊日尽雪复乱，舒惨天心深莫见。

杂 咏

辛酉二月二十二日

负郭堆金碧，有观号白云。诡奇饶异迹，观者何纷纷。我亦乘暇日，广道进双轮。狂风起幕北，六合同沙尘。崩摧与号哭，杂沓声莫分。（北江先生云：“杜牧之‘金河秋半虏弦开，云外惊飞四散哀’，曾太傅叹为奇逸，此同其妙。”）

至人坐古洞，漠漠如无闻。游客齐下拜，敬此为仙真。金币达诚款，乱掷同雨翻。我欲从之游，旧习苦难删。归城暮色积，满月上东轩。

飞飞华表鹤，言向伊洛边。长路和所有，冻骨与烽烟。辽海盛霜雪，中州发春妍。摧落一毛羽，何御二气偏。本乏乘轩相，合死九皋上。

北风送胡雁，中挟鼓鼙声。新燕来南海，战血两翅腥。吾生尽仅耳，兆民半死矣。营营觅华堂，切切思稻粱。世上无西伯，何取作凤凰。

东坡宙字韵和北江先生

春色来无端，烂漫阅长宙。满城桃李花，齐放二月后。浓荫暗相代，去如矢脱彀。隔岁此琼芳，又惊东风骤。暂离有久合，年年雨滴溜。太行新霁开，中天万峰秀。姓名无人知，坐失春秋富。幼载多病躯，刀圭效难奏。阴阳战四肢，灵台谁为后。极目学海阔，未济徒心疚。书才辨之无，遽被官所囿。邦基簸骇浪，亲骨冷严窦。丧乱方寸心，百虑纷雕镂。先生开我愚，旧业俾长寿。五车志空坚，十载功莫就。迢递白玉京，双阙峙左右。鸾鹤集群仙，趋跄乘朝漏。彩虹绕征轮，朱霞辉舞袖。昌黎与昌谷，云端忽邂逅。车驾两青龙，下视如求旧。先生并载往，佩玉声相扣。遥拜泥途中，仆绥望予授。

谢迈度铭勋[1]游山归，讶之以诗

辛酉三月七日

有手不摇湖上橹，有弓不射山中虎。无端寸廪滞京曹，日或一餐杂红腐。刺豰那有门可投，枣荫满院睡至午。身如病鹤懒不飞，世人谁复造我宇。巨灵仙掌插云天，指纹千叠联回川。神驱鬼曳瞬万里，化作君形此筵间。怪道诗思忽龙跃，笔锋犹挟山头烟。惊君才，祝君寿，四郊郁郁藏机彀。雨注风穿巢已漏，暂携诸雏伏石窦。童瓦儿砖忍莫究，时来一鸣彻宇宙。

寄景诰初志仲福州

辛酉三月十三日

上天罗星辰，大地富花草。一一谁知名，纷纷徒自扰。英杰满九区，战云终莫扫。贤达溢四科，民俗变夷獠。汝曹有底用，不如坑杀了。最痛生时晚，未及佛演道。富平景居士，撑腹梵文饱。七年不见君，苦思令人老。忆昔初识君，乃在抱阳麓。年少气正豪，时平尊履覆。郁郁莲花池，风桃接霜菊。联吟动忘归，鸟语听之熟。先哲迹虽陈，盛事疑可复。挥尘交清谈，未乐苦未足。汉旌一夜起，宙和齐震动。血漂黄鹤楼，紫极失端拱。国基建崇朝，僵尸万谷拥。攀龙各奔飞，敏明何足重。君时返秦川，吾亦问丘龙。空际开国初，无功滋惭悚。逾年重相遇，劫灰塞城闉。读律毕所程，京国去鏖文。开颜共一捷，驿亭手遽分。玉垒秋云高，君入蚕丛国。寒江照古雪，我走夫余北。万里登白山，难望君眼色。但见脱韝鹰，霜天肆搏击。家禽失其主，血肉供一食。高冈茁蓬蒿，深涧偃松柏。幼安今无人，此邦难久客。冒雨整归装，欲挽焉可得。闻君脱蜀难，亦有七闽行。志操蹑风上，心珠照海

---

① 谢铭勋（1882—1964），字迈度，直隶束鹿人。拔贡生。性豪爽，博学卓识，长于诗文，精于方志学。尝刊刻《束鹿县五志合刊》，撰《束鹿志稿》。

明。衙回户自栓，贝叶遮双睛。大云卷不舒，往往惜平生。我有一竹杖，得自古方士。抛空遥赠君，跨作青龙起。行行羊角颠，遂落景山趾。西郊杏见花，南园酒更旨。瘦马载两饕，湛饮午至子。蜗角名利争，视同风过耳。携手为地仙，游衍到没齿。问君意何如，此诗即信使。

次韵和答北江先生

辛酉三月十八日

几然而长鬓色乌，琴中之人非子乎。文采星月云间敷，生非其时寸土无。越佗称帝以自娱，邹衍所至王先驱。险绝不摘龙颔珠，冥冥自比仙人凫。我醉仰天忽大呼，兵甲未解和秒枯。风尘闲煞吴专诸，谁回天地太平初。眼中余子皆区区，愿起安石山东隅。

上杨子安熊祥丈①

辛酉三月二十日

黄鹤高楼插紫烟，楼旁江汉动遥天。于今灵秀钟何处，举世崩分复几年。出类英才秋鹘上，轰雷俊誉极霄悬。鲰生谬托通家旧，满眼青山欲拂弦。

都门春晚有怀吉林旧游

辛酉四月十八日

破壁龙飞水自清，秋高雾露满江城。胜游过眼人成别，官事纷心学废程。泪堕莺花悲岁长，身游辇毂感才平。玉泉千丈寰中秀，谁与探奇趁晚晴。

---

① 杨熊祥（1879—1951），字子安、仪曾，号袛庵，湖北江夏人。进士。任山西大学堂监督，北京政府内务部民治司司长，署理农商部次长，国务院参议等职。

即　事

辛酉四月二十九日

名园九河侧，燕语画堂深。海日灵鳌影，边沙跃马心。高歌云可断，酣醉月常临。寂寞桃源里，承平独至今。

敬赠杨子安参议十五韵

辛酉四月三十日

太行森万笏，爽气压三台。官柳依墙直，仙葩背水开。形求登上相，翼赞起英才。风义云霄迥，尘踪日月摧。梦频旋晋水，兵几到燕台。图谶成新劫，蒿莪系旧哀。鸡林久淹滞，隼失共归来。负米高堂健，藏山素志灰。穷年亲簿领，何日靖氛埃。战旆朝飞电，戎车夜吼雷。要盟书插羽，掩击士衔枚。争霸山河裂，宣忠气数回。才宁限帷幄，道可剂盐梅。专席动终报，弹冠业欲恢。坚都生并世，敢自伍驽骀。

题拙园书画两绝

辛酉五月三日

湿云蒸作虹，树色明如洗。何处起吟声，诗情满山底。

八方犹苦战，一壑久难寻。此日开图画，暂清尘内心。

周延礽之母张太夫人六十生日，停筵戒杀，出重金放生，可谓得自寿之道者矣

放鸟翔空鱼赴渊，高堂此乐足千年。何须世俗盈尊酒，已罄平生典珥钱。兵起脂膏殚万户，敌来旌旆满三边。生民半瓶饥寒死，不及鸡豚脱寿筵。

残春 并序

辛酉五月十六日

葆光十三岁学为诗，有句云“落日山逾秀，残春鸟乱啼”，极为先公所激赏。丧乱频经，忽忽十余年，人事既殊，余三韵亦尽忘却。今日偶暇，补之成章，用识陈迹云尔。

梦里攀音笑，吟边阅鼓鼙。感时心突兀，作吏色清凄。落日山逾秀，残春鸟乱啼。十年桃李下，人迹欲成蹊。

贺寿母七十祝词，松坡先生①之德配也

辛酉六月六日

孙阳一顾马群空，冀野平遥大国风。再出奇才并韩愈，仍昌巽德配梁鸿。山河拱户一樽酒，桃李承檐三亩宫。不用金丹扶寿骨，惟将素履诱天衷。

大雨后游中央公园

辛酉六月十八日

苔碎转花圯旧坛，旗摇月影辟新门。园中裙屐倾万巷，门外车马如云屯。我久狱讼相偎傍，今日辽天栏鹤放。尾雨瑶圃拾落英，兴来直踏层崖上。森

① 贺涛（1849—1912），字松坡，直隶武强（今河北省武强县）人。同治九年（1870）举人，选国子监学正，改官大名教谕。光绪十二年（1886）进士，授刑部主事。吴汝纶邀主冀州信都书院，从大名学使调冀州学正。后游京师，任长沙陈启泰、天津徐世昌家讲席。袁世凯总督直隶，聘其主保定文学馆事。贺氏为武强大族，藏书名甲畿域，至贺涛益研典籍，于书无所不窥，大聚古人之书。其古文师事张裕钊、吴汝纶，所作以雄峭闳肆胜。徐世昌将其列入明清古文八大家，与桐城马其昶、通州范当世齐名。他长期在冀州信都书院、保定莲池书院任教，培养了许多古文方面的人才。弟子如冀州赵衡、衡水刘乃晟、献县张宗瑛、桐城吴闿生等人都长于诗古文，自成面目，号称名家。有《贺先生文集》四卷、《贺先生书牍》二卷传于世。

森古柏高接天，问今何似乾嘉年。人来人去如流水，世隆世替浩无端。猩猩欲啼狒狒笑，河溢山崩屡见告。空疑身入洪荒初，难试娲皇补天妙。风迢迢兮露团团，更鼓作兮姮娥叹。浑宙合兮一劫影，渺谁辨兮旗与砖。

北江先生和诗至，仍用前韵奉答

辛酉七月四日

高吟直跨子美坛，几人冀登元礼门。尽扫丰车驷马迹，英才环座如蜂屯。三山在眼终莫傍，莺声万谷花乱放。昨夜神游御长风，觉来名园日未上。君不见白杨三五上参天，枝叶虽大能几年。根株据土不逾尺，鸦巢鹊室盈其端。王城金璧买歌笑，自有殊勋走相告。才知屈宋讵足多，计过良平岂云妙。归来乎，手植桑柘荫成圃，牖下老死何须叹。周家石鼓诩国宝，支头不及途旁砖。

偕贺性存丈葆真[①]、李艺圃兄树谷玉泉山纳凉

辛酉七月八日

阴阴岸柳覆荷塘，几处瓜棚可纳凉。偶憩中途日方午，风来满地稻花香。莫是孤帆出平海，天东远望景山尖。城郊尽没凉云里，谁道人间夏日炎。围山鸟道凌空过，涌地清泉背面来。正好诗脾相涤荡，铜瓶买取数车回。

院中葡萄两架去年大旱之后不复能结实矣

辛酉七月十三日

日愤天骄拔我城，不闻慷慨请长缨。频嗟郑声变颂雅，更乏奇文继班马。

---

① 贺葆真（1878—1949），字性存，直隶武强（今河北省武强县）人。贺涛次子。世其家学，能为诗古文，长于版本鉴定。为徐世昌幕僚，助其刊印书籍。有《贺葆真日记》传世。

刑曹作吏空年年，纵横缧绁自羁缠。断木本不中梁栋，何悲弃置屋墙边。墙边老蔓蓬勃上，两架葡萄展成网。经旱不复能垂甘，生气盘根自倔强。誓将广种千万区，大海之澨高山隅。养成浓叶翔空虚，累累结实排明珠。诃禁不许吞其腴，尽作美酒输城衢。百觞入口意可舒，天空地阔无牵拘。世间名利何为乎。

北江先生赐和前作多忧世之词，辄再叠一首以写愤懑

辛酉七月十七日

古有受璧不偿城，冲断行人冠上缨。更有挥尘谈风雅，坐令门外生戎马。不须论此感千年，黄舆又见妖氛缠。自有大官安九鼎，何用烈士忧三边。岿然在眼不能上，城西古塔封蛛网。试将阅世比铜驼，不埋荆棘勉亦强。我身于世诚区区，我眼高悬塔之隅。已看胡骑控空虚，便恐齐京失宝珠。席兹沃壤千里腴，高牙历乱排云衢。胡为士气惨不舒，跳梁小丑久莫拘。玉靶珠勒贻谁乎。

北江先生再和前韵，均盛道古昔哲人乐天安命之义旨哉，言乎既敬佩之不敢忘，谬有所见，还以陈之先生

辛酉七月二十三日

我欲餐霞上赤城，终古不结冠上缨。又欲戎帐求端雅，后列峨冠前铁马。男儿生世倏卅年，谁能缰锁长牵缠。极霄蟾兔高万里，丹凤翻困雕笼边。满谓青云一飞上，不料林间张密网。修竹碧梧在何许，荣辱随人难力强。吁嗟乎，太仓稊米原区区，尚闻争雄天一隅。纵使甲第连清虚，宁异水露幻明珠。何况瘦豺难自腴，空合狐獐泣路衢。安得彩翼九天舒，尽拔同气脱幽拘。再入冥冥何晚乎。

韩韵珊技正钤堂[①]数更家难，忧伤成疾，归未数月而卒，诗以哭之

辛酉七月二十六日

城南日望返征车，凄绝今朝见讣书。渐觉百年同石火，更堪中路便邱墟。回家几回堂前燕，临穴谁听身后驴。浩荡南州又烽火，无端丧乱苦愁予。

寿司法余次长绍宋[②]之母褚太夫人

辛酉八月十五日

青山无限好，倒影酒波中。酒欲千钟进，山思万岁同。桓车开巽德，帷帐迈高风。何意沐霜里，筠兰有碧丛。

五车徂渺渺，三尺莅元元。余事丹青重，承颜笑语温。才堪九州栋，养自一苗根。欲侍莱衣舞，遥瞻驷马门。

再寿褚太夫人

辛酉九月三日

奕奕名门云水间，四围红树与青山。居人恍在桃源里，满地和风养寿颜。郎君名业耀天衢，服彩今归弋钓区。三海莺花无限好，板舆何日到京都。

---

① 韩钤堂（1886—1921），字韵珊。幼时即以冠军入泮，游学日本，卒业于仙台医学。归国后充陆军第一师军医处处长。转徙于江、浙、皖、赣各省，而尤以正阳关之役治疗伤兵最夥。民国初，辞职北上，主讲直隶优级师范医科，继又主讲国立医学专门学校。时值留学生甄拔试验，名列甲等第一。以荐任职，分发内务部任用。与赵宪曾于保定创办医学专门学校，以体弱不堪其劳，遂荐贤自代，仍赴内务部供职。旋任技正，兼防疫处主任。（民国《南宫县志》卷十八）

② 余绍宋（1882—1949），字越园，晚号寒柯，浙江龙游人。早年留学日本，先习铁道，后改法律。曾任民国司法部次长。长于书画，精方志学。著有《画法要录》《中国画学源流概论》《寒柯堂集》。

江亭为康雍二百余年骚人墨客觞咏之所，中元日陪贺性存丈、齐岐青兄乘凉其上

辛酉九月十日

轩窗四辟酒如川，纵横笔底霏云烟。时平物阜风光妍，冠裾磊落集群贤。亭外老树青半天，交柯乱叶拂清眠。当日诸夷朝细旃，曾无烽火来三边。俊游一过渺莫攀，此身不及屋墙砖。犹结清时翰墨缘，先生顾我笑齞然。槐龙攫爪云外骞，蒲苇风动海波翻。对此亦足开心颜，浑浑厚地有时穿。区区乱理何足言。

不　寐

辛酉九月十六日

不寐天侵曙，驱车到涧阿。云浮村树小，日照寺楼多。去可师元亮，居当伴弥陀。十年忧战鼓，勋业竟何如。

夜钞五台山纪游诗，倦而假寐，有梦重往

辛酉十月十五日

夜灯读残稿，秋月挂遥天。游侣忽重聚，梦痕犹了然。宁知黛螺顶，远阻白云边。揽镜形容改，回头十二年。

都门杂感

辛酉十月二十二日

干过何曾忘退耕，旧班早已冠群英。博文殊号来重译，问俗新篇集晚晴。血染蜀江万峰碧，旗扬粤海九天赪。存亡举世思明德，白发中宵梦暗惊。（读

《退耕堂诗集》）

星河一夜下云端，归国玑衡意未安。能忘铜仙辞汉恨，应知和璧出秦难。虏营烟灶光千里，列国蜺旌动万竿。莫道征西无汉甲，看回故物上瑶坛。

昆仑月落海暾生，万里关河拱上京。鼓铸由来饶地利，耕耘到处说秋成。税繁曾见民炊骨，供竭犹闻士请缨。谁与司农画奇策，求金异域剂亏盈。

出城言吊椒山宅，满地悲凉不可论。老瓦都随风震撼，残花苦傍雨飞翻。捐躯烈士曾何有，低首寒儒未是冤。似鼠微言传上蔡，于今富贵亦多门。

城南纪游和峙青

辛酉十月二十四日

岸上听人行，履声入林僻。我时在苇丛，出觅已无迹。（苇塘）
冢畔泪层层，妾心坚似石。不为蝴蝶飞，魂抱土花碧。（香冢）
我思师郭生，毕命罂罍下。渭水哭铜仙，醉乡无铁马。（醉郭坟）
寺僻少人行，连天惟乱荻。水禽时一鸣，门掩树阴寂。（龙树寺）
白云散作霞，树梢蝉吟歇。茗坐佛堂昏，推窗忽见月。（陶然亭）
失路走苍烟，开林逢古墓。苔迷吊客踪，叫月虫如故。（道旁墓）

感　时

辛酉十一月十日

麦饭亭边道，前从入帝京。忽焉朝市改，邈矣塞垣行。岂恨身常客，倘思时可平。金台战声里，几见月华盈。

历历城边树，霜条共几何。穷天盗纷起，绕地树同多。贱士才何有，微官分已过。感时歌又动，天性讵能磨。

送邢介秋刚[1]游学德国

辛酉十一月十四日

白浪如山击天碎，去舟一叶倏天外。回首乡国恋层云，我亦离亭企踵再。羡君高盼似秋雕，受书童日绝嬉遨。只今医国求神术，志定肯嗟道途遥。琪树放作九州雪，望君直早昆山缺。王母桃花未全红，百年离合霜侵发。

介秋既行，感时伤别，叠韵续成五首

辛酉十一月下旬

日拨秦灰攗细碎，那知裨海九州外。有时攘臂思为雄，镜里童颜不能再。霜拂西岭飞寒雕，笞马鸣弦期一遨。快刃斩丝人事灭，流云过履天风遥。伤哉国愤犹未雪，中夜起歌唾壶缺。辗转不遇黄石公，满天兵火催华发。

男儿斫阵宁玉碎，那有金绘持事外。尚记敌兵辱国门，同气相煎岂容再。举头云外有飞雕，驾之去作荆南遨。镝鸣巫山神梦冷，血溅湘江竹痕遥。斫阵归来头半雪，出匣宝刀幸未缺。看君返旆指祁连，百丈云台画发毛。

秦庭睨柱头欲碎，那缺英才使方外。其如铸馋有黄金，赵社一屋兴难再。枯株短索困高雕，翅折久忘冲天遨。霜风一夜响翎底，突目又想云沙遥。汉家老孀涕自雪，提璧掷新璧为缺。神物全毁尽由天，病雕何敢命如发。

张巡杀贼齿俱碎，管宁避时居塞外。千秋高义尤难攀，天地生材或可再。无翼而飞似木雕，青云黄壤任风遨。眼中吾友真大隐，幼安节概未云遥。大风吹清万岭雪，辇石思补北天缺。乘障睢阳竟无人，可怜北谷亦白发。

风叶乱敲棂纸碎，惊散诗魂遍海外。洞堂盘血会群仙，吴苑鹿游今恐再。摩空东郭看孤雕，鼓翼方作江湖遨。由基枉矜穿杨手，矢短不及青冥遥。呜呼蜀犬常吠雪，汉家金瓯已半缺。危言过耳若春风，剩抱苇编走穷发。

---

[1] 邢刚，字介秋，直隶南宫（今河北省南宫市）人。吴闿生之婿，邢赞亭之侄。

悲内争

壬戌五月二日

燕台四顾起惊飚，劫火流云树半焦。空冀引车师赵将，孰能辞帝破天骄。幕庭仍报胡旌满，榆塞兼维蕃舶遥。到眼苍生行左衽，围城战鼓自连霄。

兵兴路塞，期蕴冰不至

壬戌五月二日

树梢流风至，飞红乱我襟。归人在何许，别绪久难任。空对遨行迹，不闻言笑音。一兵阻来骑，两地变鸣禽。

迈度来京

壬戌五月四日

夫子何为者，驱车到玉京。一杯初入掌，四野忽连兵。星落朝飞弹，山崩夜斫营。伤时废歌舞，负却上林莺。

前韵示迈度

壬戌五月六日

言率阴山骑，星流拊洛京。谁知一蓑雨，洗尽五候兵。成败有如是，往来安所营。不妨守枯简，花底听流莺。

谷九峰丈钟秀[①]辱和《悲内争》之作，叠韵奉答

壬戌五月十二日

照眼军容化野飙，时闻饿鹘噪团焦。九攻浪诩风雷疾，一搏难施爪距骄。海外花旗盟列国，霜前玉节发清霄。折冲连月何为者，不救烽烟四境遥。

前韵再答九峰丈

壬戌五月十二日

横流岳立论尘飙，干国连年舌尽焦。实望功名如满月，谁知辔短困奔霄。鉴池频讶容颜改，蜡屐思穷山水遥。麦秀平原花正美，临风一纵雉媒骄。

战后志感

壬戌五月十四日

罢战游南野，悲深新墓田。尔宁甘白骨，我欲问青天。那少冥冥鉴，惟疑梦梦偏。危途多羿射，愁杀六龙鞭。

丰台花万朵，竞笑暖风时。几次吟旌驻，无端战角悲。朱英随弹舞，白马望云嘶。此日辽东将，茫茫安所之。

画井勤耕鉴，安居二百年。一朝逢孽火，万有化飞烟。只剩孤儿辈，哀号丛厝边。将军才不世，泽润几时喧。

手举无情水，挥刀一断休。累年厌膏血，何日洗干矛。影落湘鸿远，声翻塞草愁。拱辰无北向，会海漫东流。

---

① 谷钟秀（1874—1949），字九峰，直隶定县（今河北省定州市）人。从吴汝纶受业，优贡生，京师大学堂肄业，留学日本。回国后任直隶总督署秘书。1912 年，为南京临时政府参议院议员，次年为宪法起草委员。1916 年任段祺瑞内阁农商总长兼全国水利总裁。著有《中华民国开国史》《外国地理》等。

一沟遮万马，遥见彩虹飞。不有金汤固，谁知咫尺威。榆关新战血，桂岭旧戎衣。天地空春草，迷途殊未归。

兵　祸

壬戌五月二十九日

却藉民膏炙民命，十年兵祸一何深。至人阅世惟渊默，羁客哀时有苦吟。墟里冤魂堪陨涕，枢庭密计几惊心。千秋邪正严青史，地下难逃斧钺临。

张丕辰骏显①司直河东，有意来都，为诗迓之

望衡十里中，倾盖十年外。山海别中途，衣冠更几世。家难两凄怆，邦运余感喟。往时游钓区，虎狼肆搏噬。草迷故老坟，壮佼争裂地。举手寸柄无，抚剑空慷慨。英姿异褒鄂，菜色逼陈蔡。飘飘追电蹄，虚老风云会。亭亭拂霄干，徒供蝼蚁食。前月战城南，夜起疑海沸。壮哉吴将军，雷动破壅滞。太华逐手开，天南堕王气。直凭智无方，思返唐虞治。登高盼九州，异论复昌炽。安国有众英，私忧竟何济。河东世腴壤，美俗自前记。八表伏莽滋，此邦独酣戏。君官纵我同，花鸟日沉醉。岂似客京华，一霄九胆碎。上党天下脊，形势壮韩魏。过眼几英雄，俯仰发深慨。归鞭指洛阳，曾见温公未。老谋挽颓波，九原兴难再。监车轭骕骦，伟才屈驵侩。为访古邯郸，谁是毛薛辈。信陵世无人，名字付茫昧。奇士尚如此，我曹甘穷悴。百战阻归耕，四方多掩涕。

---

① 张峻显，字丕辰，直隶南宫人。民国初为河北高等法院推事、山西太原地方审判厅推事。

燕

壬戌七月二十二日

故巢今在否，零落画堂深。木蠹堆黄壳，檐灰点翠衿。兵戈人不寿，阴雨鬼相侵。渺渺江湖阔，乌衣可再临。严飙催我去，矫翼向金天。尚忆争巢苦，能无别绪牵。芳俦散江海，归路隔云烟。向日重闹戏，于今只自怜。

和迈度南园纳凉元韵

壬戌八月九日

好风来月窟，凉意满金城。正倚瑶坛啸，都将尘虑清。天高星枕野，地远露翻苹。归路虫吟歇，新秋恻又生。

盛暑过贺孔才培新①谈诗饮酒，夜分始归

壬戌八月十一日

檐上浮屠耸以危，矮垣映日锁双扉。中有佳人彩笔挥，我入访之人不知。蛩音满地听移时，回头一见笑声驰。用何为乐酒与酏，更披幽愤裁新诗。不知天上收丹曦，但觉夜久凉生髭。逝波岁月去不归，四方扰扰翻旌麾。勋业未立朱颜非，对食不餐泪交垂。安得山鬼女萝衣，群游麋鹿老深溪。不然抗兵临北鞮，万马蹂尸骨纷披，犹胜低首在尘泥。

---

① 贺培新（1903—1951），又名贺泳，字孔才，号天游、无逸庐、潭西居士，直隶武强（今河北省武强县）人。贺涛之孙。师事吴闿生，长于诗古文，擅书画、治印，出白石老人之门。有《天游室文集》《天游室诗集》传世。

七夕前一日叠韵答孔才

壬戌八月十七日

银汉高居忽自危，天孙昨夜下瑶扉。云锦霞绮随指弹，舞遍尘海无人知。神清骨冷气拔时，幽人志与仙同驰。仙口不甘馇与酏，惟吐五色光君诗。诗笔亢健凌秋曦，问年几许颔未髭。潇江菰秀雁南归，征夫北去疲军麾。一水相望渺是非，天上人间泪同垂。重重身畔御寒衣，尚想织手浣清溪。事殊扞侮出重鞮，谁将冤愤相天披，借君妙翰书金泥。

观北海擎露盘，归再示孔才

壬戌八月二十五日

仙掌百寻云外危，探取冷露穿天扉。帝怜其愚未忍挥，一赐盈盘不自知。归来大笑三更时，渴难自饮徒奔驰。君吞到腹甘如酏，化珠万颗洒新诗。我才方君宿见曦，空对云垒撚吟髭。忆昔赤帝斩蛇归，手劈函谷进旗麾。范曾竖儒枉腹非，国祚四百永光垂。铜雀无端易朝衣，铜仙有泪飘荒溪。荀吴破鼓擒鸢鞮，德公采药山荆披，道艺虽高死途泥。

孔才来诗多忧虑之旨，并促予和，乃三次前韵以答之

不须痛哭论时危，岂有伟才老荆扉。昔闻名利一笑挥，欲从尘外求相知。草木枯荣谓有时，抵死不供人驱驰。群儿指腹索粥酏，自比蠹鱼食书诗。忽忽戎马移星曦，寸功未效腮生髭。高木出墙众禽归，秀民雷动依戎麾。渊明漫云悟昨非，不取英名万古垂。苏卿几日解褐衣，控马扬鞭出山溪。后载阴符前狄鞮，六国印绶相连披，直抉函谷一丸泥。

夜雨和孔才，叠声字韵

壬戌九月五日

沟渠应满谷应平，起看畦花意暗惊。岂有千枝竟红白①，都随一雨失光荣。北园槐叶②僵垂地，南陌蒲梢放过城。荡尽蚊蝇宁不快③，其如④满耳乱蛙声。

碎字韵予已六叠。李芷洲丈广濂⑤来居比邻，辱示和作，予亦不能无以报焉

壬戌十一月二十五日

大风簸云鱼鳞碎，逸兴高骞白云外。伐古讨今敌手稀，长庆诗格公能再。忆昔长白山头逐飞雕，猎酣直入苍冥遨。繁星在手月在抱，横矢思贯九州遥。长安今日乃卧雪，男啼女号桂玉缺。试裁短札讯比邻，何事吾道争一发。

八叠前韵送泊庐之延吉

壬戌十一月二十五日

饥肠怒鸣屋瓦碎，债客追呼满门外。生计至此真堪伤，箪瓢之乐谁能再。气蹑秋鸿目似雕，运蹇久作榆枋遨。有时弄笔写肝肺，画出云峰万里遥。忽忆莲池飞夜雪，华灯对宴酒频缺。只今分手各西东，再缀前欢期皓发。

---

① “竟红白”，《四存月刊》本作“争锦绣”。

② “槐叶”，《四存月刊》本作“梨叶”。

③ “宁不快”，《四存月刊》本作“虽一快”。

④ “其如”，《四存月刊》本作“无如”。

⑤ 李广濂（1879—1968），字芷洲，直隶深州（今河北省深州市）人。吴汝纶弟子，长于诗古文。有《芷洲诗钞》五卷、《静颐斋文稿》传世。

芷洲丈见答仍叠前韵奉酬

壬戌十一月二十六日

陈编一委虫鱼碎，寸衷争放形骸外。大千弹指烂为尘，坐见高深互移再。壮士漫矜气如雕，策士休冀云霄遨。千秋虎鼠终谁辨，山上松柏参天遥。岂有夏虫能知雪，跳踉能令山河缺。列子快游欲乘风，世间名利轻似发。

北江先生病脑经年而耽吟不已，十叠前韵奉求保重

壬戌年十二月五日

苦吟不惮肝肠碎，欲取诗名驰域外。向时豪兴余几何，一日延医或至再。下有虎狼上鹗雕，风麟岂得恣盘遨。西山晚翠若可接，联辔愿穷丘壑遥。君不见银河怒涛夜翻雪，春碎天门璧月缺。月圆月缺古犹今，忧患茫茫催鹤发。

北江先生写示倒用前韵之作，予亦效为二首，后一首乃咏公园晚菊

秋深边树如脱发，驾车思蹈天山缺。白登已扫胡马踪，青冢犹疑汉时雪。弯弧旷揽国疆遥，勋业真当继霄敖。忍死蛰虫何足羡，掣臂独为云际雕。回山倒海不难在，一杯横洒八荒外。虎头燕颔是也非，如此关河常被碎。

败叶凋落如衰发，坐见秋菊槁墙缺。争金多玉形已非，数株倔强犹撑雪。移本远度千山遥，宴赏几回来子敖。可怜盛衰只一瞬，韶光去如脱韝雕。欲返故畦不能再，红飘紫脱九霄外。酒阑垂涕讯北风，忍令万多一朝碎。

次韵酬拙园

枯坐郁无悰，望远极天梢。瀚海何茫茫，匹马可横扫。羞为牖下儒，瑟

缩如寒鸟。秋鹰抉云外，欲纵西风好。闻公论治纲（公新译各国宪法），三月忘醉饱。庭菊开几何，来看花已老。昨读寄我诗，蛟龙舞小草。觥觥拔地材，巧匠一何少。明堂芜不修，涧壑任攲倒。

哭袭明　并序

壬戌十二月二十六日

袭明名用简，威县房氏，吾妻之弟也。幼从予游，性明敏而谨愿，方将毕业南开大学，遽以肺疾殁于京邸。吾无兄弟，袭明亦然，彼此互依相爱甚偶。别数月，辄思念不置，见则语身世，穷日夜不绝，书牍往来一年累数寸。此次病笃，家人扶掖来京，实望予觅奇方，以救其死。今竟如此，命也夫！余视其含殓毕，悲痛不已。虽为诗二章置之灵前，然是寥寥者，不能急尽吾意。呜呼！吾袭明果安在哉？

少小思经谈不群，亭亭玉立气凌云。百年未半忍辞我，一世无依惟恃君。惨对孤霜疑是梦，惊呼姓字了无闻。人生修短诚天数，争奈存亡此日分。

欲就君谈君已死，强回我驾我何之。遥观冻雀哀鸣处，难觅寒灯絮语时。久病早疑非寿相，初冠讵料遽长辞。平生涕泪能多少，滴到幽泉渺不知。

自袭明之客天津，盖无月不与我通问，而今已矣，其灵榇既归，用拙园韵再为诗以哭之

癸亥十一月十五日

春芳能几何，忽焉迫岁梢。客泪日纷纷，有帚不能扫。登高望故山，惟见没云鸟。樽绿不解忧，苦忆平生好。迢遰香山园，万峰一览饱。昔游实子同，餐霞冀难老。一别乃不归，屐齿犹在草。凄凄庭户间，信使今何少。小树亦含悲，临风忽折倒。

将赴滨江倒用前韵一首

癸亥四月十日

疾风吹太行，千里向东倒。堕我几案间，豪兴知多少。战马蹂中原，白骨卧边草。岂有七尺躯，而向书丛老。夫余在何许，去去一帆抱。三日达其乡，景物一何好。红丝罗广原，嵯峨叫幽鸟。当日张虬髯，杀敌如彗扫。肯弄蜗角兵，同气争分秒。

卷三

到滨江数日惊闻小女楷传殁于京馆

癸亥四月二十二日　此下在哈尔滨作

风吹万里泪，愿洒景山东。此日明珠失，他乡尺素通。扶床忆初步，学语讶良工。肠断坟前草，归时秀几丛。

江堤晚景

癸亥六月十五日，时黎总统新去职

新丰久客无人识，黑水迢迢复此行。江外荒烟红日下，桥头杰阁碧云平。穷边几日迴征骑，故国于今飞乱莺。南陌龙槐犹在否，可怜群蚁又寻兵。

祝果忱主任谏约游俄国公园因示近作草书歌一章敬步元韵以志游兴

癸亥六月三十日

昔我下帷探玄赜，欲与马班争一席。只今病如刍践脊，乱流何处寻泉脉。先生壮往鹏振翮，顾盼气吞云梦泽。试看腕底云烟积，已征嫏嬛赤手辟。青霄自响游山屐，壁峻峰高攀不易。日扫孤馆望三益，昨夜引入万花宅。天上云璈苏困厄，月下霓裳舞纷斥。谁将此土付重译，坐令两雄起交责。重门掊扃揖暴客，肢体纷披委屠伯。不忍述此振归策，明灯万朵逐行迹。马铎车铃驱睡癖，楼头好月悬拱璧。愿写烦忧笺自擘，松花未涤血花碧。阴雨鬼哭动千百，野鸟衔肉去拍拍。山川含愤自畴昔。古有一鼓擒孟获，肯向文场常踯躅，去取高名照云白。

追和果忱主任端午出游元韵

癸亥七月四日

西望家山隔暮云，风来笑语若犹闻。眼前角黍谁能共，日下薄觞未可分。
湘水不归屈子魂，寂寥天地几寒暄。更堪绝塞逢端午，凄雨冷风乱打门。
曳裾抵掌去来忙，兢效鸡鸣报孟尝。仲蔚门前蒿没径，才高四海食无粮。
铺道平沙白似银，小车连坐两三人。醉来相看生何世，渐来矛头是此身。

追忆吉林旧游和澹堪

癸亥七月十一日

高人纵笔如开弩，大海西流距向东。片语珍同青玉案，流光逼作白头翁。龙飞神树千枝秀，鳌去仙山一瞥空。惆怅旧游长剑在，此身何处倚崆峒。

栖　栖

癸亥八月二十六日

寸廪真何益，栖栖客远邦。英图非我任，豪气对人降。众水秋朝海，飞烟夜渡江。蛟龙应有托，吾意渺崆峻。

渡江赴齐齐哈尔

昨驾云軿出大荒，无边野草绿茫茫。童时见说南飞雁，万里衔庐自此乡。

澹堪示在京所作移居诗十首，依韵和答

癸亥九月十五日

欲戏蓬莱水，浮空无石桥。高轩今见过，华烛夜同挑。天上玄珠失，人间白羽飘。雄文重照眼，吾道未萧寥。

名山随意赏，好月与心宜。伴侣纷遥隔，田园乖素期。孤行滞荒塞，万死构新诗。呕尽胸中血，悠悠世孰知。

忽忆西江老，停船赋过家。梦摇空案烛，神醉故乡茶。子亦慈闱阁，霜飞两鬓花。倚闾望云海，何处觅儿车。

败箧丝虫满，忧来读父书。至今名未显，终古恨难除。谁问龙驹价，争为幕燕居。山灵如可托，好护墓旁庐。

西游景生老，落拓有谁怜。道义赪肩重，文章刻骨妍。腾空宜虎啸，失水竟龙眠。烟月铜壶阁，魂飞峡外天。

呜咽松江水，如忧北去寒。对人回白浪，终日绕朱阑。未补金瓯缺，常将宝剑看。明珠深自惜，不向野禽谈。

一唱春光老，再歌秋月沈。虚名难果腹，大业忽萦心。剑指岭云冷，血滋边草深。兴王藐儒士，短后去相寻。

收我忧时泪，听君出塞声。阶前游礬举，门外大江横。此地今初辟，荒沙古未耕。弥天蜚石矢，高隼若为生。

长白古丰沛，横盘辽海尊。西行奔万马，势压国东门。王气崇朝歇，亨衢累世恩。更残披手稿，一纸泪千痕。

心清尘自扫，园辟市朝间。展地移新树，开窗拓远山。风来花乱笑，燕去户随关。万里金台路，重阳拟共还。

送南郊马遁园忠骏[①]生圹，时日本地震，中国亦整乱未已

癸亥九月十六日

鬼挽群生入九幽，名都弹指沈大海。彭殇万劫谁能分，丹砂九转渺难待。柴门倒启陂陀边，树梢陵日花浮烟。遁园遁此营生圹，欲以无生却尘缘。尘缘蜂集不可扫，富岳虽尊亦自倒。达人古有洗耳翁，羞将乾坤芥素抱。

前题再口占一首

不识东皋路，争传有遁园。万禾连垄阔，高冢澹诗魂。

回京十五日复来滨江

癸亥十一月二日

夜踏飙轮渡九河，朝开锦幕面层坡。日离蓬勃青山远，霜落榆关红树多。战罢折锋埋古血，时移长斧朽残柯。小儒胸乏安边策，异俗纷纷入醉哦。

---

① 马忠骏（1870—1957），字荩卿，一字无闷，号遁庵，辽宁海城人，汉军镶白旗。世代务农，至忠骏始以仕宦显。清光绪年间，入盛京将军幕，积功至道台加二品衔。光绪二十六年（1900）庚子之难，俄军入侵东北，将攻沈阳，奉盛京将军增祺之命与俄军统帅阿力克协也夫谈判停战之事。不为强敌所慑，留数日，经反复辩论，议定协议而返，以使才闻名关外。民国初年，任吉林榷运局长，后任黑龙江铁路交涉总局总办，兼东省特别区市政管理局局长，办理交涉事宜，于是又以边才闻名于世。后厌倦军阀混战与官场倾轧，急流勇退，营遁园以自适。马忠骏风雅多才，遁园作为他的私家园林，成为东北文人的雅集场所，三省名流、京华墨客每会于此。林纾、成多禄、张朝墉、张伯英、钟广生、李葆光皆为座上诗酒常客。遁园文友还相继成立了“花江九老会”和“松滨吟社”，一时传为文坛佳话。

涂涂山尧解职归田，果忱主任即席赋诗送别，援韵同作

癸亥十一月二十日

去随黄鹄君奚恨，归觅丹溪我未曾。酒罢离亭重执手，高高冷月挂青冥。
自奏无弦一曲琴，推窗四顾感难禁。出鱼来风浑闲事，音外知音要有人。

孟　冬

癸亥十一月二十六日

掇尽鸣蜩到孟冬，繁红碎绿扫无踪。翻因远客谐幽抱，岂为思乡损旧容。
九陌冰坚朝驶橇，重楼雪满夜闻钟。闲来学得安心法，梦落嵩山第几峰。

暮雪上秦家岗

癸亥十二月十二日

出塞难禁割面风，兴豪看雪自凌空。云中牛马千头白，江畔楼台十里红。
灯火出林星点点，戍逻当路竹丛丛。人生不作边防吏，争得奇观济日穷。

月夜读吴汉槎谪戍宁古塔，怅然有作

癸亥十二月十三日

坤舆东转几时休，几辈红颜变白头。抱异不蒙尘世赏，抛空散作古今愁。
冷山冻雪寒犹厉，词客飘风迹不留。想见吟成明月出，天香零落影清修。

魏羡唐大同以白鱼见饷慰我久馋，用祝公韵戏答

癸亥十一月十五日

梦为蝴蝶醒蘧蘧，齐物篇成意自舒。最喜寒江冰雪满，手携蓑笠去叉鱼。
芳脂割尽续残余，连日休裁乞米书。不料腹神忙见告，蔬园变海渺愁予。
忽忆人生稼穑难，临飧舍箸久悲酸。釜支茅屋炊糠谷，不到殷红玛瑙盘。
异味堪回冷塞春，朱绳提赐见情亲。冯驩一代非常士，却为三歌笑煞人。

读《汉书》有感，次赵游之林鱼韵

癸亥十二月二十八日

介子先民秀，英风今未赊。登堂辞断杼，去国逐悲笳。塞雁疑弓影，河蛟避剑花。戎王仍负固，敢卧赤城霞。

晨往中东路哈尔滨车站，站为韩人安重根刺杀日相伊藤博文之处。中东铁路自俄先皇兴筑，乱后遂归中俄两国共同管理

癸亥十二月二十八日

防边未撤万山烽，问俗每先五夜钟。日月江心更出没，楼台云表乱青红。已无烈士追屠狗，尽有雄才配祖龙。铁马一挥吞海外，亡秦岂料是东宫。

次韵答柳少峰济

甲子一月十日

扰攘群雄方逐鹿，血漂田原岁不熟。金戈铁马走西东，仪秦摇舌如炙毂。轩皇遗脉竟何罪，骈首铦利风摧竹。岭上寒梅空自花，吟赏无人余巷哭。在

昔创业几贤豪，手掬赤心置人腹。云霓尔宁继典型，羽旄我见惟鞶蹙。九夷拼去不复还，冰鼠雪熊共一屋。波翻千倾子何来，垒高百寻谁与筑。玉树琪花散天风，令我恍坐昆山麓。功名连岁看刀环，文章极古开机轴。岂但巨笔多三光，真有明珠避五浊。相见夜语旦不休，星斗横斜鱼侧目。君家黄冈古名区，异卉奇葩塞坑谷。郁为杰士气吐虹，秀作丽姝貌如玉。伊谁陶就此美风，东坡曾来避诗狱。口吐珠玑散湖山，手挽童耄施栉沐。当时气概本绝伦，至今英侠遂成俗。柳生天赋不凡姿，余事黑白独专局。日昨龙沙赋长征，摇落初逢天地肃。誓将志业托史官，大名不让东坡独。东坡精魄渺何方，万古紫薇拱列宿。身值明时且流离，世乱何由展心曲。柳生囊剑忽凄然，腾腾劫火弥海岳。

前韵少峰再唱因再答

甲子一月十四日

壮士沉舟战巨鹿，高人种秫待秋熟。抚躬才器愧前踪，亲好苦劝丹吾毂。因逐胡雁入云中，更骑老马穿孤竹。维时燕尔初让贤，月下犹闻嫠妇哭。群材入彀敛羽毛，旧敌推食托心腹。投鞭南断江惟阔，运策北收疆域蹙。生笑张良觅赤松，死法寿春建黄屋。祸机既发那能遏，礼防一辙谁复筑。崔嵬铜柱瘴海滨，凄凉金雁骊山麓。旱涝十载见天心，风云万里摧地轴。穷荒袖手百无聊，斗水安能洗世浊。岁移太平苦萦怀，年少情态了在目。蜗居数栋漳水旁，四野平坦少严谷。丙午岁除予未冠，灯火满街看缀玉。士女鲜妆赴芳尊，官衙击彩停诉狱。设祭列拜丘与轲，参师群请薰复沐。熙攘美风谓可常，岂知锲薄能移俗。六经束阁更不谈，狐径入室豺当局。我闻临淮昔治军，旗鼓甫陈士气肃。力挽颓运要人豪，众醉何妨我醒独。试蹑丹梯望尘寰，尽扫烟云出斗宿。楚国三户终亡秦，吊古何悲乌江曲。屈伸龙蠖由一身，绩名升降瞻五岳。

冬　出

雕虫不名世，适远去车幨。收景一千里，别书三万签。霜林横暮色，烟塔露危尖。尚想遗民泪，随风化白盐。

滨江遇伯冲兄葆初，三年不见白发盈颠

甲子一月十九日

嗟子来何处，相逢且击舟。黄云腾古塞，白日冷边州。生机仍尘甑，离怀付酒瓯。天涯行日远，只益雪盈头。

腊尽，少峰以松花江乘冰床诗见示，予前客吉林亦曾为此戏，抚今怀旧，爰有和草

甲子一月十五日

天公欲将红尘覆，自捣玉山撒平陆。江冰冻结深复深，四方一白飞六出。冰床昔作龙潭游，篙急冰滑床星流。对岸云树若相即，嘘气成霜落满头。别来尚识松江面，旧梦一消难重见。今日儿童弄雪狮，明朝美人簪彩燕。

和游之元韵

甲子二月一日

为文觊千载，各欲显其奇。同时梦中梦，何求知者知。白空喧腊鼓，红雨泣花时。善病唐公子，方修府试词。

正月初五日往高等检查所会议，时予家犹在京师，忆往年游艺园厂甸之戏，不觉神往

甲子二月九日

请令琴鹤滞遥天，吏事纷乘失静便。雪拱石梁寒渡马，日颓村树远浮烟。鱼龙忆辟新厂屋，缣素应增旧市廛。海立山攒人不到，一庭幽草绿芊芊。

江　涯

甲子二月十七日

江涯袅袅起温风，卅四时光指顾中。春草自传千载绿，夕阳徐敛九州红。不堪诸夏犹飞羽，谁勒群豪早挂弓。杜字北来竟何意，暗催休运入啥虫。

夜醒读《涅槃经》

甲子二月十八日

力劖尘障无留迹，囊括诗怀入睡乡。屋老蛛丝游画壁，灯昏鼠队战雕梁。黄巾白梃盈南国，密戚良朋半北邙。闻道涅槃多宝训，观空不用著黄粱。

吊安重根

甲子二月二十七日

星逐金丸落，山将玉树焦。何人探虎穴，举国陷鲸涛。纵乏昆阳胜，犹惩庆忌骄。松花驰壮节，东去日滔滔。

白银阙

甲子三月四日

万山白光涌，明月出半规。长风吹不散，高挂海东湄。海中和所有，金仙复瑶姬。贝宫连波筑，奇花香四时。神来纵高宴，水殿张百嬉。青龙奏玉瑟，红虾舞云旗。谁问更长短，庭悬照夜玑。但恐白帝子，驱石碎丹墀。盛时银作阙，转盼黍离离。

有所待

甲子三月七日

东风振户枢，待君君不来。三军一夜尽披甲，万里欲捣单于台。单于台畔石乱走，哥舒宝刀照北斗。目穷四海不见君，孤负软脚一杯酒。

黑龙江吴督军俊升去冬在哈尔滨铁路俱乐部宴集拍影，分惠及予，敬题长句

甲子三月十三日

督师邻国憺威棱，暇日南游树里缯。八海搜材开巨厦，九霄迎电入华灯。更深舞女姿尤艳，路远飞驹气益增。门外雪深谁复觉，春台回首暖云腾。

谢博如赠武夷岛龙茶

甲子三月十七日

武夷神君迹不在，惟见茶花照碧海。想是金丹鸡啄余，化作乌龙散光彩。快泻七碗神自清，远度千峰味不改。赤泥脱手风露俱，红玉抵唇天地解。天地解，转凄凉。飙轮送我游朔方。路远天尽雪不尽，忆见战纛昔飞扬。强俄

铁骑世无敌，举鞭一指吞扶桑。八瀛席卷热未已，山头朝日灿生光。僵桃代李吾何择，他人鼾榻常心伤。石鼎银瓯幸在眼，借君璧月涤愁肠。

再叠前韵

甲子三月二十日

尼皇霸略今何在，空有怒涛吼北海。李宁天纵铁群姿，手握赤旆焕风彩。摧强诛暴几经秋，海涸山崩心不改。垂天大云泽未施，寿命一朝春冰解。春冰解，塞风凉。望灵旗兮渺何方。松杉绕郭青蔼蔼，鹰隼击空气扬扬。男儿无力陪健翮，又见戴胜巢柔桑。髫时开济颇自诩，至今名字惨无光。北来目击西贤烈，默较灵蠢益自伤。黄龙玄菟古名郡，太阿倒持断人肠。

新购泰西油画数幅漫题

甲子三月二十日

痴黄癫米尽鲸吞，海外丹青品自尊。日落余红散乔木，雨来新翠满荒村。篱边鸡斗闻呼杖，榻上儿眠见闭门。欲买溪山何处好，画图指点有归魂。

祝主任倩郭女士绘残菊图以悼其亡姬菊香，命题长句

甲子四月六日

巨瓣侵霜忽零落，叶底孙枝续发萼。菀枯物态百不同，秋海棠花红烁烁。菊隐主人风雅宗，怀旧命笔写深衷。玉轴在壁忍重看，落英满院泣秋风。风高未卷花魂去，又见新萼披寒雾。数枝低亚东篱东，冷艳直压海棠树。

马家沟居民多俄帝党，清明后偕余逊斋敏时往游

甲子四月六日

鞭指俄村去，春光度几程。四郊云树影，一路野禽声。扛鼎威犹在，焚台祸已婴。旧臣茅屋祭，何羡乱离情。

与逊斋登高陷泥淖中几不能达

甲子四月八日

安能健步蹑山猱，眼见征车堕古濠。十里沈泥拖马尾，千寻细路接鸿毛。江冰未解黄沙阔，村柳初荣白日高。直欲飞缰入吴越，与君一览海门涛。

南岗酒楼有人以折断桃花出卖

甲子四月十六日

云台露井今何处，尚有余芬彻舞筵。新绿折来三日两，乱红担去万家烟。陵颠雪盛魂犹醉，江上冰开骨欲仙。斩绝生机谁复顾，免他旋舞上遥天。

晚游江畔俄礼拜寺，用宋僧守铨韵

甲子四月十七日

春冰散不归，禽语满江寺。开门四壁昏，庭绿侵游履。时有渔灯来，照客烟中去。

秦家岗极西最高处

甲子四月十七日

百族兰膏各自煎，孰能高驾蹑飞仙。焚修未了生前业，啸傲聊娱色界天。北去飞霞通远碛，东来皓月波流烟。君知此地名何地，四辔山光压马蹎。

饮集新世界酒楼，见四野草莽未辟，不觉慨然

甲子四月二十日

云端此日泻金杯，四顾春光亦快哉。到地雪花随水去，漫江冰阵蹑风来。旧思白雉朝蛮瘴，今欲黄龙辟草莱。李牧不存李悝死，吁嗟国境仗谁开。

和逊斋

甲子四月二十二日

六经发冢物，居世安用之。拂衣陟高岗，长啸和者谁。缅怀古建州，弓马横一时。恢为帝王业，更卜万年期。中流一失柁，堂奥奔四夷。盛衰极反掌，惟酒系我思。

嫣红去岁花，又著南树枝。嗟我牧北海，何处展春嬉。企足望大野，沙气黄迷离。时有牛羊群，逐草去不归。节序过上巳，犹如上元时。男儿立世间，卓荦何因依。宁甘待瓶乳，不思觅雉媒。

谢友人赠鸡血石章

甲子四月二十六日

山石蒸霞霞化水，水浸入石石成理。玉刀五月割榴花，金斧三春伐桃蕊。不将猩红染罗衫，却共陈玄守棐几。远道将意重连城，短章表谢同木李。比

闻此物致颇艰，半随贾胡轮海市。至宝在家不自珍，礼失问夷吁可耻。因思文周经世规，更忆丘轲教民旨。已屏瓿上沦冢间，大食扶桑反重视。舍鸡求鹜有从来，削足适履非今始。印石微物何足言，惆怅神州书万纸。

耶稣复生节渡江游马家屯

甲子四月二十七日

万家歌舞庆生节，四郭清钟辔不绝。我自避嚣渡大江，一舸怒涛冲乱雪。堤旁小村春正妍，鸣鸡相答飞蝶密。西人建屋不施篱，插花满窗炫秀质。短衣邻子来扣环，笑语声夺花枝出。此时对酒兴何浓，当日辱贼堪呜咽。至人拯世甘粉身，忍令万邦苦杀伐。若遇异种便锄芟，欲跻天阶恐无术。盍销兵器铸金人，胜造浮屠参古佛。

对月三绝

甲子六月七日

细无星斗巨无河，天上清辉人望多。窃国窃钩等闲事，仙家窃药有姮娥。

空山桂子原常种，孰与移栽皓月边。岂有馨香输下士，漫劳吟望二千年。

凶蟆胆破玉川诗，负固青霄不自嗤。我有霜锋长及寸，深藏敝箧欲安施。

次韵少峰生日之作

甲子六月八日

四顾苍茫何处去，马似风飙车似雾。北穷河岱南衡湘，扰扰谁知山水趣。天上一秤战未终，人间白骨积无数。嗟我东海饮风侣，尚卧边城怨征戍。栏底不碍孤鹤骞，酒酣直喝六龙驻。菩提非树镜非台，笑尔一言能顿悟。白云万里是仙乡，征夫从此即远路。

次韵梁和钧敬镩游二层甸子探清泉园

甲子六月九日

祖生慷慨郦生狂，两海奇书饫满肠。冠剑行图紫光阁，琴尊暂戏白云乡。天地健隼凌千载，地产良材散八方。盖世豪情无处著，野鸥相对如相忘。

送祝主任入都言事

甲子六月二十三日

驿矗层云上，江流旭日边。他乡逢此别，苦语赖谁宣。醉舞乾坤窄，悲吟岁月迁。焦明入寥阔，犹自怯鸣弦。

祝公辱和前韵赋答

甲子六月二十四日

一见陈惊坐，欢呼到九边。云霄追绝足，风雨舞行肩。岂有孤松节，而随四序迁。德名如满月，今日正初弦。

观俄士女跳舞及江曲澡浴

甲子六月二十五日

我生务博览，远到海东隅。海东安可家，美景聊堪娱。更鼓初报夜，灯火上天衢。星月亦争灿，琼楼连紫虚。谁作鸳鸯舞，堂上敷锦毹。踏歌未终曲，涉江采红蕖。凝脂浮碧波，谑浪两情摅。沈没非所计，行乐即良图。此俗来西土，国人竟取摹。大哉班姬笔，空闺长蒲芦。

楼上正念博如，忽寄画至，悬于壁，走笔作答

甲子六月二十五日

倚空一长啸，流云散高阁。江波涨晚风，征帆去漠漠。念我平生亲，凋零随陨萚。存者阻远方，藐躬欲何托。君来颜忽开，君去泪横落。君亲在高堂，君身游地角。此苦向谁陈，此笔聊自乐。兴安雄塞北，万峰秀如削。斗来素壁间，高爽倾五岳。

北游八首

驱车临旷野，逸兴塞天云。政本方麻乱，民生剧火焚。孤鸣无共主，鹤唳有悬军。去去兴安北，哀笳渐不闻。

江流自终古，满目起胡沙。闻道青云士，惟思白鼻騧。跨从貔虎去，那计道途赊。况我居边久，张弧欲忘家。

万骑鸣金鼓，长驱入大秦。我来吊遗迹，烟月暗遥津。庙社惶无主，山河飒有神。前规犹未远，继武竟何人。

千层行愈陡，一线上何艰。足底流云度，身旁素月弯。帝乡庸可到，田舍不思还。往觅支机石，孤槎叩紫关。

一峰格南北，寒燠遽中分。移座临青嶂，开窗纳白云。谷深花自媚，林密鸟相闻。当日俄飞将，曾来耀六军。

俄边遥在望，画治有丰碑。欲作堤防水，宁知虎入篱。旧疆疑可复，强敌已中衰。万众临榆道，何人念国危。

谁挹三江水，喷为万里泉。树阴纷倒植，山势故高骞。直化欧西俗，疑非塞外天。平沙新浴罢，对舞影蹁跹。

鸡声变昏晓，蜃气闪楼台。游侣随风散，归车冒雨来。边山真莽莽，汉道岂恢恢。滞守龙场驿，身穷志未恢。

海拉尔有蒙古副都统署，数载前外蒙独立，胜福于此难

甲子七月三日

轩腾北海气凌虚，横断云沙万里途。时有牛羊趋远水，更无村落点平芜。山中老兔轻千劫，天上饿鹰待一呼。髀肉复生时益扰，几多良将起长吁。

过兴安岭穿地洞东归

山上万松与云战，我穿山底到云东。羊肠斗下临无地，犬吠回听在半空。跨涧长流通莽阔，垂岸宿草自鸿蒙。腾身更上天高处，一赋兴安万岭红。

小酌二层甸子探清泉园

甲子七月十三日

百里寻花圃，开门散早鸦。清流因地曲，老树与山斜。万灶云中见，千峰雨外遮。何须问生理，恣意醉天涯。

观前俄宫妓舞蹈即送之东行

甲子七月二十六日

疾雷怒涛震屋壁，战马扬铃夜抄敌。玉筝谈罢舞裙张，去似星流来电激。翻身一拜柘枝颠，四座珠光闪的皪。忆昔尼皇奋雕戈，扫平北海赋歌席。红粉斗妆有余妍，黄金买少无少惜。岂知织纹正蛾飞，忽报属车遭狙击。龙吟大泽出真人，凤翥高梧作远客。残杯未免泣途穷，身上犹衣旧宫帛。即今腾跪强为欢，能忘田海一朝易。梨园子弟锁唐宫，禄山不反人不识。幸播仙乐在尘寰，苦忆旧恩复何益。惜哉此邦少知音，明日囊琴走蛮貊。

北游未久唐蓉浦瑞芝亦有满洲里之行，归示绝句，援笔奉答 次首指兴安岭石桥

甲子七月二十九日

玉壶前醉胪滨道，南望家山隔远空。万里丁零行渐近，手书尺帛系飞鸿。

一桥横卧千山外，恰似青天挂彩虹。欲问虹边旧游迹，蜃嘘成阁阁成空。

往横道河子逭暑三首

甲子八月三日

至此炎威化败军，风光倒挽入春分。一重山色千重树，半里人居十里云。流水奔鸣如有意，虚堂静掩了无闻。日斜西望平城道，忆跨骊驹采水芹。（壬子夏，葆光随宦大同，常与二三戚好纳凉城东柳泉湾，弹指十余年矣。）

骊驹出郭快如风，直到柳泉东复东。一代兴王思汉祖，千秋壮迹觅辽宫。古今寥落惊飞电，边塞流离惧射工。水畔虚张三万钧，何曾吉卜有飞熊。

飞熊启国辉千祀，牵狗思乡备五刑。濯足濯缨原自取，成珪成璧不同形。过河几见枯鱼泣，筑舍先储相鹤经。至道污隆关气数，试将出处讯山灵。

果忱主任以博如所绘《春山图》属题

甲子八月十五日

不见武陵人，惟见武陵树。万谷朱霞飞，仙乡在何处。杨子富天机，祝公淡尘虑。示我春山图，坐想林壑趣。征战动白黑，是非乱丹素。李牛已西行，孔桴已东去。何日同拂衣，一访桃源路。

与陈止中厅长克正，自京津分袂三年后重会滨江，偶承索诗赋此奉诒

甲子八月二十日

碧云寺里诗千首，紫竹林中酒一樽。南北春粮成久别，行藏剪烛得重论。岂闻天马疲长驾，争看神羊雪覆盆。我自孤舟狎鱼鸟，襟前无限浪花翻。

游长春日人公园，有表忠碑，下埋战死之士，用前韵

甲子八月二十六日

上有十仞碑，下有百年树。杂花列四周，移种自何处。不见墓中人，慨然起长虑。纵见墓中人，亦恐非同趣。云外山叠青，林隙水流素。一梁始横波，便欲化虹去。白日倏西颓，俯仰尽歧路。

江浙兵动，临榆亦现战机，赋寄孔才

甲子九月五日

去岁浙人谈故国，一时清兴满杭州。湖山尽占东南美，壁垒宁纾西贝忧。海上群龙方角战，云中健鹘又寻仇。从今一炬平安火，不度榆关浩荡秋。

当路埋蛇除后患，留家鞫鼠著奇文。如君早陋千城拥，顾我犹思十驾勤。老去廉颇徒善饭，新来赵括号能军。戟支一射干戈解，快取英名照海氛。

甲子中秋游阿什河金宫遗址，追忆辛亥与袭明同客保定往事兼悲时局，得诗二十韵

甲子九月十三日

世界一微尘，积泪成今古。念子贤而夭，此恨那能补。保定昔同游，生

气追乳虎。予出夜不归，中秋子守户。西郊风月清，泉石互吞吐。一尊偶未偕，恐子羁怀苦。急啼伴高吟，灯花月在午。何处无林泉，何月无三五。此乐竟莫赓，玉貌化为土。朝来避仇去，吊古会宁府。金源认故川，野草荒殿宇。不堪青锁闼，跳踉委松鼠。楚汉况构兵，传烽撤四圉。白宫奋颓网，紫塞挥劲旅。岂容锦衣归，早将米山聚。席卷丹凤城，彗扫黄歇浦。忍痛施刺割，偷活免凄楚。闻战忧天倾，思亲恨地阻。兴废事万端，茫茫对谁语。幸有照月杯，一醉梦吹黍。

落　叶

甲子九月十七日

疾风扫庭树，落叶响秋涛。疑坐江南野，愁听战鼓高。

滨江逢友

甲子九月九日

舆骑迢迢赴古燕，送君归去几何年。又惊衰鬓千层雪，来听胡琴万里弦。五国城荒云似水，重阳节近草连天。相逢莫语东征事，乐土华胥在酒边。

野　圃

甲子九月二十四日

一雨扫秋花，辟窗纳暮景。林中鹿迹深，堂上燕巢冷。孤蓬阅关塞，重闱寄乡井。何处无白云，小留代退屏。

蛙　怒

甲子九月二十五日

伏轼褒蛙怒，常怜勾践痴。那堪纵江海，只合斗潢池。

病中阅战报十八韵

甲子十月一日

闻道衢州将，开门纳大兵。形成丧家犬，气夺骇川鲸。勾践薪犹积，钱镠镜未倾。张弓思定霸，偃鼓竟寒盟。山势南通粤，江流北抱荆。何人消反侧，举国驻耆英。黑子星连股，紫棱电射睛。道疑驾关羽，智不下陈平。投袂收衡岳，回车镇洛京。勋高翻惕厉，器大讵骄盈。略地仇难恕，擎天志愈贞。飞舟东海锐，突骑朔方精。贾勇卢龙塞，养威丹凤城。当年曾小挫，今日欲孤撑。救越师分发，窥燕世共惊。何持仁义剑，一破鹳鹅营。入眼愁蛇斗，低身困鹤清。万方歧路满，何处显功名。

次韵果忱主任喜李氏诚镇中北来从学

甲子十月十五日

商飙昨夜入枯桐，起视关河杀气中。汗马何人师武惠，雕虫此日老文通。狗功任彼夸三捷，龙辨期君撼七雄。游遍江淮身未显，更行万里倚崆峒。

寄酬耐冰见忆十首原韵

甲子十月二十日

盛世衣冠闹似云，灯前独草送穷文。班荆尚记游踪合，折柳谁期仕路分。不住鲸波千劫改，无边鹤警九州闻。闲来试到云台看，历历前贤信不群。

欲射天狼粤海滨，先锋早过浣纱津。当前敢负城如铁，抄后惟凭剑似银。岂有虚弦能坠雁，更无半壁可藏身。鄂王德量空今古，此日祠堂或荐新。

龙变蛇分刘季子，谁能伏牖作经师。高腾万仞今何憾，重荷千钧旧未期。斫树计成悲魏国，燃萁篇就泣陈思。天倾地岌身将老，底事扬兵到九夷。

千里金汤誓再窥，亲王汗血异常姿。往还豪隽推心腹，指画山川作戏嬉。此去敌场甘效死，昔来华表早衔悲。男儿事业存边徼，一碣燕然万古垂。

陈登豪气吞三国，飘堕伤心天一涯。酒后狂歌聊当哭，市中飞谤总成疑。分师忍受屠龙剑，破敌将穷洗马池。未必宏碁能独创，铁枪忠烈使人思。

久矣边城听戍鼓，忆曾驱马试清寒（耐冰昔年曾到滨江）。向时台榭更新主，此日干戈失旧欢。倒地狂流谁一障，盘空硬语此重看。人生但解琴中意，三尺枯桐不用弹。

绿酒红裙日夜连，壶中不见羽书传。宁知自舞秋江上，犹似联吟皓月边。几辈交亲散湖海，平生风义格云天。文郎况绝清汾去，感旧伤时倍黯然。

闻道蒲轮行北上，四方流落万愁余。生惟好客同文举，久不窥园似仲舒。仨见免嗟双鬓改，偕游想觅两情摅。好诗翻让君先就，击碎江楼莫笑予。

憔悴风尘岁星改，悲哉大道莫能行。无多官职留何益，如此江山去不情。左马高文徒怅望，巢由旧迹阻归耕。冲霄忽见雄光起，字里鼋鼍万怪呈。

当时健笔笨飞仙，今日惟思拜大圆。千里书来撄结习，十章诗就少清眠。螳僵雀败何须问，凤杳麟亡只自怜。柱下谷神原不死，绿文丹诀共磨研。

寿四川贺翁夫妇

甲子十月二十八日

欲叩天关问真宰，忍变红桃成白苇。独有泰山五老松，万古青青意不改。先生峻节伯鸾俦，举案孟光早济美。岂知挽鹿游深山，却见鸣珂辉故里。朔风飘雪暗人寰，有酒在擎余可已。几次卷鞲愿登堂，三峡倒流怯行李。

前韵和氏诚江涯游眺

甲子十一月五日

谁欤妙笔继王宰，画取寒江与败笔。读君近作意飒然，天地惨惨颜色改。王宰弃甲欲投降，摩诘诗中画更美。饿鹰一饱掣九天，渴骥三踊绝千里。杜陵咏凤未足多，潮州诛鳄那容已。君当辟邪作野蒲，我疑苟全学苦李。

题《金牌颁师图》，秦、岳均绘其上

甲子十一月十二日

万里朱仙镇，严催上将归。山河轻敝屣，父老恋戎衣。希宠秦何责，谈功宋已非。开图频扼腕，枭凤乃双飞。

题吴砚荪所藏《飞蝶图》

甲子十一月十六日

鼓翼寻花春苑里，向来佳兴果如何。可怜檐隙藏珠满，待汝鲜衣入网罗。

和祝主任

甲子十一月二十日

风急雪花摧两鬓，脯糗已空马不进。冷落穷途谁复近，排地斡天争一瞬。千古虫沙霾深恨，几多石友制连城。卷土重来恐无分。

卷四

白道里法院西楼迁居秦家岗俄官旧宅

乙丑一月二十日

滨江版筑海内无，我居乃在楼一隅。过门与马日腾沸，连樋童孺纷歌呼。性本耽寂思远徙，地多濒市鲜名区。幽室邃阁望南岗，奇花异树争扶疏。长台五丈平如砥，华灯四壁悬明珠。未棹江湖此亦足，僦居无分徒嗟吁。日昨园主忽见让，迁入不避雪盈途。交亲竞贺新居好，谁念鼾榻有西胡。飞云时作苍狗变，大海或见红桑枯。王基霸业难久恃，五德相代如风徂。俄皇两世勤远略，欲以东海作尾闾。囊括席卷三万里，提刀四顾营中枢。滨江旧时但鱼蟹，弹指粉垩绚空虚。意气豪悍隘六合，神州一举可吞屠。谁知木老内蠹生，中夜雪宫起戈殳。龙武虎贲莫相救，百口同伏槀街诛。四方瓦解九庙坠，力征经营昔何愚。我得此庐数叹息，祸福无端思戒书。年来南牧复告警，国人揖盗争前驱。眼看骇浪漂九有，吾庐虽好能常居。不须论此徒自恼，试听林际鸣提壶。

重游遁园赠园主

乙丑四月二十八日

何须痛哭骄藩祸，暴雨狂风不日休。岂有雄图开万国，独将高蹈揖千秋。偎墙小树纷遮眼，入户飞花乱打头。物外重来经几劫，茫茫八海尽戈矛。

头鱼宴

乙丑四月二十八日

江上听莺日暮归，绿荫驰道画轮飞。高堂正有头鱼宴，几簇红灯照舞衣。

前韵再赠遁园主人

乙丑四月二十九日

何须痛哭骄藩祸，暴雨狂风不日休。各以虎冠陵四海，那无麟笔诏千秋。寻芳且去穿苍耳，忧乱曾闻变白头。纵荡湖山非本志，愿倾东海洗刀矛。

与柳少峰、贾献庭、应璞游九站公园

乙丑四月三十日

东风昨夜入我庐，晓见桃李笑空衢。急呼柳候招贾子，日事铅椠呼为乎。临江小圃一方胜，愿往娭戏城西隅。凛凛北极行已近，滔滔东逝何时枯。盘有嘉鱼聊布欸，座无歌妓谁为娱。酹空远共昔贤酌，酹地留作后人铺。扬箕挹斗忽天晚，欲归未归忧思纡。二帝三王不可接，纷纷诸子各为书。得时誉如桃李发，交臂断烂随泥污。彼或致身到将相，论事手握灵蛇珠。一死虚名曾不保，况我孤陋在穷途。有志空思拿日月，无才只合守瓢壶。在昔郑王未龙跃，亦耽曲蘖杂庸夫。超光腾雾世谁识，甘死皂枥莫长驱。

春日漫成

乙丑五月一日

一剑云沙出塞遥，初清战绩久萧寥。松花江上听春雨，激荡雄心作晚潮。

手挥铁骑入榆关，再破敌兵京索间。谁见归乡刘季子，悲歌慷慨念时艰。

力威猛虎称飞将，失路方知醉尉尊。一舸湖天睡春晓，岳阳楼下雨昏昏。
百丈居庸青入天，将军策马自行边。平生仲达深难测，便作尸居也凛然。
我自高歌送昏晓，一编欲与世相磨。千年霸王同归尽，不朽名山竟若何。

次韵祝主任游南岗极乐寺

乙丑五月二日

平生无梦到三台，一访安西老万回。鞭影高磨飞鸟去，钟声远逐好风来。倚天雄柱龙蛇舞，揭日危标锦绣开。横断江山三百里，伊谁健笔和欧梅。

再次韵

乙丑五月二日

未能飞锡到天台，且伴江僧梦一回。世变都从壶里去，禅机斗自枕边来。如山尘障谁能扫，似铁愁城手自开。见说真人成道处，太和今尚有榔梅。

三和祝主任

乙丑五月三日

煌煌众宿绕乾台，天末飞云去不回。一自金华牧羊后，更堪铁岭射雕来。荒垂独立平沙远，京国连年广殿开。应有神功作霖雨，何须著述继姚梅。

澹堪书至用前韵寄答

乙丑五月三日

手移枯枿向温台，一挽青葱旧迹回。岂谓尊前人不至，空闻烟际雁重来。吟鞭久阻天南北，战鼓连挝海阖开。嗟我身经乱离惯，今犹酸楚似尝梅。

次韵答氏诚

乙丑五月四日

时累一坩土，可以构明堂。蕞尔径寸梗，他日百尺杨。由来倾国貌，不为坠马妆。诗书茫大海，一瓢难遍尝。以是古之杰，高盼希三王。岂其能必然，此意焉可忘。榛棘斩披尽，修路达康庄。天工运雷斧，织女撑云章。庄严杂雄怪，此亦足徜徉。古今一杜甫，天地一子长。斯皆圣者徒，余子输其芳。慎勿学浅夫，一壑自深藏。不入高前山，安得帝台浆。昨梦游槐宫，簪笏纷来旁。一醒挥之去，愿学谪仙狂。谪仙酒中住，子应知其故。万里走穷荒，不辨归山路。争斗日纷纷，长安在何处。故园夺我有，九阍鬼相守。惟彼古贤英，千载可尚友。明堂基一牢，杨花倏论斗。

送袁洁珊先生金铠还乡

乙丑五月五日

万谷积尸满，将军尚勒兵。天意高难问，百战竟何成。先生怀奇怪宝，慨然念归耕。吾道其非耶，把臂泪纵横。左手特北斗，右手酌东瀛。海水有时涸，浊劫几时清。惟彼古作者，异代可忘形。圣泽滋益远，古懽庶再赓。在昔开国初，谁能免战争。轩辕会北伐，公旦亦东征。灭秦神妪哭，讨广真龙兴。六军仁义在，四海指挥平。此道肯复论，止沸而扬羹。世浊孤士见，花落百鸟鸣。觥觥李杜辈，干戈度一生。悲乱有奇作，日月悬高名。十驾吾何吝，一鞭送君行。

氏诚得月季一盆，为启征诗，似甚得意者。予忆往年北京公园牡丹之盛，叠庐字韵以离恨，并嘲氏诚

氏诚久不过吾庐，日以诗筒递门衢。吟髭撚尽血呕尽，问此宁可疗饥乎。

奇癖人有嗜羊枣，天性固难拘一隅。屠龙技好无处售，张口思嘘万植枯。块然逆旅谁为友，聊养盆花自戏娱。燕京花事北方胜，我昔游览忘寝餔。千红万紫红烂漫，交枝乱梗争盘纡。赏心自古贵极兴，况我卒岁穷诗书。最怜明妃九漠死，玉貌反被青蝇污。千载羁魂望南下，化身织蕊如琼珠。随风一荡国色显，玉盆璀璨揭云途。今君所玩岂其类，凡骨能使到蓬壶。暂时怡情无不可，暵溉真当任畦夫。回首金谷在何许，安得追风效前驱。

连日与诸子为诗，而少峰独无和作，叠韵促之

乙丑五月七日

忆昔卧龙起草庐，皎日灿烂腾云衢。东挞孙郎北曹瞒，何有豚子刘琮乎。当其偃蹇吟梁父，亦有清誉驰江隅。乃知此事根天性，如彼时鸟鸣荣枯。三载王庭独守默，问尔柳子何为娱。逝将与尔浮大海，碎鳌作羹龙作餔。一饱两肋生羽翼，遍历三岛穷回纡。肯恋人世回望眼，遂叩天阙求灵书。炼成千劫不灭身，尽拔群类脱尘污。嗟嗟此愿久未达，忍见凶喙啄明珠。杀人利器陈原野，经世秘籍委泥途。子云能文亦投阁，刘伶未死只提壶。而况吾曹久沦落，未有雄才辟万夫。何不酣歌忘昏晓，头上羲娥方疾驱。

五叠梅字韵答许鹤侪镇宪，许江西人，自燕来滨江未久

乙丑五月十一日

重山复水三千里，问我漂流几日回。小具壶觞聊自适，问评风月更谁来。九州诗派西江远，万古文名朔漠开。久客逢君思尽醉，不须苦忆故乡梅。

暴风雨

乙丑五月十三日

前宵风雨倾江海，此日园林步晓晴。断蕊残芳随处有，伤心更待赋秋声。

次韵少峰咏燕　并序

乙丑五月十八日

少峰所居室旧有燕巢，今年燕不来，而少峰悲之，为诗责之弃故交投新主，无始终之义。予既笑少峰之迂，乃代燕作答，劝少峰稍措意时务焉。

白刃泰山重，六籍一毛轻。盗跖脍人肝，仲尼颂威名。仁兽殪猎网，猛鸷可横行。况我燕雀微，能不傍绣楹。子失责我失，无乃昧物情。远俗不自反，安用泪纵横。逝将辞君去，苦语向君诉。努力徼时名，勿被昔贤误。不见东家豪，丝竹连朝暮。杀人成邱山，用作升天路。子乃守小廉，鬼神宁汝护。我去不复来，迷途望子回。万卷一刍狗，岂宜久徘徊。投火立焚尽，戈马趋黄埃。攀龙倘有得，庶解予心哀。

赠姜总司令超六兄登选①

乙丑六月八日

故人百战立奇功，翘首烟云路渐通。谁种白榆三百本，容吾高卧答清风。（哈寓榆树极多。）

眼中群寇益纷纷，为我磨刀誓六军。挡却海波鞭日起，乘龙直上九天云。

---

① 姜登选（1880－1925），字超六，直隶南宫（今河北省南宫市）人，奉系将领。日本士官学校工兵科毕业。清宣统时，任朱庆澜之参谋，随军入四川。革命后，任贵州第一师参谋长。民国二年，朱被任为黑龙江护军使兼民政长，姜为其参谋长。五年，随朱赴广东，供职省长公署。十一年直奉战争后，奉军聘为东三省陆军整理处副监，奉军之改革，得姜之力不少。十三年，直奉二次战役，姜任镇威军第一军总司令，奋战于山海关之正面攻击。十四年四月，张宗昌为山东督办，姜即继张而为苏皖鲁三省剿匪总司令。八月，复被任为安徽督办，十月，浙督孙传芳派兵攻江苏，苏督杨宇霆先逃，姜亦弃职北归。十一月二十四日，以不附和郭松龄反奉，为郭松龄枪杀于滦州。

偶　成

乙丑六月十五日

一夜江风移岸沙，自斢勺水去培花。眼前生灭无穷事，付与号空万点鸦。夹道平林初罢剪，铺街碎石不沾尘。问予何事凭高坐，欲向青天射火轮。

以花栽寄远人

乙丑六月二十八日

信手移根去，何须待雨来。高标风易折，却欲倚云栽。临行花欲泣，万里奈君何。寸土宁难觅，可怜非旧窠。

滨江近境避暑

乙丑七月一日

轮轨控两洲，冠裳会万国。经营三十秋，绩效何煊赫。百政次第施，横文行画革。何自别主宾，我来两食麦。燕蝠疲讼争，虎驱任跳踯。伤心非一端，辗转难自适。山榴昨放花，膏车出郊场。肃慎此旧疆，浩漫入凭轼。何处铙鼓鸣，势如海波击。（南岗铁路公园每夜奏军乐娱客。）恍见俄六军，铁马夜斫敌。值我病瞶聋，从彼入肘腋。凭陵以至今，干国伊谁责。孤运仗丰毛，环鸣赖众翼。不有矜带雄，何以镇有北。登楼望遥天，漠漠烟岚色。连峰起东偏，一江骛北侧。飞軨可四通，我岂厌登陟。云驰到横河，崇朝行八百。过山不见山，惟有树掩抑。多少栋梁资，等闲槁崖壁。主人京国旧，导我游川泽。满目罂粟花，田禾鲜种植。夜犬频告惊，陋俗谁与易。万里松花江，横穿奉吉黑。地气郁未宣，奇珍久骈积。松楸柞榆杨，蔽野如云幂。鲟鳇骨专车，夜光枣结核。御寒有丰貂，产参肖人式。雉翘勇士冠，尘尾名士饰。席此富强资，急起修治则。十载可雄飞，奈何走荆棘。长叹即归途，寸衷久戚戚。群岫捧芳园，清溪傍古驿。是谁舞轻舠，隐隐入蒲荻。但闻水桨声，无处访人迹。江海负鸥盟，此身倦行役。西北扎兰屯，山水尤秀特。回驾指远标，天马绝羁勒。未到闻泉鸣，既到喜林僻。只欲穷殊观，过家肯造阈。从薄交乱流，上有峰巑岏。对岸没樠槮，天青晚霞艳。四顾阒无人，鸟声自悦怿。西人筑浴塘，潴水障沙砾。破空画桥飞，红绿灯如织。杂光射波涛，化为虹千亿。上有月交辉，下有星环翊。平生事游览，艳异斯为极。再北薄大岭，再四通远碛。形势抱滨江，回环如拱璧。当年铁木真，崛起挥三尺。转战向西欧，威棱角暨大食。熊绎启山林，郑国浚沟洫。箕子辟韩疆，泰伯开越域。念国多英贤，累世显声绩。迄今势益雄，万邦奉约敕。内疾虽间作，固不伤远脉。孰料道咸后，闰杨遭奇阨。垣墉任鼠穿，根本亦虫蚀。风土今所经，骎骎变蛮貊。纵有临眺娱，那求我心恻。泚笔记游踪，泪迸字难识。

雨后送友人赴苏，时英军在沪枪杀中国民众，其事方急

乙丑七月二日

雨过重冈敛翠氛，四围花木乱红云。凉风底事冲霄起，敲断庭柯不忍闻。
连霄对酒思明月，明月新来却送君。那少忧时千斛泪，不随飞雨下江云。

彩　云

乙丑七月二十五日

仙人逝仙岛，惟见彩云飞。大海莽无尽，云行何处归。讵难作霖雨，无自洒京畿。卷付苍龙去，腾光耀紫薇。

读《禹贡》

乙丑七月三十日

古之人兮遥望难为友，今之人兮相见醉以酒。醉酒不成欢，读书屡绝编。起挟千钧弩，游骋到日边。东海碣石障云雾，塞北青冢浮紫烟。浩浩洞庭水，万里拍昊天。天上雨青龙，角力正蜿蜒。忽雷霆以轰镠，顿天地而回旋。海枯石烂恨莫解，暗中驱使凭群仙。道旁两头蛇，睨视欲平吞。守关夜叉待其弊，龙蛇齐挥堕九渊。溅起渊中水，沆瀁澎湃，漂燕沫粤，势过尧时百河翻。可怜水中万鱼鳖，尽是生民溺死魂。有因之祸容自取，无妄之灾讵非冤。顾我掌中弩，买自钱氏旧，安得拒海使，东行再借摩天巨刃，凿开诸严岫，夺取太平还宇宙。

赠贾献庭

乙丑八月七日

我生不能跃马麾戈转战出天山，便恐泯泯无闻老死几案间。奈何吾子谬相许，肩经背史来追攀。子京子野皆长往，纵有咸韶谁复赏。目下穷悴已可怜，身后是非况易爽。羲和鞭日下九霄，树暗花暝虫鸟号。为君拔剑舞一曲，惜哉继晷无兰膏。虎穴会欲取虎子，画地指天颇自喜。黄河万里洗眼来，太行九折迎面起。世间忧患何纷纷，酹酒一吊望诸君。永悲神龙厄罗网，宁惜驽马颠风尘。不如雄视人寰表，泰岳一登众山小。采药东海君不归，楼上玉人怨芳草。黑云如墨挟雨来，雷声愤怒风声哀。转眼平地成泽国，急携蓑笠上高台。

车轮歌

乙丑八月九日

纺车轧轧鸣不息，亦如车轮转无极。那惜终老道途间，念汝孤绩对寒月。月光昔照桃李华，我始辞君客吴国。今见庭桂散秋英，君在江南我塞北。欲话别绪何纷纷，纵有纺车纺不得。车轮乎，车轮乎，安得收汝倚纺车，免引愁丝遍九域。

秋日江行

乙丑八月十四日

日昨扬帆赴上游，狂风鼓浪过人头。归来红叶沿江满，一雨新晴已到秋。

日本飞艇假道滨江，转赴欧洲，中途遇风屡误定程

乙丑八月十五日

看逐斜光尽，飞飞安有涯。盲风来指顾，天路起褒斜。建国因犁鞬，拿空效汉楂。五宫水晶柱，俯视在烟霞。

次韵吴玉如秘书家球游遁园观荷食藕

乙丑八月二十四日

不植仙根猊座边，摧颓却作陆池莲。忽于风雪三边地，画出江湖六月天。人醉人醒壶里好，花开花落镜中妍。心生七窍真徒尔，那免鲸吞五鼎前。

逸趣豪情相伴来，竹扉松牖倚云开。李衡取给千头橘，刘表寻欢三雅杯。经雨麦禾垂陇畔，迎秋瓜果熟林隈。图中老圃真吾友，何幸抠衣得屡陪。（遁园主人有《烟雨归耕图》卷子。）

和马适斋超群五十自寿

乙丑十月五日

与君重遇冷径道，箧内新诗增几何。万斛征尘两衰鬓，艰难历尽出天和。松花江水千重浪，未抵人间战斗繁。白眼高歌看四海，除呼酒外更何言。

村　庙

乙丑十月八日

驻马临僧舍，开轩野兴豪。飞流檷际涌，叠巘几旁高。岸塌鱼怜子，林摧鹤护毛。安能便归隐，咫尺见弓刀。

江淮战起

乙丑十月二十八日

客感秋难尽，江淮况用兵。云轩追警鹤，雷鼓换流莺。宇宙真将覆，椎理亦得名。闻人说匡济，只益泪纵横。

乱中设宴南岗送耐冰入山

乙丑十一月十四日

万方烽火赴榆关，祖帐重开霄汉间。但喜浮杯吞日月，宁知破竹夺江山。乘时雪舞云中白，失势花消枝上殷。攀斗摘星贤者事，耦耕何地著痴顽。

前韵寄怀刘际唐丈南宫家居

乙丑十一月十五日

当年载酒过荆关，欲取功名指顾间。岂意高才凌紫极，竟持寒节老青山。归心妄觊乌头白，战血仍看鹤顶殷。最是虹江好风月，几回梦里散疏顽。

惊闻姜将军登选殉难滦州

乙丑十二月二日

辽沈西归路，当年一过君。英风驱六合，峻节表三军。牵狗嗟何及，烹龙骇未闻。满怀文武略，虚掷在孤坟。

写　忧

乙丑十二月三日

太平渺莫期，写忧步郊野。晚芳无人睬，冻流强自泻。往来风雪中，高车曳大马。柱国有群豪，腐儒何为者。腐儒拘一节，濒死犹结缕。豪杰乘势便，苍白无定形。长彗升九天，掩月抹日星。岂比爝火微，流光不满庭。名业要自致，曾闵安足程。歌声戛金石，何异寒蛩鸣。洗马归日角，凌烟写仪型。由来霸者相，不为沟渎经。守身若霜菊，难沐春日荣。何哉于陵子，桔槔苦劳生。我欲老灌园，灌园岂易得。硼磕两耳中，溥天鸣炮石。登高眄齐州，居民久离析。何处植秋禾，马蹄只复只。不见钟鼓陈，惟见刁斗击。孔林化战场，激血殷殿壁。世乱无义兵，何以延国脉。羽书正四飞，谁问蓬庐客。流涕对来使，哽咽不能言。岂意冲天耀，化为覆盆冤。丈夫志千载，赴义何恤身。咄哉世运更，此道莫重论。耸身上飞车，欲破仓冥去。远道镇茫茫，瑶阙在何处。惊雷起而前，奔星作雨注。万里黄金台，俯视在云雾。当日吸川鲸，转眼成涸鲋。本无高世才，隆显何须慕。依山植松柏，结根可一亩。高叶羽盖张，低枝蛟龙走。彩翼不来巢，贪喙速其朽。一旦暴风侵，问汝能活否。大化流水去，人事如波澜。盛时一波起，衰时一波翻。洸洸古英杰，骏骨闭丘峦。骋威极八徼，藏形仅一棺。况尔草木微，菀枯何足言。何处觅黄石，何处觅赤松。匡时无伟略，求仟背素衷。愿随班超去，万里擒西戎。宝力作龙跃，快马追长风。灵驱五十国，直薄王母宫。扬威玉关外，埋骨沙草中。羞学赤精子，小智斗重瞳。同列化仇敌，鼎俎烹若翁。守边无猛将，但思隆已躬。长使白登下，胡虏留余踪。剖我心头血，写为慷慨词。欲歌无人听，举火摧烧之。烧罢敛其灰，疾缒入深池。一泻东海去，免为世人嗤。

征夫叹

乙丑十二月二十二日

那便无归期，揽涕出家门。积尸蔽原野，千载不复温。我今赴死地，何暇招汝魂。遥望柳河畔，炮火翻红云。此行苟益国，粉碎安足论。免胄效微躯，一答主将恩。

役夫叹

乙丑十二月二十二日

垂白筋力尽，仍躯赴战场。四渎方鼎沸，安得老家乡。岂无平生好，联翩作国殇。我今死已晚，何敢怨苍苍。辂粟上高岭，掘壕至黄泉。恐触潜雷发，血肉化飞烟。亦曾习剑术，殪虎寝其皮。今老身无用，鞭棰加四肢。忍痛兼忍辱，后患复几何。不如陷阵死，犹觉获赐多。

灾黎叹

乙丑十二月二十二日

百产荡为灰，只剩一身在。六合扬兵氛，触之生灾害。故巢难再恋，投亲越关塞。所见少宿储，资粮更谁赖。初若熙春花，一朝霜击碎。物变有亨屯，天意何憎爱。我岂昧至理，死近能无慨。太平倘可阶，九泉甘独逝。

白旗堡 并序

乙丑十二月三十日

奉天军长郭松龄奉檄西征，中途议倒戈，皖督姜登选不从，被杀滦河上。督师东进，连战皆捷，至白旗堡即薄沈阳城下矣。黑龙江吴将军俊升，忽出奇兵，擒郭斩之。其新任秘书林长民亦同时遇害矣。

欲出飞艘巨壑里，鼓翼而升似燕子。追敌远入茫茫天，祸起萧墙竟谁使。沈阳埤堞百寻高，防海久迟龙虎韬。嗟我老矣身百战，岂有宝刀贷汝曹。风吹大雪满空舞，夜半攻城自击鼓。天上忽下飞将军，幕中空辟短主簿。来时杀气腾云霞，回首部曲委虫沙。独有姚洪名千古，滦河滚滚翻血花。

读杨子鸿禧诗集，即题其后

丙寅一月五日

嗟君怀宝去何之，举目歧途更有歧。怪事屡教书咄咄，深思不碍语期期。涧旁松老惟存干，雪里梅开忽满枝。自领孤单蜚百代，昂然踏入盛唐时。

津沽血战，闻杨柳青镇全毁于兵火

丙寅一月二十三日

天津桥上歌声绝，紫竹林边战血腥。莫说春风将泽物，自今杨柳不能青。

旧历除夕，步杨检察官子鸿元韵

丙寅二月十二日

爆竹声残客未稀，四张明烛照云晖。樗蒲齿上风云合，醽醁波上日月飞。拔薤几人冠铁柱，颂焦今夜舞斑衣。街头正有鱼龙戏，看到朝阳发紫辉。

阴历正月初二陪果忱主任饮酒观剧，次子鸿韵

丙寅二月十四日

凤管鸾笙暮未休，无端海气幻重楼。柘枝妙舞陵飞燕，檀板清歌继杜秋。曲罢谁能赓白雪，酒来聊欲闪青眸。不知天上缨裾会，何似人间烂漫游。

天晚过某隐者居

丙寅二月二十一日

炊烟横暮郭，瘦马走荒涯。屋小书侵座，庭虚雪漫阶。闲陪高士话，喜纵野人怀。多少玄中趣，于今素志谐。

乘雪橇甚乐

丙寅二月二十四日

陆地行舟事已奇，行舟况似马相随。途中玉带留明辙，树上银花簇冻枝。

未到石湖先齿战，会游梁苑更神驰。（予丁未冬曾游大梁。）当前即是高寒境，不向琼楼倒酒卮。

观俄人跑冰戏

丙寅二月二十六日

一水弯环可十丈，秋尽结冰坚且朗。谁掇玉镜置林间，倒烛乾坤写万象。俄人生长北海陬，轻傲冰雪由素养。诚知放手有奇观，敢谓折股无返响。金轮蹴动行复来，人影离合三忽两。少焉整队角群材，万雷齐发听鼓掌。借问逐末属何人，簪花少女尤倜傥。故国西望不能归，舞罢对客齐唏嘘。窝瓦河畔旧渔矶，天狗堕地雉朝飞。辞乡万里身何依，回首黄巾揭赤旗。我思燕赵有同悲。

氏诚辱和跑冰之作，叠韵奉答

丙寅三月五日

寒庐距君无百丈，望见窗棂雪中朗。昨宵和我跑冰诗，欲以彩笔干气象。世乱朝野轻文儒，阃寄多归灶下养。蓬头突鬓谓英才，裂石穿云等凡响。手持古籍向时人，见许千百无三两。何不仗策去从征，平地烟霄疾反掌。旁搜远绍纵殷勤，未必步兵夸清倪。浩浩北海百川归，不须论此徒嗟唏。野有仙人坐石矶，一席助我凌波飞。今无所傍古无依，纵横六合随风旗。君能共戴吾何悲。

寿果忱主任五十

丙寅三月二十二日

高睨前贤欲代兴，三年咏啸共寒灯。忘机我似新生犊，负气君如异国鹰。安得绝尘无远驾，从知击日有长绳。一尊在手真堪老，笑看檐花放几层。

倚 啸

丙寅三月二十三日

逝水年华似建瓴，楼头倚啸倩谁听。鏖文不欲雄蜗角，医国还思帝豕零。那有围棋能挫寇，偏因献玉致残形。天涯久客归心切，怅望云山万叠清。

挽杨泊庐太夫人 旅京病殁，因保定有祖茔用兵，不得归葬。

丙寅三月二十三日

白发星星照断机，登堂往事记依稀。折爰诸子怀慈训，赁庑高人配德辉。千里讣传疑有误，百年魂去更安归。松楸南望风云里，应使皋鱼泪满衣。

次韵逊斋送少峰解职赴鲁从军

丙寅三月二十四日

我有千金剑，临歧把赠君。河蛟应改窟，冀马早空群。那免罹尘障，终期解世纷。无心争腐鼠，不用中飞文。

小试屠龙技，旋歌猛虎行。献珍只毂远，解绶一身轻。玉烛谁调岁，银河未洗兵。那堪地三徙，四海不知名。

纵有垂天翼，无风欲上难。萧何不推毂，韩信讵登坛。济北莺声碎，远东马影寒。丈夫当鼎食，慎莫鄙高官。

叠层字韵赠氏诚

丙寅四月七日

不随星斗佐中兴，默守书窗五夜灯。羡子能为嵇绍鹤，笑予还效郅都鹰。千家冷雨看挑菜，一枕和风梦结绳。莫忘天涯携手处，门前树色绿层层。

鹤诗　十五首

丙寅四月八日

篴衔盛刍狗，衣冠裹沐猴。无功叨禄养，于汝更何尤。
高隐入梅林，孤山岁月深。谁知云雾表，尚有鹤相寻。
乱鸭散池塘，群鸟噪野航。翻令逼云翮，局促舞中堂。
世无羊叔子，何处觅知音。甘入雷门鼓，不酬师旷琴。
白玉雕双翅，丹砂点两睛。不堪备驱使，将去宿蓬瀛。
何事令威鹤，辞乡去复回。金丹虽拜享，陵谷免心哀。
劲草挺商飙，边山木叶凋。百虫齐入地，一羽自凌霄。
昨夜鹤声哀，行人带箭回。敢辞三峡远，徐待六龙来。
岂无江海志，体病不能翔。只合雕笼里，从君丐食粮。
树下摩丹顶，栏旁弄素衣。群儿乘木鹤，却欲箫云飞。
对立玉楼阴，沧桑变至今。遮空无片瓦，寒燠总伤心。
孰料胎生鸟，媸妍亦不齐。闻人谈野鹤，腥秽甚于鸡。
九区俄瓦裂，千祼忽风飘。待汝毛成漆，人间又几朝。
独立影翩翩，一鸣彻九天。群蛙日喧聒，口敝有谁怜。
甘向松根老，营身万虑休。弥天布矰缴，未可下扬州。

书　事

丙寅四月九日

将军何故淬龙渊，欲喝星辰尽北旋。未断黄流通百粤，先防白虏出三边。汉光虚报收铜马，梁武终闻放纸鸢。且喜乘槎前约在，莱茵风月好蹁跹。

和籍亮侪丈五十自寿元韵，时籍客京师

丙寅四月十一日

春风猎花柳，寒梦一时醒。乱蕊烧天赤，长条扫地青。前游宁可复，逝水不难停。西土无生法，常留贝叶经。

大海犹翻浪，惊心国事非。空投千犗去，难钓六鳌归。几度维摩病，于今卜夏肥。临流怀仗履，愿息汉阴机。

前韵再和籍丈

丙寅四月十三日

我好杯中物，沉眠久未醒。春风来几日，杨柳转深青。去国韶颜改，怀人驿使停。归期待瓶乳，啮雪事曾经。

礼乐久崩散，城池今是非。有人追日走，无地买山归。上苑莺声好，深宫草色肥。何堪旧游处，四顾伏危机。

北江先生云：籍君于生日高宴众宾，出诗甚多，群推此为第一，皆曰子建不愧家风，未易敌也。

戏咏斋中夹竹桃

丙寅四月二十七日

一株垂尽雪堂中，春晚仍开数朵红。料汝何才回气运，护持强半倚东风。

滥窃佳名不自羞，竟无甘宝上枝头。凭谁改觅绥山种，雨染烟蒸到九秋。

前题再咏

丙寅四月二十九日

劲节虚心宁似竹，攒绯错彩亦称桃。依人幸免风霜害，改地仍希雨露膏。纵放飞英归锦荐，终忧断梗逐奔涛。东方几度馋涎滴，难取甘浆慰老饕。

连日咏夹竹桃颇肆巧诋，乃改作颂词一首用赎前愆

丙寅四月三十日

春晚秾华扫地空，孤芳直欲冒寒冬。逃名似得高人意，耐久犹存节士风。敢复烁金腾谤口，行将刻玉惜娇容。释兵修礼吾何憾，小智解纷师狙公。

谢迈度来函索诗并示中秋见忆之作，倚韵和答二首

丙寅十月二十四日

五分四剖成何世，不忍重吟王会篇。青史功名行绝望，黄金岁月竟虚捐。鳌呿尚欲倾江海，蚁泛宁辞中圣贤。最恨松花烟水际，清游难觅谢公船。

当年才调硎初发，今日生涯锥亦无。那复联吟只璧合，终看忍冻一松孤。门前野草红黄锦，树梢秋声大小竽。莫把重巾裹燕玉，恐人掩口笑君愚。

大雪喜睡石参议来哈

丙寅十月二十九日

栾公干略夙绝俦，煌煌豸节临东陬。同槽不弃果下马，忘机时伴水中鸥。贱子狂憨人所避，公独一见解绸缪。寥天九万去未息，振翮将随怯路修。况复盲风迎面起，失群惊叫走他州。鸾章凤质久梦想，一朝对语宿寂寥。奈何四渎犹鼎沸，欢情未泻成牢愁。和璞隋珠容力取，无药能医人白头。松江夜

泛橹声咽，白山晨登马力优。若闻旧游时几许，大力负壑屡亡舟。于今天地又癃闭，严冰劲雪薄深秋。尽扫群植无留影，微阳一线强燠休。寒鸦猎空阵云合，觅食乳雀鸣啾啾。东门迎暖会有日，请公先备青土牛。

次韵睡石参议

丙寅十一月十一日

野风荡葵蒿，池雪镇蒹苇。溯公来几时，倏忽迫腊尾。斗酒勉为欢，莫教心悱悱。腾耀五千秋，斯文自瑰玮。公老何须叹，作者今有几。扛鼎笔力雄，高唱走疟鬼。八表屡用兵，人血润野卉。霸图久消沈，诗兴转斐亹。何意行雨龙，泥蟠看磈硊。

叠韵再和

丙寅十一月十五日

公材百丈松，贱子等蒲苇。平地望云霄，那见神龙尾。昨闻说玄虚，聊足解愁悱。群蚁争一丘，胜者夸英伟。追奔蜗角间，纵获能有几。欲快屠门嚼，甘作沙场鬼。至人独鸿冥，穴居衣草卉。岂无语蹇蹇，谁复听亹亹。失途莫浪嗟，世变诚磈硊。

三次前韵奉酬适斋枉赠之作　适斋江苏人

丙寅十二月

家在水云乡，红莲映绿苇。胡为走边尘，短栅垂修尾。诵君思归作，辞意良诙悱。吁嗟此何世，百怪呈秘玮。烽火起江湖，生民尚余几。三五旧酒朋，去作秋坟鬼。阳春破冻来，枯株变嘉卉。君才百夫特，善善同士亹。图南会有时，羊角上磈硊。

奉和睡石参议重九南岗极乐寺登高，陪张、于两节使元韵

远赴登高会，飞梯跨日星。一杯花入掌，双盖树同形。画地江流白，浮天塞气青。逢人斗诗酒，忘却客边庭。

见北江先生与尚节之丈秉和唱和诗，辄次韵分赠二公

丙寅十二月十二日

赤帝失萧公，如去左右手。得水龙始神，剜苔石变丑。那羡拼飞徒，高占风尘首。大鸟止王庭，三年未开口。附骥情难殷，何人鞭我后。天池路遥哉，六月行已久。（赠北江先生）

栖屑走四方，书剑常在手。那得五灵丹，与世疗僦丑。认日作钟鸣，群将盆戴首。苍赤竟何罪，等闲委虎口。郑侠流民图，振顽千载后。岂惟画绝伦，道与天地久。（赠节之丈，因其善画故云。）

次韵和北江夫子

此局竟输人，仅欠一子妥。世无降将军，安能拜道左。献璧复求剑，他日将及我。谁料袍泽亲，变为肘腋祸。滞守胶陷胶，起行跛御跛。追羊入歧途，进退无一可。由来凤凰心，伤类悲毁卵。西北有群胡，时时来牧马。当年隆准公，亦困白登下。同室而操戈，此耻谁雪也。比闻南征军，又掠邯郸野。欲作鳌移山，不为燕处厦。投鞭断黄流，王归先者至。长鲸劳空豪，败蚁命难假。霖雨滋众生，水火救诸夏。此役非私图，乃心为国社。慷慨歌大风，铿锵配颂雅。吾师甫愈侍，老健天锡嘏。含毫请纪功，丰碑高砐硪。

再和前韵

丙寅十二月十六日

委心乱书丛，扞格久未妥。昨日谈老庄，今日幕迁左。变劫茫茫中，安得神据我。量珠买歌舞，乃兆坠楼祸。胡马入厩来，爱子足以跛。诡遇而获禽，期期谓不可。至道在人世，混沌破鸟卵。跨之凌虚飞，飘忽遇天马。纵逢尧舜君，不肯为之下。高蹈箕颍间，其乐何如也。况今战局开，风云撼九野。胶川可渡江，朽株仍支厦。引狼使入室，竟无谁何者。微命幸瓦全，此德能常假。发愤疾著书，庶几继游夏。不然乘佳辰，羊酒大作社。刘伶荷锸行，景升作三雅。世惟儿女辈，方向天祈嘏。醉死瓮盎间，豪兴自砢礣。

孔才许为文以序吾诗，久而未就，今寄稿来，奇纵甚，赋此为谢，三次前韵

丙寅十二月二十日

公文一何奇，豪纵复贴妥。屈宋作衙官，郊翱侍右左。提刀望八荒，生杀尽由我。嗟予螳臂雄，讵免鲸吞祸。戴盆而上山，蜉蝣脚已跛。诗成不自珍，公反以为可。试往与之角，披靡石碎卵。但见五云中，公来如奔马。我欲持斧迎，回翔不遽下。忽而挟我去，谁能禁御也。方今岁律中，冰霜被四野。满耳豪寒声，无人辟大厦。暴客已入门，不见门焉者。凛凛如椽笔，径往向君假。一扫玄冥威，与世返朱夏。岂有七尺躯，老死江西社。雕虫小技耳，何足齿大雅。爆竹一以鸣，百神齐降嘏。孽狐作休咎，一丘尚砨礣。

卷五

次韵睡石参议东坡生日之作

丁卯一月二十五日

种秫东坡不记年，更谁知是玉堂仙。凭凌烟月诗千首，颠倒琴尊屋数椽。九死何妨投瘴海，孤忠直欲誓苍天。折奸怪底心如铁，生在春风未到前。

灵丘杜子诚丈上化当代豪杰士，近岁罢官家居，久无书至，清明日有客谓其已归道山，怅然成咏

丁卯四月六日

参商扰扰起天兵，袖手严居意不平。公自吟诗陪木客，我从学语识花卿。关河忍见分南北，杖履惊闻隔死生。

题孔才所镌印谱

丁卯四月二十九日

试取娲皇石，闲摹秦相文。勒铭才益显，补缺志何勤。薪火千秋接，兵戈九域分。凭君刀笔健，往立鄚侯勋。

次韵送适斋之吉林

丁卯五月六日

一舸桃花水，迎君赴上游。琴书温旧业，升斗笑机谋。那意抡才会，仍深怀璧忧。秦青行帐里，抚节起悲讴。

美国赫德森教授将有瑞士之行，路经哈埠，席间赋赠

丁卯五月二十日

瑞士山光好，美人无此颜。迢迢一杯里，仿佛见云鬟。云鬟思近接，更阻万里山。为我张诗箧，将山饱载还。

次韵果忱主任应山本久治、王作镐丕承两君之召陪宴佐原笃介社长（《盛京时报》），时佐原初来自日本

丁卯八月二十日

艰难定霸一炊黍，慷慨思归千里莼。不向岐阳搜石鼓（作镐上月约予赴京购古书，予以事未能偕往），暂陪仙客话铜人。三山鸾鹤来东海，八月风霜动北邻。几度鏖诗昏继旦，渊哉腹笥未曾贫。

和祝公江轮纪游元韵

丁卯九月一日

会海波涛此上游，醉携歌管进孤舟。酒香远渡迢迢水，花片轻飘淡淡秋。几缕残霞通莽阔，一行飞鸟傲王侯。天涯尽有登临兴，夜色苍茫未许愁。

早　雪

丁卯十月二日

野外寒云笼塞沙，几年仗策走天涯。结巢终倚三株树，失路难寻四照花。偃鼠所求惟果腹，蛊雕乘势竞磨牙。可怜一雪销金帐，燕子惊飞百万家。（鲁民避难，北来者日众。）

九日王理堂（顺存）在航署觞客，座中陈定山（浏）、张半园（朝墉）、钟逊庵（广生）、朱雪轩（文涛）、辛韭髯（天成）、蒋庸堪、冯润珊（惟德）、祝味回、王作镐诸君皆一时名士，相约赋诗志盛，因次韵得长句 四首

丁卯十月十一日

江轮置酒还如昨，高阁重登已暮秋。思伴陶公终日醉，为怜越女暂时留。飞龙去昨千年桧，潜蜃嘘成百尺楼。座上高谈苏季子，岂宜长著敝貂裘。（此定山韵）

那管银丝上玉簪，华筵未撤夕阳沈。偶成塞北茱萸会，将继隆中梁甫吟。千里飞狐摩敌垒，四郊野隼击秋阴。嗟予亦有长殳在，梦战单于血溅襟。（倒用味回韵）

野草枯黄断雁悲，思乡又误白鸥期。云山三晋羽飞急，兵火九州书到迟。虎口谋生能自保，羊群灭迹更谁知。松江久客交游绝，破我愁颜仗子诗。

时危几见海波惊，一掷鸿毛四域轻。室外无人防鬼瞰，樽前有地展诗情。家珍已委虫鱼食，唾弃反招狸鼠争。戏马高台何处所，青云未上负平生。

叠韵酬李鲁乔懋勤

丁卯十月十三日

百里阻风烟，望子出西野。不见蔼蔼容，惟见鳞鳞瓦。比闻却克军，已到靡笄下。安国要人豪，形付百工写。往去印垂腰，安用犁在把。（鲁乔供职农场，故以为戏。）

奉和芷洲丈四十九生日

丁卯十月二十一日

曩岁结邻宣武侧，小车不厌往还勤。得书吟兴犹如昨，入夜秋声哪可闻。目断饥鹰盘紫塞，魂惊旅雁堕清汾。凌寒自有孤标在，料得渊明正酒醺。

送睡石顾问归乡

丁卯十二月四日

穷困身能辱，天涯一寄公。如何鬓垂雪，又见羽摧风。骏马千金价，兵书五夜功。鹰扬知有待，归作钓鱼翁。

题李生遇春诗卷

丁卯十二月十三日

诗有惊人句，东方一少年。倘逢圯上叟，应把尺书传。

晨起观报，载各军对垒地图，怵然伤怀，用昌谷体，得诗四首

丁卯十二月二十五日

多少伤心事，凄惶到暮冬。开图龙门野，倚枕鸟呼风。土鼋茶烟细，匏樽酒力松。当年恒岳北，曾此听疏钟。

闻道海珠市，杀人如乱麻。仙鸡僵不死，鬼马跃相过。孰种多情草，惟怜异域花。四方看走窜，今我亦无家。

效死彭城道，何哉壮士心。枯肠悬树满，断指落船深。一局犹争霸，重关早启缄。只忧若敖鬼，从此不来歆。

昨霄逢邑子，相对话京畿。铜马能专郡（畿南红枪会新占数县），瓦鸡不报时。血流采芝径，阵压读书帷。处处榛荆满，郈原何自归。

岁除和曾子敬参赞有翼

戊辰一月二十二日

镜卜盆熏乘霁雪，轩开牖敞对遥天。雪中乱石羊獖首，天外群峰人耸肩。万里西征劳八骏，一年北上咏千篇。恒河鬓影依依在，未许尘缘碍道缘。

读黄黎雍式叙[①]诗卷毕书此贻之

北起龙城南象郡，觵觵开府几英才。蹊田已见夺牛去，执弹仍思招鸟来。那少斧斤修桂殿，终难笔札给兰台。赭袍摒弃天公老，虚费金媞细手裁。

---

① 黄式叙，字黎雍，号松客，辽阳人。沈阳高等师范国文专科毕业，曾任奉天省公署秘书。工诗文书法，参与熙格民主持的吉林长春冷社酬唱。著有《松客诗》一卷，民国丁卯年（1927）铅印本。

题范岘青画轴

戊辰二月十二日

棕帽芒鞋何处去，画中山水是江南。不须更访秦人洞，借地吾思结一龛。

题泊庐画册

戊辰二月十二日

泊庐于作画，生负扛鼎勇。泼墨九河翻，下笔五岳耸。篝灯图地藏，众鬼来懵懂。开窗写云汉，火伞忽入捧。艺高谁与传，一官寄寒冗。风雷集腕底，乾坤为震动。星罗裨海中，万国肃殿栱。丹青绘古今，油墨杂铅汞。其法贵合真，其鹄取变种。何日一苇航，中外得兼总。

北江先生寄示和作，深以葆光不遇时为恨，敬答隆情，兼明拙分

戊辰三月二十日

雪花到地消，无处贾余勇。和风振柳枝，一一皆上耸。江冰夜半开，鼾榻惊懵懂。田膏渐可犁，游辔已高捧。滨江名利区，车马日冗冗。何人知春来，鸟歌空自动。贱子卧荒斋，朝夕漏双栱。如彼苍皱颜，回童饵金汞。泙漫屠龙技，魏王大瓠种。本无用世资，何敢怼全总。

奉谢味回赐题拙稿

戊辰三月二十日

公如马伏波，进德老更勇。举笔刃磨天，字里华岳耸。手持照月珠，入世故懵懂。齐王方好竽，锦瑟空自捧。尚存青萍剑，断割解纷冗。一官走荒

陬，循声自雷动。贱子忝未交，风雨庇画栱。道腴疗我饥，拔宅资药汞。羊肠九折间，愁煞大宛种。孙阳得一顾，荣逾百官总。

和子敬顾问

戊辰三月二十五日

夸父蹑足西追日，弃仗邓林思渴疾。官高纵获旍矢千，奈有嵇生不堪七。山中樵夫解笑人，四海又重仪与秦。一言脱口六王惧，金印斗大应吾身。广居大道轻时辈，孟轲风范垂千春。亦知五三经世法，刍狗已设难重陈。华州即是王罴冢，一朝英名震关陇。（谓上月涿州死守事。）下帷书生剧可怜，头白不得七驹宠。

和王桂芳教授荫芬见赠原韵

戊辰三月二十七

君诗如龙衮，五色炫表里。我惭敝缊袍，蒲伏久不起。往溯五千秋，横揽九万里。白骨积成尘，藏山留片纸。周孔宰中原，余子跨边鄙。吾祖道德经，亦授关尹喜。丹灶设通途，大药可不死。奈何浅识流，假面鬻奇技。甘舍盘中桃，出觅路旁李。遂令百斛鼎，几沉九渊底。君勇攸飞伦，斩蛟长江水。手驱蒲珠还，曾不终朝俟。八表风雨昏，鸡鸣复得此。吾道赖益光，墨家有禽子。众生果腹求，扰扰营甘旨。况今四隅通，欧亚贯双轨。负笈赴名邦，龙门跃赤鲤。穷经老牖下，亦诩治平理。海深用蠡测，瓶罄为垒耻。甘年无本学，只以阶乱耳。邹衍吹暖律，师旷奏清徵。讲幄倚云开，门庭忽成市。奋君广长舌，非指喻非指。庶几万仞山，基自地一尺。江淮战黄巢，关陇擒朱泚。十犗投巨缗，九日穿劲矢。鹊飞纵刺刀天，可用一柑抵。徒党三百人，死生惟君使。

在祝主任坐食犬肉倒用定山韵

戊辰四月二十日

垂杨分绿上层楼，宰肉来逢曲逆侯。项上金玲响初断，唇边玉液味同流。更思吠影知无日，权用充饥当有秋。未许猘狂轻二俊，坐看毛骨一时休。

江楼修禊分韵赋诗得转字

戊辰四月二十二日

胡沙击天风，帆影随波转。叨陪休禊觞，况厕英妙选。层构连紫虚，开窗对林巘。主人吟兴豪，遇敌胄不免。白凤吐伟词，碧鸡逞雄辩。自惭蚁垤微，甘效象鼻卷。天上几片云，横空结素茧。飞落东海东，侧身送悠眄。

凉亭闲坐示元泽元昭

戊辰五月三十日

无计遣盛夏，辟地起凉亭。兼旬事未已，髹白复涂青。斗觉几案碧，万木锁云扃。远村入卧榻，玻璃嵌窗棂。八方正苦旱，生民坐釜烝。祝融不我顾，此德讵云轻。公余试笔札，宾至调琴笙。移花芳意远，买果野味增。况有两稚子，朝夕娱我情。我年未强仕，闻战屡心惊。饱暖随儿嬉，何以厕群英。元泽学人度，气宇渊以清。鸩舌弄胡音，啁哳已可听。元昭如健犊，破敌思东征。不甘城下辱，誓往犁其庭。赫赫黄帝鬼，此语聆后生。国祚倘不斩，九幽应涕零。吾父孟庄徒（范伯子作先君字辞，有“庄生游而孟子处”一语），含合未吐声。我少妄自许，尺波困长鲸。有时中夜起，悲歌泪满缨。岂思大阀阅，终欲扫欃枪。叔皮志匡汉，贻谋缀一经。两儿固与超，千载钦仪型。

见 说

见说重门已不扃，绿章竟欲拜天庭。太君饱食好头赤，邻国飞箝弥尾青。瓮炭及身公自艾，灶薪饶舌世谁听。江东退守雄心在，辛苦烽烟长短亭。

子敬顾问设筵水榭纳凉，日既暮，乘汽船环江一周而返，定山得诗四律，依韵奉和并陈半园、逊庵、味回、黎雍、作镐诸公

戊辰六月十四日

日断斜阳万屡红，葛衣潇洒御清风。鸟飞远浦沙痕外，人醉悬崖树影中。岸帻咏歌心自逸，兵车会合气何雄。从渠爝火群争耀，望古惟希洗耳翁。

层层夏屋切云陈，尽是西来胡马尘。往迹楼船说横海，及时风月欲留人。柔莎掩径鸳鸯睡，大纲截江鱼蟹贫。鼾榻不容久相逼，倘持瑞节觅和亲。（国人正谋改定中外不平等条约。）

机轮划水比轻篙，横断松江十里涛。游客但寻青雀舫，达官争睹紫绳袍。人家灯火荒烟暝，海市蜃楼夜笛高。好趁月明观对舞，渡头延驻莫辞劳。

水榭轩窗对素波，官闲载酒迭经过。庭罗众卉生机满，户走流云凉意多。尽毁五兵作铜狄，仍驱万马度金娑。封侯不预书生事，且和黄州桂棹歌。

梦中作蝴蝶花歌

戊辰六月十五日

蝴蝶儿花开，蝴蝶儿花开。但见花开尽，不见蝶飞来。

口占六言

戊辰六月十五日

密密层层庭树，红红白白畦花。九陌风吹细雨，小亭闲坐吃茶。

日落禽声四起，檐梢倒挂银灯。灯影照穿庭树，披开翠幕层层。

赠王君

戊辰六月十六日

珂里迢遥在碧墟，一湾流水望衡居。攻坚我愧南山石，退隐公甘下泽车。江表风云方激荡，仙乡日月总安舒。他年短榻如相假，欲向中郎索异书。

公园夜坐忽动遐想

戊辰六月十六日

名园弥望但葱青，入夜棂扉未上扃。树底歌台张半月，花梢灯火缀繁星。金盘水迸珠帘卷，绣袂香飘翠辇停。我自神游人不见，昆仑黛色扫空冥。

雨后游东郊示许梁公国柱

戊辰七月四日

策马郭东门，途留夜雨痕。晴光浮远岫，草色入荒村。密树连云小，归舟隔水昏。使君羁簿领，幽事与谁论。

为某军官题画虎图

碉底腾轩鹿未穷，林梢飒飒起西风。将军自有封侯相，不用弯弧射掌中。

盛夏酷暑定山以诗索和，依韵奉答

戊辰七月五日

天炎自晒腹中书，落笔光芒万丈余。每以蹄涔愧江海，却持书帛易菅蘧。坐旁榴火红侵帽，雨后苔痕绿上裾。箕踞高歌看人世，笑他盛服竞疏疏。

赠刘鲤门议长恩格，盖喜爨剧者

戊辰九月二日

须眉直欲画凌烟，少日堂堂议席专。几度伤心说天宝，不妨身作李龟年。

贺油坊同业公会开幕

戊辰九月二日

苏合名油产吾邦，更有石墨染金釭。榨棉捣杏煎龙脑，奇香异味飘幽窗。胡麻碾作攻敌具，柏子压成益寿埏。试夸往古制油法，千汇万品何纷庞。西人妙想尤惊绝，玉脂取自红白豇。机轮一转百石碎，盛以巨瓮浮飞艭。烛幽导滞膏百械，运输直达渔蛮矼。自古滨江不毛地，今亦巨肆开云幢。来宾一见各齰舌，如闻空谷足音跫。殖财兴国望公等，菽麦不辨我心降。

大连星浦

戊辰十月二十四日

鸡鸣月见冈，鹭下星个浦。（月见冈距星浦近，星浦俗称星个浦。）此处有松声，倾听日过午。

携妻女由大连搭日本船赴天津，中途遇风

戊辰十月二十五日

北本吾旧疆，形势犹虎踞。连山抱海门，蜃楼莽云树。旅顺在西偏，汉兵曾久戍。一战雄关失，往迹难回溯。登舟数叹息，国防何由固。中夜飓风来，奔涛万马赴。杯盘碎有声，手足置无处。凌晨浪愈激，海翻鲛宫露。失势大鱼僵，万人争下箸。吾妻呕满衣，吾女起复仆。念兹骨肉亲，汤药往调护。彼岸何时登，孤力挽天数。

留别天津亲友

汽笛声声欲放船，亲朋握手各凄然。人间何处容高卧，又犯冰霜入九边。

携内子登舟，写寄芬女

戊辰十一月十三日

一去天津海水宽，凭高望汝白云端。九河依旧声喧枕，今夜无人唤木兰。

大沽炮台遗址

戊辰十一月十三日

天津介陆海，要地古咽喉。沽河七二曲，远与海东流。壮哉李相国，高盼极遐陬。何以耸国威，北美与西欧。海权握列强，艨艟犯神州。不忍冠带伦，屈作轭下牛。倚山起亭障，陈水练貔貅。退思固吾国，进欲规全球。奈何肉食辈，覆军贻国羞。教养十年业，虫沙一战休。遂令两炮垒，摧折成荒丘。感慨览遗迹，纵横泪难收。誓逐豺虎去，破垣重葺修。寸柄如相假，吾将拓先猷。

到大连值暴风雨，逆旅楼上闲眺

戊辰十一月十四日

千里关河指顾中，渡头杰阁倚青空。雷公怒作三山雨，飓母来乘八海风。屯垒布防窥凤阙，鱼盐开利逼龙宫。那堪襟带无双地，付与他人表战功（大连有日本人表忠碑）。

寿袁洁珊①先生六十

戊辰十一月二十五日

日昨飞车过沈阳，三年阔别此登堂。学成绝业身难老，力挽狂澜道益光。慑敌人思相司马，传经世复见公羊。伻来拟献冈陵颂，徒倚吕村图画旁（公有《吕村锄园图》）。

北江先生示和王晋老树楠②一律，依韵赋呈二先生

戊辰十二月三十日

诗成妙味沁牙关，手振斯文八代还。请业三公来坐下，观光四皓到人间。

① 袁金铠（1870—1947），字洁珊，晚号佣庐，辽宁辽阳县山岳铺，19岁中秀才。清末民国时人，曾任清谘议局副议长、张作霖参议、伪满洲国奉天省省长、伪满参议府参议，被民国政府列为下令通缉的东北十大汉奸之一。著有《中庸集解》《连湾杂著》《傭庐寺言》。

② 王树楠（1851—1936），字晋卿，河北新城（今河北省高碑店市）人，晚清民国时期著名的经学家、史学家、文学家，是北方桐城派代表人物。王树楠祖父王振纲主讲直隶莲池书院多年，他幼承家学，少年已有能文之名。后从贵州黄彭年游，得传其文章之学。同治十三年（1874）李鸿章出任直隶总督，开办畿辅通志馆，贵筑黄彭年任总纂，王树楠被聘为通志修纂。当时宦游直隶的桐城派古文家张裕钊、吴汝纶、薛福成及本土文士如贺涛、王文泉等人均与交游问学，研究经史古文之学。光绪二年丙子（1876）中举人，十二年丙戌（1886）成进士，分户部主事，历四川青神、富顺、资阳各县，累迁至新疆布政使。入中华民国，历任议员参政，第四届县知事考试委员，国史馆协修，清使馆总纂。民国十六（1927）年，应张学良的聘请，至沈阳主讲萃升书院三年。树楠于学无所不窥，自群经众史诸子百家，以逮朝章国故，方书地志，都能探赜索隐，领会其旨归。论者以为集数千年北学大成，为晚清民国时期经史研究的一代宗匠。

西岐已唠梧冈凤，南越行轮海国鹇。谁似子猷尘累绝，独持手版看西山。

曹缞衡经沅江亭即事诗海内耆宿和者众，黄黎雍邀予同作因次其韵

门对西山万点青，故都烟月数江亭。尺波未必蛟龙宅，乱叶难为风雨听。市骨何人金作价，掉头惟子酒常醒。他年历下重延驻，应忆哦诗宋四灵。

寿半园七十

己巳二月二十八日

峨眉山上半轮月，旦夕随君魂梦飞。蔽野蹲鸱难入馔，失途老马更安归。春风倚醉诗千首，夜雪征歌玉一围。对此应增桑下恋，不须还觅白云扉。

用山谷松扇韵赠逊庵顾问

己巳四月十四日

森森剑戟列素纸，岂惟笔挟秋霜似。清词脱口珠玉飞，世人比之柳篋子。江头小雨不成寒，桃李花开满四山。我亦惯作无何饮，伴公沉醉林泉间。

对月遣怀，叠用前韵

己巳四月十四日

六窗玲珑雪映纸，虚堂静坐仙人似。纵遇明君不肯投，何况往师鬼谷子。一轮照耀九州寒，天女夜下蓬莱山。瑶珰翠羽非所重，摄取清光襟袖间。

泊庐同学夙耽六法，画稿积吾箧中殆满，今授肇东令，诗以戏之，仍用前韵

己巳四月十五日

赤岸银河光在纸，公亦变化云龙似。力学不识桓春卿，笑予本是农家子。塞北丰貂可御寒，未若听莺归故山。恺之杰作画盈箧，传神终在阿堵间。

九日登高雅集

庚午十月三十日

病起试为文字饮，不堪时节又重阳。华灯四壁星辰烂，冻雪千家草树荒。帽影看随人转侧，屐声归伴月凄凉。北来八度茱萸会，暗促尘颜人老苍。

沈砚裔总长瑞麟①席间出示九日感怀之作，依韵奉和

庚午十月三十日

曳筇于此八年游，看尽江山古建州。弱柳重攀公亦老，寒花可佩我何求。开筵酒贮金尊满，隔坐声传玉瑟柔。惟有北门犹未已，去冬垂泪到今秋。

---

① 沈瑞麟（1874—1945），字砚裔，浙江吴兴人。举人出身。光绪二十八年（1902）为驻比利时使馆随员。光绪三十四年（1908）任驻德使馆二等参赞，兼任国际保护文艺美术版权公会会员。次年内调外务部。宣统二年（1910）任出使奥国大臣。中华民国成立后继任驻奥公使。1921 年任华盛顿会议筹备处顾问。1922 年任外交部次长，1925 年升任总长，兼任关税特别会议委员长。1927 年 6 月，张作霖入关，任内务总长，后随张作霖退关外，任中东铁路理事、东北边防军司令长官公署参议等职。

光阴如驶，倏又新年，口占短诗志感

辛未元日

送夜迎晨如挹水，一滴一涓挹不止。一滴一涓挹海波，海亦枯竭君谓何。

戏咏玉琢醉钟馗像

辛未三月二十四日

异像何能避巧裁，任人旋舞若婴孩。机心忘尽须眉古，此日先生被酒来。手持宝剑欲除妖，一醉都将百虑消。病榻予今悄相对，松花江上雨潇潇。

遁园会饮和遁庵

辛未四月十一日

东风一夜扫春寒，雪尽不愁行路难。野陌渐生书带草，江冰欲破水晶盘。重来鸡犬浑相识，小憩园林要细看。病后自嗟诗力退，弹翎何以伍文鸾。

汤岗子温泉予去岁一至其地，而千山在望，惜未往游，吟诗寄意

辛未四月十三日

千华山上夕阳色，倒影几湾溪水中。高阁有风轩百雉，长桥不雨落双虹。境迁梦寐神犹往，心远烟霞迹可穷。一朵青云承五佛，早知奇景冠辽东。

阿城晨起出行郊外

辛未四月十五日

初日升危堞，重门放曙关。野花红一树，春草绿千山。此地堪终老，何时许退闲。凉风更相送，笠影白云间。

袁洁老重来滨江，赋此为赠

辛未四月二十一日

伐木思朋好，驱车过旧疆。春游花似海，野望柳城墙。史定千秋业，文窥万古藏。由来医国手，能事总难量。

曾子敬筵上出龙井茶饷客

辛未七月十六日

平生未饮西湖水，此日来倾北海尊。一缕茶烟起炉畔，恍疑身在苎萝村。

竟陵甘草夙成癖，督将斛瘕今不神。便欲分疆严陆海，莫将水厄苦他人。（予素嗜茶，病后腹寒，遂不能饮，今虽承诸公苦劝，亦惟有逊谢而已。）

孔缀庵院长昭炎善画能诗，昨游松滨，回沈后寄示和祝首席之作，因倒用原韵奉酬

辛未七月二十七日

虹桥蜃阁斗青红，是处江山可赠公。画有千秋传月旦，诗无一语许雷同。

二陵云树思何限，十日壶觞乐未终。来岁更为鸡黍约，眼前分手太匆匆。

敬题拙园先生遗像

辛未九月十六日

往日陪游笑语哗，而今瞻对泪如麻。冥冥树色思无极，黯黯灯光生有涯。那复蚁樽倾竹叶，却从狮座拜莲花。平生亦解无常理，奈此繁忧逐岁加。

牵牛花开满屋墙，雨后墙倾而花亦损

辛未九月二十二日

半壁将倾用花补，昨霄风雨事堪哀。朱英翠叶诚娱目，恨汝生非柱厦材。

刘敬舆总长哲赴都会议外交，承寄九日雨花台登高之作，依韵赋答

依旧江波照眼明，使君何日到京城。上书手沥三千牍，备敌胸藏十万兵。忍使衣冠委豺虎，许参帷幄比公卿。登高不饮黄花酒，驻待西风放晚晴。

寄赠李静澄校长，静澄，辽宁人，兵起未久即微服入关

辛未十一月十八日

登坛授钺许专征，却使烟尘没旧京。敌至将军先弃甲，时来竖子亦成名。青山有恨今辞国，碧水无情旧绕城。行到辽阳倍惆怅，故交零落异平生。

与诸生讲地理

辛未十二月二十日

绛帐一旦开，绕门尽桃李。身非黄石公，莫纳子房履。且读横文书，百

倍钻故纸。妙谛触手来，舆地究终始。人世雨神工，厥名雪与水。岂但资溉沃，兼增万物美。日夜施雕琢，山川失故址。或使平而颇，或使僵而起。旧纯忽见棱，旧歧忽成比。一滴比一刀，万古斫不已。肉眼茫无见，海田以迁徙。小沼望大湖，猥琐宁足齿。浩浩千劫后，洪纤不分矣。大湖汇众流，泥沙杂烂苇。稍淤成浅滩，再进平如砥。蚌蛤卵其间，败壳日蜕委。转瞬化坚石，突兀出水底。昔恐孳不繁，今自覆所倚。大化所钧陶，万事同此理。社鼠与城狐，其亦知所止。贤者蹑青云，吾甘老田里。生等习为文，斐然已可喜。敢云潜化功，聊娱吾志耳。

见小儿所弄轻气球为风卷去戏成

壬申一月二日

一霎明珠没太空，几人怅望夕阳中。从今线索牢牵住，莫怨东风与北风。

再来大连，翌日即奔赴海滨，搭船回里

壬申二月二十六日

驰道连沧海，雪深马不前。忍饥辰至酉，伤别日如年。大地全沉水，前游尽化烟。湛庐犹傍我，悲啸上楼船。

弃职南归，承钟逊庵、孙师郑雄两丈①赐诗，谬相褒嘉，赋此为谢

壬申三月一日

挂冠仅自了，硁硁安足齿。倘假十万兵，沙场甘效死。奈何屠沽辈，献

① 孙雄（1866—1935），原名同康，字师郑，号郑斋，晚号铸翁、诗史阁主人，江苏常熟人。光绪二十年（1894）进士。二十八年（1902）任吏部主事，二十九年（1903）任京师大学堂监督。入民国后隐居不仕，结社啸咏。著述宏富，有《郑斋类稿》《师郑堂集》《读经救国论》《眉韵楼诗话》《旧京诗文存》《道咸同光四朝诗史》。

地博金紫。敌焰坐益张，长驱入北鄙。有罪不加刑，吾官忝司李。以是投劾归，金台暂徙倚。溢美岂所堪，恐然亦可喜。比闻台阁彦，补牢谋再起。誓复九州仇，还都依洛水。遗教榜国门，蝃蝀谁敢指。坐待治化见，杞忧吾可已。

附原作：

果忱、子健两法曹弃职南旋，诗以送之

钟广生

西京杨子云，东汉华子鱼。著作美新文，涂饰受禅书。紫阳严史笔，谥曰莽大夫。管邴更割席，羞玷龙头誉。褒贬昭大义，臧否固殊途。国维苟不张，曷以立斯须。矧兹变非常，天缺东北隅。烈士搏膺叹，贞女绕床吁。螳臂力不足，蚊负心有余。奈何达官辈，争保千金躯。壶箪拜马前，青衣行穹庐。宁惜牙郎身，惟掷采选图。名教浸扫地，左衽将焉如。卓哉两法曹，皓皓不肯污。南祝与北李，一时同亮瑜。我闻金仁山，金华称大儒。宋末立名节，梲被东海隅。又闻颜博野，李塨所步趋。学派重良知，夏峰开前模。两君私淑之，一台二妙俱。却冠楚两龙，逃名汉八厨。不见飘风疾，焉知劲草孤。手挽既倒澜，中流真一壶。赠子以好诗，桴鼓能和余。毋使好爵縻，鹤鸣协中孚。

豸冠行为祝果忱李子健两法曹作　有引

孙　雄

祝君果忱金华人，任哈尔滨特区高等法院首席检察官；李君子健，南宫人，任特区地方法院首席检察官；壬申夏正孟陬，东邻搆兵，哈埠地方长官退让易帜，两君毅然投劾而去。钟逊庵同年赋诗赠行，邮旧京索和，适祝君还辕旧京，欢然道故，因赋《豸冠行》以纪之。

豸冠岳岳奇男子，金华祝君南宫李。东北天倾汉帜移，挂冠不饮滨江水。祝侯行卓才瑰奇，昨岁和我孝妇诗。廉车简洁柳公绰，折狱清无毫发私。李侯弓治承名父，管乐经纶传治谱。（子健尊人刚己先生与余癸巳同年，先生诗集中有句云“管乐生今亦犹我，宣光求治岂无才。”）精研法学善平亭，驰誉边庭守高矩。飘风骤雨将上来，东邻杀牛萌祸胎。民族何能真自决，揠苗助长后多灾。党国官无守土义，中枢迁洛狼烽避。撤桑未雨懈绸缪，牵羊铤鹿都非计。私争牛李快恩仇，壁上旁观耸列侯。忍辱淮阴行胯下，马前罗拜几兜鍪。绣衣直指铮铮铁，柏府独持苏武节。一台二妙如靳骖，羞为巧宦甘藏拙。我与祝侯交忘形，归来访我野史亭。服君事前有定识，不随众醉歌独醒。逊庵刚已皆同岁，生死交情盟信誓。故人有子磨不磷，空谷幽芳播兰蕙。豸冠岳岳出儒冠，愧死弹冠凤与鸾。张我四维励风节，后凋松柏耐荒寒。

卷六

藤花已放而大风不止

壬申四月二十日，此下在北平作

东风怒吼似奔雷，架上藤花尽倒开。蛱蝶不知香已散，犹劳顾影久徘徊。

春深矣而园中牡丹未放似睡去者然

壬申四月三十日

烟柳迷离接远空，轻云淡月暖春风。凭君挝裂摧花鼓，明日姚黄秀几丛。

暮春即事

壬申五月一日

桃花经雨尽，柳絮搅天飞。对此长叹息，流尘悟昨非。

偶见俄人廓洛廉阔[①]所作《灯光》一文，善其意，括之成诗

壬申五月三日

短棹趋灯光，暝烟披左右。水工已告疲，孤进我愈骤。蒹葭鸣惨凄，夜色笼宇宙。邈兹径寸辉，力与玄冥门。驰之不可得，背汗重衣透。警涛翻墨浉，怪石掀猛兽。谁肯中道回，突过几岩岫。大野开茫苍，孤耀仍延候。税驾那易期，瞻明力奔辏。

熏　鼠

壬申五月十八日

鼠死且难忘，况以鼠损人。惜哉令辟语，转为祸变因。穿墉委利齿，栋折压侨身。持火往掩穴，吾道诛不仁。

---

① 廓落连阔，今译作柯罗连科，即符拉基米尔·迦拉克切昂诺维奇·柯罗连科（Владимир Галактионович Короленка）（1853—1921），俄国十九世纪末卓越的小说家。他生于乌克兰一个法官家庭。1873年入莫斯科农学院求学；三年后因参加学生运动被开除。他在彼得堡的一家报馆做校对的时候，开始从事文学创作。其第一个短篇发表于1879年。同年被沙皇当局逮捕，从此开始了漫长的囚禁和流放生活。在流放过程中，他真正地接触和认识了俄罗斯的普通农民。其间他陆续写出了《亚施卡》（1880）、《在坏伙伴中》（1885）和《玛卡尔的梦》等优秀作品。柯罗连科在这些作品中描写了俄国劳动人民的悲惨处境，反映了被压迫者的愤怒和反抗。1885年作家获得从边远地区回到俄罗斯欧洲部分定居的许可。柯罗连科在尼日涅诺夫戈罗德写出了《嬉闹的河》（1892）和《语言不通》等作品。1886年发表中篇《盲音乐家》。晚年着手写自传性长篇小说《我的同时代人的故事》（1918—1921），反映19世纪60到80年代俄国知识分子所经历的道路。柯罗连科的作品富有鲜明的民主主义倾向，善于用丰富的生活素材，写出复杂而重大的故事，人物形象丰满，情节紧凑，结构严整，语言十分优美。高尔基很推崇柯罗连科，把他与屠格涅夫、契诃夫等俄国文学巨匠相提并论。

喻　猫　家畜猫善扑鼠而喜窃肉

壬申五月二十三日

物情有偏胜，求备无乃痴。汝猫善扑鼠，窃肉故听之。惜汝无细君，衔去欲遗谁。肉食古所鄙，安用窃取为。昨竟污神祭，俎豆踏纷披。此罪难再逭，径欲加鞭笞。提鞭复自念，塞上久陈师。一怒宜有待，今岂罚汝诗。

赠晋中隐士王叟

太行拔地三千尺，冉冉晴光绿到门。高士与山自成伴，鲰生何日傍开尊。嘉言喜听儿郎述，清德思从父老论。早晚卜邻汾水上，登堂一接笑颜温。

王馨山思桂以魏造佛像墨拓数种见惠

壬申五月二十七日

我生求治术，所值乃干戈。屡欲翻云去，其如短翼何？故人时郭解，高义证维摩。一管灯窗冷，英心欲尽磨。

游二闸

芰荷十里偃香风，鱼鸟群嬉水荇中。我亦乘舟忘近远，衣襟染尽夕阳红。

晨起望三海公园

壬申六月二十四日

名园遥望画图开，雨后烟云变玉堆。北海楼高先受日，鲜红一片出林隈。

暑日午睡

壬申七月二十日

风窗梦觉鸟声甜，蝴蝶飞魂尚绕檐。遮地柳荫拥苔砌，暗输凉意入疏帘。

晚　行

壬申八月七日

红云散天末，归翼没遥村。系马斜阳里，来敲野店门。

七　夕

壬申八月十四日

锦书叹别重霄上，石火追欢一夜中。犹胜长门望雕辇，齐纨冷落泣秋风。

征夫词

羽檄如秋叶，随风忽乱飞。防胡出榆塞，跃马别荆扉。跑震雷声远，旗翻日色微。不知敌平后，谁著锦衣归。

日暮游西郊，入夜方归

壬申十月四日

凄慄西风袭鬓毛，渐惊秋意遍亭皋。潦归大壑鱼龙蛰，霜落平林鹰隼豪。驻马夕阳鼓远岭，归途明月洒征袍。疏篱一夜黄花满，谁与诗人送白醪。

对月怀子樾

壬申十月六日

上谷莺花十载前，与君啸傲壶中天。闭门不受冠盖谒，大槐覆宇酣吾眠。太行之云鸡距月，几回伴我舟出没。兴极落笔写山川，豪气磅礴天外溢。别来精爽复如何，万里举杯问嫦娥。嫦娥襟前见君影，两地穷愁差相等。身世宁悲枘向圆，山河争奈荆窥鼎。千灵百怪罗九丘，却祟无方尽缩颈。吁嗟危厦需异才，我辈樗散甘退屏。

扫　屋

问宅来穷巷，寂寥西郭偏。荒庭僵万卉，古壁泐千砖。鼠径侵阶阔，虫文上柱鲜。芟除敢辞力，累月少清眠。

所居门前有小丘，时登其上

壬申十月九日

绝塞归来面带沙，琴尊有寄即吾家。村醪野史消长日，病柳残苔当晚花。冻馁不容人挂齿，膏腴曾见虎磨牙。登高依旧雄心在，欲蹑天风扫海霞。

笼　鹰　海东鹰为历朝贡品

壬申十月十五日

敛遏雄威地一弓，梦魂时复驾高风。云沙抹去飞星白，烟树重来激火红。系胫长条那相借，攫拳狡兔誓全空。骊山不进含元杖，判尔奇毛老画龙。

题《伯牙碎琴图》

壬申十月十六日

山水依然在，知音孰子期。枯桐红泪满，疑是旧朱丝。

龙泉寺新栽柳

癸酉三月一日

古寺门开紫陌边，观心久未坐僧毡。谁知两本新栽柳，倏扫浮空万叠烟。雪狮日暖融无迹，冰箸风高折有声。那待成材十年后，如今密叶已巢莺。

闲　居

癸酉三月十日

乐志琴书在，闲居岁月深。征轮喜生角，止水日齐心。名襮身脂鼎，官高市窃金。谁能甘物役，百世待知音。

园中独坐

癸酉五月一日

振丝高空树，堆红漫地花。前人留小圃，暇日试新茶。四海兵犹满，三皇道已赊。临流窥鬓影，恐渐二毛加。

不　眠

癸酉五月二十六日

世乱身还在，宵闲户自扃。禅心披月白，醉眼爽灯青。雨骤雷掀枕，风饕树拔庭。不眠听战鼓，晓日已青冥。

夜读佛书，时和战之说方盛

癸酉五月二十八日

当年气概挟山飞，今日勋名与愿违。望古空嗟生也晚，论时那辨是耶非。翻腾龙剑几人去，丧乱风斤无处挥。倚枕聊参般若理，冷然好月入柴扉。

忆山海关旧游

癸酉六月二十一日

举目无辽沈，危楼出郭遥。渔村沿浦溆，海市接风潮。去住游踪改，奔腾战马骄。雄关轻委弃，此例始明朝。

政　党

癸酉六月二十五日

不守兴戎戒，卒为城下盟。牵羊讵非耻，画虎果何成。拨乱诸公在，投危万姓轻。未须忧党论，国运正休明。

养　疴

癸酉六月二十七日

精舍无尘想，闲来置药笼。移花分晓露，剪树引清风。蚁阵丘边黑，鱼儿瓮底红。裴回忘天暑，旭日过墙东。

步　月

癸酉六月三十日

月色散为尘，风飘几万里。中夜著我身，其凉如被水。憬然梦遽觉，起行到河涘。冰轮转雪涛，天水相表里。我更易舟行，晃荡安所止。两岸灯火绝，小桥憩步履。有歌无人答，沙禽忽飞起。

院中多树夏日居之甚适

癸酉七月九日

屋内清荫满，棠梨对户栽。凉风吹日夜，平地长莓苔。疑此非人境，与谁共酒杯。金乌先匿迹，不待晚钟摧。

种　瓜

癸酉七月九日

种瓜两三畦，引蔓随细梗。迤逦满墙隙，攒簇垂屋顶。金英耀日鲜，翠叶翻露冷。蟪蛄鸣其间，弥觉四壁静。疑辞城市嚣，远作田园屏。更待秋实熟，小摘入爨鼎。可代橘千头，安用秫半顷。

田　家

环堵隐暮霭，访友到田家。豆棚袒裼坐，草虫语交加。夜色凄以清，葛巾点露华。泥饮壶既倒，相携步水涯。平林筛明月，碎影闪冰纱。忽有花千朵，纵横衣上斜。乐此久盘桓，不复思乘槎。归途月在岭，翠羽捧金瓜。登床各酣寝，明当艺桑麻。

古寺

癸酉八月十八日

一雨车尘净，榆槐夹道凉。闻钟寻野寺，扫地坐僧房。坏壁苔生晕，幽庭草自香。澄心参悟理，仿佛见空王。

梦至故园

癸酉九月四日

树暗虫鸣日落时，数团白露上花枝。小园风物无人管，梦里相随似故知。

摘梨

癸酉九月九日

广庭罗百植，好花次第开。初绽雌雄蕊，便劳蜂蝶媒。华实难异状，长短各呈材。绣球与芍药，红兹烂成堆。慈姑倒箭鼓，牵牛卓玉杯。五色瓜未熟，已大如瓶罍。石榴口含笑，玉簪心衔哀。柳舞楚女腰，莲门越女腮。更喜仙人掌，华岳高崔巍。藤以蔓自缚，兰以膏作灾。桃李默无语，战声出古槐。感兹众美陈，聊用肆嘲诙。乾坤正多难，饥渴久相摧。浮荣岂所尚，芳梨十载栽。我今得桑孔，便欲疏邹枚。日摘三百颗，回也顿多财。妻奴尽果腹，分馈到舆佁。一株吾已足，其余何有哉。

拾枣

癸酉九月十日

一树亭亭张翠幄，陨风丹实委蓬蒿。人间那有如瓜种，虬卵千枚且自豪。

买　画

癸酉九月十日

挥金购名画，山光溢吾庐。久对情自适，如读古人书。日历纵云异，笔意固无殊。峨峨漉酒人，眉宇耸以疏。顾我輾然笑，世事今何如。我亦忘世人，子问何为乎。

长城失

癸酉九月十一日

明耻楼设民气纵，输币隔疆感宿痛。但望补缺完金瓯，不惜联欢开玉瓮。佳宾买醉笙歌喧，战士扬威鼓角哄。跋浪何计阻奔鲸，鸣冈何德来威凤。辽东往事思堪哀，金堤万丈一朝摧。天下那可无共主，胡马驰突疾风雨。羞为马关城下盟，却令胡马入长城。昔恐饮马伤马骨，饮马今无长城窟。长城万里尽付人，九州变人囊中物。由来为政贵力行，尊攘大业难遽成。请缨折棰倘有分，垂老犹堪事功名。

感怀再叠声字韵

癸酉九月十二日

胸间积愤未全平，日月飞梭意更惊。旋里亲朋半亡在，养疴草树两枯荣。哦诗久消千金帚，破敌思穷五国城。坐到更残提剑起，满天云雾乱鸡声。

登北海假山有怀南宫旧居

癸酉九月十三日

秋来村畔柳，黄叶绕人飞。叶落春还发，人行久未归。山岚晴欲滴，海日晓生辉。心逐烟鸿去，迢迢过野扉。

僦居西山别墅早起

癸酉九月十四日

月落西山空，树静草凝露。睡鸟倦犹翻，忧人淡无虑。倚槛迎朝晖，投杖冲野雾。风气霞渐敛，娇红变雅素。玩景信多娱，涉园久成趣。世人如觅我，但向云深处。

游西山遇古贵人墓为盗发

癸酉九月十四日

满城冠盖辏花榱，独步山崖动百悲。身类芭蕉焉觅我，墓环松柏尔为谁。浮生一了无人问，朽骨千秋有盗贼。泡幻乾坤本如是，璠玙枉自瘗当时。

西山秋夜

癸酉九月十五日

四顾谁为侣，空堂夜欲分。当头千里月，绕足万重云。画好张灯看，钟清过雨闻。几家梦轩冕，蚁门正纷纷。

故都即事

癸酉九月十七日

天涯不欲事长征，一榻倏然卧旧京。布幔街头闲问卜，竹箫门外更尝饧。浮埃渐积埋驰道，败堵犹存认故城。曾是前朝歌舞地，几回合眼梦生平。

孤　愤

癸酉九月十八日　东北各省失陷二年于兹矣

一夜山河改，八方羽檄飞。金鸦光晔晔，玉烛气微微。颠覆伊谁责，流亡苦未归。瘝忧徒自累，多病恐成痱。

西山潭柘寺等处为察省变兵所扰，游客多逃避回城，赋此寄慨

癸酉九月二十日

卿云糺缦笼珠阙，法雨缤纷落翠微。虎为听经依殿宿，鸟因哺子绕林飞。谁知篝火能惊众，漫说濠梁可忘机。万里迷津思宝筏，百年祸首坐戎衣。

孔才咋蜂蜜诗盛陈甘苦之意，读罢题一绝于其后

癸酉十月四日

蜂蜜山头花乱飞（蜂蜜山子在哈尔滨东，居民多以养蜂为业，予往年曾至其处），蜂巢覆后雁南归。因君触动铜驼感，茹苦尝甘味总非。

秋晨偶赋

癸酉十月五日

林梢隐隐见觚棱，出海丹曦万里腾。不辨秋光深几许，但知落叶有千层。蚊飞渐远差堪喜，蛩语初繁又取憎。我自持身无道力，敢云外扰与时增。

湘潭齐白石先生璜画名满天下，
顷以诗卷见赠，赋此为谢

癸酉十月十五日

胜水残山归画本，大头多足入诗囊。（先生题画诗有“好跃大头缘有粪，横行多足却无肠”之句。）才周众艺湘潭老，四海名成两鬓霜。

题名人《饥鹰睡雀图》

癸酉十月二十二日

不解悲摇落，枝头一梦深。秋鹰忽相逼，搏击到寒林。

题齐白石画虾

癸酉十月二十三日

水落虾来集，芦花野岸秋。不能做霖雨，空戴此龙头（虾首似龙）。

题泊庐山水画箑

癸酉十月二十三日

几簇红林几翠峰，峰头霞起又千重。他年鼓棹吾何往，山水图中作钓翁。

秋　闲

癸酉十月二十四日

满地红黄堆落叶，风吹秋色入书帷。病来略解闲中趣，不信人间有是非。

秋　光

癸酉十月二十五日

彩杖缤纷迎去马，霜前红树掩城扉。平生最爱秋光好，何事骚人有泪挥。

登台有感

癸酉十月二十五日

夜来风雨过成隈，仗剑晨登百尺台。头上义蛾飞鸟去，眼中陵谷寸心哀。椎牛空备焦头宴，市骏何曾绝足来。永使编氓衣左衽，今知管仲是真才。

忆滨江旧游

癸酉十月二十六日

觞豆无存坐客稀，夜深始自酒家归。逐人灯影冲寒出，穿巷车声破雾飞。过眼欢娱何处问，回头景物已全非。十年历历前游迹，话到滨江泪满衣。

东客来

癸酉十月二十七日

客自滨江来，问我旧栽树。树已摧为薪，门巷不如故。我昔何太忍，鬻骆师白傅。遂令走战场，骏足死穷驭。诗社旧友朋，强半溘朝露。亦有仕新朝，间谍出徒御。摸稜冀瓦全，祸机来指顾。赫赫马遁园，四方服雅度。一朝中飞文，缇骑迫就路。善类尽夷芟，谁复年黎庶。田塍长榛蒿，绿林有虎踞。种种亡国恨，流涕听君诉。大风起西海，万马力东注。疑见日车翻，未息蛟龙怒。神州理当兴，横流欲飞渡。及时投袂起，狂态请君恕。

旋 里

癸酉十月二十八日改旧作

烟火疏林外，行行到故乡。牛眠依废井，鸭浴满晴塘。父老迎车问，儿童具膳忙。荣身无相印，依旧煮黄粱。

村西古兰若，传是晚明余。敬佛无香火，堆砖有废墟。当年颇煊赫，此日独欷歔。浣溉衣尘净，临风响木鱼。

偻忾无闻见，岿然一墓高。豚肩随祭酒，马鬣覆天蒿。昔种千行柏，今听十里涛。泷冈碑未建，风雨日萧骚。

霜林覆溪水，青镜摄红颜。更有芦花映，遂教鸦鬓斑。时观好风景，合老旧家山。笑我矜心在，仍思出玉关。

夜 坐

癸酉十月二十九日

夜霜深院静，击柝月轮高。雁阵凌丹阙，车声震古壕。百年能有几，万虑只徒劳。默坐观虚白，收帆避怒涛。

焚 香

癸酉十月三十一日

一柱清香一朵云，焚修早已远人群。风来云堕成流水，又到空中化草纹。

赠唐选青

癸酉十一月四日

唐侯烈烈古丈夫，日昨闻到城南隅。我往从之入酒肆，樽罍列案杂肴蔬。

一饮十石侯不醉，纵谈往事容颜舒。侯家鸡林境之北，有田百顷搡千株。豸冠绣斧滨江道，三载从我追亡逋。江鱼出水白胜雪，黄羊入馔煎牛酥。朔方珍味难适口，时危何暇寻欢娱。敌兵未几果来犯，大官拥箒争前驱。留着显擢走者死，敌张露布满通衢。群僚凛凛咸就列，侯独面壁常嗟吁。有生甘作玉石焚，无德能堪雨露濡。大官闻言心不悦，将以严罚加侯躯。所亲劝侯盍入谒，庶全老稚保膏腴。侯一不顾卒出走，如此高义世所无。如此高义世所无，松柏谁画岁寒图。

病　痞

癸酉十一月十三日

自我病痞来，右腹忽隆起。泰岱势摩天，支脉走千里。胸背尽践踏，余地吾有几。涓滴流不绝，泛滥成洪水。（予之痞块经按摩后时作雷鸣，疑有积水在内。）越人术已穷，步兵酒空釃。食少值岁荒，省米亦可喜。范甲徒虚名，边笥莫挂齿。海岳尽涵容，大度汝难比。持此聊自夸，吾病觉良已。

题黄谷原[①]《月下琴声图》

癸酉十一月十四日

危坐鸣琴两鬓苍，观君形貌似文王。平生无意迁商鼎，一曲松风入梦凉。

---

① 黄均（1775—1850），字上琓，号谷原、墨华居士、墨华庵主，元和（今苏州）人。清嘉庆间供奉内廷，后因法式善等人推荐，官汉阳主簿、施南同知，晚年辞官归故里，以卖画为生。他擅长山水、花卉、梅竹，于山水尤尽能事。初师娄东名家黄鼎，用笔用墨苍楚有致，为娄东画派殿军人物。其诗宗晚唐，书法学赵孟頫，著有《墨华庵吟稿》。

题查梅壑[1]《溪桥曳杖图》

癸酉十一月十九日

六尺吴绫快剪分，看君落笔扫千军。江峰尽日青如染，雨后重来化白云。

中和篇

斯文如琴瑟，贵发中和声。曾公衍四象，说本姚桐城。创解空千古，名著久服膺。惜哉义未周，举辀舍其精。屈子所咏叹，左氏所述称。诗如曹子建，词如周美成。皆契中和旨，阴阳安足程。予始偶蠡测，旋复来燕京。妙翰睹右军，雅歌闻谭伶。益征吾论碻，圣户掊其扃。宜于四象外，更增中和名。吾父早宦晋，吾师老东征。文得江山助，屈左调重赓。予言敢妄发，有书炳汗青。雍容麒麟步，铿锵鸾凤鸣。刚猛殊虎豹，柔脆异燕莺。体兹中庸德，三五道以明。岂惟词翰美，艺林卓高旌。

读困斋诗

癸酉十一月二十七日

昨读困斋诗，精巧见才调。拙园巧亦同，诗境更超妙。工力则让君，珠璧互照耀。世乱文藻衰，对此久倾倒。江波千里清，嵋峰万仞峭。秀丽本天成，外有烟云罩。望之气浑然，崖岸不自暴。大小两李杜，丰约各殊貌。中岂无巧思，斧鉴痕难觉。悠哉吾有适，资君为先导。居贫常言贫，抱病常言病。虽作旷达语，亦似非安命。何如屏不言，庶全吾本性。范子苏黄俦，困斋才亦盛。倘袪此小疵，益觉可爱敬。至人触万缘，有如花在镜。花去影不

---

① 查士标（1615—1698），字二瞻，号梅壑散人，安徽休宁人，后寓居扬州。明末生元，家富收藏，故精鉴别。能诗文，擅长山水画，为“海阳四家”之一。

留，惟有空相映。空本无可说，以何成话柄。观物不滞物，六根皎然净。嗟此我未能，于君敢妄评。

读《阅微草堂笔记》

癸酉十二月一日

诗中自有空灵界，廿载含毫苦未工。谁料阅微草堂记，居然助我一帆风。

古箭簇 二首

癸酉十二月五日

纵被泥沙蚀，还争日月光。激风无骇笞，徒汝讵能翔。

烈烈冰霜气，斗来书案中。熊渠今不在，抛掷任儿童。

赠张中逊将军厚琬

癸酉十二月十六日

舍身施虎严疆尽，挟策亡羊国计非。我病何堪忧栋折，君才早喜比珠辉。丽天赤日春呼酒，撼地狂风雪打围。乐此年年可忘老，起看富岳一尘飞。

读艾傭丈前在吉林所作《止园杂诗》，叹其硕学不遇，为赋二绝

癸酉十二月十七日

林可为琴尚焦尾，如吾散木更何哀。止园花草经秋死，四海忘形胜此杯。

安禅两忘花开谢，为寄高怀事苦吟。落笔先生自千载，肯从尘世觅知音。

夜赴友人饮

癸酉十二月十九日

季常岐下枉论兵，曹沫齐坛未劫盟。且犯车尘寻旧好，更挥帽雪立新晴。斗箕虚自张云表，斤凿谁当补月明。尽散黄金事杯酒，一灯醉影舞边横。

送友人赴赣

癸酉十二月二十二日

蓟北方同客，胡为君远行。离歌闻折柳，归念触悬旌。冰箸沈风响，雪车趋日轻。天寒来祖道，愁绪益纵横。

赠同乡齐君

癸酉十二月二十五日

无奈龙蛇成浩劫，尚闻慈孝出高门。何殊满地寒飙起，一树梅花雪外温。

寓庐题壁

甲戌四月三十日

此宇何年筑，吾来倍有情。浮天风叶响，耀日雨花明。未逐烟波去，暂求尘虑清。谁欤共昏晓，宛转听流莺。

题淞沪会战被毁园林像片

甲戌四月三十日

峻宇灰尘积，名园草树荒。何心悲劫火，难挽是斜阳。

果忱罢官后有书至，以此答之

甲戌五月一日

十载联镳柳塞东，挂冠归去各匆匆。霜蹄竞蹶王良驾，兰足难图墨翟功。千里云沙呼断雁，五更桃李折飘风。别来豪气还如昨，两纸欧书剑跃空。

香山夜宿

甲戌五月二日

水穷山断无人迹，千树梨花百树桃。时有野麋来伴宿，碧天云净月轮高。

忧　乱

甲戌五月五日

烈火焚九薮，吾生迫多难。章贡未解围，回疆又离叛。因忆陇上哄，更思马江战。纷纭一局棋，巧历莫能算。士或裂土封，民已析骸爨。缅维先烈心，开治岂阶乱。长勺挹天浆，摩顶日浇灌。自诩绝代姝，不减西方粲。单骑战群雄，短兵接劲箭。正思破壁飞，同舟忽冰炭。倒掷骇浪中，何由达彼岸。紫金一峰遥，南望卿云烂。龙虎气盘郁，英灵永不散。人怀报享诚，芳菲以时荐。神兮倘来格，海宇重清晏。从今趋坦途，往者不可谏。

梦游滨江酒楼，醉后题春秋即景诗二首于屋壁，既醒，不能尽举其词，乃挑灯补缀成篇。偶尔戏笔，其格调大似词曲，虽为体不纯，然痛饮黄龙之念，竟时萦梦寐间，是则差堪自解者，因录而存之

甲戌五月七日

危楼七级入层云，晚餐毕，酒微醺。试倚阑干望江北，一轮红日，色似玛瑙盆。斜映江中水，绿波倏化赤龙鳞。龙旁万点黑，正往来船舶，南北走纷纷。如此好风景，不亚江南春。

江心突起有沙洲，浅草如剡杂花稠。逶迤东去，直到天尽头。天外更有烟云浮，云中遥见一桅出。转瞬楼下舣孤舟，不知月明划几里，数声箫管，吹断野风秋。

游公园水榭，因观时人所陈绘画

甲戌五月八日

修篁尽日舞春风，树底渔人下钓筒。最爱晴窗云一点，凭谁采入图画中。

（末韵亦先君幼年诗句，为葆光所能记忆者。）

题现代名人肖像集册

甲戌五月九日

风雨飘危厦，龙蛇起异材。功高人不朽，大树写云台。

西山卧佛寺观仇十洲《仙山楼阁图》，赋示寺僧

甲戌五月九日

月照钟声寂，泉飞树影凉。佛灯昏野殿，僧语度山堂。世外逃尘累，人前斗篋藏。三山常在目，卓锡定何方。

贺松坡先生德配苏太夫人八十四寿诗

甲戌五月十日

运河一带盈盈水，闻自郑公乡畔过。莫怪萱堂七逾健，气于南北得中和。
刑部闻名震九区，象贤累叶守遗模。千龄锡祉天何吝，如此清门世所无。

和吴述先大令六十自寿

甲戌五月十二日

化行南国赋归来，映日棠花几度开。郭伋循声喧竹马，老聃冲气出桃孩。
清流见影鬓眉古，硬语盘空风雨回。匍匐邯郸吾不愧，芳尊何幸屡叨陪。

泊庐以所著《苦瓜和尚画语录诠释》嘱题

甲戌五月十五日

缒幽凿险清湘笔，能写荆南山水神。万里开疆穷海外，柳州游记是椎轮。

石涛画已略参西法，而意境最似子厚游记

古调松风与断弦，蓬头龋齿亦争妍。多君曾得细缊旨，一卷书成万口传。

秋日重游香山

甲戌十月八日

蓟北河山四望开，白云黄叶起秋哀。随风野草全离本，向日寒花暗结胎。胡马思归仍北顾，塞鸿守信正南来。嬉春往事犹如昨，照眼青红去不回。

予腹中痞块中西医皆断为瘿瘤，为诗纪之

甲戌十月十一日

体虚来病蚋生醯，高踞中原四岳低。钦若不妨唤瘿相，齐王正好配瘤妻。喻形瓮盎真无忝，假地猕猴竟久栖。连茹拔茅难借一，恩仇两望契天倪。

冤　愤

甲戌十月十二日

积胸冤愤化胥涛，左挈鼋头右宝刀。怪论频惊眉半额，劳生久叹胫无毛。虎躨羊触东篱坏，凤举鸾腾北斗高。海上妖氛思扫荡，谁能贾勇向儿曹。

扰扰篇

隐几虚馆，听彼秋声。九天月皎，与日争明。咄尔卫星，附庸之比。僭号太阴，尔宁不耻。琼楼贝阙，突兀海滨。蜃腾异彩，上格青云。云汉在天，众星所萃。那有洪泽，灌输大地。蜃嘘成市，亦传之讹。浮光倒影，旋委清波。万叶悲嚎，秋声在树。明日何归，今夕如故。今夕如故，蚊噆我肤。偷生肆虐，人蚊何殊。蚊势披猖，经霜则尽。嗟尔百工，勿为己甚。千冬万夏，既杀旋生。徒此扰扰，吾罪坤灵。

植文竹

甲戌十月二十二日

植文竹，在高冈。持向日，转微黄。物之性，各有宜。惟所养，岂能支。此畏日，殊夏葵。生机遏，端坐兹。移墙北，图补救。未经旬，果繁茂。虽复活，损已多。往十本，今三窠。术之失，复何尤。纵不失，抑何求。登高丘，望北海。昔繁华，今安在。太液荷，琼岛柳。春夏交，万枝纽。锦绣披，光耀走。烂盈阶，娇当牖。错履舄，斗杯酒。疑此盛，可长有。去犹思，夸在口。彼苍公，专生杀。北风号，大山拔。草木微，免夭札。灌溉勤，寒暖节。尺寸功，何足列。不转瞬，地轴折。经世法，与同灭。宇宙倾，纲维绝。凄惶圣，悲悯佛。生何为，徒骚屑。思至此，泪雨翻。伐文竹，绝其根。得与失，浩莫分。天如此，复何论。

偶　成

甲戌十月二十五日

夜起看明月，银盘海上飞。何忧云雾掩，莫自灭清辉。

天风掠云汉，织女转凄清。欲作回文锦，七襄久未成。

凿山求美玉，入海取明珠。徒诩连城宝，那堪给世须。

谁画周王马，蟫餐纸墨空。尚留神骏气，持献与支公。

书《韩光弟传》后

乙亥四月

气雄百代隘八荒，国谁与济民谁康。难哉世路剧羊肠，奇功未就身霾藏。天穷人厄事茫茫，我草文竟泪淋浪。赤氛四塞天无光，北海鹏翼摩穹苍。公身虽死气犹刚，愿为厉鬼杀胡羌。日星河岳震三纲，长令青史传芬芳。

往时承人妄比小杜，思之失笑，为诗自嘲

乙亥四月二十四日

才气何能如牧之，几人妄赞几人嗤。平生不作扬州梦，持比前贤本自疑。

题泊庐画松云小幅

乙亥五月五日

飞云满四山，不去作霖雨。卷入画图中，与君成伴侣。

云间难致雨，松老欲成龙。试看龙飞处，青山露几峰。

云絮与松涛，掬之不盈手。虽能娱我心，难取为我有。

西郊遣兴

乙亥五月七日

一夜风吹雨，晓来天地清。支筇看过雁，把酒听流莺。乱惧名为累，闲知道可成。前村富花柳，买犊欲躬耕。

郊游竟日，晚宿山上甘露旅馆，兴至，得诗四首

乙亥五月六日

一风复一雨，洒扫尘埃空。春光益媚好，乾坤藻缋中。彩茵覆四野，画屏列西东。湖边蒲柳绿，山上樱桃红。我欲穷游览，横度两三峰。何处海波翻，万壑风振松。何处雨又降，白云化为龙。古刹沉雾底，犹闻饣时钟。浮屠露危标，四围树朦胧。我出日未出，仆慵我未慵。直到甘露馆，始得憩游踪。累时环鹿棚，张檐挂鸟笼。登堂小酌毕，暮色倏千重。

明月出城东，流光到城西。中间百万众，不见月清凄。岂月有偏照，境

地固相睽。姮娥顾之笑，物类良不齐。清浊一城隔，判若云与泥。寄声子李子，何幸得幽栖。

鸡声初报晓，红日未出时。心境两相忘，咫尺见天倪。坐失宇宙大，何况一己私。人世同止水，无复沦与漪。混沌喻道象，庄生妙言词。斯实万物本，知者有阿谁。风波平地起，扰扰欲何为。吾独守真素，汗漫游无涯。

近则有定程，远则无定程。西人论天象，闻之为失惊。六合莽无际，众宿罗苍冥。远者光到地，年已亿万经。今日目所见，亿万年前星。欲见今星状，更待沙劫更。执今为现在，可谓识不明。地球涵大宇，幺麿仅具形。有如泰山巨，此仅一毛轻。碎之不足惜，存亦未为荣。堪笑杞国愚，涕泪忧天倾。天倾亦恒事，此灭而彼生。于世无加损，己心徒屏营。屏营固徒尔，快意亦非诚。同受大力驱，何从辨蠢灵。一笑吾酒解，无醉由无醒。

题家藏解学士草书卷

乙亥十月十一日

学士才名勋紫宸，今从笔底见风神。明珠万颗金千叶，不及吾家百字珍。

挽张伯常镜泰

乙亥十一月九日

少年出入斗鸡场，晚有英名震一方。季布千金然诺重，周侯三害斩锄忙。中原豪杰谁相许，寰海风尘意自伤。宰肉陈平功未尽，可怜墓树已苍苍。

用杜公白凫行韵答刘作琳善琦秘监

乙亥十一月三十日

男儿不能策勋异（国似终童犹当），诗坛定霸追涪翁。百年仕学两坐误，未老先伏病榻中。名马宝刀子何壮，义气直薄云海东。雕虫小技难相绊，正看草檄笔如风。

渔翁　用前韵

乙亥十二月一日

千山落木山已童，孤舟垂钓有渔翁。酒壶在腰竿在手，尽日驰雾烟波中。幸渠生来弗识字，累月战氛塞燕东。文檄过眼百不晓，醉归好趁一帆风。

荒园　仍用前韵

乙亥十二月二日

应门不使五尺童，破垣出入听邻翁。手折名花百株尽，户牖散弃广庭中。渺渺湖海来舟少，红日自西水自东。怅望主人不可见，虚堂岁暮号悲风。

再题齐白石画虾①

乙亥十二月六日

头上机声似鼓挝，即今宇宙是谁家。扁舟待汝辞乡去，万里西风捞海虾。

友人以《事变图册》嘱题

乙亥十二月六日

坐客堵囚判此时，天公疑醉复疑痴。相逢涕泪情何限，未死风波事岂知。轮奂依然宫室好，烝尝邈矣鬼神饥。吁嗟负重休轻放，斗转星迴尚易期。

---

① 李葆光与白石老人有密切交游。他曾刻印数方，白石老人批“子建”印文曰：“赵无闷善篆印。然子字不易佳。余会篆此子字。样式真难看也。愿吾弟舍吾所短。”批“南宫李葆光所作”印文曰：“笔肃老健。如有朱厚色深之印泥泥之。近刻为此第一。”不仅在字法、刀法上有所指点，还能看出二人于印学探讨切磋之雅。（朱天署编：《齐白石论艺》，上海书画出版社2012年版，第193页。）

贺张白翔七十七重游泮水

丙子四月二十四日

白发擎樽日按歌，童颜更比醉颜酡。胸怀月浴波心净，诗句山包塞外多。南面王犹输此乐，东方朔许列同科。相逢莫语宾兴事，触动乡愁可奈何。

题文衡山画桂

丙子四月二十五日

记否重霄是故乡，一枝犹带月宫香。淮南招隐诚多事，冷落空山意自长。

久　病

丙子四月二十六日

久病霜毛几寸加，春回豪兴亦无涯。编篱巧避丛生柏，趁市旁求异种花。托钵僧来门不禁，处方医退日常斜。鼠肝虫臂由天命，咄咄谁能驾紫霞。

吾　疾

丙子四月二十七日

满眼东风摇绿水，春来病骨益支离。市沽难觅三年醉，运蹇常深万事悲。积雨蛟龙翻大海，新晴燕雀徙高枝。人生福祸原相伴，吾疾沈思尚可为。

城外逃暑

丙子六月二十三日

炎威无处避，跃马到林隈。山秀留僧住，云青过鸟开。穿荷多画艇，出柳有高台。登揽忘归去，清风四面来。

新秋野望二首

丙子八月二十一日

雨洗秋光分外妍，新黄老绿远浮天。钟声欲逐飞鸿渺，冲断长空一抹烟。

归来皓月满窗扉，醉到花间暑气微。午夜露零浑莫觉，梦为蝴蝶绕枝飞。

夜观《热河避暑山庄图志》

丙子九月九日

寸草何能障横流，故都高卧五经秋。鸡鸣小院催灯暗，叶打寒窗动客愁。架上图书千古在，阶前竹石一生休。连霄苦忆宸游迹，欲揽雄风可自由。

瘦鸭行

庖人拊掌儿童呼，门前鸭值同野蔬，试取数头验精粗。挦其毛羽剥肌肤，纷纶文采落庭除，欲求珍脔一寸无。手持盂酒祝满车，用意虽勤计则疏。织胫细项撑瘦躯，论状无异山泽臞。薄德那致凤麟脯，兼味妄思熊与鱼。何曾万钱极膏腴，郇公不饭筋骨舒，豪华往迹猝难摹。豚蹄鸡肋自轩渠，望门大嚼更何如。

梦　归

丙子九月十日

庭树起秋声，纱窗见月明。荒城千古意，孤影异乡情。画鹘当轩立，飞鸿带梦征。及时思奋击，未老耻归耕。

赠吉林刘君

丙子九月十日

君家旧梦斑斑记，仗剑低徊泪满巾。野外桑麻还自长，江头栋宇已全新。三年悉锐终屠越，六国包羞或帝秦。待漏胡铨尤愤切，抗疏径欲斩王伦。

贺北江先生得孙

丙子九月十一日

丞相书来贺弄璋，悬弧想见阵堂堂。何时弋取垂头鸟，持与麒龙较短长。

开岁偶成

丁丑元日

养病辞官病未除，园林坐对意何如。及门车马休相溷，新种双松欲著书。

食驴肉戏作

丁丑一月二十日

大物庞然虎亦惊，如何视作小鲜烹。身无别技君休笑，异味犹能胜野羹。

题前客吉林与亡友阚人斋游山合影

三尺孤坟见草芽，旧游回首几咨嗟。壁虫蚀碎山河影，画里衣冠灿有花。

题项文彦[①]拟云林画

丁丑四月

黯淡深秋色，收归尺素中。云林今不见，妙笔继高风。

① 项文彦，生卒年不详，字幼平，号蔚如，山阳（今江苏淮安）人。诗书画俱工，善山水，笔致苍劲，墨气淹润，近承二王，远参倪黄，俱得神似。

涵象轩诗　补遗

刺　谗

丹凤忍长饥，终不甘腐鼠。安用吓予为，鸱鸮敬谢汝。人生困讥谗，无地剖肺腑。日月丽中天，冥冥自终古。宝珠夜投人，按剑来诟语。衣锦猨狖身，碎裂固其所。交君今十年，文采相推许。历块偶一蹶，见我泪如雨。刘宽牛被夺，名德震九五。韩信出胯下，提兵破齐楚。由来横逆临，宝者气不沮。江东地虽小，勒兵图再举。谗人恶贯盈，终见投豺虎。卷土倘有期，壶箪相劳苦。我久愤填膺，因君遂一吐。

所　思

所思在南岗，长衢夹广陌。弥望但茏葱，过耳惟萧摵。道旁几酒家，玻璃闪青碧。日出火齐光，霞开锦花襞。孔雀向君飞，蜻蜓缘帽息。乘兴纵豪宴，天地拼一掷。日暮铁路园，凉风起絺绤。杂花缀彩茵，浅草敷瑶席。层叠绿荫中，连榻无寸隙。席丰气自豪，歌舞夜何极。不知东日高，拇战声犹逼。

老翁哭

街头老翁向人哭，自言十日走山谷。天寒路远手足皴，白昼无食夜无宿。

赫赫辽西旧名门，锦州尚有田园存。一朝喜电播两海，吾国新出义勇军。义军崛起胆如瓮，日无天骄语惊众。宝鼎乌获力始举，杨叶由基发始中。天骄负固势难当，义军入乡索糇粮。鸡豚食尽箧翻尽，会谋再举摩扶桑。

绝　句

北海荷开未，太行秀几重。黑云来东隅，雷电挟狂风。

忽忆刑部公

先生如白日，吾等如游星。游星环日走，焜耀远莫承。天王与海王，黯黯仅具形。我一卫星耳，常绕行星行。大地光万里，势与日争明。

男元泽谨按：先君此诗盖忆贺松坡先生所作，以先生曾官刑部主事，故云。

二十年四月二十六日晨，梦境迷离中作

京华十载怨别离，欲问莺花无后期。惟有春明门外柳，今年犹发去年枝。

断　句

云来半城黑，雨过一江青。红林拱翠瓦，累石错青赤。

卿云紏缦笼珠阙，法雨缤纷落翠微。

豕囊鸡雍方为帝，鼠臂虫肝欲化身。

不欲充肠成大轮，却因适性得微醺。

佛灯昏野殿，僧衲挂禅房。

袖手枯枰外，悲歌忽至今。

水涨无妨牛背稳，泥干自觉马蹄轻。（原注：十八年八月二十二日夜梦中

得《雨霁诗》一律，醒后尚记二句，如上所书。）

雪平地列毡，霜重树衣缟。

谁能医活国，真见历怜王。

渐思舌挂壁，苦见胫无毛。

平林烘晚霞。

浮沉俨入槐安国，生死一游建德乡。

叔宝纵无肝，椒山自有胆。

蓄哀如伏机，一触即流泪。

涵象轩词　附

虞美人

燕台怀古　辛酉十月五日　此下在北京作

头颅一借秦关远，望古登修岅。水声呜咽荻花秋，犹似白衣相对奏离讴。河中战血流难尽，地下埋幽愤。十年劫影满京华，又到几星烽火自天涯。

水调歌头

游玉泉山　壬戌九月二十日

无地歌长铗，拂袖上青山。山旁清室辇道，高处入云烟。帝业于今何在，只剩残碑三五，寂寞照流泉。酹酒西风里，素月几回圆。　月如旧，风不定，水连天。是谁千里，一棹驶入夕阳边。我自关山久客，听尽人间鼓角，故国不能还。肠断御沟水，有泪共潺湲。

生查子

癸亥八月十九日，此下在哈尔滨作

海仓王女士玉美与蒋生剑华姻戚也。年十四以玉照贻蒋生私约为婚，父母闻而阻之，后经姊姑撮合，阅五年始定，定后四十日而玉美死，濒危语蒋生曰情缘已断，愿结来生，言讫气绝。查轶群女士悲其遇，以泣玉词征词海内，祝果忱主任填《生查子》一阙，予亦同赋焉。

客子念孤坟，魂梦驰荒甸。玉齿断随风，犹把芳菲荐。 既见忍轻离，离后思重见。此世且无凭，欲作他生恋。

浪淘沙

丙寅三月二十一日

不见燕飞还。几度凭栏。忽闻林际晚钟残。一抹轻云无处宿，卷入高寒。何自觅乡关。海立山攒。惊尘满地阻雕鞍。且喜松江明月好，拾上鱼竿。

采桑子

春寒 丙寅四月九日

西风何事来相扰，卷起轻红。飘入江中，暗泻春光到海东。 罗衣未换寒威透，饮尽千盅。犹似三冬，杳杳天涯望断鸿。

南乡子

落花 戊辰五月二十九日

迅雨复飘风。扫荡林花次第空。纵对一枝强留恋，何妨。依旧翩翩堕水中。 春去已无踪。赤日当头似火攻。莫说金铃能守护，唐宫。争没胡沙一万重。

苏幕遮

作画 乙亥三月二十六日

雁来迟，莺语缓。指点西郊，冉冉春将晚。袅绿翩红犹在眼。作画归来，屋内青山满。 觅封侯，心已懒。掣碎唾壶，逝景何曾晚。头上霜毛搔更短。画里春归，画外人肠断。

卜算子

春愁　乙亥三月三十日

昔我出关时，只望归来早。关外归来万事非，不独容颜老。　亦有酒浇愁，酒尽愁难扫。春日郊原芳菲多，愁更多于草。

归塞北

乙亥五月六日

何所恨，所恨是飘风。吹散庭花春事了，余威仍到画楼中。谁与诉苍公。

其　二

何所羡，所羡是娇霞。色然群峰无寸碧，蟠桃开出万年花。红晕散天涯。

其　三

何所惧，所惧是奔雷。叱退三光驱百怪，火龙探爪画梁摧。楼阁荡为灰。

其　四

何所爱，所爱是瑶琴。纵使松风弹古调，岂真山水少知音。独此感人深。

其　五

何所恋，所恋是孤灯。破浪乘风非我事，苦吟遥与雁相应。永夜澹如僧。

菩萨蛮

西山逭暑　乙亥七月七日

连霄困暑愁无那。闲来偶到山亭坐。四面走清风。凉入万壑松。　更深人未散。处处闲芳宴。独载月明归。胜却杯盏飞。

字字双

乙亥七月八日

江南山水清复清。楼上琵琶声复生。罗衣舞尽更复更。北来烽火星复星。

菩萨蛮

立秋后，泛舟昆明湖，折得晚荷一朵，归而谱之　乙亥八月二十日

红蕖一朵光侵坐。折来依旧娇无那。何处起秋风。四顾萧瑟中。高楼张夜谯。不问花开散。独自辇花归。免渠波浪飞。

念奴娇

早雪新晴望太行有感　乙亥十一月十九日

出门西望，问太行、色何时青起。三五英雄，垂典籍，后赵前燕朱李。跃马称王，张弓定霸，战血流千里。沉冤凝碧，入山长化晚绮。　安得身效愚公，削除天险，永使干戈止。万笏依然，擎晚照，不忍阑干重倚。目倦征鸿，魂飘落叶，惆怅吾衰矣。茫茫大地，尽霾寒雪堆里。

长相思

丁丑一月二十三日

山也游。水也游。几度长安作小留。春郊信马头。　花也愁。鸟也愁。一夜寒风变九秋。不堪重倚楼。

其　二

山迢迢。水迢迢。千里寻芳到灞桥。登临兴正豪。　风萧萧。雨萧萧。门外垂杨半折腰。人归恨未消。

清平乐

丁丑三月

夭桃一树。尽日喷香雾。去岁落红满山路。今又含苞无数。　人生几见春来。东风缓放花开。因恐花开易谢，更敲羯鼓相摧。

其　二

作琳诗册中多赠予之作，喜而作答

星迴日转。笔力千钧满。泄尽天机天不管。天意期君高远。　百年何事堪哀。等闲埋骨蒿莱。今我成名骥尾，胜他官列三台。

涵象轩文集

卷一

《涵象轩笔记》序

庚戌九月

庚戌九月，予与周君子樾同客保定，治政法之学。旅舍促狭，居处甚陋，然冯君乐轩、周君汝镛长相过从。时或放怀纵酒，杯盘竞进，沉酣以往，抵掌议论古今事，意气豪悍，藐宙合而轻万有，觉有生以来未逢此乐也。

夫人生不过数十寒暑，忽而荣华，忽而蕾落，彼与忧患相终始者亡论矣。即生殁富贵之业，居华屋而食列鼎者，洎年鬓既改，追忆曩时乐境，亦俄顷间事耳。又况夫国威陵替，四边多警之际。吾人皆有执戈矛予以卫社稷之责，更焉能久享晏安之乐！是则吾辈藉修学之暇，极力文酒之娱，亦至难得之奇遇也，乌可不珍惜而宝贵之乎？二三子有见于此，往来益数，横议高谭，无所不至，散后思之多有可笑者。然千虑一得，积时亦有可探之语。爰择录而暂存之，以志盛游，于不忘云尔。

题周子樾《萧斋雪霁图》

庚戌十月

庚戌冬，余与周君子樾游学保定，僦庳室以居。一日雪霁，庭庑皆白，榱梠冰垂及尺，光景滋可悦。以子樾之善丹青也，遂促其即景摹绘一幅。既脱稿卷，而藏之箧中，盖非徒备观玩已也。夫大力者载六合而奔腾，瞬息万里。吾人今兹所处，弹指将化为陈迹。是幅虽属微物，然他日岁月变迁，苟再一展视，缅想吾二人此时屏迹衡茅，抑塞无俚之情况，有不悲从中来，弗克自已者乎！是则藉图绘以识蓬踪，尤余暨子樾之意也夫。

致杜子诚先生书

庚戌十一月

违教数月，驰念为劳。秋间，因葆光谋入太原法政学校，多承眷注，感谢感谢！迩来国事益非，思之令人痛伤。窃尝维自古邦国颠覆，其故虽有种种，不外奸贤倒置一端。经云："人之云亡，邦国殄瘁"①，试观今日政治之窳败，尚得谓朝廷有人乎？豺狼当道，而蚩蚩之氓不惟熟视无睹，且泯焉与之俱化，遂至四海之大，觅一英挺不群之士不可得。民德既丧，而国事失败踵其后矣。先生不过一孝廉耳，乏财权之资，尠党徒之助，以赤手创立事业。屡因公务触官吏之疑忌，招宵小之诋毁，而气愈盛，志愈坚，终不以小梗而变初怀，卒至业就。心白声施，烂然为三晋黎献所爱戴，非豪杰之士，焉得至此！彼庙堂巨公，封疆大吏之能不愧死乎！

葆光齿稚才短，自视堪恧。惟近与同志组织一日报社，已稍有端绪，仍当必其终成也。盖今日入宦途，则宜居谏台，在学界则当开报馆。章劾笔伐，权奸惊心，佥壬变色。虽孤掌难鸣，终遭排挤，然英风议论固足以激励一时，亦可谓男儿之事矣。拿破仑云："一纸报章胜十万剑戟"。夫以匹夫之微发言立说，足以寒当路之胆，舍报纸其何由哉？葆光自以生性孤僻鲜合，既不欲折腰徇斗升之禄，又不能奋剑排四海之纷。计惟有潜精坟典，究心政要，托风人之旨，以震末俗之响聩，庶于国计有毫发之补耳。顾抱疴累年，神疲学荒，才识既薄，即有志，恐亦无以赴之。若得先生抽暇赐教，借贤者之绪，济吾辈之稚弱，实所厚望焉。

---

① 《诗经·瞻卬》："天何以刺？何神不富？舍尔介狄，维予胥忌。不吊不祥，威仪不类。人之云亡，邦国殄瘁！"

时逼岁除，寒威肆虐，祈为道为国珍摄。不宣。

先府君行述

甲申十二月

先君讳刚己，以名为字，直隶南宫县人。曾祖讳盛山，妣氏李。祖讳怀芳，妣氏张、氏王。考讳永敬，邑增生，性慷爽，急人之难，里人咸敬重之；妣氏梁，生母氏王。

先君生负异禀，年十三四，文学已卓然不群。会桐城吴挚甫先生牧冀州，见先君诗文，与通州范肯堂先生、武强贺松坡先生相顾惊叹曰："此天才，非尔我所能逮也。"先君亦以吴、范、贺三先生道德文章萃然为一代师表，因委贽受学。年甫弱冠，所业大就。嗣吴先生辞官，主讲保定莲池书院，先君复从之游。莲池本畿辅人才渊薮，更得张濂亭、吴先生坛坫相继，绩学能文之士负笈来游者日益众。先君以诗文与诸贤相角逐，莫不拜服，自愧不及也。

先君居莲池近十载，由附生以光绪癸巳举于乡，甲午成进士。即用知县，分发山西。庚子夏，丁先王父艰，回籍守制。是冬，往湖北，佐学政蒋公式芬幕。癸卯，服阕，补授大同县知县，历署代州直隶州知州，灵丘、繁峙、五台、静乐等县知县。先君以吾国变法不能收富强之效者，半由于吏治之污下，乃大吏进退人才既不能持平，而各牧令亦皆以官为市，不稍措意于政治之得失。以是吏治日偷，民生益困，非有人焉力矫俗弊，以为百僚倡，则流毒不知胡底。是以，凡至一县，即邀集地方公正绅耆详求民隐，相宜施治。如学校、巡警诸新政皆变通定制，独创规模，但期便民，收实益，考成殿最不顾也。任灵丘时，值时政维新，庶政繁兴，小民不胜诛求之苦。先君视事，首将历年规费如平余、行费、堂规等项之应归官有者，全数提充学款。士子皆感奋向学，人才蔚起，遂跻为晋北名邑。又善听讼，邻县之疑难大狱，大吏往往檄先君诣讯，一语立决，群惊为神明。广灵县民某狱讯结，两造同，请为先君建生祠，而先君不许也。后由灵丘调署繁峙，灵民不忍先君之去，公举代表赴省，恳请当道收回成命。虽未邀允，而先君政声益震暴，同僚皆貌敬而心忌之。先君性又高洁，不屑迎合上官意指，是以大同补缺六七载，未获履任，反连署僻县。迨辛亥革命军起，大同亦相应，嗣乱事虽平，而闾阎凋敝，风鹤频惊。知县某藏匿不出，雁门一带暴民，遮途劫杀，行旅不通。晋抚屡易替人，迄莫敢应，始饬先君赴本任。先君叹曰："平时如鸱吓鼠，乱起似鸟惊弓，此何为者?"毅然前往，沿途暴民皆相率敛迹曰："如李明府者，何可稍有触犯哉!"及抵任十余日，忽城内淮军哗变，淫杀焚掠亘六日夜，大同总兵、知府皆怯懦不敢出。先君独任艰巨，首创善后联合会，日集绅士畴议挽救之策，寝馈殆废。后变兵就抚，市面仍未复原，复立地方银行，藉资周转，艰难擘画，历数月之久，同民始庆更生。兼署大同府知事，都督阎公锡山手函嘉奖，民政长谷公如墉呈荐大总统，请以方面监司之职，交国务院存记。当轴期待之意至为殷渥，然先君忧患迭经，形神交瘁，再三禀请辞职养疴。同民百计牵挽，当轴亦坚留不许，而先君去志已决，卒请回籍。计先君宦晋十年，所至黎献爱戴如慈父母，虽移任他县，而旧部士绅犹岁时往来不绝。平生最恶言利，不治生产，罢职后无担石之储。山西前省议会议长杜先生上化语人曰："今日牧令中乃有李公其人，天雨粟，马生角也。"而谷公如墉则曰："李公以儒术润色吏治，夫岂可以吏才目之哉!"盖深知先君者矣。

先君自以所长文学为最见。挽近异说播腾，人心波荡，中国数千载古先圣贤之精言微义将遂破坏而不可收拾，慨然思振兴而光大之。会保定高等师范学校设立国文专部，校长赵君力请先君前来施教，先君乃于今春来保就馆讲学。数月，生徒皆额首相庆，先君亦冀陶铸真才，以继斯道之统。乃自大同积劳之后，时患痰嗽，夏间触暑，复病泻痢，延至十一月遂卧床不起。不孝方服官吉林，闻报，踉跄归侍。先君病已沉重，百方医疗无效，竟于民国三年十一月二十七日申时卒于寓寝，距生于清同治十一年正月二十五日，享年四十三岁。积学不显，又不获登中寿，呜呼痛哉！不孝谨于十二月初六日扶柩回籍，二十六日葬先君于村东北之阡。

先君以文章气节取重当世。尝谓行谊、文章相待为用，不可别为二事。吾国历代作者甚众，或通显于时，名垂竹帛；或黯淡终身，托空文以自见。虽遭际各有不同，要其襟抱识量莫不高出流俗，卓立尘埃之表，故发为文章，瑰辞宏识亦尤焉，非世人所能及。盖文字本以抒写胸臆，“惟其有之，是以似之”，诚至言也。近年两海大通，国人率讳言古学，竞谈新术，而桀黠者流又往往谬托学说，以隐济其私；民德既日流于卑污，而文体亦从而阘茸，不能上跻于古，此其风会所趋，不独为斯文之不幸也。且恐文学衰微，而民德益难望有修饬之一日。何则？吾国先哲垂训，所赖以建人极而奠国基者，其精微难言之妙仅于文焉可窥寻一二。文事不能讲明，斯古人之嘉言懿训，虽存犹亡而人民之修德立行，亦无所取法矣。其贻害于家国可胜道哉！泰西各国亦知古代文学之于民彝邦本所系甚重也，故咸珍视。希腊、罗马旧学或立为专门，或列之常科，肆力探讨，未敢稍有怠忽。矧吾国文学为四千余年圣贤豪杰心灵所寄托，其重要远过于希腊、罗马之学，又乌可不潜心一考究之乎？且新学日益昌盛，非待能文之士从事译著，无以穷微尽妙，裨补国学所未备。由是言之，则文章之极应研求审矣。惟是研求文章徒斤斤于章句之末，而于古人宅心之道，垂教之旨不能通晓，岂但古人高躅无由攀继，即文章亦决难自振于凡庸。是乃征诸古载而不稍谬者，学者试深思熟虑，宜知所务矣。先君既为此论，常以训迪后学，而自修尤极刻苦。为县，尽心民事，每值公暇，手一卷批读，穷日夜不休，余无可扰心者。至为文章，则陶镕百代，独成异观。吴先生谓先君诗文雄肆淋漓，殆为绝诣，即在古人亦所罕觏。撰联赠先君曰：“奇才间出汉三辅，宏识下视禹九州”。范先生亦以曾文正公撰赠张濂亭、濂亭转以见赠之联移赠先君曰：“眼底町畦凌籍湜，袖中诗句压江山”，此联曾文正所以期许濂亭。濂亭与范先生皆谦不敢当，而卒以归之先君者也。呜呼！吴、范二先生皆一代大儒，其推重先君者若是，以足以觇先君学问之广大矣。

先君性伉直，不苟同于人，无亲疏贵贱，一接之以至诚。慷慨好周人之急，每忘己之贫困也。辛亥乱时，交卸静乐，送眷东归，宦橐匮乏，假幕客百家以行。抵盂县，适晋抚陆钟琦在太原遇害，其眷属避难来盂，转徙山谷之间，冻馁不能自活，先君悯之，赠以五十金。同行戚友皆以先君与陆公无素，力劝勿尔，先君不听，且函请忻州牧朱君量为资助。朱君高先君之义，亦贻以重金，陆公遗族卒赖以出阨。其他义举多此类。

配吾母本邑附生朱公讳鹤龄之女。先君兄弟三人，先君最长，先叔父讳修己、讳正己，皆早世无后。子一，葆光，吉林地方审判厅推事，娶威县房氏。孙一，元泽，生仅三月，而先君弃养，名犹先君所赐与，而迄未一面也。女孙一，亦幼。先君诗文不自收拾，而不孝又随侍日少，故平生稿件散失大半，吴丈闿生每叹嗟以为宇宙憾事。不孝拟广征同人，搜集成帙，与现存诗文若干首一并刊刻行世。此外，《西教纪略》若干卷，评选诗文若干卷，有已刻者，有未刻者。不孝谨将先君学术政绩粗陈概略，伏乞海内知言君子采择一二，赐文表扬。不孝世世感且不朽。

吉林狱变军警法界死事诸君追悼词

乙卯九月

惟民国四年八月六日，吉林监狱囚徒纠众图脱。变起仓猝，军警闻声环动。既合围矣，顾兵外贼内，中间棘墙，炮轰，恐累守法之囚，铳击，复有修墉之隔。形格势禁，骤难进攻，而众犯情急自葆，乘风纵火，凭高飞弹，状益猖獗。嗣军警鼓勇痛击，猰貐始悉就擒，市民亦庆无扰。然吾军警各壮士，及狱中各职守慷慨死难者盖三十余人焉。呜呼哀哉！夫死生交臂耳，乘化归尽，畴复能免，而泰山鸿毛视人之自取也。死事诸君子或捐躯殉职，埋骨劫灰；或发愤杀贼，殒身金弹。其死状固极惨酷，然而一瞑千古，节历秋霜，名昭白日。揆以杀身成仁之义，殆亦无复遗憾矣。惟是合城黎献，曾受保全之惠，更睹死事之烈，同钦壮采，愿致哀思，设位具祭，庸可已乎。爰于九月二十六日，在吉林某处为诸君子开追悼之会，众既莅场，谨致辞曰：

浮生易尽，义死维馨。世无凶悖，奚贵坚贞。嗟嗟诸子，天授忠烈。狴犴肇衅，从容效节。惟兹赭衣，稔恶成性。幽击图脱，遑畏法令。问蔡卜期，夺兵劫众。骂贼舌割，回头泪迸。壮哉义士，矢忠除暴。夜色凄凉，晨光隐约。高炎热天，危楼纵蔽。彤珠星驰，白刃霜耀。众逆穷凶，戕我英妙。呜呼哀哉，狐鼠披猖。终以自揕，烈士志业，河岳争雄。

忍痛缀辞，昭示无穷。吁嗟后人，何去何从？呜呼哀哉！

为栾厅长作祭其太夫人文

乙卯十一月

维民国四年十一月某日，不孝男骏声，谨以香楮酒礼庶馐之奠，致祭于吾母之灵前曰：呜呼！天祸我家，母竟中途弃养。平生音容笑貌，犹悬儿之心目间，而一棺永闭，瞻奉无期，呜呼哀哉！溯吾母来归，儿止六龄耳，吾母抚儿如己出。儿童昧无状，吾母不忍遽加呵斥，抱之膝上，谆谆教诲以处事待人之道，备果饼以诱儿向学之心，具药饵以护儿多病之体；疮则吮之，疟则驱之，凡此慈恩，儿均能记忆。顾彼时年幼，不知感也。儿年渐长，吾父贸易折阅，家中衰，儿每用忧虑。吾母恐夺其求学之志，屡加抚慰，亲操杵臼，勤事纺绩，以备全家衣食之需。对于儿娶妻、应试诸端，皆先时措资，无或迟废。儿于是始知母恩之高厚，亟思图报，而力尚未逮也。嗣及癸卯，儿幸成进士，旋又补缺法厅，俸给稍优，乃迎养吾母至都。后历官湖北、吉林各省，皆侍慈舆以行。温凊既不废乎朝夕，食御亦有加于往日；家人团聚，母心悦豫，至是儿度庶可竭孝思于万一。庸知吾母遽舍儿而逝耶！呜呼哀哉！

儿幼时，吾父命之读书，所以望儿者綦奢。不幸吾父弃世，儿犹愚陋，未能自立。家贫甚，母子困处于茅檐之下，有时相对呜咽。然吾母操作益苦，望儿力学之心益切，儿虽自悲，尤悲吾母也。嗣儿三应乡试不售，愤欲改途，母则怒曰："汝父死，余独苟活者，将继汝父志，以成汝名耳。汝若废学，余何生为。且汝年尚少也，但使学成，胡惧不售。一遇挫折便挠初志耶?"语罢母泣，儿亦泣。里人问之，佥谓吾母有此盛德，后日定邀天眷，享遐福。是时，儿虽受慈教，顾以所图未遂，中实愤懑。迨见吾母心神泰然，安贫若素，退而窃喜，谓母能如此，体必加健如里人之所期也。呜呼！往事历历在眼，吾母竟寿止六旬以殁。儿虽窃科命，叨禄仕，而德业未就，实负慈训。追思里人之语与夫私心所希冀者均成泡影，而苍天报施之说亦徒托空言而已。俯仰今昔，能不令人悲泣哉！伏思不孝襁褓即丧生母，鸿慈未报，抱恨终天；

甫冠，吾父又卒。生前辛勤教子，未获甘旨一日之养，连弃人寰，至今思及，尚有余痛。然犹惟吾母健在，他日稍有成就，其不能报之于吾亡亲者，或得报之于吾母，讵并此亦不能乎？呜呼！造物者既生人矣，而又不肯全其骨肉，使为人子者惨割哀号，欲延其慈一日之命而不可得，何不仁之甚欤！

犹忆吾母弥留之际，拥衾进儿，嘱以后事。体臞容瘁，气息仅属，儿睹状，悲惨几至失声，防为母见，未敢公然挥泪。后医药无灵，慈晖顿杳，交臂之间，母子便成永诀，举母中庭，惟一棺在耳。呼天抢地，恨不能随吾母以同逝也。继年今日慈容，虽难再睹，而朝夕哭临，犹幸相去之未远。更一日，母棺将厝于东郊，东郊固冷僻榛芜之所也，野蔓蓬蓬，荒烟迷漫，母独处此，能无凄栗？异日者，儿往坟哭奠，见彼黄土一抔，愁条悴蔓，镠镐蓬勃其上者，是其中即昔时长我、育我、抚我、畜我之慈母，一别千古，永无见期，其惨痛又当如何？思至此肝肠寸断矣，母其知之耶否乎？呜呼哀哉！

总母一生，均处艰苦之境中。更吾父之丧，遭遇尤极荼毒，以致慈躬日羸，病恙时侵。洎病革，儿又侍奉无状，而吾母遂死矣。吾母赋质素健，使往年家境享顺若今日，慈躬必不致早衰，既早衰矣，既见儿奉养得宜，亦或不致遽病，即病亦或不至于不起。事之所以至此者，皆儿罪也，椎心泣血，复何及哉！虽然，古人不云乎，立身行道，扬名后世，以显父母，此大孝也。吾母临终遗训，儿犹牢记，身虽不肖，此后当近体慈意，达法古人，矢诚报国，竭虑理民，不计禄位之穷通，惟视义理之所在。庶儿将来不致贻羞吾母，重增已咎。呜呼！回首亲恩，痛不欲生，使儿能早随吾母于九原乎？地下承欢，顾所愿也。使苟活人间，未能即死乎？则吾母遗训终必奉行也。母兮有灵，请鉴儿诚。呜呼哀哉，伏惟尚飨。

栾母姜太夫人墓志铭

乙卯十一月

民国肇造，吉林高等审判厅长栾公骏声性英奇，多智于事物，照彻无遗，终日忧勤，覃精薄领间，治狱无茹无吐，要之于大公。士之接謦欬，间绪论，莫不肃然敬慕其为人。顾厅长每谓葆光曰："骏声薄材下采（疑），忝为国家司理，任职久无所建树，宁不愧赧。然出任十余载，从无大过，詟以贻亲族交游羞者，皆赖母教耳。"葆光闻言，详叩太夫人行状，果盛德人也。出以语人，于是咸将素所敬慕厅长者转以敬慕太夫人焉。

太夫人姓姜氏，考讳某，年二十有二归封君为继室，时厅长尚幼，太夫人抚之若己出。家贫封君懋迁于外，阃政一操之太夫人，昼亲杵臼，夜动纺绩，劬劳甚，而尤以代夫教子为汲汲焉。封君卒，生计愈困。厅长迭应乡举，不售，愤而欲改途，太夫人流涕责以力学，成父志。厅长悔悟，淬厉攻苦所业以就。后厅长显贵，太夫人就养任所，服御益简薄，待人接物一出于和易，凡登堂拜见者，皆退而叹曰："太夫人恭俭仁慈，非可勉强，而几盖天性然也。"民国四年十月一日终吉林，享年六十有一。某月某日归祔封君以葬。封君讳玉书，子一即骏声。女一，适海城李树棠。孙二，鹏、豹，皆未冠。

呜呼！中国妇女无学，蠢陋僿野，欲持家应世得宜难矣。挽近西说东渐，女子渐议书，达世务，而又往往蔑弃古训，故反背之，虽所为戾于国情而不顾，亦岂得理之中乎？今太夫人处逆境，婴多难，相夫教子数十载，卒以光大门闾，播扬徽美，揆以妇人治内之义，庶几无愧。表之石刻，以式天下后世女妇，谁曰不宜。厅长嘱铭墓，因为之铭曰：

忧患交乘，贞厥德奕。世茫茫，席遗泽。异说播腾漂九域，吁嗟巾帼此楷式。

栾母姜太夫人墓碑 代其弟美君作

乙卯十一月

栾氏姊卒，治齐、治国会葬毕，相向而哭曰："呜呼，念我先考高行迈世，维姊克肖厥，齐等不敏，弗克缵述先业，维姊秉承父训，相厥夫，教厥子。齐等自维德业远逊于姊，顾姊之志行知之最审，于其卒也，表而著之，齐等之责哉！齐等之责哉！"

姊幼秉殊操，时先考教以内则，姊皆能贯彻其旨。后适海城栾君玉书为继室，时吾甥骏声仅六岁，体弱多病，家贫甚。姊发愤曰：“女教之颓废久矣。为继室者，往往虐其夫之子，冻馁之，䇲楚之，待之直狗彘之不若。家或贫，不痛自策勉，反怨天尤人，日诟谇其夫以为快，若尔人者名曰人，实则兽耳。予虽不才，必反其所为矣。”姊丁穷困，既力求自拔。迨骏声年渐长，乃一意教之读书，学稍进，复命之应试，典售衣饰以成其行，试而售则喜，不售则谕求实学，勿以一时得失为意。壬辰姊夫病殁，姊痛极欲身殉，继以子名未立乃止，仍以教子治家为孳孳焉。不久家用寖饶，而吾甥亦显。呜呼！吾甥自成进士后，历任司法要职，以平恕精勤为上官所嘉许，吏民所爱戴，世人皆谓其学博才优，在晚近仕途不数见，又焉知其一言一行胥范之于母教欤。

世方提倡男女平权之说，夫惟妇女之学识材器皆能与男子相若，始可以言平权。若吾姊生前所树立，卓卓如此，即齐等身为男子亦愧弗逮。是足传矣。姊殁于某年月日，年六十有几，其世系已见铭志，不更列云。辞曰：

> 吁嗟我姊，巾帼而冠。廿二有家，大姓曰栾。栾适中衰，糟糠不继。姊曰何忧，贫当自励。茕茕吾甥，失恃可悲。惟姊抚之，稚芽不萎。中更夫丧，泣血号天。矢志教子，扬名耀先。岁次癸卯，甥步南宫。历掌法篆，实大声宏。板舆就养，由鄂而吉。孙枝绕前，其乐秩秩。吾姊曰嗟，予劳半生。今其老矣，祸庶不撄。岂谓一朝，姊竟长往。惟留贤声，永著天坏。吾姊已卒，齐等酸辛。爰泐嘉行，用诏世人。

杨熙垣先生墓志铭

乙卯十二月

向读《管宁传》，见其避地辽东，躬行礼让，习俗因而丕变，未尝不掩卷太息，高其行而多其量也。孟子云：“闻伯夷之风者，顽夫廉，懦夫有立志”。宁之道，不下伯夷，若史乘所载非虚，则其流风余韵渐渍人心者既深且久，虽千载后必有步武兴起，以为斯民之望者。顾吾东游久，迄未得其人，何欤？及交杨俊君继楷，始知其尊人熙垣先生植行敦品不愧管宁之徒也。

先生讳某，熙垣其字，奉天辽阳人也。曾祖讳某，妣氏某。祖讳某，妣氏高。父讳某，妣氏白。刘先生韶年秀发，家贫，佣书奉天将军署。当道器其才，擢管文案，处以卓异，累保试用知县。光绪丙申，游放垦奉天东西围场钦差梁公幕，未能行其志，托故去。庚子后，时政维新，当道争聘先生，辞不获，出司奉天通济官钱局及善后交涉团防诸局文牍。时大乱初勘，先生幕游久，睹治内交外之棘手，愀然知国事不可为。顾人事未容懈，善后等局薄领繁碎如猬，先生昼趋署，夜抱牍归治之，劬劳甚，声闻蔚起，而先生亦病矣，不得已解职去。鼎革后遂避世隐居以老。先生虽久翱翔乎仕途，然廉洁自矢。其在招垦幕府，操枋者贪鄙人也，厉行虐政，朘细民以自肥，先生屡争不得，乃洁身以退。退而垦民感其德，或献巨金为寿，先生笑而遣之。天性尤孝友，母病，爇香神前，请以身代。诸兄议分产，泣谏不听，则自取其薄焉者。呜呼！纵观先生之所为，忠廉仁让，夫岂今世之人欤！

辽东本幼安成德之乡，今不幸风俗日沦，山河破碎，不知主焉者之终为谁。世不乏英挺出群之士，远追往哲，近稀先生之行，其亦有慨然奋发，砥砺名节，树斯民之矩矱，延国运于千钧一线之危者乎！若然，则先生虽殁，而神光照耀人间，永不泯灭矣。

先生以民国四年三月某日卒于家，年五十有九。是月某日葬于某阡。室氏宋，生继椿、继楷；氏王，继榕、继桐、继楣、继枢，女一。继楷来请铭，铭曰：

圣哲渺兮大道芜，问幽兰兮海之隅。霜霰集兮榛枳多，荃荪谢兮可奈何。沕芳迹兮永不磨。

游小白山记 从日记中摘抄

丙辰四月

二十三日过午，与博如买棹游小白山。江波如镜，一叶容与，古木荒村，送迎两岸。至温道河屯停舟，距山尚数里也。徒步以进，春雨初晴，积潦载途，鞋帽尽湿。然久困薄书，一至郊外游览，心神顿觉舒爽。抵山麓，有麋鹿一栏，乃胜朝官家豢养，以备祭山之用者也。山不甚高，柞树丛生，红叶堆地数寸。上有古庙，岁久失修，半就倾圮，户牖朽折，金碧剥落，寒风振木，柯叶悲鸣，其荒凉之状良可思也。凭栏送目，松江万里，萦回云外。长白千峰，明灭空寂，城中万屋沈沈，可一览而尽。因念彼争名夺利之徒，日夜奔走于红尘十丈之中，果何为者？距城咫尺有此胜景，而竟不肯一涉足。然则昏乱之世，当路者皆亲昵群小，而有道之士，反见摒弃，无亦此类也乎！嗟叹久之。回帆循原路而归，计往返经时四点钟。

禫日设先大人像，祭毕，泣为数语以自箴

丁巳一月

父貌如生，父言犹记。德业不修，弓裘奚嗣。收尔放心，精尔文字。呜呼九泉，留相见地。

北京《卮言报》出版祝词

民国六年一月五日，为北京《卮言报》出版之期，报为鲁人萧君龙友等所创，幸其发轫，为文以祝之。祝曰：

缅中华建国兮倏六载，以至兹民气郁而未伸兮，国步险而未夷。耳士大夫之谭说兮，佥民意之为辞。究民意之何在兮，蒙思焉而窃疑。溯公路之僭越兮，挟民意以自壮。帝制仆而党争横兮，群自标民意之所向。使民意而果

然兮，何纷歧而多猜也。非民意而伪托兮，是亦祸之胎也。师镇恣而弄兵兮，战云积而莫开也。藩篱撤而外侮入兮，争阋墙而弗哀也。苟长此而不变兮，国将覆而为波埃也。涕泪陨而莫收兮，漫不知其所裁也。岂天公之绝吾民兮，问苍苍而莫语。忽红日之出岱宗兮，蒸云霞而满宇。长风送而北飞兮，覆金台而为雨。洒首善之万家兮，更四驰而泽九土。百禾秀而五谷稔兮，苍赤惧而忭舞。仰天公之德惠兮，何显大而寡俦。惟卮言议论兮，譬耀灵之照九州。大笔挥而群灵趋兮，佥壬间而丧胆。言无私而惟其当兮，鄙东西之分陕。矫时人之偏蔽兮，奠邦基之顿撼、嗟卮言之正大兮，庶民意之所颔。使赤县而永寿兮，固卮言之功也。愿卮言之令誉兮，并赤县而无穷也。

郭母洪太夫人六十八寿序

丁巳二月

妇德之臧否，闺训之隆替，系于民彝邦本綦重，乌可忽欤？百年以来，海寓洞开，士君子见西邦壸政之穆宣，阴化之远暨，焜耀乎宙合，而吾国妇女，朴椎失学，内职以荒，于是，慨愤叹息，思大兴女校以救其弊。夫女校之当兴，畴曰不然，顾当深究其故，以为徒精学术，备礼仪，固吾人处世所宜，然非立身之大本也。吾人立身大本莫要于斧藻德性，端直而不僭越乎古诫。欧美诸强所以日进上理，领袖环球者，无他道焉，以彼有两千余年优美之宗教，往古圣贤嘉言懿训，灿列简册，人民濡渐既久，气质随化。故男子具质直仁勇之概，妇女敦婉嫣祗慎之操。房闼肃雍，国家治理以致此巍巍之盛也。吾国民彝沦陷，莫甚于今，猎名骛利，倾国如狂。然而慷慨殉义，艰苦成家，凡此卓异之行反时出于巾帼不学之人者，亦以先哲遗教尚未尽泯故耳。《礼经》《易卦》垂诲，《尚书》之所传载，诗人之所咏叹，言及阴德坤行，未尝不三致意焉。父以诏女，夫以规妾，而圣贤典训遂深入于妇女人人之心，虽未曾学问，而诸所云为初，不敢逾越此程，又无男子驰骛声利之弊。是以笃守典则，专一不渝，精诚所至，往往感动神明，挽回气数。于戏！妇女之敕行成务，兹其根本。使人人尽然，则妇职备而家道正，轶欧跨美可操左券矣。惜乎其未能也。为今之计，莫若昌明古义，以树坤德之基；或宣著淑慭微行，以为女子楷式，学校例课犹其末焉者哉！

某既宿持此议。后客吉林，见长沙郭省长之母洪太夫人，综其平生行事，只淑慈顺，尽涵泳古训者至深且久矣。太夫人年数龄遭乱，与父母相失，孑身转徙至湘，归省长先德生甫先生。敬事姑嫜及夫子无怠，尤能屈己奉嫡，循礼蹈和，逆来维忍。遇贫贱喜施与，鸿慈厚泽，每出受者望外。暇即教子，昕夕无或懈，要之于成。洎省长掇显秩，驰令誉，而太夫子自奉愈简薄，诫勉省长益严切，苦操芳躅，人皆叹为难及。夫世人一罹艰苦之境，每至阘茸，不克自振拔。惟才质异众者不为境地所困，亡论所处如何，必慨然奋发，以行其素。老聃云："强行者有志"，伊古以来，贤媛烈女历志困塞之际，以立修名于世者何可胜数。孟母断机，大贤感奋；缇萦献书，父罪获宥。赵娥帷车诛仇，郑夫人居约抚孤，秦良玉手馘诸盗，扬威声于四海。方是时，际遇黯屯，众人当之，莫不灰心堕志，彷徨而罔知所出，而数贤者反藉以显其才而偿其愿。等人也共识，度相去岂不远欤！太夫人往年遭值，视数贤虽弗尽同，其困阨不易有为则一。顾太夫人处忧虞而不自馁，教子成才以光大其宗，斯非所谓巾帼而丈夫者乎！省长屡语人曰："不才从仕久，幸免陨越者，一惟母教是赖。"谅哉斯言。而某等于此更有所进焉。夫太夫人化除百艰以成其家，所恃者笃守典诚坚忍不拔之志耳，今吉林介在两大奸宄卵育其间，施政之难甚于他省，省长濡染慈教有素，必将步趋太夫人所以治家者，以治吉林。异日功成烈著则太夫人德教所被，益不可量哉，民国六年某月某日为太夫人六十有八诞辰，省长将于官所称觞为庆，某等同钦徽美思为文以致祝乃推本古先圣贤著书垂教之旨及太夫人所以持躬治内者详论之于篇以为跻堂之献，太夫人垂赐观览，抚念今昔，或许为知言也夫。

宋铁梅六十寿序

戊午十月

中国席数千载富强之资，甲午一战，海陆军相形见绌。士大夫审旧政难以图存，攘臂而谈新治，或问学殊方，或联当草野，飙举云兴。洎于辛亥，义师起武汉，胜朝拱手逊让，而鼎革之业以成。

于时，吉林宋铁梅先生方开府龙沙，默测时局终不可为，解职径归。归而蓄德积学，仪型后进，声望加于初。客或惜先生道之不卒行，昌言于众曰：“昔汉、宋赵充国、文潞公之属，皆以耆年硕德系天下重轻，固其人之殊绝亦爵位隆崇，势足以有为也。今先生生负异禀，壮走绝徼，云阳程将军拔之于广座之中，倚若左右手。迨后任封圻，拥旌钺，内剪凶顽，外接强邻。时值国威累挫之余，外族方轻我，一有事相及，率凭陵叫讙，肆其忘等之欲。先生丝毫不为阻，奋其智勇，折以理法。事苟利于国，虽捐糜有弗恤，壮节高风冠冕乎近古。比岁宇内益多事，纲纽尽弛，先生倘推饥溺之怀出任国事，则赵文之绩业何难重见于今日乎!”

言未毕，有起而折之者曰：“夫显奕之途，功名之会，固人所同欲也，而英特之士蕴抱闳深，尤显假事柄以自见。顾名位得之非其道，则抵死不肯为者，以其所获者少，而流弊滋大也。庞德公、文中子道德术业甲一时，生逢衰世，夫岂能忘怀于利济哉？惟不忍贬道徇时，贻流俗以藉口，是以甘处黯淡，冀道之不行于己者或行于吾徒。其后诸葛亮、房元龄之辈，卒用其学勘定祸乱，非其明效欤？今世运晦乱，号称志士者外假新说，奸利自肥，于强学力行植身之大本率鄙夷不屑道，欲此辈转乱为治，难矣！先生悯世人之沈惑，立志澄清，而养晦待时，不肯轻出，所谓‘上世之士，人网人纪’，志即不行于己身，而后生小子渐风沐化，必有诸葛亮、房元龄之才出而为赵充国、文潞公之所为者。然则先生虽中道去官，而异日康济之效不在彼而在此，于其道宁有毫末之损乎。”

二客既为此互异之论，无所取决。今年十一月三日，先生年六十矣，在吉知好谋称觞为寿，遂并书两说以进，其中必有一当于先生之怀抱者。先生观览之余，必默许为知言，而为浮一大白无疑也。

跋先府君所用小印

庚申二月

呜呼！此吾父大同公宦晋时治官事所用之章也。彼时葆光年少，随侍日少，先人治绩之精且详焉者不得而知矣。举其荦荦大者，则诚以接士，义以导民，斥私财以兴学，严令甲以诘奸事，苟有补于民，若国上官之意旨、考成之殿最举不屑问。斯固吾父施政大本，而为葆光熟闻者也。民政长谷如墉谓为以儒术润色吏治，有以也夫！葆光学仕久，令名不立，惄焉愧悼。今睹此章，音容恍在。惩前毖后，敢不自奋也欤！

民国九年春，南宫李葆光谨识于吉林法廨

王考府君行状

葆光幼尝侧闻王考之绪论矣。曰：南宫古赵地也，南接邯郸，北走滹沱，东毗齐鲁旧壤，西有太行之险。士之生于其间者，俯仰今古，览川原之雄壮，往往气激于中，悲歌慷慨，思立殊勋以曝白于当世。汉唐六朝之交，英才辈出，名耀简册者至不可胜纪，何其盛也！有明以制艺取士，人才渐销沈矣。然而出类之英、独行之彦，不能大得志于天下者犹或排难解纷，捍卫灾害于一方，虽所施未广，而其踔厉英侠之概固足以有为也。

夫士抱奇负异不能抗勋名于千古，乃至局促琐屑，以勤勤于一隅之事，斯其志亦大可哀也！而占毕咿唔之士顾乃群笑，曰某某所行不合圣人之道也，岂不陋哉！府君持论之英壮如此，而天性纯笃，劬学励行，虽自命为纯儒者不能逮。家素贫。事父母，极甘旨之养；与兄弟处，无违言其治家也。约之以公与勤，无私蓄，无不可告人语。中岁，补邑增生。后即课徒于乡，因材施教，不专专于帖括之学。以是闾里皆重府君，遇疑难事率取决焉。

家故有阛阓，府君常独宿其中，一夕，忽失所在。翌日，遣人四觅，始知邻村有购畜未输税者，为税吏所持，倾家以施罚，购畜者惧，午夜求府君居间去矣。府君既见税吏，请按故事以罚，吏坚持原议不稍让。府君争之者再，吏益无状，府君怒率壮士持马挝直造吏门，欲扑之以示儆。吏闻声先匿，自知罪，不敢较，而事以寝。乡党皆服府君之智勇，此葆光所及见者也。从伯少柳公曰：府君早年，有数僧者舍南村一刹，北京岫云寺之戒徒也，党羽遍河北，连接县役，肆淫凶于闾阎。南村父老不敢问，则请计于府君。府君愤僧所为，立呼骑率众，一朝驰数十里至南村，捽数僧者，屏之刹外，改其刹为义塾。僧濒去，戟手矢言仇必报，府君如无闻者，害遂除。南村父老德府君甚，复为府君危，群环府君叩谢。府君曰："嘻！吾自行其志焉耳，祸福无与而事。"于是乡党又皆服府君之德量焉。数僧者，惮府君威严，亦终不敢再至。

府君生平义举多类此，而意殊不可。每太息曰："求名里井，取重于戚邻，虽足快意一时，要非丈夫之极行也。丈夫当求所以解四海之纷者。"会桐城吴挚甫先生来牧吾冀，延通州范肯堂先生、武强贺松坡先生为冀学者师，三先生皆海内大师，府君闻之方食，遽起立大喜曰："吾志今可求偿于后人乎？机不可失也。"即送吾父往，从三先生游。后葆光渐长，府君教愈严，及病革，犹命至枕侧叩书义。盖府君生不能大展所怀，故望子孙之切也夫！庸知吾父抱绝世之学，未万一试，遽中道而殁；而葆光德业不进，际有为之时，竟碌碌无以稍自异于常人，负府君地下之望矣！能不悲哉！府君尝自修髯，每饭不过一盂，而双眸有奇采射人，年既老，神明不衰。六十后，日坐书斋，手一卷，与客论古今成败以为乐，不欲再预人事。然邻里争端起，仍叩门，强府君一言为直，不能却。光绪庚子四月十七日，府君竟以急人之难，隆冬就道，感受风寒，归家寝疾，数月以卒，年六十有七。卒之日，穷十余里皆空巷而集我家，抚尸痛哭曰："吾曹自今无所倚矣。"

府君讳永敬，字宗晏，世居南宫之孙村。卒，即葬于村东北之阡。以王妣梁太夫人、王太夫人之柩祔焉。府君之曾祖讳智，妣氏某。祖讳盛山，妣氏李。考讳怀芳，妣氏张。王（考）生吾父兄弟三人，吾父讳刚已，叔父讳修已，季父讳正已，皆后府君相继卒。又生吾姑母二人，皆适士族，亦早世。葆光感世道益衰，恐先德渐以不彰也，爰举府君言行大略，以备能文君子有所采择云。

民国十年七月孙李葆光述

《尚书大义》序

圣人之不作久矣，举世纷纷尽苦于乱。譬之居城市者，久与尘垢相接；览钱塘、渤澥之图，罣然有江海之思焉。《尚书》乃圣贤之江海也，而图之者谁欤？今夫渤澥之壮、钱塘之奇大地鲜其伦，然而渔父舟师终岁游其间、毕生栖其侧，于风物之美，烟霞之胜，毫末无会于心也。及顾恺之、王维之徒过之，森然魄动，窅然神往，放笔写图，以示世人，于是钱塘、渤澥之巨观虽远在外里之外，而一时具现于吾目前。今吾师北江先生所撰《尚书大义》，其发挥古先圣贤之意态怀抱，何异顾、王之图江海乎！《尚书》为吾国最古典籍。自唐、虞以至于周末，举凡政艺、学术、道德之升降，圣王贤相皆之人杰士之訏谟远犹皆著于篇，而后世学问之士致力于此者不可胜数也。顾经义闳深，篇牍错乱，训诂家率难穷其奥。今先生师承家学，以心得以显豁之笔抉书中秘旨，公之于世，使学者读之，几忘其为往古最难读之籍，而恍然与尧、舜、禹、汤、文、武、周公周旋于文字间也。呜呼！非神于文而心通古人立言之意者岂能若是？

夫吾人所贵于学者，以其当继古而阅今也。当代豪杰苟能沉潜此书，以深求论世圣贤修身治国之道，而奋起以挽今日衰季之局，其尤为先生辛苦著书之本旨哉！葆光夙受此经，思其泯而无传也，乃与张君庆开、雷君光显集议，粹而行之，且承先生命，叙述其大要云。

民国十一年八月门下士南宫李葆光谨识

余母褚太夫人六十寿言

壬戌九月

外人之客吾邦者，惩吾法之未善，不能平其争而奠其业，各求自葆，而强行其法于吾国，于是所为领事裁判权者出焉。领事裁判权之制非平国所宜有，而吾竟有之，斯诚大耻。国人瞿然不宁，谋所以废之者久矣。虽然，鸟飞高者羽翮健，壁之经久不退者基址劳。今以未学稚之高拥皋比以施训于耆儒硕士之前，群知其不可矣，身有所未逮故也。夫以吾不良之法，欲诸强大国之人民，一旦捐其故习，懔然奉守而无远，此于事之难济，何异童骇之为智者师乎？果欲事之有济，不若返而先求诸己，斯谋国之善者也。

夫外人亦不乐以领事裁判权侮我，是故，待吾更定律章而遂可以撤除之说，列邦盟约备言之。而未易骤见诸实事者，彼诚有所不得已耳。比者，敢回之机稍稍动矣。于是时，余使君越国适晋，贰司寇，慨然思立殊勋以厌中外之望。覃精一虑，夙夜不遑者，惟与诸当道修明科条是务。未半载，中外观听一变。于是法曹诸僚吏群相贺曰："如使君者，可谓得其本矣。国人所日谋不得当之领事裁判权今殆撤废之时乎。"既而，闻贤母褚太夫人今年六十生日，使君将召戚友称庆里第，又奔走相告曰："使君之才器成于太夫人。太夫人劬以奉亲，和以使下，恤贫济厄，极其德化所及，遂成使君今日之名业，是吾曹所审知也。"夫吾曹于使君之行义犹倾慕之无已，况推本溯源，幸及太夫人揽揆之辰，乌可无一言以为祝。乃为之辞曰：

浙之山水兮甲天下，卷向伟人兮胸中泻。卓立八区兮藐夷夏，旁逮众艺兮扢风雅。德之兼备兮谁陶冶，袅袅秋风兮木叶堕。遥拜寿母兮扬玉斝，远岫三五兮出屋瓦。松实菊华兮纷在把，众宾醉饱兮进歌者。高门崔嵬兮腾驷马，万岁千秋兮一笑呵。

卷二

民国十四年夏，友人尹子托人之约予至松花江观利绥军舰，利绥军舰者，吾国在青岛籍没德人所制汽轮之一也。炮位、令台、兵宿之室、粮储之所以及一切兵船所应有者无不备设。甲坚体轻，行速射远，其能事颇足述也。夫斯舰乃外国所制兵轮之小小者耳，而精善已至此，则西人之技巧岂不可惊也欤！

中国古之巧者称墨葛，然墨葛所制之器今无传者。由于国人好尚有异，不肯续殚智虑以求之也夫？一人之智虑有限，大地之物理无穷，欲以有限之智虑尽无穷大地之物理，事本甚难。惟不以其难而舍之，务竭心力以研求，庶于群理之中得其一焉。苟得其一，上可以益国，下可以便民，宁止一身一家之利哉！彼西人立国较后于吾，而富强胜吾十倍者，皆原于是也。而国人之素以是为诟病，盖未睹其利耳。今已睹之矣，乃摹效未久，难尽其奥，辄又惭沮曰："西人技巧殆由天授，非吾人所能逮！"夫圆颅方趾，心考手缀，西人何一不与吾同？吾何为不及彼哉？而自馁若是！果能人人奋勉不自馁，斯工艺可兴，富强可几矣！嗟乎！国威累挫之余，人民遇事退葸，亦固其所。独所谓利绥军舰者取之于敌手，今竟无以立其懦，岂不大可叹哉！

叔孙通起朝仪论

乙丑七月

汉高祖籍群臣之力，平定天下。群臣饮酒争功，或拔剑击柱，高祖患之，命叔孙通起朝仪。礼成，高祖曰："吾乃今日知为皇帝之贵也。"

夫臣下枭悍无度，固当略施绳墨，以整班序。然自通过为扬君抑臣之制，虽一时天泽之分定，而俾其君赫然自尊，臣下望之如鬼神，上下隔阂，相视而不相知，为害于当时，流毒于后世，其弊有不可胜言者。夫以高祖之豁达大度，从谏如流，使得良相贤弼左右启沃，自不难闳揽远垂，追踪三代圣王之治。而通计不出此，惟以阿谀为尚，苟且应制诏，侥幸钓爵位，何其陋欤！

自周德之衰，三代盛时之礼乐刑政浸以微灭。迄秦火之后，古典旧章十存一二。汉有天下，通为博士，当此之时，去古未远，正当殚精竭力以修明先王之大经大法，陈诸廊庙，传示无穷；而竟乃坐视其坏烂，不一收拾，反创造凉法，贻祸生民，使后世君日以尊，臣日以卑，情睽势隔，如齐、秦、燕、赵之邈不相涉；甚至兆民罹于涂炭，盗贼起乎边境，国势陵夷，群小当路，而人主方且晏然居于深宫之中，以为海内无事。及至一旦强敌突入，宗社将墟，始知祸发难作，仓皇颠沛，不知所为，而天下五分四剖有如土崩瓦解，虽有善理者已无从效其用矣。此皆通创制不善，阶之厉也。岂不悲哉！

然通之所为，虽未尽合乎道，苟臣下笃守不变，固足相安于一时。至如纲纪荡然，群下恣睢，敢于叛国犯上，而犹且妄假名义以自饰其非者，视通之所为，反若海上三山之不可即矣。然则，处今思古，由乱忘治，能不致慨于世风之日下，而盛时之难再乎！

读《史记·李斯传》后

六国合纵攻秦，李斯以离间之术佐始皇二十余年，卒并六国，成帝业，非才智过人者能若是乎？然始皇既崩，斯不知从天下之望，立扶苏，反惧扶苏立而蒙氏夺其权，勉从赵高之谋，立胡亥而杀扶苏。

舍明而趋暗，去顺而就逆，盖非为天下计，亦非为二世计，惟恐失其权亡其身也。何则？夫高之见信于胡亥久矣。其势不得不争立胡亥，胡亥既以高之谋得立，又因平日之旧，其势不得不宠高而疏斯。斯与高操术不同，高宠则必谗斯，谗斯则斯必怨高，斯之怨高日益深，则高之谗说日益盛，而胡亥之疏斯日益甚。斯于胡亥即位后，漫不觉察，犹欲进谏于二世，而不知其说不行，是使二世愈疏己也。其说果行，是使高愈谗己也。故陈胜叛秦，斯屡请间谏，而二世反加谴责。及督责之说行，而高使斯谏二世于燕私之际以倾陷之，当是时，天下之权已尽归赵高，而斯进退维谷，安能免于祸乎？

呜呼！斯好严刑峻法，听赵高邪说，杀嫡而立庶，终致族灭，固其所也。独其于秦所建树，礌礌轩天地，而晚节官高禄厚，狃于一己之利害，遂不惜倒行逆施，自堕令名。古来将相如此者，何可胜道，而斯尤失计之甚者哉！

李静澄妻董夫人墓志铭

乙丑八月

形骸一化，而万事皆空。凡耳目之所接，手足之所营，有形可睹，有名可假者，无不随生命而奄然具尽，况情爱之浮托者乎？夫人生不能旷观群伦之表，而日戚戚焉于生死之无常、情爱之难续，乃自古达人哲士所不与也。然人类互相维系，历久而不澌灭者，实以情爱为之键。逝者垂顾未来，缠绵而不忍诀；生者追慕以往，徘徊而惜其去。则利泽思润于后人，而矩镬耻偭乎先烈。继武增华，洽化因以日昌。

呜呼！自生民至今，芸芸之众受役于情感，而忽焉以歌、以泣、以喜、以悲，观之似甚无谓，夫庸知人世进化之原，胥赖于此乎？然则，吾友李君静澄悼念其亡室董夫人，久而不忘，洵非无故哉！且董夫人亦有足悲者也。明敏而勤于学，婉嫕而孝于亲；婢仆感其懃挚，子侄服其善诱；至于居贫不怨，寝疾不忧，忍痛言别，以冀静澄之劬学显名，所志尤远。今静澄学既成，名且立矣，而董夫人物化已久。嗟乎！

静澄髫年受学于予。方予游宦吉林，亲见静澄之御轮迎娶，夫妇衣吉服、携锦茵，罗拜于堂前。其尊翁蔼彬先生盛筵觞客，左右顾盼，喜动颜色；即众宾莫不赞为佳偶，而祝其偕老也。为日几何？董夫人竟不幸早世！静澄痛发妻之遽殒，一病几殆。而蔼彬先生失意宦海，窜迹吉林东北荆棘万山之中，亦垂垂老矣。蔼彬先生制行不苟，静澄夫妇久渐德化，行止一准于礼。忽催丧至此，夫善恶殃庆之无凭，天道自古已然，静澄其无复悲悼也已！

董夫人讳琼玉，字温如，又字格非，吉林女子师范学校教员。母家宽甸，世族。以民国癸亥十月二日卒于安东，年二十四岁，葬于某所，遗一子瑞敏。静澄今为东北军第四师司令部秘书，具状，嘱为铭，因为之词曰：

江水清兮雪山白，灵不归兮思脉脉。翠叶兮金英，肖灵德兮藕之荣。忽风霜兮秋晚，抱寒节兮悽兢。百年去兮电扫，瞻云旗兮天稍。灵既往兮奈何，鋑嶶行兮不磨。拔云雾兮八表，驰灵爽兮山河。

厉经德先生暨德配郭太夫人七十寿言

乙丑十二月

葆光幼好远游，尝緤马太行，弥节雁门，纵览乎白登、摩笄之巅。折而东迈，渡辽河，绝嫩江，上兴安岭，抵靺鞨旧壤；见高山之硉兀，巨流之澎湃，深林密谷，云霞万态，而高人逸士往往寄迹其间，绝意仕进，以为大块钟奇，无所不备，而山水林壑尤其精英所萃，而令人流连难忘者也。及燕齐大旱，继以连年兵燹，数千万生灵衣食之所需，手爪之所出，刮地无存。有司议所以振恤之者。平原广畴，素乏丘壑之胜，菽粟麻帛，旧为高士所忽，至是千里转运，嗷嗷之众赖以存活；而向之气疯绝磵，清流茂树，足以资吟咏而怡情抱者，今乃毫厘无裨实用。葆光始恍然大悟，至支柱乾坤、纲维人纪者，固在常而不在奇也。

今观东阳厉经德先生及其德配郭太夫人平生行实，诚无赫奕迈世之规。然伦常细行，米盐琐务处之秩秩有条，使高堂心喜，兄弟和洽，子孙孝友，家道日昌，而戚邻靡然从风，称善人焉。斯亦贤矣。如充其所至，全国皆法先生伉俪之所为，则郅治之隆，无俟再卜。若舍本逐末，专尚奇尚诡异之行，未必有当也。日月周耀，寒暑潜运，生物赖以不绝，而人视之若无睹。霆击电扫，泉涌雨注，非不环玮巨观也，而卷禾拔木，漂庐漫郭之灾，转瞬见告矣。然则，世人不重庸德庸言，而跂慕乎魁杰异人之所事，偶一详思，能不废然自返乎？

本年某月某日，经德先生登寿七十，郭太夫人亦六十有八矣。其哲嗣震、欧等将召戚好，肆筵称庆，而以侑斝之词嘱之葆光。因本其所见，以为跻堂之献，亦自知其持论之乖时也。

《历代明贤嘉言类钞》序

丙寅十二月

友人尹子托之以所编《历代明贤嘉言类钞》示葆光，曰："为我序之。"呜呼！尹子其亦知今日为何世乎？五分四剖，国将不国；上行下效，贪婪成俗；文、武、周公、孔子、孟轲之教泽，荡然无复留遗；所闻者杀伐之声耳，入目者流离之状耳。纲常名节，世界人类赖以生存而不至澌灭者，群思碎裂之，必根株尽绝而后已。盖吾国自羲、黄以来，未有如此奇变也。尹子乃欲以二三古昔圣贤之嘉言懿训起而矫之，譬若奏咸韶于鸡鸠之前，衣文绣于猿狙之体，适招其怒耳，何功之有哉！虽然，一治一乱，国之常理。夫世由治而之乱与由乱而之治，岂突然者哉？必有一二人焉，躬为夷跖之行以倡之以先，更有亿万人草偃波靡以和之于后，而治乱之基于以兆矣。揆尹子之用心，殆欲使治平之基兆于此书也乎？

吾尝西登太形北临渤，见峦岫重叠，崖岸嵯峨，惊涛骇浪，亘数千里而不绝。慨然念及古所为愚公荷畚、冤禽衔石之说，以为此伟然巨观者，但凭一手一足之烈，讵能损其毫末哉？然而史乘传为美谈，先贤以为矜式者，何也？良以精诚所极，无坚不破，而开物成务之功端赖于此也。一愚公、一冤禽其所成就者诚微，使有亿万愚公、亿万冤禽同效其所为，虽太形、沧海之大，固可使其无一拳一滴之存留矣。世之读此书者果能尽以尹子之心为心，转乱为治，易如反掌。则为此书之为裨于国人，岂浅鲜哉！是为序。

民国十五年冬李葆光

《吉金文录》书后

壬申四月

中国自宋以来，讲金石学者日益众，而胜朝人士尤致力于此。顾大抵注重字体及训诂二者，至三代鼎彝文字之典丽崇奥，几与诗书相表里，则往往为所忽略，不加齿及，或亦识不足以语此也。吾师北江先生以当代大师论文余暇，旁究金石，今成此书，与前著《汉碑文范》相辅而行；一以阐发文章秘要为主，巨眼闳识，实在开前人未有之途径。且钟鼎文字向视为艰深难读者，复经先生繁引博征，逐字诠释，使读者得以了然于心，琅琅上口。而所汇篇什之宏富，尤远过他家著作。然则，此书行世，不惟摛翰振藻之士所宜珍重爱惜，即考证专家、朴学巨子读之，亦必诧所未见，矜为鸿宝矣。

民国二十一年春受业李葆光谨识

题唐琏①山水画册

甲戌一月

右唐介亭山水画册七叶，民国癸酉岁尽前一日得之古都画肆中。国画册例为偶数，此仅七叶，疑有缺失。以其渲染工绝，遂付匠重装，藏之箧笥。史称介亭所绘山水苍茫古秀，陕人目之为小子畏，今观此册，气象伟岸，用笔高古，布局取势无不脱去恒蹊，远与宋元诸大家肹蚃相通。介亭八十岁后有此精作，诚可宝也。

介亭负绝艺而享高龄，丹青流传，自宜蜚声当世，播誉千秋。顾其名字至今不甚显著者，何也？盖北方学者下帷潜修，率以自娱，虽或才艺出众，

① 唐琏（1755—1839），字汝器，号介亭、栖云山人、松石老人，甘肃皋兰（今兰州市）人。他艺擅多门，尤长于书画和医学，其草书、墨画山水享誉当时。蒋宝龄《墨林今话》论其山水“淡远似云林，苍厚似大痴”。著有《三十二书品》《松石斋书画琐言》《松石斋印谱》等。

亦往往韫椟深藏，不屑求知于人。介亭生长兰皋边塞之区，守道自重，平生未居显职，据要津；纵有二三知己深重其才，而力微势弱，不足以张之。和璧隋珠，沈沦草莽，数十百年后，其名字渐就翳如，不大彰闻于世，固其所也。然若因此遂谓其画笔不足与南方群贤等量齐观，未免拘墟之见矣。欣赏之余，聊识数语于简尾。

甲戌春南宫李葆光

外舅房公墓碑

甲戌六月

出吾村而西南望，有楼翼然而高，是为吾妻之家。楼乃吾外舅房公所手建也。公讳树华，字时荣，威县寺庄镇人。性爽直而英断，言行相顾，尤富洽事才。幼读书，屡试不售，思改出他途以自异。时中国新见挫于日本，海寓洞开，外人出其货产，强市于我国，帆樯纵横海上，国人既贫且弱，缩手莫敢较。公默察世界大势，知国家非商无以致富，非富无以图强，于是弃儒而贾，持筹握算，日出入市井间。所亲群起诅之，公毅然不顾也。然公家素贫，其经营之始，力亦微矣。会庚子变作，九土鼎沸，百货不通。公一日徘徊街头，见壁间新张论贴，言朝廷已付李鸿章全权与外人议和，因自忖曰："李鸿章负海外众望，出而议和，事必成，事成则中外贸易无阻，而国产必畅行海外。然则，为商者及时屯聚，岂容已乎！"遂倾资以市棉布。未几乱定，而公大赢。自此，列肆交易多年，至十余所，周其村数十里，皆公资财所流衍矣。公既富，复思假财树功。值岁歉，开仓施赈，村人赖以不死。

光绪末，时政维新，公首建小学堂数处，又出重金助县尹兴学。县尹嘉之，保以同知官衔。当道皆知公贤，遇事一依办公。及壬寅乱，民复起仇教，官庇教，则民并仇官，浸假以乡团为名，聚众数万人，抗粮抗税，焰愈炽。南宫、广宗一带杀人纵火，有司不敢问。直隶总督袁世凯檄新军统领段祺瑞往剿之。祺瑞至威，即驻军公村，而其参谋段芝贵日招公计事。公素非乱民所为，因出助祺瑞，并戒其村众勿与乱民合。乱民大哗，谓公已入西教，俟击灭官兵即毁公家耳，公闻之不为动。已而，乡团走散，委员张锡銮、袁大化，营官靳云鹏、鲍贵卿等时往来公村，与公聚语，未尝不重公之才也。特给“义能超俗”匾额以荣之。段芝贵尝从容谓公曰：“观子器能，非市廛中人，盍出从吾辈游乎？”公曰：“功名之会，利禄之场，岂全恃人谋哉？亦自有天命者存焉。某自视无食肉相，难与贤者并。”终不肯出。民国十年春，葆光由京师旋里，公已老矣，每置酒楼上，论当代豪杰。辄曰：“某也，非任重才。某也，非济时器。”呜呼！开国诸公，龙翔虎跃，气概不可一世，而公顾藐之若此，则公之识量为何如哉！

公以民国十三年七月某日卒于家，年七十。是月某日葬于村南之祖茔。曾祖讳某，妣氏某。祖讳某，妣氏某。父讳某，妣氏某。元配氏候，早故；继配氏吕。子用简，亦早亡。女蕴冰，适南宫李葆光。蕴和，尚未嫁。公既葬，葆光谨为之铭曰：

胡驾之短，途之赊。不能施于国，施于家。不为公惜，为时嗟。

房袭明墓碑

甲戌六月

呜呼！吾自关外归来，见向日交亲已强半徂谢，未尝不泫然流涕也。至若青年可造之才，志未究而身先亡者，尤令人痛惜不已。况吾袭明，学修行立，已具成人之概，乃亦早年夭札。使其死后有子孙继武、著述传世尚可稍纾予之悲怀，而袭明固无是也。身死未久，其老父、孀妻、幼女复相继物化，十年前繁昌鼎盛之家，不转瞬而凋零殆尽。然则，吾今把笔以为铭墓之文，其感怆为何如耶！

袭明讳用简，世居威县之寺庄镇，袭明其字也。曾祖讳某，妣氏某。祖讳某，妣氏某。父讳某，妣氏某。娶同邑徐氏，有苦节。袭明年十三即从予游，旋愤吾国海外贸易之不振，乃入天津南开大学，求经商致胜之术，将毕业矣，而竟以肺疾死。袭明之姊予妻也。袭明虽去津，犹时来予家省其姊。

见其年益长而学益进，事父母、处家人、接友生益谨以和，予心亦益喜。当袭明健在时，予尝谓友人曰："吾与袭明相爱之殷，殆佛家所谓有夙缘者欤！设不幸而吾妻及袭明不能并存人世，则予宁舍吾妻，而不忍袭明之亡也。"呜呼！吾妻今固无恙，而袭明竟何往乎！然使吾妻彼时果有不幸，予之伤悼岂真减于袭明之死哉！独以一时戏语遽成谶兆，而苍苍者所为，又若故与吾言相反。今日偶一念及，辄不觉肝肠之寸断耳！袭明殁于民国十一年十二月廿六日，年二十有六。以某月某日葬于村南之祖茔。其长女庭筠来请铭，铭曰：

不才而寿，虽寿何为。才而不寿，其才安施。志厉青云，身化黄土。嗟哉袭明，此恨终古。

怀旧录

甲戌六月

予家孙村，在南宫城东南三十五里；再东南十里曰红庙狼冢，予外家在焉；予妻家寺庄则在予村西南十二里。三村相望如鼎峙。予村南有古庙，幼时每登庙阶，面东南望，烟云尽处，隐隐有屋瓦出林梢，辄遥指曰："此狼冢也。吾外祖母斯时已进午餐乎？"旋见村北若有人出入之状，则又指曰："是岂吾舅父往田间耘子乎？"狼冢村北有冢三，一高而两低，纵列如牵牛星状，是为吾外祖之墓。予每往狼冢，一到墓旁，即知外家近矣。外祖姓朱，讳鹤龄，字梦九，邑庠生，以课徒终老于乡。其卒时，予仅五岁。吾母号泣奔丧，行过古庙前，哭声与树声相应和也。外祖母躯短面丰，鬓斑白辫，发已半脱。一日秋禾满场，外祖扶杖盘桓场内，予亦嬉戏其侧，抵暮始提携而归。今将老，所能记者仅此，余则尽忘。

外舅家崇楼杰阁，气象富盛，非吾家及狼冢所能及也。寺庄为威县巨镇，吾妻家在镇南一隅，门对大溪，榆槐环簇如长屏。辛亥秋，予游学保定，妻弟房袭明自家歇暑归，笑谓予曰："今夏乡居甚乐。霖雨经旬，溪水盛涨，树色益青葱可爱。每与兄弟辈泛舟月下，听蛙声，玩波光，或吹横笛三五弄，辄觉清风遍体，逸兴遄飞，即东坡赤壁之游，亦未远过。”予闻言为神往者久之。十年后，予复至寺庄，会外舅时荣公之葬。所谓溪者已涸，树者已枯，舟者已不知何往矣。袭明之墓在溪南三里许，宿草蓬蓬，不见土壤。而保定昔日共学之所，经壬子正月兵燹，亦焚毁一空，无片瓦存。

予七岁入家塾读书，偶值吾母朱太夫人往狼冢归宁，随去则废学，不去则恋母，先祖宗晏公乃剖其期为二，使半随母行，半归就学。予既随母居狼冢，迨回塾日迫，心乱不安。一日旁午，望见村北迎予之使策蹇缓缓而来，则大震。先外祖母马太夫人烹茶供使，使饮毕，出视日影，归谓予曰：“可发矣。”予仓皇随之去，若死囚之就刑者。骑驴行墟落间，觉残芦败柳俱可依恋，出村后犹频频回顾，直至村树尽没于烟雾中而后止。使见予不怿，则称引闾巷琐事，杂以谐词以乐予。予不之答，使仍絮絮不休。予漫应之曰：“予外家新购一骊驹，极神俊，不日有人骑来迓我，汝当知其异于凡马也。”抵家后，先祖母王太夫人唤咻，甚至每食必具美膳，谓予辞母来学，其志可嘉。然予因恋母故，实无意读书，食亦不能下咽。宗晏公无如何，复送往外家，使从母。及入门，见所谓神驹者，昂首皂枥间，悲鸣者再，其意若惜予归来太速，未及驰往予家相迎，一试其捷足耳。

索泸之杏林如故也，桥村之石梁亦如故也。而吾九姑母果安在哉？忆九姑母之嫁于桥村陈氏也，予仅八龄耳。吾祖母每命予接九姑母归宁，至杏林西畔，率饮马小憩以为常。呜呼！吾父弟妹四人，皆年未三十而殁，九姑母尤其先亡者也。六姑母嫁于石家庄张氏，虽亦不幸早世，然身后尚有子孙，起传其绪。九姑母则死未周年，所生之子又殇，闻其家今已式微矣。予每由京保旋里，途出桥村，往往泪堕而不自知也。

先父大同公宦游四方，如保定、如太原、如灵丘、繁峙、静乐、大同等县，皆以予从。光绪癸卯，予年十三，始从游保定。时年幼，初入都市，觉所闻见皆可喜。保定，直隶省会也。衢巷纵横，池馆伟丽，督府前毂击肩摩，茶肆酒楼连接无隙地，入夜则万烛交辉，豚蹄鸡跖，累累悬门首，以招饮客，轹釜声与拇战声相闻。予夕餐后，每独立街头，听之以为乐。城内新立学堂数处，学子皆淬厉攻苦，尊敬师长。出则徒步恶衣，无乘车衣帛者。有之，群詈为腐儒。城东五里外，校武之场，屯兵之垒，迴环数十里，渺不见边际。鸣金击鼓，试马观兵无虚日。有兵数万人，而城内不见一兵。兵日与民接，而民不知兵之可畏。当时保定之风尚如此。数十年来，论者每以清廷失政为议。夫清廷之失政固矣，惟其失政，而皇位始不保。然今日则何如乎？养兵所以御侮，不御侮而反以阋墙；养士所以图治，不图治而反以长乱。兵之所至，鸡犬尽而盗贼滋；士之所居，天理灭而人欲纵。疆削国蹙，四海纷纷乃极。则若此失政之衰世如彼，彼以失政而灭亡，此以进化而富强也。

自民国易朔，无复上元观灯之乐。然昔日太平景象，固历历在目，不能忘也。光绪乙巳，予随宦并门，偶值元宵，闻司前街灯火之盛，因侍慈舆往观之。出门振策，碧月团团出东岭，与屋头积雪映射生辉，甚白而厉。寒气袭人，犹觉春意之未畅。遥望灯市，烛光挟市声而上浮，九霄尽赤。飞马急进，忽焉天地改观，则司前街到矣。夫元宵灯火之可喜，岂独以其光明焜耀也哉？而形制之奇巧百出，尤能引人入胜。司前街所张之灯，圆者、弧者、卧矗者、琉璃制者、冰绡制者、彩楮制者、文绮制者、似荷者、似瓜者、似葡萄者、似鱼蟹虾者、似蛟龙者、似鸟展翼者、似狮子捕者、似马迴旋者，斗异标新，无不工绝。所燃花炮或红焰一缕，直冲霄汉；或久旋盆内，倏而上腾；或先发巨响，继吐丹珠；或砰磅连声，火花奔蛇。奇形态之奇诡，尤难殚述。予凭轼四顾，目眩耳震。午夜言旋，沿途车马声与箫管声犹鼎沸潮翻，其势未衰。予至此，始心神畅适，不知寒威之何在矣。夫佛家之净土、耶氏之天堂、道家之华胥国、赫胥黎之乌托邦、孔子之大同世界，皆虚构一极乐之境，以为人生最终归向。持论虽高，事则近幻。所谓海上三山，可望而不可即也。惟旧历年节十余日，闻爆竹一声，人皆熙洽悦豫，机心尽忘。虽穷凶极恶之人，亦觉群居之可乐；虽积怨深仇之家，亦感报复之无憀。踪迹久疏者，至是登堂一拜，而情谊顿增；意见相左者，至是醽醁一杯，而前嫌尽化。消灭天地之戾气，削除社会之危机，其作用之宏大，殆有国家刑威，圣贤德化所未能逮。至于久劳暂逸，心境丕变，涤荡旧染，焕发新机，尤其绩效之小焉者也。然则，佛、耶诸哲意念中所为极乐世界与此宁有异乎？夫地球公转，四序相推，计其躔度之短长，测其寒暖之变化，阴历诚不如阳历之精确。舍旧图新，谁曰不宜。惟是旧历年节已往之盛况，今日遂难复见，回首前尘，自不能无怅触于怀也耳。

赵武灵王墓在灵丘城外十余里。乙巳冬，予与周子樾往访之。子樾骑马，予则骑驴。甫出城，子樾扬鞭谓予曰：“吾平生善骑，今日一显其技可乎?”因怒马疾驰，予驴亦随之进。未半里，子樾鞍脱，身与鞍俱掷于地。予驴见状，惊而后缩，予身由驴首下，足绊于镫，为驴所引，倒行数十步而后止。子樾与予虽幸皆未伤，然访墓之举遂中止，徒步相将以归。夫子樾以骄致败，予不骄而亦败。然言人谦谨寡尤之说，特言其常耳。至于祸福倚伏，变生不测，有人智所难预防者。尽人事以听天命，岂非贤者自处之道乎?

杜君上化，字子诚，灵丘孝廉。性任侠，有志节，连举进士不第。值庚子拳乱，练乡团以自保。拳匪来犯，率众击走，其所居南山数十村赖以安堵。益自信，令乡民习武，卫家、仓敖，以备不虞。时诛罚有罪，乡民敬惮，遵约束，隐然无上下之分焉。有司疑之，谓其有异图，屡迫讯，不得实行，止。会先公宰灵丘，一见，许为奇士，为延誉士大夫间，交相结纳。君大喜，一日，谓从叔志远公①曰：“嗟乎！上化，灵丘老举人也。平生治程朱之学，守尺寸之义，国家既不得已，宣力乡曲以自见，有司乃谓我谋反，欲置死。倘不得李公白之于世，则我虽死何以自别于诸子乎！语罢流泪不已。”予初识君于灵丘，后予赴法政学堂，而君亦被选为山西省议会议长，遂不相见。越冬，予年十七，学堂既放假，思远游以自广。遂渡黄河，走大梁，吊古吹台、繁塔，间折北上，入井陉，经代州，省父繁峙。归，过君于太原省议会。时晋北汽车尚未通，往往只身行山中，七八日不见亲旧。君闻而壮之，招与同游市衢，见国家方鼎新百度，建学校，筑衙署，昼夜不绝工。君太息曰：“美哉室户！天下滔滔，惟有德者能主之耳。”盖君素负霸王略，既老不得施，故以自慨，且勖后进也。鼎革后，先公守大同，每令予作函讯君。君读之必称快，传示知好，且书报先公曰：“贤郎命世英才，公有事，宜一以垂询，勿以孩提目之也。”予当时齿稚识陋，深笑君见勖之过与用心之误。呜呼！君今死矣，

① 李英己，字志远，直隶南宫人。李刚己从弟。

予亦一无所成，忽忽将老。然则，君固豪杰士，独其知我者，殊不如我自知之审，为可惜也夫！

罂粟，毒卉也，而其花特鲜艳悦人。光绪丁未夏，予省亲繁峙，时与二三亲友纳凉滹沱河畔。见罂粟盛开数十里，红紫煌烂如云锦，土人戴笠持刀，匿身花以刈取其浆，光景堪入画，为之流连不能去。不久清廷与外人结约禁种、禁吸，未一年而毒卉绝。予南游五台时，大同公命沿途密查，周历山谷三百里，竟未见一株之存在。迁善之勇如此，不能不谓为清末一善政也。然今日陕西、河南、塞北等处又复毒卉遍地，而人民且有以不种而获罪者矣。民国创业以来，百度维新，举凡我国固有之典章文物，唾斥摧陷，必至扫地无余而后快，独于此事则竭力复古，若惟恐先民典型之失坠者，何欤？

向读冒巢民《影梅菴忆语》，见其以贵介子弟遭时危乱，不佐史公杀敌致果，反著书立说，侈陈湖山人物之美、饮膳笙歌之乐，以自夸异；而后世无识之徒且传为风流佳话，竞效其所为，至今而未已，不觉废书而叹曰："士之任情纵恣，罔恤国难，有如是乎？"然巢民以在野之身，不问理乱，游衍自娱，虽其事不中于道，而所关尚小。至若宋高宗亲见强敌入境，父兄为虏，千里避走，假息江南，此在常人处之，未有不扼腕切齿，思剚刃于仇腹以为快者；而高宗当国数十年，曾无誓师雪愤之志，方且驰情艺圃，笃念黄庭，以为得计；国人化之，习于孱弱，中国遂不能得志于中原。盖自古帝王丧心昧本如高宗者，不数数观焉。呜呼！恶风相沿，作俑何人？及观《大观圣作之碑》，始知高宗之玩愒坐误，实由徽宗启之也。碑在繁峙县城东南五里许，文为徽宗，书额为蔡京，书中多宏奖道教之语。庚戌春，予养疴县署，与幕宾杨博洲往拓之，玩其文词书法，诚秀逸可喜。惜乎徽宗所能者仅此，以之君临万国，无当也。夫金人灭辽之后，其心何尝须臾忘宋哉！为徽宗君臣计，自宜简讨师旅，早为之备。乃计不出此，而日以搜求书画，怡情翰墨为能事。未几，边烽告警，身陷虏廷，子孙染其余习，卒无复报之一日。及蒙古南犯，宗社遂墟，即江左偏安之局亦不能保矣。然则，世之谋国者，远览覆辙，近矫俗论，可不慎所处哉！

五台山以五峰得名，五峰三在繁峙县境，二在五台县境。予既久客繁峙，后历游北京、保定、吉林、哈尔滨等处，友人必以在晋时曾到五台否为问。五台之为人重视如此！然山上风景实无奇特，不过兰若多，佛事盛而已。予之游五台在庚戌四月，彼时中国统一之局未破，蒙藏人朝山拜佛者极众。担簦囊釜、控驼携幕，数千里相望不绝，而金钱之布施，岁以亿兆计焉。山坡有清行宫，清初诸帝数巡五台参佛祖示护法诚意。盖国内诸道场，以五台为最近辇毂，故清室礼遇亦以五台山为隆。夫清帝之佞佛若是，岂真迷信因果祸福之说如蒙藏人所为哉？诚以谋国之道，当计出万全，不可径情直遂，而羁縻异族，怀柔远人，尤贵随其风尚，因势利导。蒙藏人所信者佛，吾亦信佛，则彼此神契无间，而离叛之念杀矣。事虽近于愚民，然国家之统一安宁，赖以保持。此其宏猷伟画，固非浅见躁妄者，流动轻议改革、不顾大局者所能拟似万一也。二十年来，民智大开，宗教势力铲除殆尽，国人进化之猛，猗欤休哉！即欧美诸国亦有愧色矣。然而外蒙先叛，西藏继失，而五台诸大刹，门前遂可罗雀。夫安内攘外，今人策略何一不远胜古人；而事之所以至此者，非人谋之不臧，乃积弱之势使然也。

予性好作山水游，然游之可纪者必以奇，而迹之可传者必以险。奇者常之对，险者夷之对，既曰常曰夷，斯人人所习见，而非人人所欲纪者矣。故传者、纪者必奇险可喜。之说也，岂独游山川为然，即文章事业之喧动一世者亦大抵以奇险为归。予曰："维文章事业无以异人。"至如游山水，则昔年静乐登城之举，固可称为奇险者焉。静乐城之东北方有山特起，城垣枕山而筑，自东门以北随山势而上，行至山顶复左折而西下，迤逦迄北门而止。城东北隅之在山顶者建有谯楼，傕瓦朱栏，巍然数十丈，由城内望之如天关之见云表。岁辛亥正月，大雪初晴，予与袭明往登之。自东门北达谯楼，城垣正对日，雪尽融，故上时甚易，立楼畔者逾时，踏雪往北门，未数武，忽足滑落十丈外，乃大惊。盖谯楼以西之城垣不能常得日，故雪仅半消，下结冰而上蒙雪，予等未之知也。至是欲转而复上，则去谯楼已远，磴陡冰坚，不能上，欲振足直下，则距北门尤远，磴陡冰坚，不能下，悬身半天之中，茫然不知为计。既已无可奈何，袭明即径坐冰上，任其自滑而下，予亦随之，一泻数十丈，如骏马之注坡。俄而，身被物格不能更进，则北门已迩。虽躯体未伤，而衣绔尽裂，不堪复着矣。荡（倘?）予等滑下时，使中途偶遇石角砖棱，断木之株，野棘之刺，触及肢体，身必伤；又或势急，径斜逸出垣外，身必死。今竟得无恙，可不谓为奇险也。然予三十年来登城登山何止数百次，而事过境迁，不复忆及，惟此游因事奇境险，故至今犹牢记不忘，得含毫濡墨，以实我怀旧之篇。然则，虽谓此游为平生之幸遇，亦无不可也。

先君由繁峙调静乐之翌年秋，武汉起义，九土沸腾。山西当局念大同地处重要，令先君赴本任。予在保定，得讯未久，而晋变作，邮电阻绝，未审先君所在。会学堂放假，乃至元氏友人处小住，为入晋计。时娘子关已有战事，汽车不能达，欲乘骡往。或谓途中溃卒饥民所在为患，不如俟汽车通后再行为善。然予去志已决，遂于十月中旬由元氏出发。大凡天下危险之境，未至时每思焉而惧，及既至，往往不见可惧者存。而所谓危险者，或原无其事，或别有所在，其全如预期者殊尠。予之此行，殆类是焉。既启程，经灵寿、平山而入太行，沿道行旅，往来不绝，初不见兵匪之为害。盖当时承平久，虽骤经革命破坏，而秩序一时未能尽乱。故人民于戎马奔腾之际，所获福祉犹远胜今日安居无事时也。行数日，胆愈壮，而天寒路险，则远出意外。自平山至忻州，东西数百里，岭峦重叠，径峡谷深，不能行车，惟乘骡可通池。西近五台山处，石磴尤险巇可畏。予连日行峻岅上，有时雪冻冰滑，骡蹄不陷入深涧者仅寸许。一夜，北风怒号，山店纸窗格格做响，翌晨旅食毕，风势犹未衰。予随骡纲出店，逆风行未数里，骡忽畏寒反奔，御者亦转足急走，至夜来投宿处而后止。及日午，天少暖，始敢复出就道。闻在五台山旁旅行，遇风常常如此，甚有委弃鞍驮于地，而跨骡疾驰以觅人家者。然其鞍驮因人皆畏寒不敢出，亦不致有失云。行七日，至忻州，忻州为由静乐往大同孔道。询之州署，始知先君离静乐后未赴大同，于二日前携眷东归矣。予往追严驾，遂仓皇由原路返，兼程猛进。或日落后仍攀登高岭二十余里，触石而仆，至夜半始达旅舍；或夜行坠骡下，与伴侣相失，独立深山冷月中，虎咆狼嗥久之，始为伴侣觅得，扶持同去。种种险状，过于来时所经。迨至获鹿，道始平坦，气候亦渐和煦焉。予至获鹿，时夜已二更，试询城外野店曾见有官人西来过此者乎？实则先君即寓此店，予初未料及也。老仆刘诚辨为予声，出视大诧。家人不知予何以至此，皆大惊，予则大喜。先君独居东厢一小舍，而先祖母、吾母、吾妻及幼女楷芬皆居另室土榻上。店老屋暗，油灯悬壁间，人影纵横满地。予倦极，登榻小憩。吾妻抱芬女而向予曰："儿尚识汝父乎?"女即憨笑，跃入吾怀，懵然不知乱离之感与行役之苦，其童骏之状为可羡也。留二日，先君与家人赁车旋里。予复至元氏，十日后亦回南宫。

向在繁峙，每遇夏季庙社演剧赛神之期，满城妇女必新妆袨服，徒倚门首，或藉矮几坐街旁，名曰观剧。实则距剧场尚数里也，予固已怪之。及客大同，见所谓暑月踏青会者，事尤奇。大同城东南有地曰柳泉湾，湾旁古刹曰南寺，水木明瑟甲塞北。每年五六月之交，城内居民多举家游二地，陈食榼，张纱幔，食息旷野中，恒数日不归。夜则宿幔中，骨肉情话，宾朋献酬，俨若佳节之来。临南郊十余里，幄幕相望，管弦之声，粉泽之气，迷漫田塍林薄间，觉别有一天地也。兴尽言旋，振六辔，展双轮，云逐电灭，途中争相逾越，务出人前以为快。抵暮入城，观者数万人，夹道拥立，如屏如廧，车马为之不前。盖一岁之中，郡人以此时为最乐，较繁峙之观剧，殆如大小巫之不侔矣。友人或诮之曰："此胡风也，盍革之。"予曰："否，否。塞北地苦寒，人民一年率三时避室内，不得浴日光，吸清风，夏月藉郊游一荡其郁，伊洵卫生之要道也。庸可讥乎！且子何见之不广也。予尝避暑东方哈尔滨江畔、北戴河海滨中，西土女赤体相将，以拍浮于波间者，动以千万计，浴罢皷坐沙堧，喁喁私语，观者固不以为非。其情状视大同为何如?然此犹人著尺许短袴以自蔽也。今之德国盛行裸体运动，男女并短袴而无之，竟日裸逐森林中，击球跳索以锻炼躯干，世皆誉为体育良法；而吾国粤南等处，亦有踵行者矣，不二三十年即风靡全国耳。其情状视大同又何如?夫绌虚文崇实益，西国以成其富强；绌实益崇虚文，中国日积于贫弱。今子处文明盛世，而为迂腐谬论，不亦慎乎?"

予甲寅考取法官，分发吉林。高等审判厅长栾公睡石命在省会法庭任职，与陆君哲夫僦舍同居，在巴尔虎门西巷，僻临菜圃，人家寥落。值岁除哲夫回京，予与新雇仆役杜万年、厨夫王大有三人在舍。一日，予自外夜饮归，月明中见箱橐抛弃满院，杜万年迎谓予曰："今日烧炕，不慎火出及屋壁，幸即扑灭，移主人箱橐于院内，亦幸无损。”予入室，见帐幔裀褥皆焚，而帐内盛钱币之小皮匣底亦半毁，匣中银币金饰俱不见。心大动。盖火焚皮匣，必不能仅烧去其底，而金银虽被火，亦必不至烬灭。其为杜、王二人毁匣窃物后纵火灭迹无遗。然时已夜深，若使二人知予烛破其奸，协以谋我，则予危矣。乃召二人，责其前失，勉以后效。二人唯唯而退，意似喜其计之售也。酣寝至晓，予恐一人出仍启彼疑，因唤杜万年随予往友人郭君家假寝具，而令王大有守户，俟予归再出买菜。二人信之。至郭君家，即缚杜万年而偕郭君归，捕王大有，并获之。且于废灶中搜得被割之皮匣底，刀痕崭然如新，而二人罪状益显。栾公闻之，怒判二人徒刑。及予移官京师，二人犹未出狱，不知其能自新否也。生际乱世，而所处又为塞外荒野之区，区区被盗，常事耳，何足道哉！独念睡石公固士大夫中贤者。往岁，同宦吉林，折节论文，诗酒流连无虚日。每纳凉山刹，浮瓜沉李，听歌欢奕，觉季重南皮之游亦不过尔尔。乃判袂未久，生死远分。纪被盗所以怀栾公也！

阮嗣宗口不臧否人物，至今被后世所称。嗟乎！嗣宗贤者也，乃亦为此小丈夫巧于自全之陋术者，何哉？夫天之生才，上之欲其行道策勋，沛宏施于天下；下之亦欲其各本所知，建言垂训以为斯民导。若对世人之是非、善恶漠然不以关怀，默然不以上口，则贤者何所劝，而不肖何所惧，应为之事何由举行，而不应为之事何由罢免乎？必如此说，是孔子之《春秋》可以不作，路德之新教可以不创，孟子之辟杨墨为多事，韩愈之论阳城为妄为，而关龙逄、比干、屈原、贾谊、朱云、陈东、杨涟、（杨）继盛、卢梭、玛志尼等之或死、或谪、或逐皆为咎由自取矣。胥天下之人而为乡愿，陷中国社会于麻痹不仁之病态者，皆是说作之俑，不可不察也。予既为此论，后来京师谒父执籍亮侪、邓和父两先生，心神为之一快。二公皆遇我厚，每论文计事必披沥直陈，以依违两可为耻。籍公深明政治情伪，于时贤才能之高下衡量精审，言之如明镜摄物，清泉泻影，妍媸毕宣，毫发罔遁。邓公则留意文翰与哲理，举凡古今名人之著作，中西事物之发明，信口月旦，无不批窾导窍，犁然有当于人心。二公辩才，各有独到。籍公侃侃，剑气逼人；邓公娓娓，醇醪欲醉。异曲同功，未易轩轾。追陪既久，益觉嗣宗之慎言过当，当为无足取也。夫轲、愈、屈、贾辈横绝千古，岂二公所能望。然二公才气飙发，要为一时之彦，今皆墓木拱矣。平生知己，以二公为最，何可再得哉！何可再得哉！

小女楷传

民国十年八月九日，生于北平西城之东太平街，貌秀而体丰，在子女中生最晚，予钟爱之。初学步时，偶令其负墙立，即左右顾，不少动，若惟恐倾跌者，举家为之破颜。翌年春，予与吾妻回南宫，携儿行，中途遇风，以衾覆儿面，久而无声，谓其寝矣，揭视之，则双眸炯然，方自茹其手。未尝不喜其驯良也。十二年四月初旬，儿忽病热，夜频啼，延医视之，皆谓婴孩将生齿，例如此，可不药而愈。家人以为信。然及二十日晨，而儿竟死。其死也，予方宦滨江，得报，为之流涕。时莅任之始，事殷繁，不暇常思儿，久亦渐忘。一日，独游公园，见俄人稚女憨跳而过吾前，则大戚，几失声。嗟乎！庸医之误人，何其甚欤！夫医之不庸者几何？而不自揆其术之庸，敢于欺世以盗财，其心尚可问乎？吾母念儿疾不早治而死、与吾疾愈治而愈重辄恨。已见事之不明，至举身命付诸庸医之手，以自贻伊戚，而所谓庸医者反不足深责也。

予先后宦东北十五载，交游中以成澹堪为最贤。澹堪之为人不慕荣利，善笔札，能诗歌，仪观彬雅，有高谢风尘之想。予初识之于吉林，继遇之于京师，于哈尔滨，而以在吉林过从为最密，在哈尔滨酬唱为最欢；而在京师时，澹堪饯予于宣武门城南，所招邀皆一时名宿，又似以此为其最得意时也。然澹堪平生尤服膺吾师北江先生。予既介之师前后，闻澹堪与吾师交日笃，则大悦。于报端见所唱和诗，思效作而未果也。呜呼！澹堪忽已殁矣。顾其死也，吾师有题像之文。遗集付刊，吾师又为之序。身后且有佳儿能世其学，不坠遗范。然则，澹堪虽死，固可以含笑于九原矣。

民国十八年夏，国民政府本诸取消不平等条约之党训，令东三省当局收回中东路，而放逐苏联职员于境外。苏联不屈，以重兵袭我满洲里绥芬河。时我沿路驻兵，仅老弱数百人，见敌军渐逼，始仓皇备战；而各统率恐抵外损实力，无以供内争，多不肯出师。及战，又不肯尽力，中国因之大挫。幸苏联初建国，不欲黩武，乃各派信使定和约，恢复中东路未战前旧状，而罢兵言好。然我国数月中兵匪滋扰，人民已不堪命，哈尔滨一埠劫案日以十计，予即其被害之一人也。一日，有军服者三人以借电话为名，闯入予宅，仆夫宋福年不知其诈，引入电话室。一贼守电话，余贼持木棒驱吾妻房蕴冰及诸老幼于一室，而拄枪宋福年之腹，逼索财物。室有旁门，贼未知也，吾妻乘贼他顾，出旁门，逾短垣，求救于护路军司令部。贼知状欲遁，而救兵已至。获其二，置之于法。予在署得报，回见吾妻，额被棒伤，血淋漓满襟袖，不觉大惊。俄闻两盗成擒，则大欢。及家人环述吾妻逾垣求救状，又未尝不服其勇而有断也。嗟乎！强盗入室，以一弱女子仓猝定计，遂能歼其渠，而保所有。彼身连帅，拥兵数十万，一闻敌至，即弃城远走，以失土辱国者，独何心哉！

呜呼！予行年四十，所更之事匪一，而最堪痛心者，莫过于东三省之失陷，而予亲见之。当壬申二月，日军之侵入哈尔滨也，予适在南岗楼上。见日军负枪跃马驰入城市，街内逻卒皆身披白布，作投降状。顾谓儿子元泽、元昭曰："汝等识之，自今日起，哈尔滨非中国有矣。"初，日军既占沈阳，遣使至吉林摄省府主席熙洽，许与合作。东省特别区行政长官张景惠时在沈阳，受日人密指，亦同哈埠组织地方治安维持会，隐示与中央绝。护路军总司令丁超不甚以为然也。会熙洽免丁超及依兰镇守使李杜职，派兵勒令交代，丁、李因合拒熙军，败之于哈埠南郊。日人怒，自派重兵由长春北犯。丁、李初计欲诱日军入双城车站（距县城五里），夜出伏兵击灭之，而日军抵双城车站即开入城内，反攻为守，丁、李计划无所施。日军翌遂迫哈郊，丁、李势渐不支，而黑龙江主席马占山将数旅之众徘徊江北不即前。丁、李乃大败出走，参谋长赵金麟忧愤成疾死。张景惠在长官公署抗声语人曰："丁、李果何为者？吾固言日军不可抗而不吾听，今乃使老子独任其责乎，丁、李果何为者？"语且詈即出迎日军，谓日司令多门曰："特区管理今与日人合矣。"数日后，大宴多门于铁路俱乐部，而以全市长官作陪，示共济也。予与祝君国忱亦被邀。时予任特区地方法院首席检察官，祝君则任高等法院首席检察官。自治安维持会成立，予二人即避不与，张景惠数以电话召，声甚厉，吾等卒不赴，且微露将辞官意。及宴多门，予等又托病谢，张景惠益不悦。后二日，市长鲍观澄复宴多门，予等仍辞，张景惠遂派员来代。实则，予早向祝君乞假，获允。祝君亦已数日不到署，特以兵兴道阻，未及脱去耳。予等交卸毕，先后离哈。三五知己来寓话别，自顾已成楚囚，相对而吁，而俄律师阔阔列夫竟至泣下，彼亦不自知所以然也。接祝君任者王某，乃予检举富绅孙晓峰行贿案内某院长之弟也。人咸为予危，然王某詗察数日无所获，亦无如予何。继吾等去者，有检察官李鸿炳、孙蓉昌、王时润、李达、唐士廉、赵士奇等七人，检查处廨宇为之一空。旋抵北平，见街市繁盛逾前，各官署、各学校正醉心欧化，习跳舞，选校花，服西服，餐西餐，士女终日驰逐九城三海间，酒楼歌馆阗噎无隙地，依然往年太平景象，心境为之一变，然而东三省终不可复也。

记阚君润斋

甲戌九月

予与阚君润斋结交在吉林省会。时君官地方厅检察长，恂恂然老书生也，然世情明练，履任数年，民安政举。同僚数十人，独昵就予及杨君泊庐，而诚君执中亦时相过从。四人每值公暇，辄扬榷经史，谈论文艺；退则闭门自修所业，罕与世人接；世人皆目笑之曰：“是书痴者，终不能有所成也。”

居久之，予与泊庐他调去，君亦移官福山地方审判厅，而执中仍留吉林，日益通显。迨国民军北伐成功，君超升最高法院东北分院庭长兼摄院事。会“九·一八”变作，不肯复留，挂冠去，依其子于中东路横河车站；嗣闻执中奉命移建省政府于宾县，往从之。时予在哈埠，泊庐宰巴彦，得君函，因知君行踪所在。自日本占我关东三省，各地义军起与之角，飙举云腾数千里，壁垒相望不绝。或奋迹草泽之中，或效忠干城之列；内无四方奔赴之援，外有群敌环攻之厄；以血肉之躯与猛烈炮火相搏，转战经年，前仆后继。其英烈之气壮往之概，洵足以震三光而泣百灵，可谓古今所稀有矣。然或愤于资财之见掠，或怵于权位之被夺，或感于威炎之相凌；大抵情驱势迫，不得不出此以自救。独执中夙隶旗籍，当吉林被兵时，身充高等法院长，新省府主席熙洽，其妻兄也，素相礼重。本不虑官职之降黜，财产之籍没，乃竟北走宾县，另组省政府以与熙洽抗，四方观听为之一变。而宾县商民昧于远图，恐省府所在祸且连及，数请执中他徙。执中执不可，誓与强敌决死。后日军以飞机轰炸，哈埠既陷，敌兵益逼，所部员司逃亡殆尽，自顾孑然一身，终不能以有为，不得已退走巴彦。日机追蹑，泊庐匿之城北万山中，始获脱免。盖义军中慨然奋发，不扰民，不私己，始终以国家利益为归，莅众持身毫无惭德者，惟执中一人；而声应气求，相从于患难之际，道义互勉，存亡与共者，则润斋也。书生之绩效表表如此，亦可风矣！

君既随执中走巴彦，旋来燕都就予商进止。贫且老，居恒抑郁。无何，擢长察哈尔高等检查处，始克自给。然不久即死。君之将病也，有人自张垣来。予询君近状，曰："君日事吟哦，每独坐楼头而东北望，俯仰欷歔，若不胜其感怆者。讶而问之，则曰：'吾方作诗也。'"如是者数日，遂病脑裂死。君已卒，其孤奔丧过平，予求君平生行实，未得。爰举君言行大节为素知者，著之于篇，以告世人，且示执中、泊庐云。君讳毓泽，合肥举人，卒时年五十有九。

记富室郝氏

甲戌十月

某岁秋晚，予乡居揽胜，至都水村旁，见古墓数十，残碑断碣，颓倒西风野草中。有牧叟骑犊，揖予而言曰："此郝氏冢也。冢主人昔日曾以豪富显于时，郝粹武、郝乐奇，枭鸾并育，今皆化为黄土。予欲述其行事以资劝诫，或亦子所愿问乎？"

郝氏盛时，财力贯九州。典库七十二，沿运河而棋布，自燕京往金陵，不他宿可达门前。植马枥数百，追风轶电之足，毛分色别，错立若锦绣。春夏之交，集群佃而事南亩，衣装化一，俨如军士之赴敌。时鲜珍味，瑰异服饰，遣专人采购于四方。守门之卒，训蒙之师，皆慎选文武材，优其廪给。子弟非贤能，不令主家政，违者，屏诸族外。盖郝氏虽强宗，而治家严肃有条贯，异他人。故能历朱明迄清末四五百年间，长保丰厚，不因一二人之不肖而坠先绪。

及粹武继起，席累世基业，善用其财，而家声愈远震矣。粹武少而任侠，遭捻匪之乱，输饷银四十八万两，助僧王剿寇。朝廷嘉其义，锡以二品顶戴。每学使按临，仍许郝氏以四人入泮。粹武受顶戴，而让所增秀才额于邑人。值岁荒，独立筑保障十余里，工以代赈；臈垂尽，例出四千缗与贫乏者度岁，终身不改。后粹武年渐高，望益崇，所至老幼聚观，途为之塞。粹武睹状，必下车，笑谢曰："某不敏，有何功德，敢劳诸君至是。然藉此与君相见，亦幸事也。"其贤如此。是以，南宫言富室者，必曰都水郝氏；言义士者，必曰郝粹武也。

顾粹武身虽富饶，而居常不怿。曰："吾家故名门，为乡党礼重，乃先世不幸，而有张清之事，吾何以弥此憾乎？"张清者，粹武村人也，家贫，给事粹武先人郝乐奇家，屡称贷于郝氏。清有妹，号国色，乐奇挑之，被拒。清微闻其事，而未审也。会乐奇燕客，清亦与焉。酒酣，清起为寿，并谢乐奇溉润恩。乐奇时已大醉，曰："是戋戋者，何足道。但使令妹来一侑觞，虽万金吾何恪焉。"语罢，狂笑不已，众客助之哄堂。清惭忿色变，嘿然去，而乐奇未觉也。是夜，清对月磨刀有声。或以告乐奇，乐奇不为意，出游天下名山，仍以清从。一日，税驾归德之野，夜起奏厕，突有白刃出暗陬，直刺其腹。乐奇故勇士，忍痛大呼，力击刺客仆。众仆闻声趋救，乐奇已气绝。移烛视之，乃张清也。众大惊，共缚清，而舁乐奇至屋床，启视其创，不见血出，惟溅膏四溢，以乐奇体肥故也。清卒以此抵罪。其妹或云适乡农，不久死；或云落发为尼，云游去矣，究无人能道其详也。粹武既鼎贵，近村有以乐奇事演剧者，粹武耻之，告官禁绝。然其事久传里闾，今虽星移物换，人犹艳说云。

卷三

辛亥晋北鼎革纪闻　三篇

大同民清两军之角逐　其一

辛亥暮冬，予侍家君驱车雁门之道。涉桑干，抵云中，睹地势之雄固，不禁慨然叹曰：莽荡山川，古昔俊佼奇杰之才奋迹（斯）土者，不胜偻指，何挽近之寂寂也？此次革命之举，虽肤功未奏，微逊南贤。然二三君子卫民兵不过数百，誓师登阵，坚守孤城，勍敌数千人，围之月余不下，其志节之贞壮，方之古烈，毫无愧色。民国肇基，二三君子与有力焉！迺论者不察，往往置其大劳而擿其小疵，不亦悲乎！予久客晋北，幸获与此邦人士相接，恨诸君子起义始末，尚未能尽喻于人人也。爰本之见闻，笔而纪之，如后事，务求实语皆有证，倘亦国人所愿闻乎？

大同为古来名郡，商贾云屯，阛阓栉比，当用武之时，得大同则饷粮可给，南联秦晋，东抚居庸，而幽燕之右臂断矣。故欲攻北京者，由西路进兵必先取大同，盖地势使然也。辛亥九月初八日，太原既聚义帜，民党多潜入大同，谋响应，李国华常珍其尤著者也。时王得胜为大同镇总兵，不肯附民党，然所统巡防马步兵七队，合计不过千五百人，且分防各要扼，散漫不易调遣。后所招民团，又器械窳败，缺训练，官兵民团既皆不足恃。加之得胜为人愚诈而自用，狂悖而无当。武汉事起，全国震动，得胜不严加戒备，反日与其徒以豪赌相夸，亘日彻夜，绕屋欢呼，一闻公事，率掉头不顾。府县来临，亦盛气待之，以是议论龃龉，防守疏虞。军队乘隙为变，而民党得志矣。民党举事，始于镇署坐旗兵变。坐旗兵变，特意在劫掠，而民党仍潜结而利用之。坐旗士卒无纪律，及十月十日，见世变日亟，乃定夜间起事。或闻之，以告得胜，请收回子弹，严加防范。得胜曰："闻今早有革命党百余人乔装入城，约定夜间烧毁衙署，给兵丁以子弹者，为防党人计耳。"或谓此乃兵士谰言，不足信，宜急设法弭患无形。得胜仍不谓然，但令中哨哨官萧长斌传谕兵丁，加意查夜，明日各赏肉一斤而已。长斌亦笑兵变说为无稽，不置意。及二更后，炮声訇轕，坐旗兵皆四出掠夺，乱遂作。时镇署幕僚等方僦署外民舍，佥谓得胜必殉难，其妻帑亦难幸免，不寝待旦。翌晨，齐集镇署，思收其全家遗骨，不料得免。已抛弃印信，缒城夜遁，其眷属亦由乱兵护送出城以去。得胜既逃，在城内潜伏之民党乘机招抚叛兵，惩罚数人，遣散数十人，军民无敢枝梧者。遂组织军政分府，举人李国华为总司令，常珍为参谋，王芳林为统领，武万年管带所收抚之叛兵，即时出安民。言奉阎都督锡山命，驱逐王镇，保卫商民，各宜安堵无惊。自此地方稍就安静。

十四日，探闻南路民军将到，而东路清兵亦来。城内士绅恐战事起，地方糜烂，议决无论民军、清军先至后至，皆请其暂驻城外，由城内供给粮秣。十五日，诇知清军已逼城东三十里，铺绅商议出城迎阻，而皆畏葸不肯行。争议移时，始议定，清军一面，由清知府李德炳率三厅官长及绅商官长十六人前去；民军一面，则使民党武万年前去。时李国华已微服出迓民军，请速进，言稍迟则城池将为清军所据矣，四门锁钥本在常珍手，守门兵士亦皆民党羽翼。是日薄暮，车声隆隆，枪响两排，而民军遂整队入城，绅民虽甚不悦，然已莫可如何。次日晓，清军亦到，见郡城已为民军占领，大怒，谓官绅给己，欲尽处死。后官绅力自辩解，略悉前情，怒稍释，姑抑留之，使受饥寒之苦焉。

民军首领为原平之弓富魁，众不过五百余人耳。入城后，激励士卒，闭关固守以拒清军。富魁之心腹续桐溪，读书知大体，尤富智略，弓军困守大同月余，弁卒恪守纪律，未大扰民者，皆桐溪力也。弓军进城时，王芳林、武万年均不知所往，乃举傅殿林为统领，孔宪林为帮统，孙占彪为营务处，赵维翰为抚卫队管带兼副司令，宋世杰为虎贲队管带，白英为民政长，白璧为财政长。此时民团已因缺饷解散，民军更募集马步各队到处搜枪搜炮，索粮索碳，并勒捐富户，迫令行户供应食物，虽以是稍有怨声，然或出于不得已也。

大同民、清两军相持，适在南北两政府协议停战期内。清军不退，亦不进攻。及十一月初，城内外断绝交通者已二十余日，城中薪碳罄竭，人心惶恐。瑞典教士耿而琛出为说和，未成。时有劝宋世杰投降清军者，宋本椎埋少年，人称为“宋二麻烦”。劝降说进，宋乐从，约十九夜开关纳敌，部勒已定。十八日，忽传杜议长上化、光大令熙由太原特来议和，城内商民闻之大喜。盖上化素有德望，人皆目为祥麟威凤，此次莅同，乃由出城未返之官绅电请而来，光熙为上化转请之委员也。上化既到，先见清将，后缒城入见李国华。理折情感，不数日而和约成。约章二十余款，其要旨则在保全阖城居民财产生命。民、清两军皆不得开入城内，静候大局解决。至各商店当坐旗兵变时被劫财物，侯禀请上峰查抄王得胜财产，照数赔偿。两军认可。即于二十九日送民军出城，赔以万三千金。其余留同民党，另酬二千金。自是，城中十余万生灵皆庆更生。佥以上化比古之鲁仲连。予事后到同，偶游市衢，见居民门联有云：“杜议长来，四门不杜。光大令到，万户生光”，一时传为美谈。然上化去后，清军不久即违约入城，官绅无力抗拒。卒至新历二月二十四日有二次兵变，淫掠焚杀之残劫，是又岂上化所及料哉！（大同革命，时任知府为李德炳，知县为葛尚德。乃尚节之丈所撰《辛壬春秋》误称当时知府为先大人，殆传闻失实也。）

燕云一带战事拾零　其二

武汉首义，各地风从。太原之光复在辛亥九月初八日，而大同则在十月初十日，计前后相去只一月耳。此一月中，戎马纷驰，风云变色，英俊奇伟之士咸乘时崛起，而前清官吏若将帅亦力与抵抗，晋北一带战事，日有所闻。三军露宿，四民辍业，芸芸众生多毙于非命，而财产之损失以亿万计焉，诚明季至今二百余年未有之浩劫也。究其祸端，讵非开自专制政体。今幸民国奠基，中兴有望矣。殉义诸烈士或可瞑目于九原乎？

李嵩山者，代州人，字子高。性慷慨，夙喜革命说。闻南省义军起，欲响应而未得间。后侦知清军运送枪弹，要取可获，乃召集同志，部勒以待。初，山西巡抚陆钟琦以太原兵力空虚，电大同总兵王得胜派兵进省填防。得胜接电，令步二队管带张华廷带队前往。行抵黄土寨（在太原北六十里），闻太原变作，恐怖不敢前，退驻忻州，电镇署取进止。得胜以雁门关为南北咽喉，令华廷扼守雁门。时民军既据太原，布置就绪，厉兵秣马，常思横绝雁云，直捣幽燕。得胜虑步二队枪械缺乏，难御敌，检新式枪八十杆，子弹四千颗，解关应用，而途间只派差弁一人，马兵四人护送。佥谓民党到处煽动，伏莽伺隙者所在而有，今运利器而少护卫，恐失事。得胜傲然不以为意也。军械运至岱岳镇（太原南百余里），天已暮，嵩山率十余人从暗中突出，劫得军械，之北走。次日，抵怀仁县，有众仅四十余人耳。得胜闻变，大怒，派马三队管带王芳林带兵一哨往捕之。芳林畏嵩山势，反纵之赴应州。洎嵩山至应，则斩木揭竿从之者已二百余人矣。芳林回报，得胜又檄步三队管带耿攀鳌统全队赴敌。兵到即开枪轰击，民军亦力拒，战终日，民军败衄，嵩山等死之，所掠军械复为清军夺回。自是，雁门以北民军不能骤得意，而关南则声势浩大，日进有功焉。

太原既复，军政府派马队八十名赴省北各处鼓动，忻州、崞县相继归民军。党人章诚格统二百余人进驻阳明堡，规取代州。清代州牧郭熙、管带王瑞廷见民军势盛，惧甚，而邑绅冯郎等亦恐战端一开，人民涂炭。说诚格以现在南北停战期内，彼此宜偃戈解甲，候大局解决。诚格许之，暂不攻城，惟索给养而已。后议和久未成，九月二十六日，诚格自阳明堡进扑雁门关。进兵先扬言，大军到齐，五日内必进关，飞檄王得胜速让关共守，而代郡官绅亦求得胜退让以保一方。得胜俱不从，益厚兵备战。雁门本自古用兵要地，雄关高踞，巍然云表，峻岅盘折，登降艰难，南北数十里，万山合沓，惟山路一线可通。凭关屯守，炮石下注，仰攻者跬步莫能进。故诚格虽奋勇激战，迄无成功。幸代州即于是时光复，自此民军叩关北伐，无后顾忧矣。先是十月初四日，太原民军又遣李某统炮队数十人来代。到后，即劝郭、王反正。郭、王不能听，然亦不加备，以为我既供给民军食物，民军必不我谋，大兵寡守，备疏懈。民军出其不意，三路进兵，不日而城拔。王瑞廷逃往雁门，郭熙不知下落。

原平镇弓富魁者，嗜酒无赖，人呼为“弓酒壶”。及革命事起，陡动功名之念。在本镇纠合流氓数十人，购马造械，并赴太原领取弹药，以为民军支队。是时，弓军事属草创，众皆乌合，若郭熙、王瑞廷乘机进击，必致瓦解。而郭、王不知出，此富魁遂得从容募集四五百人，出战数次，虽未大捷，然众心鼓舞，已深知防兵之无能为矣。扑宁武，取朔州，捣大同，所至有功，威声振于远近。

王得胜小史　其三

王得胜，浙江平湖人。幼失怙恃，长而无赖。年十八投淮军，为勇数载，抑塞不得志。发、捻乱平，李鸿章总督直隶，知中国兵法军械之不足恃，一意考究西法。光绪初，奏准清廷创设海军，招募青年子弟，资遣出洋，学习枪炮。是时，中国风气未开，出洋一举，人皆视为畏途。得胜孑然一身，无所顾虑，遂应募。历游英、美诸国，后至德意志克虏伯厂习练枪炮、操法八年。返国，试之，略有心得，鸿章壮之，欲藉以鼓舞来者，大加奖励。当其初应募时本一勇目，回国后，因购得把总功牌，遂冒以请奖，得保守备四品衔，委充北洋各军总教习。旋又委以亲兵营管带，更进为统领，擢至副将，骎骎大用。得胜性善居积，历年以克扣军饷致富；更假鸿章威权，强占官私地亩，重利盘剥小民。津人畏鸿章之势不敢问，然得胜之名自此大噪津、保间，功名富贵迥异曩时矣。

迨鸿章去官，王文韶继任，既同乡里，又联宗谱，焰愈炽。年余，以贪被劾。革职后，鸿章督粤，随之南去，冒功开复原官。辛丑，鸿章病殁，清廷搜求淮军宿将，袁世凯保以总兵记名。时某阉为清后宠，任势倾朝野，于得胜有瓜葛，得胜贿巨资，请为暗援。其得授大同镇总兵，某阉力也。到任后，恃有奥援，益无忌惮，以剥削弁兵为事，职守漫不留意。及辛亥变作，乃弃官逃走。

得胜之为人，贪而啬，愚而愎。其举止之粗率，语言之乖谬，本武夫常态，不足深怪。平生最爱嬉游，举凡猎艳之术，博塞之法，口讲指画，津津有余味焉。又常以能事自矜，每语人曰："除执笔为文外，事无巨细，靡不精通，枪炮之学，尤所独擅。倘朝廷假以事权，则中国军政不难蒸蒸日上，凌欧跨美，战胜攻取，称霸全球，易如反掌耳。"或叩其术，乃秘而不宣，但云非亲试之，难尽其奥。不谓鼎革事起，兵符在握，竟一筹莫展。坐旗兵变，遂缒城夜遁。向之韬钤自诩者，至此底里尽露，而黔驴之技亦穷矣。岂不可笑也乎！得胜宅心隐秘，人皆呼之为"小鬼"，本名反从而不显云。

致杜子诚议长书一

以下书札十六首，皆先大人任大同县知事时命葆光代作之件。计壬子十五首，癸丑一首。

并门别后，弟来同任事，不过旬余，而大乱遽发。万端瓦裂，始非意料所及。叛军自客冬屯驻云中，纪律本甚明肃，初不谓其猖獗为变，残毒若是也。究此次兵变原因，不外以下数端：盖愤杨军门之约束过严；恨邑绅之赏犒不丰；且目击云中繁盛情形，尤欲饱掠而去；以是，若辈早已蠢蠢欲动矣。而前令汪大浣、县绅王思礼又复暗中怂恿，多方鼓荡，意欲煽动风尘，藉便私图。祸变乃一发而不可御。该叛军在此焚烧淫掠亘六日夜，其志遂在得财，不甚杀戮，然阖城商民自是已无计为生，死于饥寒与死于锋刃，死法虽异，其为死则一耳。今日大同公私荡尽，食货罄竭，善后多端，从何筹办？灾黎无数，从何抚恤？蒿目时艰，无任忧愤！

阳历三月一日，叛军席卷赃物，开拔出城，现尚分扎敝治东境，而杨军门则在阳高养疴。目下，城内所赖以保秩序而资镇慑者，惟宋营孔哨及新办之保甲团防。此外无论何项军队，绅民宗旨均不欲再令来同，不独因供给为难，且恐引虎自卫，重蹈淮军覆辙也。弟子才识驽下，骤遭斯变，苦无善策可图补救。尚忆去腊执事有不久旋里之言，台旆果能于此间官民交困之际惠然来临，诚阖境数十万苍生所朝夕企望者，不仅弟急欲拥彗已也。陈军门已到阳高，何日西来，犹无的耗。常琛、李国华二君前嘱诸绅诏令回籍，未及作函，忽遭此变，马保现令襄办监碱局事，颇为得力。以上诸节本宜早达台端，只以连日倥偬，无暇把笔，以致笺报稍稽，幸勿罪。

再者，此函正封发间，适晤王绅思礼得读执事与彼一书，宏识伟论无任钦迟，自练军队不藉外兵实与鄙见暗合，惟汪令仲洁前在官时声名狼藉，罢职居同行事尤近无赖，此次谋起，民军虽以抵御淮军为名，其实淮军之变即由伊等煽成，初不料兵变之后徒使地方涂炭而镇府以下各官安然未动，终不得取而代之，乃一变其计，藉词抵御乱兵，煽动阎公，冀逞狡图，查此次淮军为变，官绅本谋是先诱令拔队出城，随后电请政府惩办，并请沿途扣留赃物，不欲在城内遽与决裂，致使数十万灾民重罹荼毒，汪令电告阎公起兵一节仅三数人私见，阖城官绅除王绅外均未与闻，虽云招练五营，究竟一兵一饷并无把握，所为荒谬如此，殊堪诧异，日内即拟开会诘问，即使地方果练民军亦断难容此辈侧身其间，以致妄为偾事，王绅才尚可用，此后但能化除成见，爱护地方，弟自当于诸绅处力为调停，原与汪令情形不同，请台端设法劝告，而此间官绅真意且不必遽达，阎公诚恐道路辽远，传闻异词，故不辞缕缕，统惟鉴察。

致丁琴轩管带书一

阔别数载，正切驰思，兹辱手函，如亲麈教。呈示陆军李协统现由归绥回驻大同，藉资镇摄各节，均已知悉。际此干戈甫定，幸得雄师莅同，为民保障，敝邑官绅同深跂仰。无奈变乱迭经，商民畏兵如虎，若陆军一旦突临，屯驻城内，诚恐人心惊惶，难安生业。查陆军纪律素号严明，本无虑其滋扰；使来同之后安营附郭村庄，更复加意约束，以时入城，交易购采食物，于事原无不可。敝邑人民决无反对之理。敢劳执事即将此意转达孟协统为盼！又顷接阎百川都督来电，据称奉大总统命令，将由忻州派兵来同云云。并以奉闻。

致杨军门荣泰书一

昨承钧示，敬悉旌旆安抵阳高，临风翘首，良慰驰思。军门三军司命，百灵护持，尊恙现虽未愈，但乞加意珍摄，不久当卜勿药。陆军李协统何日到同，尚无的耗。此间人心稍定，惟是兵燹再经，公私交困，善后纷纭，徒作无米之炊。抚念时艰，不胜愁思耳！陈军门处，府宪已电促履新，知驻附陈。

致浑源州王牧书一

适承手教，备悉一一。此次淮军在敝邑为变，淫掠焚杀经六日夜之久，嗣复席卷赃物，拔营东去。现杨军门虽移驻阳高，而各军队仍驻扎敝邑东境，此间官绅已据实电闻大总统及抚宪矣。善后事宜正在筹办。然地方屡经兵火，十室九空，弟才短任重，昏旦忧思，苦无良策救此灾民。执事其将何以教之？比闻京津等处兵匪亦复勾结为乱，地方损失甚巨。忆当共和宣布之初，普天额手称庆，以为国基既奠，寰海自就安谧。岂料政体之争甫定，兵变之风旋炽。顾念时局，何胜杞忧！刻陈军门已到阳高，来同之期尚未定也。

致丁琴轩管带书一

昨上一函，谅已达览。云中兵燹迭经，公私荡尽，食货俱罄，地方异常贫困，难屯驻大军。顷，阖城官绅已据情电覆阎都督，并电请李协统暂缓前来矣。则阎、李两处军队之莅同与否，尚在未可知之数也。知念奉闻。

致张寿卿书一

顷奉手书，诸承关注，无任感荷。云中大乱之后，市面滞塞，人心惊惶，阖城官绅本不欲再令他处军队来此驻扎。无如阎军此来，系奉袁大总统命令，使与陈军协力镇压土匪。而阎公来电，又云饷粮自备，不勒地方支应，其措辞甚为正大。虽该军来同，屯驻于此间，与官绅宿意相违，然再三思维，实无词无力阻其北上。惟有力请该军将军队分驻怀仁一带及大同附郭村庄，恪导来电行事，毋再惊扰地方而已。日前业已简绅赶赴前途，与之会商一切。闻阎军纪律颇为严明，若云中必不能无大军屯驻者，绅民佥谓阎胜于毅军、淮军也。陈军门处，官绅已会商劝驾，何日西来，尚无确耗。淮军驻扎敝治东境，各营现已一律调赴阳高矣。

致杨军门书二

日前旌麾东迈，只以差务纷繁，未及叩送。方深悚怍，兹奉钧函，诲谕殷拳，指画精密，益复惭感交并。现城中以宋营及巡警昼夜防查，大致尚为安谧。伏乞稍宽荩怀，珍摄玉体，是为至祷。至闭城一节，系因传闻归化陆军回张家口，由此假道，商民惧其入城惊扰，特求暂闭城门两日。府宪为安人心起见，相宜照准。其实各门未能一律下关，此外并无他意。务乞俯赐鉴原。余详府宪覆函，不复赘陈。

致浑源州王牧书二

两承手示，敬悉种切。此次郡城惨遭兵燹，公私荡尽，食货俱穷。荷承台端不分畛域，极力维持，立解巨款以济燃眉，阖城绅民深感戴，不独府宪与敝处纫佩大德于无穷也。谢谢！陈军门已于七日接篆视事，刻在三十里铺暂住，约三五日内即当进城。淮军现已一律就抚，一时未能调往直隶。陈军门意欲先令分驻近县，俟军心稍定，再复东调。庶不至操之过急，更激他变。承荐家人谢斌遵，即收录，惟敝署人浮于事，恐一时无差可派耳。

致陈子宜军门书一

知县幸隶仁幪，未遑抠侍，引詹勋曜，殊切慕思。适晤郭差官谈次，敬悉启戟，不日莅同，瞻奉匪遥，抃欣无似。云中迭遭兵燹，人心惊惶，四民失业，百般棘手。阖城官绅均望旌节迅即来临，庶得仰藉雄威，振兴百废也。宪驾莅此，拟仍借实业学堂权安驱从。顷奉承宪署文案处函。请府宪修葺公馆各节，业已遵示办理。惟是兵燹之余，诸事简率，尚乞曲赐鉴原为叩。

致杜子诚议长书二

月前连肃数椾，均达览否？迄今未奉回音，闷极。日来迭有同绅赴省，此间近况，想台端无难周知。劫后苏息，将及两月，外观虽稍有起色，而隐忧仍不堪设想。此则非置身其间者，必不能深悉，兹故略陈之。大同兵燹再经，公私交困，所有法定各机关因款项无着，均已停办，以至善后一切无从着手。经弟百法譬导，近始由绅商各界组成一善后联合会，藉以议办要公，暂济眉急。但在会各员多逞私见，罔顾大局，又无薪金以资鼓励人心，既未能团结，终恐一旦瓦解土崩，无法收拾，后患正未可预料。然目下则只得鞭策进行，及事之尚有可为，力图挽救。诸绅明白者虽不乏人，惟遇事多退敛不前。王绅思礼，弟详加督看，用心实属无他，较之他绅亦颇有胆气，能任事，而舆论弗洽，冲突时起，弟无法为之调停，现在联合会公推刘潜之、狄寿臣为副会长，而正会长则以弟承乏。即以城内事务责成刘君，四邻事务责成狄君办理。因二君素负城乡众望，且彼此向无意见，或冀有所建立，不致另生枝节也。顾同邑自惨罹兵祸以来，创剧痛深，善后种种，不过强作无米之炊。刘、狄诸君虽勉负责任，而时艰力弱，终不敢放手作去。弟才识驽钝，又无以削乱析纷，晓夜忧惶，靡知所届。所自矢者，凡百施为，必能殚竭愚虑，勉效涓埃而已。务乞台端速赐教言，匡我不逮，并望飞函切嘱刘、狄诸绅放胆相助，毋再游移瞻顾，坐失事机。诸绅素信执事，一言九鼎，裨益地方实非浅鲜。肃此奉恳，鹄候回报。

致杜子诚议长书三

比有客自并门来，具审定咸宜，至以为慰。时局益坏，国本岌岌动摇，太原近情奚似？阳高乱后，何都统专事姑息叛兵，至今犹未撤退。本月初一日夜，又复焚毁县署，丁知事不知下落。闻何都统欲归罪于丁令所辖之巡防马队，惩办数人，以卸己责，究竟如何了局，尚难预料。方今各处，祸变相寻，列强伺隙图逞，浩劫茫茫，正不知胡底。国人丁此危难，不知释忿捐嫌，共挽颓局，且孳孳焉惟党见是逞。放谈宏议，举国若狂，究于事实何裨？愚意此时欲筹一自存之道，莫善于独领方面，励精为政，一扫世人虚饺浮伪之习，凡百事宜均以实际利益为归，庶行之期年，可以收成效而应世变。执事掌全省自治机关，领袖众绅，令德硕望，洵为三晋人士所归依。但恐省垣人杂言庞，动多掣肘，未得大展所怀。归绥一带，北控两蒙，南俯三省，沃壤千里，风俗劲悍。兴办屯垦，则利被万世；开通蒙智，则弥患无形。诚乃晋北重地，豪杰有为之区也。执事倘有意于此乎？尚乞不时留心，勿失机遇。狂瞽之言是否有当，即希裁行。

葆光谨按：当时归绥按察使有更动消息，故函云云。

致杜子诚议长书四

连次函电，谅均入览。猝闻辞职，必致疑讶。兹特略陈一二，鉴督是幸。

横流遍地，乐土难寻，弟以樗材谬典大邑，托身有所，更复何言。矧前承函劝，情词纯挚，时艰任巨，义不容辞，何敢再思引退，致负盛意。无如弟于客腊来同，甫接篆务，遽遭兵劫，善后纷纭，寝馈殆废。体气夙孱，兼以劳顿，弦望数更，百病从集，精神茶短，实难支持。方今大乱虽勘，反侧未安，祸机潜伏，猝发无时，而云中乃朔垂要地，际此扰攘，关系尤重。弟忝宰此邦，责无旁贷，与其倾越偾事，牵动大局，何如见难而退，早避贤路。

况夫政体三改，选举失当，良莠不分，黑白莫辨，朝释耕具，夕谭政要，纰缪百出。牵掣外端，官绅束手，一事难成，分科佐治，意美法良，因事择人，煞费心血，不虞移交议会，要中赞成后，俊捷者概予排斥；而关茸者横肆，要求科长科员，职近左右，责在赞襄，任用非人，何能收指臂之助，倘有贻误，谁任其咎？凡此各端，尤足令人灰心短气者也。弟思之审矣，今之应选举与闻政务者，既多浅陋不更事之徒，难以商酌要公。而知事俸给区区，又无力延贤助理，若仍恋栈不舍，则时艰力弱，一旦竭蹶，转恐累及地方，尚不如即此舍去，或幸免鲜终之诮也。是以决计辞职，毫不犹豫。不料电禀既发，民政长覆电慰留，县议会亦百计牵挽，不肯放行。夫弟之所以亟求引退者，本以诸事棘手，恐体弱不能胜任，对于地方实无丝毫意见。但使地方能鉴其苦衷，俾得动作无碍，则弟亦何舍此他图。已将此意详告议会，行视如何，议覆再定行止。倘仍旧不得要领，则弟仍旧不能留任耳。

目今时局颠危，凡属国民。皆有竭力扶持之责。弟虽不才，亦岂敢偷闲自便。如此间万不能留，一俟交卸，便当更谋一报国之所，以期无负天职。惟行政官权轻任重，决不复为矣。辱在爱末用，敢掬诚上闻，伏维亮照。再者，公费未定，以前所有府县任内一切进款例归私有者，已据实缮折交县议会覆收矣。地方疾苦如此，捐廉归公，藉纾民力，弟应尽之义也。并以奉闻。

致杜子诚议长书五

昨晤吴君凰翰，藉悉清恙尚未痊愈，已取道定州，旋里调摄。屈指行程，刻下当抵珂里矣。伏思山西自鼎革事起，全省糜烂。执事领袖众绅，赞襄军务，兼顾总筹，形神交瘁。此次既得脱离尘海，休假乡园，想专心摄养，不久必占勿药。一俟尊恙痊好，即乞莅同小住，倾谈衷曲，藉商要公，实为厚幸。翘盼行旌，拥帚以待。

葆光谨按：杜公当时兼充督署参议，故函内有赞襄军务之语。

致阳高县知事梁载阳书

别来倏已兼旬，引领下风，翘首为劳。昨承手教，敬稔新猷懋著，履候绥愉，以忻以慰。贵治汽车往来，乃东西通途，加以兵燹之余，风鹤惊心，疮痍满目，措施尤属为难。执事长材伟量，素所深知。此次军车莅任，必能大展蕴抱，造福地方。忝在爱末，尚望时赐良规，藉匡不逮，是为至祷。

致杜子诚议长书六

手示敬悉，尊恙近复如何？数月来，执事奋勉从公，形神交瘁，避嚣养疴，假寓丛林，深为得计。尚望屏除冗务，谢绝杂宾，格外加意摄养。盖百事待人，而理国事诚要，而身尤不可忽也。弟辞职缘由，前经函述概要，谅蒙荃鉴。

此间科长已于日前揭晓，司法刘君应昭、教育冯君杰、财政王君守身、民政郝君绳祖。四君操行不苟，做事亦有条理，由弟遴选后，多方要求议会赞成，费尽唇舌，幸得同意，将予委任矣。讵刘、郝二君又托故力辞，不肯受委，尚需另选妥员担任。似此急派缓受，令人不胜焦灼。盖科长一职，胜任者率不欲就，而欲就者，率不胜任。或胜任且欲就矣，又每为议会所排斥，仍归无效。重要机关九不成立，种种要政，无由举办，果谁之咎耶？

方今法美诸共和国议会之权重矣，而中国议会之权较法美尤重。使诸议员果能深明政要，力顾大局，亦复何言！无如其未能也。观其行，强半纰缪乖张，所议论不中肯綮，且孳孳焉惟党见是逞。上而参众两议院，下而县议会，若出一辙。议会之程度若是，即在昌盛之国，治平之时，尚能以血气偾事，矧民国邦基初奠，纲纪弛而未张，列强环伺隙图逞，机满待发。于此时也，举国人士协力共济，急起直追，其存亡成败且在不可知之数，乃今之国人，尚复冥然罔觉，攘利争权，以国家为孤注，欲国之不亡，宁可得耶？

各处行政官庸劣者固不乏人，然其中未尝无一二贤明者也。执事试观山西各县知事，谁能稍展怀抱，有所建白也。夫一切措施，惟仰议绅鼻息，事之可否利害，举所不计。是在阘茸者或能之矣，稍有志者决不为也。然知事之稍有志者，虽不肯仰议绅鼻息，使于议绅所论议，明知其乖谬不中于理，欲起而矫之，果能有成否乎？徒被专横不服舆论之名，与事实仍属无补。上下贤愚无异一丘之貉，神州陆沉，胥归于尽而已。言念及此，良足痛心。

方今二次内阁阻于参议院，久不成立，中国已呈无政府现象，尤足令列强见而生心。闻各省都督多反对参议院此举。未知百川都督何如？山西各县知事权轻任重，无论贤愚，无不束手。长此不变，必致贻误地方。尚望执事与当道诸公稍留意焉！藉管谈心，伏维鉴察。

致杜子诚议长书七

迭奉手教，并承寿臣兄转致尊意，诸蒙关注，感谢莫名。刻此间交代诸事将次就绪，查办等件闻已由米君节次呈覆，似尚能主持公道，但不知上游若何批示。万瑞事赖台端及刘、狄诸君子竭力维护，亦可望和平了结。凡此各节均堪告慰，特此奉闻。

弟俯仰人间四十余年矣。历游各省，遍交贤豪，求相知爱我如公者能有几人？念知己期待厚意，兼叹夫世道人心遂乃陷滑至此，感慨唏嘘，不觉涕泪之横集也。呜呼！麟亡凰杳，野多莠民，狗苟蝇营，国无正士，佥壬把持政柄，屑小欺压善良。社鼠城狐，假威福而自恣；粪帷施室，谓兰芷为不芳。国失教养之方，民多禽兽之行。倘使天演之例不爽，史乘所载非虚，则如此民族，必归淘汰之列，难存天壤之间。况甫经鼎革大变，疮痍之痛未定，哭泣之声犹闻；而天不悔祸，人未厌乱，东南半壁，风云变色，五省响应，四民惊扰；问罪之师，麇集乎长江，南北抵隙之寇，鸱张于大漠内外。政府腹背受敌，抚战无方，当此千钧一发之会，便令赣乱幸就敉平，而怨毒愈甚，何以为善后之谋？财力亦穷，何以筹自全之策？且协约被格于议院，强俄顿兵于朔垂，一旦外交破裂，何以固边防？列强藉此词求，何以图应付？时局颠危至是，国人尤乃酣歌恒舞，苟且偷安，如鼎鱼幕燕懵然不知栋折水沸即在目前，则神州终当沦陷，黄裔且降于台。怀匹夫之有责，叹济变之无术，曾文正所为私忧公愤并为一郁者，真堪为吾辈道也。

省垣近况如何？东南纷扰想不致受其影响。同地现状仍无大异，以前诸友人处亦无可言者。惟刘君潜之，自去岁奉司法司长之命筹办地方审判厅，以至法厅成立，勤劳从公，纯尽义务，乃外间近有月支百元之谣。刘君潜之颇为愤激，嘱弟函请我公于接见云中士绅时稍费齿芬，代为辨明。是为至祷。

致吴辟疆书

甲寅三月在保定遵先大人命代拟

前承手示并大著，早经收到。只以家居事繁，旧疾复发，是以久未报命。兹病愈得闲，始将大文敬读一过。鸿篇巨制，萃然上跻于古作者之列，既羡吾兄高文不朽，足以垂昭来世，而又自愧荒废失学，难以赞助高深也。既蒙殷殷下询，用敢不揣梼昧，详加评识。间有与鄙意未惬者，亦僭注书眉，伏候采择。

弟里居无聊，又时届春假，校中不日开课，乃束装来保就馆。自维病体支离，学殖荒落，已有不可收拾之势，亦何敢谬拥皋比，轨范后进哉！然自新学勃兴，人心波荡，而吾道之式微极矣。大本一拔，国将不国。懔匹夫有责之义，欲随大君子后，将吾学之澌灭未尽者稍微保存，以俟将来。故来主国文讲席，不敢以废学辞。第举世方驰骋于新异之说，而吾辈乃抱守残阙，思以此与国人角胜，又焉能必其有济乎？《语》云："知其不可为而为之"，吾辈亦各尽其心而已。

本拟赴都一聚，奈病后不耐动作，而学校课程亦须稍微预备。是以未能前往，殊怅惘也。小儿齿稚才陋，过承奖借，令人愧恧。而此后望常诱掖之，使毋入歧途，幸甚！

提议改良东省特区法院司法行政事务意见书

民国十三年二月上旬，东省特别区域高等审判厅检查所为谋本区司法事务改良起见，招集各职员，特开会议于主任检察官办公室。本区地方审判厅检查所主任检察官李葆光意见如左：

一，设立译缮书状处。本区法院办事之困难，在法官与诉讼人语言文字之隔阂，法官固感不便，而诉讼人特甚。哈埠译才不多，闻诉讼人欲向法院呈递一状，译费有用至十数元者，而法院送达之文件，诉讼人因求人翻译不易之故，或至贻误上诉期间。加以翻译官倘或于个人寓所私代诉讼人翻译文稿，尤恐易滋流弊。拟请明年在高、地两所各设一译缮书状处，延用精通华、俄文语之毕业学生担任译务，由公家月给薪金数十元，而译费则按照定章征收归公，以之开支译员薪资，必无不敷。公私两便，莫此为甚。如审判厅意韪此议，厅所合组，于事尤便。

一，刊行法律杂志。本区法院为收回法权之先锋，办理完善，固足增中外之信仰。感情隔阂，亦易滋彼此之误会。三载以还，诸同寅孜孜矻矻，寝馈不遑，公务幸少失坠，外人亦甚相安，而文判要义，法律心得竟无一宣示机关，似不足以示我国司理进步之速，而促列邦交回法权之念。查本埠路警处、警察总管理处皆有警察周刊。本区法院职务关系较重，更宜刊行一种法律杂志，附以俄文，广为传布，以期唤起外人乐就我国法院审判之心理，所费无几，获益良闳。

一，检验疑难重案，概用俄医办理。中国法院检验人才缺乏，无可讳言，以办常案，固无不可。若人命重狱，令其检验，恐不足以析疑发覆，坚外人之信，补法官之短。前俄法院原有用医士检验之成例，本区法院似宜参照前规，延聘中央董事会等医院资深医士充名誉法医，遇有疑难重案发生，即责成该名誉法医办理，著为定例，以昭慎重。

一，一切被告均送本埠探访局登记照像，留印指纹。查哈尔滨探访局自前俄未乱时即设有登记室，所有登簿、照像、留印指纹等事办理均极完善。

目下规模又稍拓充，凡华、俄被告经特区警察总管理处拿获，及在哈尔滨监狱羁押者，该局无不登记、拍照、留印指纹，惟此外华、俄被告，该局尚未能对之一律施行，殊为缺憾。似宜会同审判厅长与该局商定办法，凡经本区法院讯问之被告，无论以何种原因到案者，均送交该局，经过登记、照相、留印指纹之程序。以外，如检验尸伤，检察官认为有必须照像者，亦得随时请该局协助办理。则考察被告有无前科、覆按尸伤当日情况，检察官一行调阅该局簿册影片，便可了然于心。探访局本系法院辅助机关，该局既早有此项设备，本所自不必再行创办矣。

一，法警送达传票，执行拘提，应请地面警察协助。地面警察于被传唤、被拘提人之住址、性情知之较审，法警送达传票、执行拘提，若会同办理，必易收圆满结果。如被传唤、拘提人业经他适，或死亡，无人收票，该去警应请地面警察具文证明。回所后，并须将传拘不到原因登入簿册，送交主任检察官核阅，以便派员暗查所报是否属实，藉防请托偷懒诸弊。此项办法除本所近已实行外，请通令各分所一律照办。

一，收发室备置问事簿、答问单、中国衙署办事程序纷繁，进行迟滞，最为外人诟病，本区法院拟力矫此弊。除诉讼人对于正式请求及陈诉须用部颁状纸外，其余琐屑事件有所催询，宜立一问事簿，置在收发室。诉讼人可随意将其语言简单记入簿内，由收发处人员，即时送呈主任检察官，画阅后，转交该承办检察官、书记官，立予批答，写在该簿，仍由收发室翻译官另于答问单内译成俄文或缮成华文，掣付诉讼人知照。内外隔阂之弊从此或可稍免。此项办法除本所近已实行外，亦祈通令各分所一律照办。

一，各分所特殊证物亦应送本所陈列、查本所历年办理刑事案件所得特殊证物甚多，如海外异形之赌具，化学犯罪之凶器，贩运毒物之新奇装置，造伪币之巧妙模型，千态万状，尤为内地法院所罕见。近经特辟一室，择要陈列，以供办案人员之参考。至伪造货币一项，除将各项伪券镶镜陈列外，又已分函各银行，请予检送大小真券样张各一纸，每张附具说明，详述真伪差别之要点，藉资考证。不日得复，即将来件，另订一册，并列镜旁，真伪对照，物无遁形矣。各分所规模较小，似难为同样设备，所获特殊证物，拟请令其随时呈送本所陈列，以期美满。

一，各分所亦应设立图书室。本所为增进各职员学识起见，拟特辟一图书室，广购法律书籍以备省览，至购置经费亦已筹有办法。查本所办理烟赌案件之罚金提成，向例于解送特路两警处时自留一成，为奖励本所法警之用。兹拟援照滨江地方检察厅成例，改为扣留二成，一成仍奖法警，一成购买书籍。此事面商特路两警处，长官均表赞同，不日即去正式公文，俟得覆后此室便可成立。各分所规模虽小，但筹款买书并不需作何设备，拟请通令一律援案办理。

一，各分所法警亦宜勤加训练。本所自去年设立法警训练班以来，虽因各警汉文根底太浅，不能深造，然较之未训练以前，智识自有进步。惟各分所警额过少，未能抽调来哈一律听讲，殊为缺憾。拟请将本所编就讲义，分寄各分所，即责成该所检察官于每日散值后，向各警详为讲说，严予考成。庶几警材辈出，共维法制焉。

报告视察监狱情形附具意见书

民国十六年十二月八日，具呈东省特区高等检察所，缮送是年十月十五日至十一月三十日视察特区监狱报告单，附具意见如左：

本期视察除犯人五名有所陈述，已开列前文外，其余均称待遇满意，饮食丰足。盖该监新经本主任检察官商允，监所监督将犯人饭费量予增加，故汤菜极好，皆得果腹。目下天气严寒，监房设有暖气管，温度常在华氏表六十度上下，亦甚觉温暖舒适。图书室内有中、俄、英、法、德文书籍四千余册，逐日由犯人从事装订，颇为整齐，各犯借书阅览者甚众。其病监建筑整洁精美，无异外国各大医院，尤为特色。凡此种种，均称完备。

惟按照监狱规则，凡受刑人，于执行期满开释前三日，应令独居一室，该监未备此项房屋，不去缺憾。已商之监所，监督拟单辟一室，名曰自省室。凡犯人于开释三日前，均应移居其中。该室墙壁满贴中国格言，如“放下屠刀，立地成佛”，及“以前种种譬如昨日死，今后种种譬如今日生”等语，附译俄文，庶几该犯静念所存，涤除旧染。

观监因房舍无多，刻下仍系已决犯与未决犯杂居一楼之内，此亦有种种流弊。该监附近隙地一处，既由市政局让出，作为他日建筑看守所之用，已于去岁筑有垣墙，现在自宜速定修房计划，以竟全功。监狱房舍原系中东路局产业，则新筑看守所如与路局交涉，请其拨款四五万元并予修筑，事实上亦未必不能办到。若然，则此项看守所修成之后，可分中外人犯两部。第一看守所之华犯尽移此处，而改第一看守所为幼稚监或感化院，此事办妥。本区监所始可称粗具规模也。

该监人犯多系俄人，查询时须经翻译程序，极费时间。故每次前来视察，所讯人数或有不及六十人之时。本期报告系十一月份及十月下半月合并作成，每一在监人犯，各经三度查询，特此附记。

卷四

乡校种树记

甲戌十月

予村西有重兴寺废址。民国十九年春，从伯少柳公命役划其荦确，收为乡校所有，而率诸生植树于其间，隐寓昔贤树木树人之意。甚盛事也！

嗟乎！儒佛交恶已久。今寺归校有，似儒胜矣。然三十年来，学校所肄习惟泰西格致富强之术，与孔孟之道德仁义无涉。是此举谓为儒胜，于义亦未协也。夫格致富强之术，在欧美行之以收良果。今扫弃吾国固有之儒教、佛教而尽移其说于中土，不知果能繁荣滋大如欧美之所获乎？抑物性土宜未尽相合，尚有必加以抉择者乎？伯父于树木树人既积有心得，愿就疑而明教之。

译俄人廓落连阔《小灯光》

甲戌十月

某年秋夜，予泛舟西伯利亚一河，四顾景物惨凄，对岸山谷深处有小灯光闪烁其间，疑相距非远。于是跃然起曰："赖天保佑，宿处近矣。"

各舟子亦竦身以望灯光，转舵就之。已而，回首叹息曰："相去尚远也。"予视灯光炳焕如故，深斥其言为妄。然溯回久之，迄莫能及。然则去吾尚远之说信亦。

此小灯光岂以其所在之匪遥而欺吾乎？方其光芒烨煜，冲破夕氛，而告以船将近接时，吾以为画浆一摇，可直达其地，而事与愿违之。奈何？

是时，河水黝黑如墨，舟子鼓勇争前仍不馁挫。穿幽谷，绕险礁，返顾前所经，不知几许程，而灯光在望，夜色依然较前近欤？远欤？不得知也。

此多礁之长流与荧荧之灯光，时已深镌予心，历久难忘。夫宙合之大，万汇充牣，事之类此者何限？而世人为其所诱，又非止予一人也。人生如恶隙进舟，自无一刻顺境。然小灯光相去虽远，若奋棹猛进，终必及之。所为似近实远之谜，固不难一言解也。

葆光案：廓罗连阔为俄民党，此文乃其鼓吹革命之作。予前曾用其意为一诗，今更侈译成文焉。

刘伏玘黎襄源合传

甲戌十月

李葆光曰：予昔游大同，闻邑人述明季刘伏玘、黎襄源平贼事，而心壮之。及读《府志》，所为传辞弱不能与事称，深以为病。今偶忆及之，乃别为之传云。

刘伏玘者，大同世家子，少倜傥负气，有所识。王三鼓众为变，陷太原、平定，破紫荆关，直抵完县，京师震动。世宗怒，械击巡抚朱方、总兵翟鹏，罢免兵部尚书毛伯温，杖死职方郎中韩君勖，皆以三故也。伏玘闻之，愤曰：“吾家世食禄，不能为国除恶乎？”一日，携家去，不知所往。顷之，三从数骑射猎山中，归，买酒紫荆关下，视店主人，伏玘也。三惊喜曰：“弟何为在此？”伏玘自述贫困漂流状，泣数行下。三哂曰：“吾且贵，弟乃忧贫，何愚乃尔。”伏玘笑谢，呼妻出，拜阿兄，共以巨觥欢饮。抵暮，三及从者醉卧，伏玘突起擒之，送官伏法。大兵乘机进剿，不日而乱定。伏玘受显秩，考终于家。

黎襄源者，五台人，读书，富臂力，善镖枪，事母极孝。值明季乱作，多所诛锄，有刘伏玘之风。乡人畏服，呼为孝勇。黎郎一夜既寝，忽百余人排闼入，露刃罗跪庭中曰："某等将起兵，须君为率。"襄源惊起，命众坐，徐谓之曰："敌逼国危，君等皆壮士，宜效命疆场，为国御侮，忍啸众山林间，恐吓小儿女乎?"贼不听，逼益急。襄源沉吟良久曰："无已，故为若计，夫以乌合之众出抗官兵，此如以豚咋虎，宁有幸哉！如听我言，我为若首，不听我言，取我首去。"众皆曰："愿听命。"襄源就烛下诘贼姓名、住址。录籍讫，取历书视之曰："某日吉，可纠众赍器械，载旗帜来会，听部勒。"众欢呼散去、襄源惨然不乐者久之。曰："飞蛾扑灯，自取焚身，宜矣。然所谓灯者，独能久存乎?"即作函，密报县令，按所录姓名、住址掩捕，尽诛之。时贼余党尚盛，襄源度其必报，匿妻子，午夜入城，将为令画荡平之策。甫出门，而贼大至，攒刃杀之而去。

李葆光曰：予草此文，不禁有所感焉。夫朋友之道，贵在切磨道义，交输知识；至訾富官阶之助成，乃其最下者也。顾国人数千年来多昧斯义。如仕路之援引，乡党之隐讳，绿林之互助，军阀之联盟，或同恶共济，或徇私忘公，邦国为之阽危，生民为之涂炭，而彼辈犹恬不知耻。对众自夸曰："吾能守信不渝，吾能隐恶扬善，合于古人交友结邻之道。"呜呼！此所谓市道耳！盗道耳！何足贵乎？是以，人民益讲交谊而国事益纷乱不可理也。刘、黎二君则不然。夫二君固尝受群盗之爱戴矣，然群盗行多不义，流毒郡县，是岂豪杰之士所屑与为伍哉？使二君当时惑于甘言而出附贼，贼势必益张；即不出而附贼，若默坐旁观自比于长者之所为，乱事亦未可艾。乃二君誓不出此，大义独伸，挺身除暴。盖一举而延颈待死之，苍生随之复苏者数千万人焉。彼比周营利、不顾国家者，闻之可不知所自反乎？夫因比周营利、不顾国家者之迷不知返，此吾对二君之行义所以愈哓哓而不休也！

疾　赐

乙亥三月

友人曾君精按摩术。尝予痞疾初发，曾君曰："子病吾能疗之。"予彼时方信西医，未之答也。后西医不效，而疾转剧，欲改服中药，曾君又曰："子疾非吾不能愈。”予仍未信。缠绵数载，腹中尽化坚坩，予始大惧。造曾君而请教焉。曾君曰：“病深矣，恐非吾力所能胜，今姑为子试之。”于是使仰卧高榻，施术十余次，竟愈二三，予方窃喜，而曾君忽辞谢不肯复治。怪而问之。曾君曰：“夫人所恶于疾者，非以其为吾身害乎？今观子疾，损者少，而益者多，故不愿除也。子志大而才疏，自幼屡以狂言见斥于父老。后值扰攘，屈身为谳狱吏，谋斗升以糊口。心有未甘，每中夜蹶起扼腕曰：‘吾独不能与克里蒙梭、墨索里尼辈角逐海上乎？’即悲愤太息，郁郁竟岁，而病作矣。得病以来，自顾儳然一身，终难与于玉帛兵车之会。藏锋敛锷，扪腹而嬉，不以九州之大易吾一日之安，戢戢焉如槛虎笼鹰，无复走飞之念，见者皆曰李子建能改过矣。夫使子至此者非疾之功乎？子性憨直，与朋友语，掬肺披肝，而人疑为痫作；见不善辄槌床大怒，而众咸切齿矣。此恶德也。病后，悚然自危，痛遏其气，返之太和，人又从何而侮之，侵蚀其资财，毁损其誉望。横逆之来有非常人所能堪，而子夷然处之不与校，虽娄师德之唾面自干，无以过焉。化偏以宏，与道大适，斯亦疾之大有造于子也。子素有志于文学，而困于吏事不得专精焉；子素有志于显扬，而困于吏事不能致力焉。自病痞退休，而诗词盈帙矣；先人建碑刊集，列名方志，诸凡人子显亲之所应为者，无不得暇以为之，而夙愿酬矣。纵先人之至行高文，非时贤所能喻，而子之诗词亦有刍狗既陈之诮，然取快目前，固贤于博弈饮酒。由此言之，子抱病不出，不过诎于此而信于彼，子宁有毫发损乎？今偶一不嗛，辄贸贸然为驱除之计，此吾之所大惑。是以踌躇敛避，而不欲竟其术也。”

予闻而笑曰：“子言是矣。然成功者去天道之常，呕煦为仁，往哲所非。今疾虽有百德于予，而肤公已奏，亦宜隐矣。子为我善遣之，不亦可乎？”曾君不得已，揎袖搓掌，续效其技，疾果大瘳，而予感曾君不置也。固沉疴既蠲，妄念旋生。遂思跃马横戈，申天讨于万里外，以摅我之积愤；否亦著书立说，指陈时得失，以震骇一世之耳目。若二者无一可，犹当陟五岳，超重洋，纵览乎洛基、阿尔卑斯之巅，而泛舟莱茵河、贝加尔湖以归。夫使吾疾尚在，安能事此？则曾君之言岂笃论哉？继又思之，苟德量之不修，学养之未至，言出贻累，身动忤时，内有戕伐之虑，外鲜朋党之助，即有壮怀英略，亦终无以赴之。是以，古人德业事功，多成于疢疾颠困之余。因其磨砺涵养者深，而先植其基也。今予虽不肖，而病久知悔，异日薄有所就，自当拜疾之赐。然此难必也，而曾君所论则良可味矣。

说 针

乙亥三月

针灸疗疾，我国古代与方脉同视。《灵枢》之所论，扁鹊之所赋，图之于明堂，验之于铜人，其法甚备。日本亦夙治此学，近且于青岛设针灸医院焉。

针灸中以针法为尤重，盖生理原则，意之所属，周身血液胥奔赴之。针之所感，即意之所属也。故病头痛者，针其两足，而头上滞血必下行矣。病左肢痛者，针其右肢，而左肢滞血必右行矣。连刺不已，须之以时，则不善之惯习改而病以除，此与生理原则本相暗合。

自西学东渐，国人得其形似，辄轻藐针法，不屑研求，而惟西国医药是尚。夫西国医药，吾亦何敢轻议？然研求本国固有之学，事半而功倍，其事易；研求异国远来之学，劳多而效寡，其事难。今舍其易而为其难者，未必得，而易者已先失。卒之难易一无可恃，而国危矣。我国三十年来万事皆坐此弊，不独医药为然。彼日本崛起海陬，陵跨诸夏，岂无故哉？予病中偶用针治，悲国学之日衰，因备论于此。

韩光第传

乙亥四月

韩光第，字斗瞻，吉林双城人也。世务农，至光第父英贵始业儒。光第少颖敏，有大志，读史至《韩世忠传》，慨然曰："吾何以绳祖武乎？"即赴省会，习警察，旋留学日本。归，入东三省讲武堂。年二十五毕业，发吉林，入伍，调奉天，隶震威军，充连长，递升团长。民国十三年，九门口马户屯之役，十五年，南口之役，皆著战绩。十六年，奉军由河南班师，光第以五百人殿后，得全师以退，奉帅嘉之，超授师长。迨南北统一，编师为旅，改旅长，秩中将，驻海拉尔。抚内接外，声望隆起矣。

光第之为人，明强自力，知大体。既久在军中，见诸将贪暴畏死，玷污军誉，思有以矫之。整部伍，厉名节，众心慕响，风采凛然也。尝坠马伤臂骨，召医，剜胫骨以补之，刀坎坎作响，面色不少变。有兄服官友军，行不检，告友，立罢之。所部兵私取人畜，即处死。其威严如此。而好学能文章，每公暇把卷吟哦，志未尝不在山水间也。与人书，词藻浓郁，多精识，宿儒挢舌。以礼事上，不阿曲以取容，亦不傲慢以鸣高。尝劝总司令张学良亲贤远佞，谨视听，慎出入，勤接来宾，尊事元老，语甚切直。学良不以为忤，礼遇有加焉。

十八年秋，中俄启衅。我国水陆诸军由张学良指挥分赴绥芬河、三江口、满洲里三路应敌。光第亦奉命率全旅进驻扎兰诺尔。扎拉诺尔者，距满洲里四十里一驿也。光第自随奉军入关，转战南北，陷阵先登，功冠同列，而常以未对外国作战自谦。及防俄令下，则大喜。进抵扎兰诺尔，登高阜四望，见土沙平旷，村落稀疏，顾谓从者曰："此好战场也，不日吾与俄人搏于此矣。"诸弁卒闻之，莫不鼓舞。遂掘战壕，设电网，分遣队伍。不逾月，诸事备举，与满洲里守将梁忠甲东西呼应。先是，俄军屡以重炮袭满洲里，我炮力不能及远，无以御之，而俄飞机、坦克车为害尤烈，我亦无械以待。一日天寒，大风雪，梁忠甲出巡战壕，兵士皆忍冻擎枪，跪伺敌军。见忠甲至，昂首泣问曰："我之飞机、坦克车何时至乎？"忠甲强笑，抚其背曰："勉哉诸君，我利器不日到矣。"即飞电向当道告急，望连以精械济我，光第亦数以为请。而当道因别有所备，迟不应，援军又久不至。当是时，敌兵已击退我绥芬河防军，攻破我三江口舰队，无东顾忧，萃全力以谋满、扎。光第作函，与家人诀，自分必死，亦知全局既溃，非独力所能挽救。然国人如尽效吾所为，国必强，一死，所以厉万众也。以故死志愈决，而备战弥力。十一月十六日夜，敌兵二万人大举来犯，我兵少械窳，战小挫，团长林选青死焉。光第驰救，左臂伤。于是，我满、扎两军联络遂为敌军切断。十八日，敌步兵坦克车、装甲汽车又以飞机重炮掩护，蔽野而来。我军力拒，毙敌数千人。

敌猛进不已，既而坦克车驶入我战壕，恣意扫射。我连长汤海泉突起抛炸弹及车，车坚无少损，海泉跃上车顶，以手枪探入车孔肆击，忽中弹落地殒。光第时在阵前督战，战激，复伤胫，遥望市内火光烛天，民居被敌焚烧殆尽，或劝光第暂退。光第拔刀怒斥曰："事方急，敢言退者斩。"语未毕，飞弹又中腹，犹倒地大呼杀敌而逝。团长张季英痛愤自戕，副官长张德元力战死。是日，扎兰诺尔全部陷落，敌军乘胜攻满洲里。梁忠甲率众苦斗，力竭，亦被俘。自此满、扎边防尽失，闻者皆恸哭扼腕曰："胜败世所恒有，而使我良将至此者，果谁之咎乎?"光第死未几，中俄议和、当道在龙江刊碑范像。褒恤光第甚至。时梁忠甲已释回，闲居龙江，睹状惭恚，疾作，将死曰："独让韩公成名，我尚忍苟活哉!"言讫气绝。

李葆光曰：民国多内战，将士横殒无数，而韩光第乃保疆御侮，对外战死之第一人也。光第之战绩且无论，予读其寄内书，一何斐亹而多情也。惟其深于情，故交友信，事上忠，报国能捐其躯。夫国际情势万变，操枋者与时进退，别有平戎之良策，虽百光第，何益乎?

齐懋轩先生[①]墓碑

乙亥四月

自桐城吴先生掌教莲池，四方能文之士星拱云萃，而吾邦齐公懋轩独以朴诚敢任事为先生所重。先生之友罗子美，美国名医也，值庚子拳乱，居保定西郊，为匪侧目，先生求门人能出罗君于险者。时群匪首红巾，腰白刃，纵横城市间，寻人以杀，众皆怖不敢应。独公纠合挚友，挺身造罗君所，致先生命以归。人以是称其勇也。

未几，国家变法兴学，公出任本县两级小学长，多所建树。一日，因筹集基金，招诸绅共议之，而诸绅泥古，多排新制，议终日不决。公大愤曰："夫兴学所以强国，凡谋阻强国者，非愚则妄，皆可杀。"即击一人仆，众慑服，而议以定。人又谓南宫中小学成于公之一击焉！总督袁世凯闻而善之，奏保知县，会公应举贡会考，亦高等及第，遂以知县分山东。

民国改元，补缺惠民，兼摄武定府事。抚辑军民，法行威立，奸宄屏迹，

---

① 齐福丕（1867—1919），字懋轩，直隶南宫（今河北省南宫市）人。光绪十一年（1885）秀才，十九年（1893）举人，座师翁同龢。甲午清政府战败，福丕参加康有为、梁启超组织的"公车上书"，鼓吹变法兴学。入保定莲池书院从吴汝纶游，专心治学，习诗古文，吴汝纶深器之。庚子之祸，战火延及书院，吴汝纶在齐福丕的护卫下得以脱险，避居深州。清廷辛丑兴学，此时齐福丕主讲邯郸书院，酌采用西学科目，创新法教授。旋为直隶优级师范学堂教员、直隶学校司视学。光绪三十一年（1905）被直隶督办派赴日本考察学务，归国任直隶学务处普通科副科长、南宫县两等小学堂校长。后出应宣统二年（1910）举贡会考，以知县签分山东。入民国先后知惠民县，护理武定府。以教化为主，辅以法制，治盗安民，移风易俗，很有治绩，终因开罪豪强而去职。复任南宫县中学堂校长。福丕之志，欲始终于学，乃不得已，一行作吏。然而世事维艰，政治混乱，空怀满腔热血，一身才干，为学不成，为吏也终不得行其志。福丕认为，教育是立国之本，小学又是教育之本。"苟欲竞存世界，释教育无可为"，"建国之道，教学为先。无地不立学，无人不育于学之中，无事不于学焉裕之"。并倡导"中学西学合并之说"。福丕着意《春秋》学，认为孔子著作惟《春秋》最切实。汉初司马迁评述《春秋》公羊学派，能得孔子《春秋》真趣。然而，他对于《春秋》的研究并未专门成家，也仅是止于"日抄三五年，为日课以自遣"而已（《春秋抄本后记》）。福丕长于诗文，文章义理精深，气势浑灏，议论慷慨激昂，表现了他倡导变法改良，兴学育才的进步思想。著有《东游记录》一卷。生平事迹另见高步瀛《齐君懋轩墓志铭》、贾恩绂《齐福丕传》（民国《南宫县志》）。

群心悦服。把总龙遇海恃大府援，顽梗不率教，庇赌渔利，经数官不敢问。公廉得其情，夜率十余卒，径入其室，擒龙遇海于烟榻，缧击众赌徒。归坐堂，皇痛抶之。幕宾力阻不听，曰：“祸且至矣。”不数日，免官之令果下，郡人大哗。于是，父诏其子，兄呼其弟，妻唤其夫，友谒其友，曰：“吾侯免职矣。”群一郡十县之民不约而同者数百千人，齐叩大府之门，曰：“奈何夺吾侯去！奈何夺吾侯去!”大府恐众怒激变，惶愧出谢曰：“今还尔侯何如?”众欢呼散退。公由是仍留任。未几，丁母夫人艰，卒罢归家。居久，愤世成疾。至民国八年八月十六日遂卒，年五十三。呜呼！怀非常之志，抱不世之才，乃所处非其时，所遇非其人，忠言难为用，奸党视为仇，上不见信于当道，下不能容于同列，世无伯乐，安知有千里马乎？夫以公之所遭虽非盛世，然尚未至剧乱如今日也，而撼顿蹭蹬已若是，使其晚死十余年，则失意又当何如?

公讳福丕，懋轩其字，中癸巳举人。尝充邯郸书院山长，保定优级师范学堂教习，直隶山东学务处科长，皆有声。而上述各事尤为人所乐道，故特详焉。然公所自期者，固不止此也。父讳某，妣氏某，娶某氏。子二：励、劭。孙某某。公殁后十有六年，励来请铭。葆光与公家累世交厚，义不敢辞。铭曰：

微山之里，有作者齐子。既大道之云赊，羌莫恤乎室家。振孤芳于严节，试利刃于纷麻。屈蛟鳄兮杯水，散湖海兮鸣笳。民之生兮谁乐，死之猝兮独嗟。留片石兮墓侧，驻魂归兮天涯。

陶然亭题壁

乙亥四月

清康熙中，朗中江藻取白诗“一醉一陶然”之意名此亭曰“陶然亭”。亭南临青郭，北对苇塘，倚栏楯可以眺远山，望大野，其风景之可纪者仅此。然清时三贝子别墅、西苑、大内各坛庙尚未辟作公园，四方人士之有事于京师者，率以此为游宴之所。绘以丹青，宣以简素，而陶然亭之名遂与汉之夕阳、唐之彩霞同为史乘名迹矣。

来游者遭境万有不齐。或科名获逐，或仕宦高迁，或邂逅穷途，或观光上国，或长离远削，或落第失官，或诗文角逐。方其狂呼大嘘，纵意自如，莫不以为举天地之大，未足喻我悲欢之怀。忽忽数年数十年，流光卷人，万事胥非，不惟向日升沉离合之迹消归乌有，即其四大六根，所以为哀乐忧喜之原者，亦荡为野风蔓草而无复存留矣。况五德代兴，市朝互易，辗转以至今日。宿昔游人固已尽登鬼录，而向以猎官弋名之主司衙署亦皆夷为平地，废为民居，略无昔时煊赫之盛。将来大势所趋，海立山飞，此亭之存亡且未可知。

世变之急且剧如是，贤士哲人，俯仰古今，慨愤无所之藉杯酒以破其牢愁，乃事所不容已也。虽然，必待醉而后陶然，则其陶然者不亦暂乎？不待醉而亦陶然，则其陶然者不亦久乎？然则，必如何而始可长陶然欤？划除妄幻，保有中和，境智相间，明垢异处，凭己怀之淡定，应世之纷拏。如此修持既久，心安体泰，虽不醉而亦陶然矣。是以江君名亭者诚善，而其所诣名者义犹未尽。今偶游至此，为文以广之。庶几后人有所采择，余亦得自释其忧焉！

读《水浒传》

乙亥六月

《水浒传》相传为元人施耐庵所作。施耐庵偶于市肆见宋张叔夜擒贼招语，因知宋江等一百八人所由起，旁采旧说编成此书。厥后明人罗贯中、郭勋、李贽、金人瑞等递有增删，而《水浒传》一书遂萃然为说部之冠焉。

小说在中国夙乏佳构，于世害多利少，久为学者所贱视。自泰西人喜为稗史，我国化之，而负教育之责者，复以排斥经典代以语体文为用世之资。于是，小说之所以系乃渐重。嗟乎！中国小说能及《水浒传》者几何？即《水浒传》尚难免诲盗之讥，况其他乎！然《水浒传》奇伟特出，固自可珍。所惜者，立义之不善耳。夫立义之不善，乃中国小说见摈于大雅也。向使操觚者，出以矜慎之笔，一扫诲盗诲淫、荒诞不经之恶习如欧美名家之所为，则又何恶于小说哉？至《水浒传》《红楼梦》流毒遍天下。数十年前，胡文忠尝太息以言之矣。挽近世事益非，古圣贤之高文典策弃同刍狗，而《水浒传》《红楼梦》《西游记》等书以语体便俗之故传播独广，青年学子寝馈不离。虽昔人之推尊诗体无以加焉，风气之转变至是，诚不知泰西文明视此何若？然教育界诸君子职责既尽，名位斯崇，轻裘肥马，已相属于道路矣。

定远定方命名辞

乙亥八月

吾女楷芬适冀州李氏后，连举二子，吾名之曰定远、定方。或曰班定远、苏定方古之英杰，今以名二儿，义无近夸乎？予曰："否否！国人素儒缓，少武烈，数千年来，以堂堂华夏屡受制于四夷，惟汉唐两代兵威远震，迥非并时他国所能逮。居今衰世，而慨然思为汉唐盛时之人，乃常情所难免。举其贤豪，用以自况，或以望其子孙，亦向往之积诚使然耳。何夸之有哉？"

登昆仑而西望，见大西洋两岸飓风突起，携鲸鳄百怪以来袭东海，其势不可遏，而乌拉山上之封豕长蛇出鲜卑森林，肆搏噬于我北境者，尤不可胜数也。定远乎！定方乎！使汝果具班、苏之伟略，待汝丁中之岁，吾恐海内之白骨早成山丘，而汝之图功已后时也！况其不及二公者乎？若夫身怀匡济之志，而袖手风云，迄不得一展布者，又岂罕欤！

怪石铭

乙亥十月

乙亥秋，予买屋于燕京西侧。中有一石，高才逾尺，而遍体细窍如虫蛀苔濡，湛然凝碧。盛以巨盎，置诸门首，甚可观也。宅主人靳之不肯与屋同售，予戏镌一铭，挥令舁去。铭曰：

藐兹块石，伐自燕山麓。无人肯念山崩，但赏苔痕绿。苔痕易消山难补。悠悠此恨遂终古。

端溪砚铭　二则

乙亥十月

家有端砚二，非上品也。用之既久，暇辄分铭其背。自予束发受书，研之资我者厚矣。而予之所成乃如是，将何以对此砚乎？区区二铭，又岂足尽予意哉！词曰：

割紫云，端溪畔。云飞过，水光撩乱。飞凰蠋龙，尾羞相见。独与毛颖共昏旦。起视茫茫再三叹。臣颖发秃，臣泓腰将断。书生事业未及半。

靡精瘁腕劳已多。一泓砚水静不波。兴来浑洒成江河。此心欲与石相磨。玄之尚白子谓何。

先妣朱太夫人哀启

乙亥十二月

嗟乎，人孰不爱其母？及其母之死也，孰不辟踊哀号，惨怆欲绝？然生当治世，履厚席丰，及病，医疗护持，曲尽其养，则母身虽死，而子哀固可稍杀。今吾母乃何如乎？

溯母来归吾家，仅给衣食。吾叔父、姑母均尚孩提。吾祖母性高简，不乐亲细务，凡诸幼弱之提携饮膳，栉沐缝纫，皆吾母一身任之。弟寒乎？妹饥乎？此吾母所日常口吟而心结者也。以是，叔父等一日不见吾母，则跁踒相寻，环向而泣，见则牵裾引袂，欢跃以迎；虽母子之爱不是过，叔父等卒赖以成立。时吾父游学冀州，尚未显也。吾祖父暮年寝疾，吾母率两叔母日夜守视，目赤肌削，困惫之状如画，吾祖父拒之不能，见之不忍，辄转身面壁而吁。吾祖父殁后，吾母贤声益著。时吾父已成进士，需次并门，尚未仕也。洎吾父历宰晋北各县，吾母随赴官署，见者羡为登仙，然吾母自奉俭约依旧。嗟乎！吾父以高才硕学，久滞末僚，其中怀之抑郁愤激有人所难喻者。吾母曲意承顺，乘间劝慰，以共底于成，其苦心孤诣，亦有人所难喻者。吾父不治生产，作令十载，吾母不知黄金为何状。尚记吾父病笃时，吾母执役，倦极，坐而睡去，开眼则执役如故。呜呼！往事历历如昨，今尚忍复述乎。

中国受数千载礼教涵濡，虽贤妇贤母于世多有，然如吾母之仁慈恺恻，屈己奉人，盖亦罕见。迨家人生养死葬各得其所而已之，精神暗耗已不可数计矣。村东北有地十余亩，为吾父窀穸所在。不孝遍植青松，岁时祭扫，母每抚树而叹，自悲世乱年衰，恐不及见树长成也。然吾母五十岁后身体转健，乡居，日亲率家人涤场饷田，不以为苦。不孝供职法院，就养任所，有时不用女仆，躬自操作，且以为乐。后不孝久病不愈，母心乃大忧。不孝偃卧床褥，偶一微呻，母辄搴帷，施施来视，如是者六七载。吾母既忧其子之病，加以时局纷扰，晋北革命之役，吉林张、孟之争，京畿直皖之战、直奉之战，中日滨江之战，母皆身居战地，耳闻贤士大夫咨嗟叹息之声，目睹无告小民困辱流离之状，累年寡欢，老态渐呈。今冬国势益危，心愈不乐。十二月九日夜，方欲登榻就寝，忽而痰涌气促，目瞪牙闭，医药不能为力，针灸不能施，延至翌晨八钟二刻，遂端坐而逝。卒之日，头上机声犹轧轧不绝。不孝痛哭慈闱，怆怀国难，崩角庭砌风雪中，直不知所生为何世也！

嗟乎！人生聚散存殁，何常之有。独吾母毕世勤劬，未得片刻之安，仓猝遘疾，遂以不起，此尤令人痛憾无穷者也。吾母素善针衮，今剪尺在眼，而慈躬何适乎？不孝自分痼疾缠身，已无显扬之望。惟念寒门儒素相承，使吾父及不孝无后顾忧，得以专心政学，从海内诸贤达游者，实以吾母治内之力为多。兹特略述素行，倘蒙哀而表之，感曷有极！

《思痛集》序

丙子四月

先考大同公、先妣朱太夫人见背，时诸戚好投赠挽祭文字至夥。惜葬后，误被家人焚化，兹就记忆所及，录而存之，名曰《思痛集》，分为上下二编。其上编皆关于先考文字，下编则皆关于先妣者也。

呜呼！人生德业须藉文字以传。自古鸿儒淑媛身死无人记述，以致姓名湮没无闻者，何可胜道。今先考、先妣独得当代明贤力为表扬，亦足自慰于九原矣。夫以先考、先妣学行之醇至，而生前官不足以称其德，获不足以偿其劳，身后仅赖此区区以自慰，岂不大可哀乎！然视并此而无之者，则犹差胜焉耳。

某年月日，李葆光谨叙于故都之马缨花馆

陈平周勃论

丙子八月

汉吕后擅国政，欲王诸吕，以问陈平、周勃。对曰："太后称制，王诸吕，无所不可。"世多讥其阿顺上意，系恋爵位，纵诸吕之为乱，乃随俗浮沉之人耳。然平、勃自吕后专政，其心何尝一日忘刘氏哉！

忍小耻以成大谋，与之正所以取之，纵之正所以擒之，平、勃志事固如此也。使平、勃不从吕后之旨，必如王陵，徒见疏斥，而无益于事。若禁诸吕之骄恣，俾其事事不得自如，彼禄与产知不见容于平、勃，必互相结纳，毕死力以自固。有事则举二军与战，无事则积智虑以备。当是时，不诛则养，祸日益深；诛之则天下必至大乱。夫穷极则思奋，奋则智虑生，而万事皆有备，人情大抵皆然。而平、勃当诸吕专政时，纵诸吕之所为，使其沉溺骄奢淫逸之中，以昏其智虑而不吾疑，自收众心以俟时。故吕后崩，吕禄举北军授太尉而不虑其他，而吕产亦不知吕禄已去北军，犹入宫为乱。仓皇就禄，全族夷灭，刘氏遂安，而天下亦定矣。

夫忍一时之辱，而建不世之勋者，平、勃之所为也。固非后世漠视国难，偷安旦夕者所得藉口，即较之卤莽灭裂，逞私妄动，赌国命于一掷者，其贤不肖，相去又岂不远哉！

书《留侯世家》后

以下十三首皆改旧作

处纷争之世，欲平天下之大难，必结众人为一心，视万民为一体；使天下怀我之德，乐为我用，而后与群雄角逐，方能战胜攻取，开创宏业而不至为人所乘。昔汉高祖听郦食其之计，立六国之后以挠楚权。未及行，以告张良，良谏止，遂罢其事。

揆良之意，岂不以为立六国之后，则天下不为汉有乎？余以为立六国之后，则汉之得天下可不待垓下之围也。何则？秦始皇暴虐无道，使斩木揭竿之徒蜂起西向，颠覆其国。及项氏代兴，又残忍荼毒，日以杀人为快，又俨然一始皇也。当是之时，天下之人在倒悬之中，怀安民之主盖已久矣。故高祖入关，约法三章，施一区区之惠，而秦民大悦。若高祖立六国之后，以安六国之君民，其为惠之溥，岂仅约法三章已乎！约法三章，秦民大悦，今立六国之后，吾不知六国之悦复何如也。必将碎首糜躯以报高祖之德，夫安有叛汉从属之事哉！

高祖兵力虽不及项氏之强，若得六国为助以敌项氏，亦不患项氏之不覆灭矣。今夫蝼蚁，至卑之物也，其力不敌他虫远甚。然他虫不能噬蝼蚁，而往往为蝼蚁所噬者，无他，以蝼蚁能群而他虫不能群也。张良欲不立诸侯以亡项氏，是犹蝼蚁不能群而欲吞噬他虫也，不亦疏乎？厥后，高祖战败固陵，张良始知不立诸侯不能灭楚。故封韩信于楚，封彭越于梁，遂亡项氏于垓下。夫仅封二子即足扑灭项氏，若早从食其之计，则项氏之亡也，又何待垓下哉！

李备六先生云："末段引证以实前说，有图穷而匕首见之妙。"又云："子房此谏，本无可訾议，作者能寻出固陵败后分王韩、越一事，为驳倒子房之确据，竟能强词夺理，可谓极文章之能事。至其用笔之凌厉无前，婉转生动，尤与老苏相似。”

北江先生云：“此文之妙，李评尽之。”

岁除自誓文

大哉除岁乎！商贾工农总计一岁出入，以更新其生理。士君子亦思及时增进其道德术业焉。今夫日月奔逝无停轨，所为新者转瞬而故，生者转瞬而灭，即所谓今者亦不交臂而失之，然则吾人自生而老而死，此数十年寒暑，何异风飘电掣，白驹过隙乎？既成为人矣，将所谓我者不得常保，弹指间随大化澌灭以尽，曾不若金石无知之物，犹得稍延寿命于俄顷。斯亦大可痛哭者也！

人身死，灵魂不灭，而天堂，而地狱，而轮回。福祸之说既难取信于今人矣，苟欲亿万载常保有所谓我，舍修身更安归乎？古人往矣，然今之世界何一非古人所缔造，无古圣哲力转天枢以荡尽文化，吾人安得脱离獉狉，日进昌明之域？由此观之，今之世界，仍古圣哲心灵所贯注也。其躯壳虽毁，而德泽早已布濩人间，传诸奕叶。儒教徒之精神，其皆孔子之精神乎？佛教徒之精神，其皆释迦之精神乎？各种德学皆有其本始人，若舍其本始递嬗之迹，则今日可仍同乎草昧，而所谓今世界者，归于无有矣。后之视今，犹今之视昔。今人躯体既传载古人之精神，而今人之精神又须借后人躯体以传载之。芸芸众生，述而不作，不过将承诸古人者，复传于后人。如舟车然，皆古人之用具，固无所谓我者。人欲不为古人舟车用具，必有特异独殊之事功德业，度越前古，炳焕来兹，言人所不敢言，行人所不能行。使今世因我而改善，后世述我于无穷，如是幻躯虽灭，而精神久已潜移于后人身心间，而我始得常保其为我，不专为古人作驿递矣。

嗟乎！予年届弱冠，名既不欲其速朽，又乌可不冥往独探，早为之计哉！予于是侧身绝壁，以送过去之故吾；翘首天末，以迎未来之新吾也。光绪戊申除日，李葆光谨识在繁峙县署。

晋游漫记

由日记中摘抄

夜二鼓，予独步园间。水阔庭虚，时闻鱼跃，楼荫布地，霁月临天，极目穹苍，慨叹何极，月色之感人一何甚欤！予每逢夜深人静，雾散云收，出行旷远之区。四围草树朦胧，长空万里，惟有孤月迸采流辉，对之辄欲吐纳乾坤，提携今古。西乡隆盛诗[①]曰："深霄仗剑看明月，万古兴亡两眼中"，偶诵此诗，恍见其人。夫时殊地隔，虽以西乡对月之乐，予犹能想而知之。惠子乃云："子非鱼，安知鱼之乐"，何也？在太原作

山水风月，恒如是也，而此行独多，可喜。今日自忻口早发，天尚未曙，行四五里，在车局促甚，乃下而步行。帘甫启，斗见东山上，红光蔽天，万岭如被朱涂，而北山独作浅绛色。回首西望山树，数万株皆倒地，有影甚修。盖是时，日已东出，光射西岭，予目为重峦所阻，不得见耳。路旁滹沱河积冰，腾跃如星芒乱吐，目为之眩。顷之，山角转而日轮呈，景物亦甚动人。

雨雪两日而霁，登城以眺，南山万峰被雪，北台尤高峻，负雪亦愈厚。夕阳冉冉向积白中下沉。西南天岚光浩渺无际，而附郭大杨无数，皆带暮烟，远而益浓。忽寒鸦一阵，自荒墟间鼓翼飞来，群集林梢，狂叫不已。猛回头，归路已鲜人行，暮色苍茫，不辨东西。乃急下城，踏雪而返。以上在繁峙作

同袭明城头小立，四围众山环列，而直南天柱一峰耸入云霄，雪累松攒，疑玉琢华表，承以宰木。汾水来自西北，今已坚冰冻合，曳缟拖素，晶光刺眼。时见澄波一曲，摇漾生春，则温泉流入处也。袭明欲往蹴冰为戏，行次腊鼓齐鸣。余愀然动岁暮之感，中途折归，而袭明竟独往矣。

薄暮，陪诸父兄登城延眺，栖霞倚岫，木石流丹。东北际危楼上极层穹，

---

① 西乡隆盛（1827—1877），号南洲，日本萨摩（今鹿儿岛）人。明治维新时反对幕府政治的中心人物之一，与木户孝允、大久保利通合称明治三杰。维新政府成立后任参议。1877年被萨摩藩武士推为首领，发动叛乱，兵败后自杀。有《大西乡全集》。

落照辉檐，榱桷一一可数，是乃县城谯楼也。成壁自东门以北，逦山麓而上行，造山顶折而西下，因于城隅起此楼焉。地迥途荒，人踪罕至，然登其上可瞩百里外，横揽直收，豁快胸襟，谓非此邦胜迹，不可得也。夫既称胜迹矣，虽人踪罕至，庸何伤？于是，叹嗟久之。残日傍岭，徐下远村，为夕烟笼罩，渐模糊不可辨，而汾水一练，依然在望。少焉，暝色益深，汾水亦不可睹也，吾等乃归。突见城南有物如浓云，弥漫数里，厥色黝黑，群鸦奔赴其间，途人告余曰："此天柱山，万松蓊郁处，风景奇绝。"不日，予将携朋往游焉。

祝融肆虐，避暑何方？小憩东庑，懵腾间，觉清风拂枕，花气满帷，檐溜之声不绝于耳。瞿然惊觉，始知好雨与梦终始也。移榻草亭，炎威犹未全戢。俄而，天外数峰排闼直入，坐间苍翠扑人。于是，五内凛凛，如浸雪矣。

太原、繁峙，予皆曾久居，而静乐则仅于冬、夏两至其地。今日未初，与诸友出城纳凉，兹邑路政未修，市衢污浊，恶臭中人欲哕，自昔而然矣。夫卫生之道，最重洁清。兹邑山环水绕，空气鲜新，本为颐养善地。然而疠疫恶疾，不时发作，岂非人民不讲卫生之所致欤？夫人民不讲卫生，非独由于教化未普，知识未充也。地瘠民贫，生机艰难，亦在在足为梗。泰西各国利源既辟，民生日裕，平素既不忧于衣食，治化乃易臻于上理。故屋宇高爽，衢巷整洁，道路修治，卫生得以考求。中国则不然，农工实学屏焉，不讲公益，要政充耳无闻，治化屯塞，民生艰苦。小民自力胜操作，即奔走活计，矻矻终身，饮膳且感不足，焉有余力从事卫生乎？嗟乎！国家财源久竭，甿庶困于生事，体躯既弱，卫生之设备又缺。中产之家，居所辄忧不给，父母子女混处一堂，啖眠作业，别无他室，抛秽弃腐，狼藉满庭，阶除之间，微菌滋殖。寒燠偶或失时，恶疫即乘机肆播，人身积弱之余，骤婴此变，譬若寒霜振木，烈火煎冰，岂能幸免？今兹静邑，瘟疫时发，死亡相继，非以此欤？夫于今日中国而言，公共卫生势诚有所难行，然若极力倡导，终胜于安坐无为。兹邑自家君莅任，日对士民讲涓清粪除之益，数月以来，市容严肃，路政粗立基础，虽为物力所限，未能猛进突飞，追踪欧美，而视阳曲、繁峙固不难肩随矣。予与二三子喜此邦陋俗之渐革，游兴益豪，联镳北进，直达汾河之隈。维时耀灵敛威，凉飔送爽，斟泉藉石，倚树攀花，回首城内嚣杂，恍隔天壤矣。相与登高丘，送远抱，岭云欲宿，涧水常流；俊鹘盘空而下瞰，饥羊逐草以忘归；俯仰宇宙，流连风景，载笑载歌，不觉抵暮。振辔言旋，冥氛四积；下马入署，华灯已张；此时清风在握，暑意何存？念兹僻壤，细民安得同享此乐哉？以上在静乐作

跋先府君遗集

先君体素弱，复困于吏事，平生所为诗文甚少。迭更变乱，而稿册散失者又五六焉。兹由知好汇求所得辑而存之诗集中。丙戌诸作，皆从日记录出，时先君子年才十五耳。吴、范诸先生均绝叹，谓不可及。惜生平论著不尽存也。《西教纪略》本四卷，前三卷经先君手自点定，稿本具在，惟末卷已佚。先君在时，葆光尝请暇时补入，以成完书。先君谓末卷率抄录公牍成案，佚不足惜，勿须补也。故通行章程一卷遂缺云。吴辟疆丈知言士也，间论文，于当代作者少所许可，独推重先君，以为旷世未有。此次刻集，开示款式，校勘伪误，吴丈之力为多。附缀数语以志感焉。民国六年四月，男葆光谨述。

警官高等学校同学录序

昔仲尼倦游归来，追忆曩日门徒，有从我于陈蔡者皆不及门之叹。夫聚散离合，人事之常，而圣人乃不能恝然于怀者，何哉？诚以师生聚处讲学，情款事洽，一旦事过境迁，风流云散，欲续前游之乐，终不可得。斯时抚今念昔，未有不临餐废时，泪下沾臆者。世人见其如此，思慰离索之苦，是以临别赠言。既别通问，写姿容以代晤对，述行义以备观摩，皆出于情不获已，而为古人所已行者也。

不佞滥竽东省特区警官高等学校讲席者数载，今幸值正速两科毕业在即，校中将编制同学录，并汇印职教员及诸生相片于简端，庶几别后揽之，仍可想见今日周旋一堂之乐。昔孔子门下著籍三千，太史公作仲尼弟子列传，赞

所云弟子籍者是也。班孟坚志艺文，《论语》类中有《孔子徒人图法》二卷，然则近人刊印同学录，附肖像于其间，亦犹行古之道也矣。毕业诸生类皆年富力强，擅精治术，将来出其所学，为国宣勤，其成就必有可观。不佞虽德薄能鲜，不逮古人之万一，倘能附骥以传，实有厚望焉。

民国十八年冬，南宫李葆光序

汤岗子游记

汤岗子，在盛京南百六十里。有温泉，含硫酸质，能愈人体诸疾。清末，俄罗斯内犯，筑东清铁路，设驿亭于此，以为路员休沐之所。嗣日本战胜俄国，席旧敷新，规模益壮，俨然称辽东胜地焉。

民国十九年夏天，予自滨江受俄医诫，往治脑疾。中途有日人谓予曰："君此行何异登仙。"汤岗子之为外人重视如此。及抵驿，时已夜深。负笄行沙径上，径旁珍木夹立如屏，数里内，惟闻蛙声，知溪流广也。旅舍为高楼，予下榻楼巅，窗外白杨数十本，竟夜萧萧，与鼾声相答，涤烦惩躁，疾去十二三。翌晨，推窗四望，千华山万峰森列，为旭日所蒸，红黄白紫，斑驳其形。门外龙庙山遍树青松，山顶孤亭耸立，如乱发之捧小冠。东南方隐隐见大海，则营口也。园内对翠阁、玉泉馆、清林馆、龙泉别墅，其建筑或中或西，各擅其胜，而板桥茅舍，掩映蒲苇芰荷间。地仅咫尺，而渺然有江湖万里之思。此乃东方版筑奇技，异于泰西公园夸奢斗靡而绝少蕴藉者也。

予寓此十余日，身已大健。村父老乃时以此邦往事见告。汤岗子为二十年前日俄战场，而温泉以北三十里，有首山闯然出地底，又唐太宗征高丽时驻驿之所也。当时太宗既混一函宇，率百战勍卒，出榆关，度辽河以东，临乎高丽。虽未能犁庭扫穴，枭盖苏文之首，而旌旄所指，四夷怖骇，固已扬威绝徼，振大汉之天声矣。乃后人不武，绵历数百载，迄未能恢我先绪。洎强俄起西方，踰乌拉山以陵暴东海，不惟我国受其威胁，即日本亦凛凛有危亡之惧焉。揆俄人之意，岂不欲屠韩并日，出太平洋以与英美争海上之霸权乎？然佳兵不详，古有明训。未几，旅大败挫，俄人北走。继以世界大战，乘机进取，骤胜而骄，遂思卷欧包亚，称霸寰球，创亘古无前之伟业，虽格于列强盟约，未能行其志，而野心逐逐，不为稍戢也。嗟乎！前事不忘，后世之师，彼尼古拉二世以盖世雄武之姿，凭恃俄罗斯地大物博，穷兵不已，卒至万众离心，身家覆灭。况侥幸一时，辄欲背弃盟约，与全世为仇，又乌能必济乎？而吾国人感于多难兴邦之意，念先世武功如此其盛也，奋起图强，诚宜知所自勉者已。予病愈北旋，就思揽所及，援笔以为之记。

涵象轩写诗文研铭

丁丑五月

骇世文章不中裁。赤心耿耿付后来。百年坐误亦堪哀。

二

少不如人长不材。弦外知音望未来。儒兮儒兮吾心哀。

涵象轩联语

古人集中不载联语，以彼时无此体也。明清始用以题赠，偶有佳句，动传万口，而联语遂成文学之一体。古今异变，今因古人集中无此辄屏而不录，可乎？予素不工此，然数十年所存亦逾百首，兹值续刊诗文乃附于集末云。

男元泽谨按：此先公预为之序，未及续刻，而先公下世矣。

挽育德中学监督陈幼云先生

山阳闻笛情何限；安定分斋志未穷。

集东坡句寿李备六先生

强饮且为山作主；岁寒惟有竹相娱。

挽吉林狱变军警守卫死难诸君四首

大义不逃生，气节直同河岳壮；
英心甘斗死，典型留于市民看。

即今士节已颓波，羡诸君慷慨捐生，独取英名光日月；
忆昨劫灰访遗骨，悲良执音容永闷，频挥酸泪望河山。

头颅可断，志节难移，大义式三军，黑水白山常炳耀；
刍酒微陈，英灵欲格，招魂当九月，残花衰草助悲凉。

形骸苦战已成灰，孤榇葬衣冠，中裹丹心碧血；
志节不挠宁饮刀，万民钦壮烈，有如白日青天。

挽朱幼樵军需（代）

军食费筹，维两年士饱马腾，何物非由公赐；
乡情极欢，洽一旦山崩梁坏，无人能似我悲。

挽徐镇守使太夫人二首（东海总统之叔母也）

盛德古来稀，溯早年教子持家，岁晚松筠同苦节；
善人天不负，看哲嗣高牙大纛，军前草木识威名。
母仪常镜天南北；门祚独冠世古今。

挽张检察长尊人二首

抗节鹿门同，足迹未曾入官府；
浮生蝉蜕去，心香徒此挹清芬。
日月九霄悬，惟先生抗节不群方之无愧；
蓬壶五云渺，痛侍者骑鲸永逝邈矣难攀。

挽徐声甫镇守使二首

风尘暗旧京，塞上长城空自许；
寥落悲前事，袖中诗卷欲谁亲。
烹茶论绘，把酒谈兵，儒将风流今孰继；
瘁力筹边，捐生报母，天资忠孝古来稀。

题高凤岐旅长别墅

九边鼓角推雄镇；三月莺花醉野亭。

挽敦化王令

司牧十年鬓发苍，耿耿此心夙夜难忘惟报国；
盖棺久服干戈动，芸芸满眼流离偷活不如君。

挽黄克强

渡河鸣素心，遗恨无穷，知地下公难瞑目；
筚路开民国，殊勋未报，望天南众尽失声。

挽诚执中太夫人联额（执中曾因袁世凯称帝辞吉林高等审判厅推事）

异地凄凉，旅榇归伤心此日；贤郎节概，高堂训回首当年。

挽任荩臣旅长二首

一剑可收功，名高艰苦防边日；万方正多难，肠断弥留呼渡河。
握手话平生，十年灯火鸡林夜；失声哭良将，万里风云龙塞秋。

吉林督军署门联（代）

士饱马腾俗娴射猎；河清海晏人讲桑麻。

偶为楹联六首以自箴

要使胸中无一物；须知身后有千秋。

志所存圣便可及；身未许国不许亡。

名利何能为子童；诗书亦足解吾忧。

盖世文章不干世；熏天事业求胜天。

渊深似海；镇静如山。

宽仁得众；沈毅有为。

集山谷句送孟秉初省长还乡

归扫松楸下；名满天地间。

题田将军中玉家节孝祠

武维文经缵承有自；姑贞妇孝方志之光。

挽刘永之律师太夫人联额

形化何伤，有阿母淑闻不泯；德修必显，使郎君直道而行。

机声永寂

戏集唐仙人诗句赠瞿非园（非园，好道者也）

插花饮酒何妨事（李梦符）；紫府清都自有期（沈廷瑞）。

挽李育才尊人联额

农桑以乐天真，方古耦耕荷蒉诸贤公宁多让；
故老半登鬼录，从今后生小子安仰卧自兴哀。
偃仰风尚

挽李籽今大令

秦境雪沈冤，千古循声辉蠹简；马帷闻妙谛，一朝噩耗感人琴。

挽谢孟衡二首

旅榇厝穷边，丈夫不死妻孥手；
英才多早世，终古难窥天地心。
少思利济壮慕神仙，回头樽酒平生，妙解真能超物外；
家在川西身游塞北，极目关山万里，羁魂何自到亲前。

挽警团剿匪死难诸君

盗窟葬英骸，慷慨真同蝉蜕壳；官书褒异绩，芳菲直疑豹留皮。

集经石峪字寿江苏齐省长二首（齐，吉林人，曾长本省）

令德闻南国；欢声满北边。
乐道得无量寿；行边有去后思。

挽籍陆侪先生移葬

学宗百家言，尚有文章传后进；坟移十年泪，不堪天地入冷秋。

止园楹联集句（主人有《止园杂诗》一卷）

歌词自作风格老（少陵）；天地无私花柳香（山谷）。

寿郭省长太夫人

谦光自居劝励为争（韩退之）；肃雍往播福禄来臻（陆士龙）。

挽韩子升夫妇

韩子升名登举，吉林韩边外之孙，当局屡欲重用，皆辞谢。中年染疫卒，未旬日，其妻亦殁。

有林泉志趣，际海内风云，一命而偻再命而伛；
为帼国英雄，配人中豪俊，但愿同死不愿同生。

贺孟督军太夫人入嗣二首

不用择邻日惟德化；故应设庙以永讴思。
世皆称贤母；天以报善人。

集句赠栾厅长

坐觉风雷生謦欬（苏轼）；闲将诗句问乾坤（杜荀鹤）。

挽王君

生同石火悲无极；身在菰蒲道自高。

吉林斋舍楹联集句

偶有清樽供寿母（黄山谷）；莫嫌屯垒是边州（宋子京）。

内宅联额

闭门但思己过；绝口不谈人非。

温恭朝夕

祖母丧灵棚联额

春色笑十余年，岁时归省复十余年，追思往日恩波一自扶床达授室；

御飞车三千里，痛哭高堂亦三千里，拼洒平生血泪直纵柳塞入榆关。

望其子也远而望其冢孙也犹远；知吾父之贤可知吾祖母之亦贤。

千秋德训传彤管，八口啼痕满素衣；

陈请有愧李令伯，纪德谁为范蔚宗。

报刘衔痛

挽宋渤声之妻马夫人

相夫子为闻人，戚党皆知其贤也；遗儿郎以善果，族姓行将益显乎。

挽赵俊卿之母那太夫人（赵父剿匪战死）

阿母贤哉，能助夫子为千古忠烈之王；
苍天老矣，竟令善人感一朝疾病而终。

集山谷句寿阚人斋

但使心闲自难老；定知石友许忘年。

挽瞿根约厅长

边塞久追随，几见闾阎怀旧政；德音忽寥落，不堪风雨读高文。

挽林啸石

论天才可跻云霄，二竖逞凶一旦；见良士频归泉壤，群魔横塞九丘。

代何凤丹挽其妻兄某君

泉石寄高，纵身后名垂碑十字；朱陈联旧，好客中讣到泪千行。

挽俞榆荪（字树棻，日本留学生，因防疫病殁桑园镇。）

欲活国以医学穷东海；为救人而死名重泰山。

挽邹尚书嘉来（邹为胜朝遗老，当中日战时颇显勤能。）

东海风云费筹笔；西山薇蕨泣霜毛。

挽赵升齐尊人

诸郎尽旧交，才誉差同头腹尾；独立开闳业，功能兼总士农商。

挽邵竹青厅长尊人（邵，山西人）

再世有英豪，柱后惠文盛誉早蜚京国；
一生绝奔竞，下泽欸段流风永被河汾。

挽谢棐臣大令

被项城识拔于广座之中，论治绩无人能并；
与哲嗣追随在三年以外，见讣书有痛如何。

挽同乡刘君，逆旅主人也

一生行义无中寿；四海论交见古风。

集句赠房袭明

餐胜如归聆善若始（陶渊明）；施己惟约于礼斯丰（陆士龙）。

挽袭明弟幛子额

斯人为痛

题袭明相片

饬躬颇似我；劝业最怜君。

挽阚人斋太夫人联额

机丝垂训今宁在；风木怆怀古所同。

来芳可述

挽曹玉书尊人安葬（代）

政绩偏青徐，忆凶讣传来时闻巷哭；

师门阻江海，报佳城卜就遥献挽歌。

挽籍亮侪先生之德配王太夫人（先生因纳妾致夫人不快，悼启中多悔恨之词）

本欲卖衣典珥，以成夫子之名，不虞夫子名成身亦病矣；

尚其强体干时，以慰幽灵之意，但使幽灵慰意公何戚焉。

贺贺孔才婚

因缘此日成磐石；汤饼明年贺弄麞。

（璋误写为麞，犹是宰相故技也，乞笑恕之。）

集苏黄句寿张季直

到处聚观香案吏；个中即是地行仙。

挽赵湘帆丈之母耿太夫人

教子能为永叔文，泷冈千古；束刍欲吊林宗丧，山海万重。

寿唐蓉浦太夫人幛额

盘石颐年

挽姚叔节先生

日炙雨淋劫后文章周石鼓；山鸣海沸生前德望鲁灵光。

寿沈阳王大令

琴鹤一车蜚声紫塞；冰霜万壑比寿青松。

挽贝芝楣夫人联额

九塞随夫音徽远播；万方多难存殁同悲。

画鼻伤心

集太白句寿北江先生二首

大音自成曲；长揖不受官。
探玄有奇作；观化游无穷。

集句挽姜超六

壮志昨怜成柯梦；余威端足震当时。

戏为捷成木厂门联

捷足争商霸；成材拄国危。

挽李兰舟公使

遗爱遍东陲，万里惊心仙杖渺；
直声震西海，一言荣国使才难。

题新世界酒楼

楼设滨江傅家甸十六道街，时榆关用兵，故联内云云。

门当十六通衢，近水远山仗策屡登临，兴酣重倚危楼，万里风云来槛底；
座有三千上客，南船北马间关何辽阔，酒罢时寻旧梦，四方景物落灯前。

挽郑竹铭二首（东省特区地方法院检察官）

是折狱奇才，冰雪同游塞北；欲归棺故国，干戈正满江南。

岂廉吏真不可为，以君清操而弗永年，天乎何酷；
得良医亦足相救，方客穷边难寻高手，命也如斯。

贺马季珩、马季瑜兄弟同日结婚联额

正柳暗花明来看双双燕子；能冰清玉洁堪称世世乌衣。

挽曾履川母林太夫人

太夫人早寡，自刎殉夫，遇救不死，遂迷惘终身。履川在京闻太夫人殁于四川，仓皇奔赴。

路远犹闻哭母声，烟波渺渺；城崩不尽思夫泪，风雨年年。

挽警官学生孙孝武三首

宁攻苦而戕生，使同学百余人闻风兴起；
望贤豪以共济，叹纷争十六载得士艰难。

学渐有声，共诩贾生为国宝；
人谁不死，独怜李贺阏天年。

骅骝志取长途奈何中蹶；
鸾凤生当浊世不欲高飞。

挽吴兴权将军

万事盖棺休，塞上勋名空自许；三军齐泪下，生前风义耐人思。

集句挽警官学生朱秉权

时榆关用兵，其老父闻丧，间关来哈，哭泣甚悲。

今日乱离俱是梦；先期零落更愁人。

代龙伯刚挽其外舅联额（此公生平好佛）

龙塞泪痕遥，未报恩施绛纱幔；虎溪禅意远，早基净业白莲华。

仁者息焉

贺步峰医院开幕（李步峰，吾婿也）

独力欲何为，试看疮痍满地；私心聊自惬，广施医药活。

赠石镇守使

塞上旌旗慑猿鸟；樽前袍带想天人。

挽看守所李医官

以医药成名，学穷素问；为囹圄造福，恩被赭衣。

寿魏羡唐检察长父母

平反养志京兆尹；负戴名高石户农。

挽某商

货殖展七彩，黑水白山胜誉远；握谈疑昨日，红灯绿酒更谁亲。

赠李蔼彬

白传诗名闻九塞；赤松心迹托三山。

题巴彦县公园二首

阶前一水清如许；云外双峰秀可餐。

偶穿深树惊啼鸟；闲对方塘狎野鸥。

赠贾献庭

立身以冰渊自惕；终日与翰墨为缘。

贺谢迈度续娶

迈度号了无道人，妻死，誓不复娶，越六年而竟娶。

重整乾坤老当益壮；谁无妻子取不伤廉。

挽李杏南尊人

不见老成人，叔季颓风谁与挽；

更无毫发撼，诗书世泽子能传。

贺王启湘妾生子

书来知有弄璋庆；人老宁无调象才。

集句赠贺孔才

文章清逸世少比；金石刻画臣能为。

贺齐路两家嫁娶

画栋双栖唐燕子；名门对启晋乌衣。

集北江先生集中句贺哲嗣百之新婚

欢忻召和恺；懋泽自迢遥。

集句寿徐大总统

生知法式动得礼所；弥加保卫永御吉康。

挽王晋卿先生（患痰涌暴卒）

本经史以为文，著作等身，绝学遥承两汉；
客辽沈常相遇，音容在眼，片时永隔千秋。

家居门联

懒思身外无穷事；但愿官清不爱钱。

集句寿谢掬尘太夫人

来嫔大家率循德礼；受兹介福允当天人。

集宋人句赠五台僧慧通

结习已空花不住；妙语无言心独醒。

集北江先生诗句寿北江先生

文章本家学；猛眇有天游。

挽李母朱太夫人

内侄女房庭筠有联以挽先妣，意佳而词未工，为润饰如下：

弱质赖扶持，推食推衣，十载恩情山岳重；

名门真赫耀，贤夫贤子，千秋文采日星悬。

代友人挽其侧室某女士

先去亦佳，何乐而生今世；所如辄阻，将衰又失斯人。

赠人额语

义标民俊

寿贺孔才父母

齐眉盛德同梁孟；养志高文有固昭。

挽章太炎

望其人有冰霜气；显于世为文章宗。

寿刘君夫妇

案上双杯浮日月；阶前一树接云霄。

挽王理堂

半世居官，以清勤明肃为归，政绩遍辽东，虽妇孺不于容口；
十年结社，极文酒游谈之盛，前尘忆松浦，逢丧乱倍觉伤心。

十九年某月日梦中得一联

十年种树尝新果；四壁开窗招远山。

附录：李葆光研究资料汇编

1. 李刚己著，于广杰点校：《李刚己集》，中国社会科学出版社 2021 年版。

李刚己致李葆光家书三通

字谕光儿知悉：

两接来禀，具悉一切，并惊闻汝伯母与汝三叔凶耗，令人伤痛不以。呜呼！以汝伯父之向来作事全无经纬，不知继娶后能否令小儿女辈不至失所。而汝三婶命薄如此，不知现在作何情状，又不知将来如何处置，始可令存殁无憾。反覆思维，尤令人愁绪如麻，不知所措。奈何！奈何！

吾与汝母均尚平安。汝母四、五月间发愤读书作字，吾为渠选抄唐、宋五七言绝句数十篇，皆能成诵。与之讲解，亦颇能领悟。所作大字，笔力清劲，进步尤速。方期从此进授蒙学、教科等书。而自汝祖母来后，不暇专力于此，加以近来汝祖母与汝六姑相继患病，此事又复废辍。呜呼！中国妇女无学，不明世事，不明义理，不明养心之法，不明卫生之术。小则贻害于身体，大则贻累于家庭，其流毒实不可胜言。而汝母以家事所累，不能副吾此志，惜哉！惜哉！

汝等此次回家，办一蒙学甚好！甚好！此间现筹定经费一千余串，拟在城关开办初等官小学堂四处，官立半日学堂一处，筹划一切尚未就绪。高等学堂现亦正在整顿。惜此间绅士于学务全不在行，地方官终日公事纷纭，又不能专力办此，恐将来终难结良果也。

汝等半年以来，各种科学现已及何程度？下次来禀，可一一告我。堂中注重东语甚好，东文功课原不必甚多。盖汝等既通中文，所难者在东语，不在东文也。惟中文功课太少，此大缺点。松坡先生既在彼开文学馆，汝等若能常往听讲，于中学实大有裨益。但恐堂中无此工夫尔。（八月初六日）

告初、光二儿：

汝等来禀均已收到。吾病较前轻减，汝等毋庸过虑。光儿所购药物已照信查收。达赖已于七日过境，幸尚平静。达赖及护从人等皆以此间尖宿，两站均在深山无人之境，较各处办差艰苦数倍。而桥道如此修治，供张如此周倍，实出望外，是以欢喜异常。达赖于十八日清晨延见。闻省南各州县见者少，不见者多，省北惟代州未见。见与不见，亦何加损。而彼则以一见为非常荣宠，故为汝等略述耳。（不见者于帐外站班时交递哈达，见者请入帐内递哈达。）

观光儿禀词，大有忧贫之意，此殊不必。汝年甫逾冠，尚非营谋衣食之时。但能勤学励行，植远大基础，吾心已慰。其余汝等不必过问。贫者士之常，自古贤哲皆以乐天知命为贵。目下家计虽窘，吾尚不至作无益之愁苦。放翁诗云："生平力学所得处，正要如今不动心。"汝等其念之哉！

阅初儿来禀，今年中学堂课程似颇可观。其注重东文、东语亦与汝等预备东游宗旨相合。如真能照办，汝等即在此毕业亦无不可。吾牙痛病源，初儿所言皆非是，问光儿自知。（二月二十一日）

告光儿知悉：

中秋日来禀已收到。汝病比已全愈否？念念。前去手谕二次，计此时均已接阅。此间诸凡平顺。昨接新民政长谷芙堂君来电，对吾辞官一事亦极力慰留。原电云："电悉。屈公数月，以慰小民借寇之思，倚畀方殷，幸勿固执"云云。其词意之勤挚，实足令人生感。晋人待我固不为薄，只得勉图进行，以冀相与有成，不拟更作归计矣。

杜子诚奉阎公命，改编中后两路防营为陆军，其办法先止改易名目，所有官弁兵丁皆暂照旧。察看此间情形，当不至为难，惟归化稍宜注意。然陈公如允谓臂助，自当俯首听命。

闻杜公本日由灵启行，不日便可抵同。其婚期闻已择定重阳后三日，现各界正在预备欢迎也。陈公明日公回，闻此老初抵京师，总统因有要公，命姜军统先行接见，并询地方详情。仍属其先赴太原，与孙中山及阎都督接洽后转回京城，再见总统。故陈公由京前赴晋垣，计与阎、谷诸公相见，定当水乳相融。晋北军界局面当有变动。吾前所矜杜公之策或将见之实行也。陈公于姜军统前为吾极力揄扬，要其转达总统。惟吾之官职与总统不能直接，于实事殊无裨补耳。然即此以观，则其亲见总统及冯、阎诸公时，自必力为嘘拂，固可概见。吾平生与人寡合，独吴、范二先生及杜、陈二公，其信爱之深，往往出于意料之外。呜呼！吴、范尚矣，如杜、陈者，于今世结交之场，亦宁可多见哉！

吾近被委为第三区（即大、朔两府属地）覆选监督，公事益忙碌。天气渐寒，家眷宜速就道。昨已函嘱伯冲为我一行，汝可更作函促之。补牙者所有材料不佳，另向京城购办，故尚未着手。闻刻已购到，日内将为镶补，不审果能得力否耳。并闻此人能照像，较此间照像者手艺稍佳。俟稍暇当令拍一照寄去。《燕子笺》一书亟思一阅，汝母过保时可交给带来也。（九月三十日）

2. 吴闿生著，余永刚点校：《北江先生诗集》，黄山书社 2009 年版。

李子建葆光作中秋玩月诗见示次韵和答 庚申

粪壤日熏蒸，谁识灵芝洁？风雪日欺侵，焉表孤松节？蛰息斗室中，逾月迹不出。扰扰九衢尘，眼花看成缬。儿女闹青红，孤怀自萧瑟。颇怪菊花丛，凌寒犹得活。号咽阶下蛩，汝曹非此物。（李子建云“文外曲致”）颢气肃晶天，团凝作圆月。澡溉万缁尘，焰中沃凉雪。中宵响渐稀，廛开冰冻滑。揭此玄骊珠，洞穿老魅窟。我怀本空荡，但觉清彻骨。却把昆吾刀，照手玉可切。讵知高寒境，光景倏变灭。沧海无前尘，昆冈有余烈。（李子建云：“此节自寓身世之感，其来无端，最为奇肆。”）卷怀只坐叹，翛然耸毛发。李生吾党秀，清言霏玉屑。酒半激高怀，纷葩为吾发。惜无昌黎公，张军收籍彻。咄咄但勿休，轻车逐前辙。家世本飞仙，宁须餐玉诀。挥手谢时人，驷虬从此别。

前韵再答子建

吾闻九苞凤，羽仪天所洁。夭矫湘竹枝，谁能易其节？疾风劲草见，溷浊清士出。岂比桃李花，当春展柔缬。炎威能几何，又见秋瑟瑟。小虫泣相吊，去汝不得活。至人曷异众，物物物于物。大地有江河，高天有明月。积此九秋光，凝作万古雪。开醅荜拨香，洗盏玻璃滑。斯立罢哦松，伯有坐酒窟。昌谷亦有言，男儿重心骨。安能老皂栈，辔鞅相摩切？万马太行来，刚耿青不灭。散为燕赵雄，悲歌争侠烈。相如头睥柱，荆卿冠上发。郤曲臣妾行，夷然固不屑。（李子建云：“笔歌墨舞，如读《项羽本纪》《刺客列传》。”）何时天眼开，古剑吼声发？众耳昵筝琶，璆然当一彻。今车行古道，荦荦难合辙。不如召时贤，执手与之诀。幽兰萧艾中，行行终见别。

与子建唱和后既而月蚀再用前韵示子建

浩浩明月光，逢秋逾皎洁。厥初孰置之，自尔为佳节。嫦娥闭深宫，盈盈呼可出。玉兔拂霜毫，桂花发寒缬。惜无舜二妃，为鼓湘灵瑟。已磔老蟆魂，既死那得活？大德务兼包，潜滋有异物。岂意不虞奸，又夺方圆月。清都屡狼狈，巨耻谁一雪？睒睒凶颐张，皤皤大肚滑。星斗遂无光，妖魅争出窟。可惜九天华，豢此百丑骨。经营地上辈，荣祷心徒切。我观阎浮界，瞬息千沤灭。万古浩茫茫，何处留遗烈？往者英豪人，过眼纷如发。谁从劫坏后，更觅播余屑？不如逸兴来，得酒且横发。月光亦旋复，清照四坐彻。但愿扫阴翳，从此安危辙。吾徒本无事，且学炼乐诀。酒尽东方高，起与蟾兔别。（李子建云：“闳伟雄肆，殆取扬马为文之精神入之诗篇者。”）

前韵答子建

丰城两龙剑，识者唯张华。渊明避世翁，作传称孟嘉。神明有契合，万里谁能遮。寸衷苟不谐，对面千褒斜。君从塞上来，琴鹤共一车。柱后惠文冠，主者礼有加。时无延龄相，不用焚白麻。得暇即游览，踏遍长安花。文章本家学，高艳穷骚葩。诗成万口诵，岂独矜侯芭？丈夫不得意，蠖屈随龙蛇。渊深自潜跃，岂必思云拏？敝庐在城北，鼓吹号寒蛙。十年不徙宅，自榜幽人家。君能数来过，佩玖贻留嗟。絷维永今夕，亲解犁眉䯄。安能向尘俗，童角而貑牙？

叠韵赠子建

君非刘文叔，不慕阴丽华。独游形骸内，自比申徒嘉。有时梦天阙，仙女相要遮。梦回日未上，银汉星横斜。庄生有妙喻，六合游日车。鸿蒙奋云翼，赠缴焉能加？吁嗟世上士，争路冥冥麻。安身出缩角，障眼褵褷花。畸行矜叵曲，怪论纷滂葩。严霜一朝降，谁与分兰芭？至人在尘网，折节行委蛇。真精有渟蓄，外物徒纷拏。华堂笙管闹，何异泥中蛙？三年隔墙笑，枉杀臣东家。平生道此意，独子能矜嗟。万顷平芜中，一放流金騧。作诗聊寄兴，质直非聱牙。（以上三首，李子建云：“三篇所最难者，在以奥衍之笔，写微妙之理，殆合三百篇庄、淮南诸家之长镕于一冶，于古今作者中独翔一格。至句法之绮丽，笔势之奇肆，犹其余事。”）

开岁次韵答子建

躞蹀风尘中，毋乃恓惶甚。驰驿讯梅花，乡书苦未审。泥涂敢辞辱，惜此光明锦。鸿羽渐涧磐，鸮音集林葚。嵇康夙性拙，皭蔑况貌寝。强颜求避俗，怀禄滋积稔。嘿嘿阅年华，但益亡何饮。缘阶有斗雀，时见怒毛痒。宛颈务相仇，调醯忘所懔。放声欲示诚，茹郁口还噤。却忆表海雄，开门来敛衽。至德匪澍濡，神功谢雕锓。披拂荡高旻，衰俗风生凛。此意竟谁陈，付与羲皇枕。风伯语夔蚿，一足且踔踸。

次韵子建咏苏武

瓶乳乃得归，此语未为甚。石破天或惊，物理固难审。诗人伤被谗，萋菲喧贝锦。婉语诫鸣鸠，于嗟毋食葚。微诚自约敕，大海波亦寝。譬彼穮蓘勤，虽饥有必稔。忆昔穹庐日，奇变生酣饮。蹈背出生血，名王体为痒。一旦雁书来，毡裘还自懔。肮脏九人归，侏俪万口噤。高义贯人天，所以行左衽。史笔烂淋漓，实录非雕锓。大漠久荒闲，寒威翻冽凛。烽火通甘泉，白宫罢高枕。谁欤折棰行，揃此万马踸？（李子建云：“微诚”二句，一篇柱意所在”。“高义”二句非咏苏武，乃为后六句而发。此所以慨深而神远也。）

东坡宙字韵赠子建

少年气真豪，瞋目视宇宙。壮岁角群贤，蹭蹬常在后。揭来迫危难，委命游羿彀。譬彼践脊刍，已苏那再骤。人生高自许，屋顶建瓴溜。不识亩钟田，一苗凡几秀。岂若华胄游，坐拥千城富。云鸟有再兴，箾韶无辍奏。雍容相揖让，力牧与风后。空言不补用，闵闵徒怀疚。剩欲刊浮华，麀鹿归伏囿。侍郎有伏猎，尚书或由窦。王齐仆钟室，覆楚终属镂。由来豫栖豪，不慕彭聃寿。苕折子亦倾，终焉何所就？况今功名会，腾趠尽豪右。全收江海积，不许芒粒漏。猛臂竞张空，短掌合藏袖。今夕复何夕，得与子邂逅。淄渑喜同味，况出平生旧。沈沈万石钟，岂假寸莛叩？太华突摩空，此才本天授。

次韵吴海山景超雪

万口号呼天欲坼，彼苍负谤谁能白？一雪何尝靖宿氛，已觉千家饱新麦。宁知丰悴在人为，饥饱从来无定格。且喜畿邻战鼓收，共敛惊魂集亡魄。五陵豪贵势方新，万室焦拳形尚墨。播洒方知大化公，混茫一气无南北。（【评】李右周云："二语雄浑。"）吾宗卓荦有雄才，高眄嬴刘靡间隔。壮气巍峨紫盖低，大句陂陀青土窄。谁令落拓走京尘，万翼难双孤凤只。九宾冠盖不低头，白屋须眉空动色。知己弹冠孰不然，为诵陈思恒恻恻。苦悬遗经有深戒，常德不离宜守黑。谁能散朴作圭璋，雕琢翻为天下则？轮囷不顾万牛回，深卧泥沙饱虫蚀。赤霄舒卷有真鳞，岂有登门曝腮额？君能烂醉共新晴，屡舞莫辞峨弁侧。

前韵赠子建

日余走访餐霞客，日观苍茫始生白。鹅鸭方塘乱玉浮，瑶草连天如陇麦。道逢骑鹿两仙童，短发齐肩美风格。授我金丹药一圭，光彩湛凝疑虎魄。拜受矜持不敢言，怀抱经年深墨墨。君才八斗似陈思，六载冰霜穷塞北。新篇万里每相闻，赏奇犹苦风期隔。岂意翩然日下来，欢呼顿觉中区窄。江厓澥岸敻哉辽，断雁惊凫自双只。更喜穷年读道书，风沙未改婴儿色。翻忆论文老谪仙，骑鲸一去空凄恻。岁寒日晏百昌零，排空万点鸦翻黑。况复惊涛四海飞，暴雨横风无准则。保子精金美玉姿，韬养光精休晦蚀。但令飘雪白皑皑，自有连云高额额。赠子斯篇勿妄传，看取彤霄征侍侧。

前韵答子建海山

丈夫伏处真无策，牢落穷年玄尚白。空负胸中十万兵，入市何曾辨菽麦。

丰车大马载人豪，过眼洸洸英武格。才华经世自敷愉，意气盘空极旁魄。奈何缓也久呻吟，浪逐凭虚寻子墨。属者中原解斗争，大官辛苦调南北。眼见衣冠尽会同，九州不许关河隔。各返燃萁煮豆心，怅望应嗟吾土窄。重重海上舰纵横，历历天边堠双只。西略全收雪岭松，北龛径夺燕支色。擅此泱泱大国风，同气矛弧实堪恻。呜乎井底尚争雄，谁定一尊别白黑？我相二子皆卿材，对立玉山双叔则。新淬霜锋莹鹛鹈，断手料应无缺蚀。起起先乘一障间，会斩温禺获龙额。眼中吾老复何言，畜鸡请俟延陵侧。

【评】刘际唐云："雄姿逸气，横绝一时。"李右周云："喷薄之气，瑰玮之词，离还并集。"

次子建答迈度韵　辛酉

白衣莫舞江边橹，蓝田莫射山中虎。君看一代功名人，白骨撑天谁不腐？惊心歌管已烟沉，踵蹑戈矛尚蜂午。何如得酒且逍遥，卧看庭柯飞玉宇。男儿不能骑龙身上天，犹当卷地狂鲸吸百川。安得拘牵时议自摧剥，长年郁郁尘埃间。芥蒂横胸互生灭，遥空九点霏齐烟。一杯奉君千万寿，大弨挂壁何当彀？且倾海水添宫漏，莫遣朝光发幽窦。沉竿续蔓深莫究，请君一睨云间庙。

【评】李右周云："慷慨悲歌，有睥睨一切之概。"

次韵子建咏古树

何人跃马新登坛，几家罗雀深闭门。沸耳笙歌甫衰歇，当街又见云车屯。权要都思粉身傍，只有诗囚天所放。世务归诸汉水滨，歌声自遏燕云上。君不见城南老树高插天，花开花落经几年？蹊下古来车马迹，交杯萦带浑无端。飞觥一博蛾眉笑，煮海铸山旋见告。衰盛何从罄竹编，贮之空腹真多妙。吁嗟乎！黄尘不断青天团，树若能言可胜叹。能向槐安同一觉，盘根不用支头砖。

【评】李右周云："慨深而神远。""飞觥"四句，尚节之云："谈笑出奇伟。"

次韵和子建

谁能划地为长城，斩羁截鞅捐纕缨。强策疏庸追衍雅，扶曳踦轮鞭跛马。

蹀躞京国俄十年，孱躯惰骨勤包缠。牺尊所余弃沟断，凭谁拔置南山边？南山老柏干霄上，翠纛排空络珠网。密叶分香风偃翻，古干溜霜蛟屈强。栋家干国元区区，天公不覆东南隅。儵然雷雨周六虚，九渊自抱骊龙珠。可怜尺壤争膏腴，空使杨朱泣路衢。去有善卷来苍舒，吾处身若橛株拘，以我参夫二子乎？

【评】李子建云：“古色斑斓，如对鼎彝。”

前韵答子建

我闻赤舌能烧城，不须短后曼胡缨。南极渪浯西叙雅，百郡飞刍供战马。惊心鼙鼓自连年，更见漠北妖星缠。安得普天收战阵，倒倾银汉洗三边。书生浪说义皇上，鹿逸何由结周网？三光七曜有崩离，画土分民非力强。昔者黄帝尝问鬼庾区，骖驾七圣游骢隅。电周八表凌穹虚，离娄吃诟非玄珠。席茅三月绝膻腴，倪庞击壤歌康衢。尺蠖可卷龙可舒，造物以我为拘拘，祥金跃冶何为乎？

【评】李右周云：“奇纵之气，以古奥行，弥觉意味深长。”

叠韵再答子建

我欲餐霞凌赤城，蓬莱清浅可濯缨。世无寒哀与乘雅，谁与解控鸡斯马？湛卢弃置不知年，破箧尚有鲛皮缠。区冶风胡那再得，空腾芒气星河边。丈夫振衣千仞上，岂有珊瑚堕尘网？王良挟策上天飞，诡遇十禽何足强。东南有薮曰具区，稽天巨浸无陬隅。混茫万象涵玄虚，霞裳仙子簸明珠。咄兹华实九州腴，平步蹴蹋超天衢。安得大翼如云舒，腾身汗漫辞笼拘，从吾游者非翱乎？

【评】以上三首，李子建云：“以上三诗，幽眇之思，酣恣之笔，浑朴奥衍，光气迷离，纯是周秦以上文境，非读破万卷不能道其只字。先生之诗所以卓绝自为一家者，端在此等也。”

次韵子建送邢介秋刚游学德国，介秋为余新择婿

唾壶击缺珊湖碎，坐窗意气横天外。谁知伏枥志空豪，蹴踏风云殊不再。晴空刷羽看初雕，扶摇九万恣游遨。卷起沧溟向身泻，大秦西极未为遥。凝岩又见尧年雪，河汉冱冰寒啮缺。天池浴影待归来，正有青山映黄发。

叠韵再和

书生俯首同群碎，焉有雄图拓荒外？空劳绵蕞订朝仪，西向让三南让再。有弓不射阴山雕，便当负羽从连敖。下断衡灊上巫峡，横舠独溯巴江遥。呜乎遗民冤愤何由雪？共工方独坤维缺。海天纵眺试回头，应见中原青似发。

【评】以上二首，尚节之云："寻常字句，一经著纸，便有横撞侧击之势。谈笑出奇伟，游戏于斯文，正谓此也。"又云："雄恣环玮，尺幅有千里之势。"

子建与孔才唱和往返数叠，因次一首

落日未落犹骑危，新月冉冉稍入扉。冥鸿不下弦罣挥，物我翛然两不知。科头自在羲皇时，焉知八代骤而驰？清尊中贮醪与酏，开颜佐以二妙诗。万生喙息困炎曦，微吟使我凉生髭。吁嗟世事今安归，威弦不控群扬麾。五三旧六道已非，邱轲余泽光徒垂。海山仙人金缕衣，惊鸾自照浣花溪，神光四溢芬彻鞮。云霞万顷何由披，淫霖下扰千途泥。

倒用韵再答芷洲子建

忧来历乱如苔发，伤心唯恐金瓯缺。谁能僵卧作袁安，门外从渠三尺雪。多君佳政在平遥，仁浆义粟如黔敖。百舍重趼走南北，竭来搏击随群雕。主父徐严得君再，便当筹策安中外。觅句原非磊落人，尔雅虫鱼徒细碎。

纷纷去日多于发，眼送蟾光几圆缺。义和恇怯不加鞭，坐遣神州乱飞雪。龙盘虎踞山川遥，虞罗但解搏于敖。辛苦桃虫勤食蓼，焉能化作冲天炮雕？去去赢粮时不再，为余长剑挥天外。拔地惊霄七尺躯，那当竟使繁忧碎？

再用韵答子建

霜终衰林如脱发，城角西山露呀缺。景物老丑无春妍，妆点犹烦一夜雪。空庭下鹤羽翰遥，坐思汗漫追卢敖。旷世奇怀真自惜，蠹书虫简穷锼雕。返日虞渊如可再，弯弓试射扶桑外。眼前块垒何足言，王屋太行一槌碎。

罗燕山七十寿序

吉林军秘书罗子超以尊人燕山先生七十寿，介吾友李子建间三千里走书币京师请文于闾生，闾生谢不敏，则固以请电问，络绎不懈益虔。闾生谨对曰："闾生非敢靳而不为也。盖寿文之作，于义固无取也，古之君子不枉道以谀人，而以道自重者，亦不乐人之枉以谀己。谀人者，非也，受人之谀者，亦非也，是故有道之士虽雄奇俊杰，功德焯焯出天下，方其平居自处，则谏诤讽诫之辞，常洋洋乎盈耳，而莫敢以容阅曲媚之说进者焉，有以是进者不待问，知其非端人，而君子之前自亦无繇至也。若乃文章之士，操简执笔，当其矢口之先，固俨然自托于文周三代之隆，而不敢以稍自焉，岂独志亢云乎哉？亦以为所为言者地而冀其增重焉尔矣。不然，今之好谀恶直者盈天下，而能饰其词以悦人者皆是也。顾得其言者不足重，而反示焉，则仁孝君子又何取不增重而反示之词以滋世议而累吾亲乎？此闿生之所慎而不敢出也。”子超曰：“然，然固不可已请不以谀而以直，其可乎？”闿生未应，吾友邹河渠又以请，闿生则敬诺。

盖闿生之于子超，未相见而固有以信其人，曷信之？信之李、邹二君也。李君者，吾友李刚己大令之子；邹君者，吾所表麻城邹君孙也。二君皆世德名胄，卓尔有立。吾由李君知邹君，又由邹君知子超，三君世胄同，行履同，又相好也。推二君以测子超，固知子超之事亲为不苟矣。吾虽不佞，曷敢靳一文不为？抑闿生于先生父子间，自有感也。先生行义之余，尝肆力于医，其术仁矣。夫医之药，杀人之物也，而善用之，则以活人。虽然，不惧而杀人者，比比也。今天下脊脊大乱，皆由于兵。兵者，祸国之具也，而善用之，则以救国。虽然，不慎而祸国者，比比也。此其用略相类，特小大之辨耳。子超虽不治兵，而从鲍公军有年，鲍公坐镇北边，形势为世轻重，子超与有职竞焉，其所处讵不重欤？且病者之于医，将以求生也，乌知夫不能生之？而适以杀之者之为可痛也。子超承先生之志，亦求所以生之而勿杀者，则天下之士将群归命于先生，而祝其寿考者无量矣。窃不揣其固陋，愿因李、邹二君而进之。

刘际唐云：前半雄放，后半奇诡，极文人之能事。

3. 吴闿生：《李刚己先生墓碑》，民国《南宫县志》卷二十四，《中国地方志集成·河北府县志辑》，上海书店出版社 2006 年版，第 1025—1028 页。

李刚己先生墓碑 民国二十三年桐城吴闿生撰并书篆

君讳刚己，字刚已，南宫人。曾祖盛山；祖怀芳；父永敬，邑诸生。先公牧冀州，君才十三，课试得其文，大奇之。诧曰：“此圣童也。”乃辟书舍厅事旁，处其中，与幕客范无错杂教之。不数载，学大通，才思横出如江涛海波，灏漾万里，鼍轩鳄掉，响滔晦冥，神怪揵出，倏尔雺作，万卉齐放，沐日浴月，光曜遐逦。韩退之、杜子美之门阑堂宇，歷歷遇之。先公至莲池，君亦偕来，每课必冠其曹。同学豪隽之士，皆頫首愧汗曰：“非所及也。”已而连试获隽，中光绪甲午科进士，分发山西，补大同县知县。初至省，不为上官所知，君亦偃蹇不与众接，群以文士忽之。既而张曾敭来抚晋，宾礼之，颇用其策。曾敭去复漠无所试。大同为晋名郡，主者靳不遗。联署灵丘、繁峙、五台、静乐诸僻县，摄代州、直隶州，所至有绩。及革命军起，四方响应，大同亦纷乱，人莫敢往，乃遣君。君至数日，城兵哗变，焚杀亘六昼夜。总兵、知府皆畏不出。君独任艰年钜，集士神以镇安之，遂兼署大同府知府。都督阎公手书褒曰：“方面才也。”君以世乱无可为，投檄径归。语闿生将肆力所学，以成其志。闿生力赞之。君故苦羸疾，及是益剧。民国三年十一月二十七日卒于保定，年四十三。一时僚友及从学之士莫不腕痛悼失声曰：“斯文丧矣。”呜呼！今之世为何世也？国防既溃，生人无以自固。痛心国难，无所归咎，乃相与集矢吾学以快其私。一二好事者，流造为蚩鄙不经之说，鸩毒生灵，涂污黉序。循是不已，二三十年后求一能识汉字者将不可得，况五三典籍之高文乎？世论至此，君虽欲不困厄死，安可得哉？虽然，斯道未可绝也。废兴有时，亦长留其精英垂光天壤而已矣。是年十二月二十八日，葬君于村东北新茔。夫人朱氏。子葆光，哈尔滨首席检察官，能世其家学。孙元泽、元昭。君之葬也，葆光请铭，卒卒未及就，逾二十年，乃克文其墓道之碑。其词曰：

冀有文豪，卓立岧峣。其气如潮，倒海冲霄。浩浩滔滔，不可辈曹。骖驾六鳌，出入鲸涛。视世秋毫，天际逍遥。下愿群僚，螺蠃蛴螬。辔绝光销，万古寥寥。出其芝毛，汾晋载膏。禽狝苗薅，酋寇四逃。时乎不遭，斤斧莫操。绁马回舠，归神斗杓。名与嵩高，坟在山椒。我铭不佻，永世光昭。

4. **李广濂，《芷洲诗钞》，民国九年印本。**

次韵和李子健葆光并简北江

忆自南海归，孤帆挂樯杪。蛮烟散长空，瘴疠风一扫。征尘略拂涤，惴似惊弓鸟。群贤相慰藉，吟赏梅花好。大法久陵夷，祸变曾经饱。补救应及时，忽忽岁月老。舌辩倾四筵，庙谟莫草草。郑谋及乡校，获益殊不少。惜哉政令乖，法统何颠倒。（卷一）

倒叠前韵简子健

阴霾障九天，日出冰山倒。魑魅逞险巇，世乱仁人少。吾欲隐岩穴，筑卢盖茅草。畜鹤种梅花，吟赏娱吾老。但祝稻粱丰，胡麻饭恒饱。刘阮纵无缘，独游山水好。岂料俗务缠，尘嚣杂鸣鸟。凌晨远客来，荒径未遑扫。商订香山社，寄情寥天杪。（卷一）

次韵和李子健

梅影拂地月光碎，寒夜吟诗闻户外。卜邻喜遇李青莲，快意无涯那可再。严冬塞北正飞鹏，何人羽猎骋游遨。穹鹰大漠匈奴国，考古辄惊万里遥。昨夜燕京霏瑞雪，大道铺银鲜欹缺。狂风吹落孟嘉帽，忍使霜华侵鬓发。（卷二）

5. **贺葆真著，徐雁平整理：《贺葆真日记》，凤凰出版社 2014 年版。**

（宣统三年 1911）十六日（6 月 12 日）访李子健（建）。子建，字葆光，刚己之子，肄业法政学堂。余去岁将所存辟疆之书托冯乐轩代售。乐轩存于一小书肆，乐轩既不在保，无人照料，乃托子建取回，交孙镜臣所办日新排印局中。（第 181 页）

（民国四年 1915）三十日，余今日体稍不适，勉赴政事堂，将李葆光履历呈相国（徐世昌），辟疆之属也。相国云："已面托吉林巡按使矣。"……葆光，字子健（建），南宫人，有事于吉林审判厅，刚己之子也，颇善属文，故辟疆为言于相国。（第 285 页）

（民国六年 1917）三月十四日，李子健来，将为其先人刊印文集与余筹画诸事。余与至各刻字铺调查刻工事，余因请其饮于致美斋。余谒相国（徐世昌），因以刚己诗呈阅。

十六日，与子健访姚叔节先生，求为其先人撰墓志。

二十日，子健邀饮于醒春居。子健闻余与易门谈山场事，甚为欣羡，欲加入焉，且拟为邀韩蕴山，曰蕴山资本家，宜肯办也。余因刻字者都中少好手，因发议曰："此时宜组织一刻字学校，招工徒而授以精印古本书，命名匠教授之，分班级，岁招若干人，毕业则刻各精本秘籍，应四方名士之属托，则成一制板公司，暇则自行刊书，作一大丛书，遂成制板公司。以海内藏书家及《四库全书》之无通行本者刻之，将来亦可得盛名。果如此，则须招股作为股本有限公司，而当今好古喜收藏并资本家皆当入股，以徐相诸公之提倡文教，喜搜罗书籍，亦必赞成。然后招文士数人校刊其间，而用一二商人以经营财政，则将来于商务印书馆、中华书局之外别开生面，亦甚有趣味也。"子健大奇吾说，以为可实行也。今日言及开办山场曰："果成此二事，亦可以不朽矣。"（第 398—400 页）

八月六日，余以得孙，觞客于富源楼。杨君博如来访。博如名溥，清苑人，署吉林地方检察厅检察官，与李子健幼同学，长同官，甚相得，且好文，此自吉林来。子健属其访我，询其先人刚己文集事。

七日访杨博如，渠谈论之际，于古文若深嗜焉。而对于子健所托，尤谆谆于朋友之事，认真如此，令人敬爱。博如寓烂面胡同武林钱氏，曰："此余长期通讯处也。"（第 417 页）

十一月二十六日，访辟疆。刚己遗集辟疆又校有讹误，当再交龙光斋补正。龙光亦于昨日将刷印时纸张价目开单示我，而刷印一事不得不由我代办矣。

二十七日，余以新刊刚己集示相国，相国甚叹刊印之佳。曹理斋在侧，曰："胜《退耕堂集》也。"（第 434—435 页）

十二月十六日，昨辟疆又来函，言执事慨任印《李刚己集》，子健来函甚感也。（第 439 页）

（民国七年 1918）五月七日，子健以其父刚己遗集属存敝寓，并代为出售。（第 453 页）

五月三十一日，房袭明来访，为刚己遗集事。出所装池刚己日记及《西教纪略》残稿相示，有吴、范两先生平识。虽非全编，亦可珍也。刚己在信都书院时，与刘莘西同室。余每问刚己读何书，辄出姚、王《古今诗选》见示，又时时假其日记临吴先生《诗经》评点，盖其日记钞《诗经》全文，而录吴先生评点，亦往往载自作之诗文。其首卷有寿范肯堂之文，时刚己年方十四五，至书院之前一年也。文已奇诡可读，今日记残本不见此文。呜呼！已三十年矣。（第 456 页）

6. 贺培新著，王达敏、王九一、王一村整理：《贺培新集》，凤凰出版社 2016 年版。

李子建葆光寄示劝北江先生善养脑疾之作，余因有同感，倒押苏字均和之

孤怀恒郁郁，局促无由摅。循循踵轨进，有时悲愤趋。愤趋苦难禁，自解还酌觚。量小防其乱，加餐配以蔬。十日一黄鸡，五日一花猪。亦常自悔悟，岂宜耽此娱。世路万坎坷，终当吾识吾。譬如大厦侧，寸木奚能扶。撮土防河决，孺子知其愚。不量樗栎质，望治思唐虞。何如先淑己，求法贤楷模。岱巅有夫子，一览众山无。千钧绵绝学，剖析万民诬。上承千哲绪，下具九达舆。蒿目斯文歇，焦口教其徒。点窜经史字，糅化百家书。论文劳汗背，讲道声闻途。道显斯已耳，那顾躬焉如。凄绝岁已晚，百难何时纾。寒风折林木，严霜侵屋庐。生物一朝绝，微命嗟何辜。卿云去千载，迁愈亦丘墟。黄虞世已远，望古一长嘘。高冠事聚敛，介胄争相屠。细民槁且病，枯如涸辙鱼。手缩口还噤，心肾宁弗刳。噫气虹霓吐，万窍摧号呼。燃萁自煎豆，不病奈何乎。惕惕祝苍昊，悠悠瞩云衢。国步一朝转，所患庶其苏。（如此险韵，能一气舒卷，自抒所见，是为难得。）（第 154 页）

次均和子建

醉翁疾俗慨时危，屏绝百虑掩双扉。濡染大笔不停挥，立言苦冀千秋知。灏灏元气纵横时，千车万马来奔驰。十年薄宦无余酏，空留人间千首诗。百代茫茫朝暮曦，倏君玖鬓我生髭。大江沄沄去不归，飘风卷浪如翻麾。贤愚一例何是非，那须简册光芒垂。秋风漠漠催寒衣，红枣万颗飘深溪。趣更野服履革鞮，青流蹴踏蓁莽披，伫看燕采涧边泥。（第 155 页）

送子建之滨江

流光倏过未能留，莫漫惊心只自忧。万里长风送云鹤，三司小吏待扁舟。早闻龙辩惊三耳，更欲鲲呋震四游。弥望皇然感离别，高歌相贺忽添愁。（第 157 页）

十二叠均寄涵象轩主人

涵象渊如溟渤口，涵象之轩小如斗。掉头若不豫色然，单车出塞不顾还。手握刑章奸宄靖，化行政洽柏台间。翻身高揖千秋上，昌谷昌黎恣幽赏。天风荡袂云窗横，指点云端五凤城。几度飞埃观变化，王母桃花千遍荣。故屣飘飘抑邈矣，浮海往求市南子。天涌飞涛万骏奔，曼衍鱼龙自狂喜。化鹤归来再世间，霜林叶落秋风弹。羲农忽兮不可见，六龙未必无人攀。伐肝取字远送似，凉雨滴沥萦千山。（第 167 页）

次均子建见寄

佯狂跌宕兴悠悠，浩漫烟涛遍九州。花径离披觉殊好，柴门寂寞自忘忧。游鱼潜水吾真羡，斗雀缘阶尔底愁。正好从容托风咏，萧萧落木满庭秋。

边荒借助诗人兴，坟典钟彝八代文。官宫苦自陵梅少府，诗清已跨鲍参军。中原虎豹方相搏，大陆龙蛇未倦勤。为问如何大疏忽，英威漫取靖边氛。（二诗老健。）（第 172 页）

子建持解大绅学士草书卷子属题为赋长句

连朝郁悒心烦忧，展书忽讶蛟龙纠。涵象诗人谪仙后，持此珍重如琳璆。天吴移海几百载，淋漓墨气犹云浮。崚嶒劲骨程杵节，纵横才略雄山俦。豫章排空上霄汉，紫烟腾绕祥云流。霜凌霰集斤斧赦，调刁呜咽风涛愁。榆枋纷控自得意，青冥一折归冥幽。朅来愈觉世途隘，悠然掉鞅人间游。流云飞马度人表，凌空一笑三千秋。胡为对此百惆怅，怜才欲杀谁恩仇。淫威谗口古来有，喉间骨鲠焉能瘳。冰天雪海增感激，诗酣耳热天无尤。韦脂柔滑士莫羞，不见盖世重瞳不屈死亦休。（词气极近长公。）（第 231 页）

子建作琳用杜公白凫行韵唱和因次一首

君不见对面为盗南村童，公然抱茅欺老翁。天寒衾冷守长夜，何由脱此艰危中。真当牧羊留漠北，莫作归鹤翔辽东。沾湿屋漏难久住，昏黑魑魅吹阴风。（以上两首意皆深隐，词皆沈奥。衰世之文固应如此也。）（第 242 页）

子建母夫人挽诗刚已先生配也 丙子

幽燕平坦无奇气，独出精英盖世豪。诗与杜韩通謦欬，文从扬马乞波涛。百年帷闼鸣琴瑟，晚福儿孙誉俊髦。白首孤楼犹有憾，十年兵燹况萧骚。（此首最为浑成。）

谪仙家世诗为业，继起声华更赫然。薄宦远浮东海上，置身已在盛唐前。应看表德泷冈并，会有奇方宿病蠲。如煅邦家忧正急，可堪雪涕到重泉。

通家三世话酸辛，予室翘翘足怆神。百虑心焦谁与慰，一朝梦断了无因。名贤四海争为诔，懿范千秋总若春。倾海怒潮来眼底，全归犹是太平人。（第244页）

7. 袁志成：《晚清民国词人结社与词风演变》，湖南师范大学出版社 2015 年版，第 230 页。

松江修暇社

松江修暇社于 1916 年成立于吉林，有社作《松江修暇集》，前有湘南雷飞鹏序，1918 年铅印本。共九集诗歌，另附社集词作。社员有雷飞鹏、栾骏声、郭宗熙、瞿方梅、王闻长、成本璞、李葆光、阚毓泽、成多禄、程嘉绂、范景荣、孙葆瑨、洪汝冲、郑家溉、胡大华等人。

8. 蒙一丁、李国芳等整理：《长白丛书（五集）·松江休暇集》，吉林文史出版社 1991 年版，第 101 页。

松江修暇社启

雷飞鹏

榆塞迤东，北陆兴安，上腴之国，自周秦来，视同瓯脱。清季同轨泰西，通道荒远，晁莫千程，如涉门阃矣。吉林虽僻尔东陲，而铁道交衢，衡轸连接。省治船厂，南面松江，山水清隩，富有瑰宝，固天然一佳都会也。夫稷慎之虚，东方古国，开化最先；汉郡唐州，变置部落；金元京路，文野进退；及明羁卫所，清以开国，皇伯之风，泱泱可表。居游兹土者，俯仰衰盛，允有藻绘以美咏歌矣。文献不足，风习自锢。管邴芳躅，仅及辽东。丁白羽流，徒寄凫鹤。则如宋代张、洪持节北徙，于史有光。然会宁讲舍，冷山流馆，故迹久湮，罔可指识。明清之际，友声、汉槎宁古塔之戍诗，长白山之赋制，诡形异域，怀归弗宁，漠天无垠，吁其已瘁。尝翻此邦志乘，所举耆旧，如乌雅氏庆福有独行，萨英额张吉夫有撰述，马藩、牛化麟、于凌奎等有惠绩，及其他内行或以名业显者，大抵皆清人，前此无闻焉！岂非以山川阻远，礼莫能征与？今世交通，风目呼吸，遐迩宴笑，不复有荒徼之畏，性习之猜。丁时共和，黄农非远，寤歌莽苍，适兹乐国，此诚千载一时之会也。夫难逢者遇，易失者时。万方多艰，沴孽未解，旁皇文宴，庸讵有尚？但亭伯达旨，茂先励志，昔先明夷恒存谈艺无庸之学，罔罗放失，将以答贶天人，资镜流尘，宁为泰乎？时日有暇，开经望益，摅衵天签，殊趣同归。或好梁父之吟，或负塞下之书，或兴广武之叹，或发苏门之啸。其在诗曰："风雨如晦，鸡鸣不已，言礼乐由人而作，不可以颠沛寝也。"师鲁仲曰："不有博奕者乎？为之犹贤乎已。"言士大夫之不可终日无执也。同人等窃傅其义，因地抚时，拟名曰"松江修暇社"，其视博弈殆犹有愈，抑庶效风雨鸡鸣之节，诸君子未不亦有乐于此者乎！是诚甚所愿也，是诚甚所愿也。

9. **何灿：《〈中国古籍总目〉集部别集类误收总集考辨》，《图书馆研究》2017年第4期，第127页。**

《松江修暇集》九卷附诗余一卷　清雷飞鹏撰　民国七年铅印本　辽宁

按《松江修暇集》是民国时期松江修暇社社员的酬唱投赠诗集，并非雷飞鹏之别集，按《总目》之分类应为集部总集类断代之属。全书共分九集，共收诗社十五人诗作一百六十五首。后附诗余十七阕。松江修暇社是以时任吉林省省长郭宗熙为首成立的诗社，成员包括雷飞鹏、栾骏声、翟方梅、王闻长、成本璞、李葆光、阚敏泽、成多禄、廖楚璜、范景荣、程嘉绂、孙葆瑨、洪汝冲、郑家溉。郭宗熙，湖南长沙人，宣统元年任吉林东南路兵备道，民国五年任吉林省省长。诗社的其他成员多是郭宗熙的僚属。书前有民国六年七月湘南雷飞鹏《松江修暇社启》："吉林虽僻尔东陲，而铁道交衢，衡轸连接。省治船厂，南面松江，山水清隩，富有瑰宝，固天然一佳都会也。"

"师鲁仲曰：'不有博奕者乎？为之犹贤乎已'。言士大夫之不可终日无执也。同人等窃傅其义，因地抚时，拟名曰松江修暇社，其视博弈殆犹有愈，抑庶效风雨鸡鸣之节，诸君子未不亦有乐于此者乎。是诚甚所愿也，是诚甚所愿也。"松江修暇社成立于民国初年战乱之时，社员于无奈之余寄情山水，举办诗会，作品除吟咏风光之外，也有感怀时事之作。国家图书馆、北京大学图书馆亦藏有该书。1991年吉林文史出版社出版的《长白丛书》五集收录该书标点本。2013年国家图书馆出版社《清末民国旧体诗词结社文献汇编》收录该书，据民国七年铅印本影印。1991年上海人民出版社出版上海市松江县地方史志编募委员会编著的《松江县志》中，卷三十二"文献"一门中，著录了《松江修暇集》九卷《诗余》一卷，属于误收。《松江修暇集》中的"松江"即松花江，而非上海地区的松江。

10. 成多禄著，翟立伟、成其昌编注：《成多禄集》，吉林文史出版社1988年版，第306页。

挽李母二首

树老台荒听挽歌，遗民涕汨满山河。习闻寿母如松柏，忍见诗人废蓼莪。丝杼宵残余火冷，板舆春尽落花多。身衣手线悲游子，望断慈云鬓已皤。

秋老卢龙塞外天，泷岗待表是何年。高秋夜月啼乌鸟，大野凄风哭杜鹃。尽有容仪照千古，我因慈孝已三迁。平生最有皋鱼痛，百感中来更泫然。（第238页）

赠李子健

宦游真逐长江水，前度方西此又东。快读君诗今更老，惊看我发惭成翁。当年北麓[①]才三集，旧友西曹渐一空。要使天骄识麟凤，大名千古继崆峒。（第306页）

和李子健

三年不踏江干路，白发思君日几回。吟社客随秋叶散，讼庭诗带落花来。故人莺燕三春老，远道骅骝九漠开。正是昏昏阴雨集，那堪时节九黄梅。（第381页）

---

① 北麓：指吉林北山，松江修暇社曾在此多次举行雅集活动。

11. 郎绍君、郭天民编：《齐白石全集》（第10卷），湖南美术出版社2017年版，第124页。

1924年，印文：李葆光读。批语：无烟火气。（第128页）

12. 方锡球、刘跃进主编：《桐城派暨古典文化的传承研究》，黄山书社2017年版，第108页。

民国建立后，吴闿生主盟的大型社团“文学社”在京师文坛影响颇大。在内忧外患、新文化运动方兴未艾之时，文学社成员竭力融新知于旧学，以再造文明。文学社由吴闿生及其弟子组成。吴氏最早的弟子是辛亥革命元老张继。张氏父亲张以南是张裕钊、吴汝纶的得意门生。年十六，他遵父命拜吴闿生为师，时吴氏年才十九。但吴氏真正抗颜为师，则在新文化运动兴起之后。至1920年底，吴氏门人贾应璞、张庆开等集同学六十二人，次其名字、年岁、乡里，为《文学社题名录》，以张继冠首。“文学社”之名由吴氏所赐。1924年夏、1936年底，在贺培新主持下，《文学社题名录》又经二刻、三刻，分别增入吴门弟子六十二人、一百四十人。数十年间，《文学社题名录》共录吴门弟子二百六十四人，知名当时与后世者有：张继、李葆光、周明泰、李濂堂、柯昌泗、于省吾、贺翊新、贺培新、齐燕铭、吴兆璜、潘伯鹰、谢国祯、徐鸿玑、李鸿翱、曾克耑、何其巩、陆宗达、贺又新、王芷章、张江裁、李钜、陈汝翼、王汝棠、王维庭、吴君瑗、吴防等。这些吴门弟子或为革命家，或为抗日志士，或为学者，或为小说家、戏曲家，等等，多非传统意义上的桐城文士。他们在大转折年代，以其所学，散发出光芒和热力。

13. 李兴盛：《流人名人文化与旅游文化——塞月边风录》，黑龙江人民出版社2008年版，第303—307页。

松滨吟社

民国十四年（1925），东省特别区市政管理局局长马忠骏，厌倦于官场的污秽与倾轧，弃官务农，在哈尔滨市东南郊区辟一园圃，命名遁园，隐居于此。在“且耕且读”之中，又广交文士，诗酒唱和。据《遁园杂俎》一书统计，其诗友多达百余人，有著名文人成多禄、陈浏、张朝墉、钟广生、孙雄、柯绍忞、王树楠、郭则沄等。另有于清末任过知州的缪润绂（东麟）、巡抚增韫（子固）、黑龙江度支使谈国楫（鲍帆）、知府黄维翰（申甫）、候补道员周冕（少逸）等。民国年间任东三省盐运使的曾有翼（子敬）、奉天教育厅厅长谢荫昌（演苍）、吉林省长郭宗熙（侗伯）、东省特别区高等审判厅厅长陈克正（止中）、中东铁路理事沈瑞麟（砚裔）、中东铁路公司董事何守仁（怀德）、黑龙江代理省长兼教育厅长于驷兴（振甫）、东三省盐运使张之汉（仙舫）、东省特别区行政长官张焕相（棠园）、东北边防军驻吉副司令公署及省政府秘书长荣孟枚（叔石）、东省铁路首席理事袁金铠（洁珊）、龙江道尹何煜（南孙）。另有吴家碌（玉如）、张伯英、周玉柄、涂凤书等。甚至林纾、章士钊也有文字之交往。

文人雅集唱和，往往喜结诗社，马忠骏之友人也不例外。先是，成多禄与陈浏曾酝酿成立花江（即松花江）九老会，商订之时，原有马忠骏在内。但由于成多禄不久回吉林，此事不了了之。至民国十六年（1927）此会经李世斌发起并且成立时，马忠骏也未参与。至次年，马忠骏与张焕相建议将九老会扩展为耆英会，二人才得参加后耆英会。

在九老会及后耆英会建立之前，由于众多文人在遁园内的经常雅集与唱和，无形中已形成一诗社，此即松滨吟社（也就马忠骏自称的遁园吟社）。不过松滨吟社的正式提出与命名，当在民国二十年（1931）春。该年清明（二月十九日）前后，马忠骏招集友人小集遁园，写有《辛未春遁园小集》诗：“吟朋次第作消寒，有酒无诗免俗难。花径鸟啼醒午梦，山厨烟冷愧春盘。梅边杖履余身健，雪后园亭任客看。堪笑田家鸡黍约，一时俦侣尽鸩鸾。”诗成，与会诸人均有和韵之作，沈瑞麟之作《松滨吟社辛未第一次聚饮遁园，遁翁有诗见示，依韵和之》云：“前后清明多峭寒，入春容易放春难。枕中荣适黄粱梦，天际光华白玉盘。嗜酒莫忘千日醉，爱山不厌百回看。东来高士今犹夕，五噫长谣和伯鸾。”他人之作，如钟广生之“深藏梅萼春常在，初茁兰芽雨后看”、李葆光之“东风一夜扫春寒，雪尽不愁行路难”、曾有翼之“夹衣欲试怯春寒，边塞莺花赏见难”、陈克正之“浩荡春光问花柳，优游盛集藉杯盘”、郭宗熙之“郊行策马怯春寒，突兀奇怀欲语难”、王丕承之“胡天春尽晚犹寒，静坐幽斋是阿谁”等句，均点出此次雅集与春寒有关。只有赵孚之诗，针对马忠骏对友人才华称颂之“一时俦侣尽鸩鸾”句，侧重表达了“我亦沙鸥独泛泛，刺天无意羡飞鸾”的自谦。尤其应指出，这次雅集唱和沈瑞麟之诗第一次出现了“松滨吟社”一词，表明松滨吟社之正式命名当始于此时。

松滨吟社第二次社集在该年三月初三日，钟广生有《（辛未）三月三日松滨吟社第二集征和》诗：“塞柳冲寒尚秃枝，敲冰微溅水澌澌。春宵几集联吟社，上巳重翻卖酒旗。嘉客梁园寻往迹，圣湖花坞负芳期。座中谁是仓山主，为道生儿唤阿迟。”该诗最后一句有注道：“谓郭侗老。”郭侗老指郭宗熙。据此，此次雅集地点当在郭宗熙寓居，目的是为祝贺郭宗熙是时在“哈寓举一子”之喜。松滨吟社此次雅集，《遁园杂俎》未有反映，不知与会者究有何人，但钟广生上引之诗后为《诗社同人公宴袁洁珊赋赠》诗，据此，吟社第二次社集参加者还有袁金铠（洁珊）。

松滨吟社第三次社集时间、地点、与会之人、发起之人，文献无征，已不可考。第四次社集在该年五月，与会诗人可考知者有六人，即郭宗熙、沈瑞麟、马忠骏、钟广生、曾有翼与祝果忱。赵孚因病未赴，事后有追和之诗。据钟广生《曾二子敬邀作松滨吟社第四集，出徐士达所赠龙井茶遍饷社友，用东坡试院煎茶韵赋谢》诗知此次社集是应曾有翼（子敬）之约而举行，地点当在其寓所。此外，该诗首联为“五月草阁凉风生，诗肠消渴如雷鸣”，可见时间在五月。这次社集主要内容是咏社友徐士达所贻龙井茶。

此后，松滨吟社还有社集，但已不再以“松滨”命名，而且随着“九一八”事变的爆发，有的诗友飘泊他处，有的出仕敌伪政权，加上几位执友陆续死去，社事也就随之凋零。民国二十五年（1936）春，马忠骏有《感旧》诗，怀念七八年间先后去世的五位“执友而兼诗友”之人。这五人就是成多禄（1928年卒）、陈浏（1930年卒）、谈国桓（1933年卒）、郭宗熙（1934年卒）、钟广生（1935年卒）。该诗歌咏了成之“耿介”、陈之“倜傥”、谈之“拘谨”、郭之“岳麓钟灵秀，矫矫识风麟”、钟之“运筹决帷幄，羽扇而蒲轮”之后，发出了“诗社飘零尽，棋会久不振。俯仰生感叹，点点涕沾巾”的叹息，可见当时人事已非，社事飘零，诗社虽名存而实亡。至民国二十九年（1940）《遁园杂俎》成书之时，诗社彻底结束。

松滨吟社的社长，据《杂俎》点到者只有马忠骏与祝果忱二人。有人谓尚有周冕与张朝墉，殆误。周冕虽然曾与马忠骏唱和过，但这是九老会及后耆英会中事。民国二十五年（1936）正月二十九日，九十四岁的周冕来遁园访问时，马忠骏曾赋诗以赠，诗题中称之为“会长”而没有称“社长”。诗内有句云：“滨江九老会，佳话十年前。龙头属周公，不材最幼年。”凡此均可证周冕为九老会中之会长，而非松滨吟社中之社长。至于张朝墉，《杂俎》卷七有孙雄《半园社长七十寿辰，率赋长歌以祝，并祝遁园先生六十正庆》诗，诗虽称张为社长，但据诗意系谓张朝墉是漫社社长。又《杂俎》卷十有张朝墉写于民国二十五年之《题马遁庵晤少逸老人诗后》之作，诗内他自谓“我亦九老会中人”，而未言及自己是松滨吟社社中人，凡此皆可证，张朝墉虽然与马忠骏唱和颇久，数量甚多，交谊极深，但他并非松滨吟社社长。

总之，松滨吟社之大量诗作，虽然基本上没有反映二三十年代政治风云变幻的社会现实，“九一八”事变后东北人民的悲惨命运及其抗日斗争（极个别者如刘哲之“大千民尽饥且冷”等诗除外），但诗人们所歌咏的洁身自好、退隐园林，反映了不满现实而又逃避现实的消极反抗态度，从而折射出社会的黑暗。此外，作为哈尔滨市早期文人结社，松滨吟社的出现，对活跃与推动当地的诗歌创作也有一定的积极作用。而且这种诗社与诗歌创作活动毕竟具有我国的民族特色，这在当时欧化与殖民文化甚浓的哈尔滨市，也具有一定的积极意义。

14. 谢佳华主编：《学者书家詹安泰》，厦门大学出版社 2019 年版，第 175 页。

一九三七年（民国二十六年，丁丑），先生三十六岁

先生仍在韩山师范学院任教。是年，先生诗兴勃发，所做甚多。在与陈中凡的信中，先生云：“泰半年来不填词，惟稍稍诵习杜、韩、苏、黄之七古，及宛陵之五古，兴之所至，亦学涂鸦。即春假至今，已得长短句三四十首。诚以泰前写诗患枯瘦，填词患滞涩，欲治此少救其弊也。但此间解人难得，故仍无悟入处。吾师倘可一费清神，为泰指示门径否?”同信，先生有言：“顷将年来名师益友诗笺札裱成四册，晨夕展玩，恍如瞻对，颇慰岑寂。（自吾师外，如瞿禅、凫公、子建、潭秋等，均甚可观。）此事在泰竟成嗜好，亦不自知其故也。”

潘伯鹰（一八九八至一九六六），安徽人。原名式，号凫公。早年从吴闿生学习经史文词。曾著小说多种，后潜心于诗词及书法，先生言其“工诗，书法图章亦甚精雅”，是近代书坛“二王”书风的积极追崇者之一。国共和谈时曾担任国方代表章士钊的秘书。著有《中国的书法》《中国书法简论》《玄隐庐诗》等。

李葆光，字子建，有《涵象轩集》。

15. 金毓黻：《金毓黻文集·静晤室日记》第3册，辽沈书社1993年版，第1837页。

复黄黎雍札

黎雍足下：

客腊奉到序文，迄未复谢，兹又寄赠楞严神咒，祗收欢忭。前夕西邻大火，厂房无虞，弟谓此咒可以护身，今竟有保家之效矣。佛法无量，一至于此，顶礼持诵，弟之福我，岂浅也哉！年前晤某公，论诗颇右李葆光而抑弟，仆心不能平。此公本不知诗，所作亦极平凡，高自位置，何以服人。允滋谓弟近作融贯唐、宋，进步极猛，公论在人，不可诬也。仆生平论人，向无恕辞，独于己所不足者，不敢以加诸人，强不知以为知，肆口妄谈，取快一时，其奈为通人所诃何。足下能以古人自勉，又时存不足明之心，登峰造极，信非难事。惟于此道不甚深者，万勿过听其言，转以自画，归熙甫斥为妄庸距子者，即其人也。于公为府主题画四绝句极佳，是否为弟手笔。某公之作不见精彩，两两相形，真美玉碔砆之别矣，卓见以为如何?

毓黻再拜

16. 刘声木撰，徐天祥点校：《桐城文学渊源撰述考》，黄山书社 1989 年版，第 300 页。

李葆光，字子健，南宫人。刚己子，官吉林地方审判厅推事。师事吴闿生，受古文法。作诗颇有父风。（《李刚己遗集》《北江诗文集》《晚清四十家诗钞》《四存月刊》）

17. 曾克耑：《颂橘庐丛稿》，台湾新文丰出版公司 1983 年版。

送李子建之滨江序

滨江位于吉林极边，与黑龙江相接，兴安岭蜿蜒横峙其北。林木郁茂，豹虎雄兕，时时与人争居。冬则惊沙风雪相抟击，非生习其地不能安，而其民又狂悍昏蒙，号不易治，自昔非不得志中原者，一不之迹焉。近百年榛芜渐辟，于是有志觉民之士始稍稍出其间。今吾友子建乃被命长其地审判厅。余以孤僻不趣时故，旅学京师三载，朋好至寡，今岁介吴子稚鹤、方子障川请业北江先生之门，与当代贤豪接，得与君获一面。北江先生门下才俊星聚，而稚鹤独常为余称子建名父之子，明习法家言，而诗尤奇伟冠同门。余读其所作，诚雄放豪肆，不可羁勒，私谓若得山川之助者，其诗必将益造于深微，而今适其会也。夫法家者流，精核善治事，而诗人温柔敦厚，于化民也尤宜。子建兼擅是则斯行，必能为百姓伸冤抑，于听断之余，而以诗人之教泽之和平渐渍声音所感发，意必有痛哭追悔而相安于无讼者。诗愈多则化愈广，讼日稀则事日简。因其休暇益得肆志于歌啸，尽纳其山川风物之怪伟奇变于谈笑间，发诸诗歌必有大过绝人者。昔少陵入蜀、东坡逾岭之作皆敻绝异于平时，居益僻而诗益工，非境地使然耶？则以是旨推君，此后名作必能追逐杜、苏之迹，而与古作者争坛坫千载上。而滨民亦得诵君之诗，以相与歌咏君之教，以欢欣忭慰于无穷也。则是役也为不负所学矣！君之行，同门争序以赠行，余虽陋略无似，从诸君子后故，以诗与政相通之说导其行。他日子建归，当首发其箧，快读其诗以实吾言，倘亦子建所乐许者乎。

悼李子健二十一叠韵

玉棺窆欤抑殡寺，寺余竟绝南宫字。清姿瘦骨邈山河，涵象遗编神理异。

魂兮倘与通巴岷，枫林关塞青阊阖。玉楼天半入缥缈，铜荷闪露惊皇驯。刚已先生逝几载，家学微传喜君在。瑰文弃世并仙游，悲泪荒茫欲注海。知君身是蓬莱卿，东海扬尘梦倘惊。一去乘虬终不返，真灵位业早闻名。（民国二十九年庚辰旅重庆之作）

后　记

生命的趣味和理想融入学术研究中，不仅使学术活动本身有了生命的温度，也使学术研究的对象焕发了神采，从而丰富了观照和省思学术史上人物、观念、思潮的层次和内容，有助于达致一个浑融通透的学思世界。这个世界因思想递相传承的延续性和生命体验的真实鲜活联结着历史、当下与未来，成为我们文化生命得以确证和升华的坚实基础。如何寻找到进入这种学术研究活动的捷径呢？其中一条简便且实用的是从切近入手。切近于自己生活的时代，切近于自己生活的地域，切近于自己濡染的师友，切近于自己日常的生活和追求。因此，“切近”应该有四个维度，即价值维度、情感维度、时间维度、空间维度。价值维度系于学而为政，以德性为本；情感维度系于血缘、学缘、政缘的交游，以生活为本；时间维度系于社会政治文化的时势与演变，以风俗世情为本；空间维度系于生命存在的在地性，以地域风物为本。四个维度共同构成了主体“近取诸身，远取诸物”，与世容与，与物宛转的生命时空和文化形态。这切近看似平凡和短视，但并不以自娱为目的，而是要以切近的视角、历史的同情、经世的意识，去梳理、反思历史与存在，凝炼文化精神和人文思想，参与当下文化建设。其中所蕴含的以生命为载体的直观正视，以生活为旨归的通达持守，以切磨砥砺为致远之方的坚韧和度量，是自觉学思生命所应具备的基本品格。

笔者近二三年集中力量进行燕赵文化与文学文献的整理和研究就是以这种“切近”的思路和方法展开的。生于斯，长于斯，桑梓挚诚之情既深；敬乡贤，阐幽微，学脉传承之绪方明。

为了梳理燕赵词与词学的发展演变，笔者整理了《历代燕赵词全编》（全三卷），在此基础上，阐释燕赵词人的空间分布、词坛交游、词学渊源与流派、词学思想、艺术风格，并以此来论述燕赵文化及与其他地域文化的内在互动关系，进而探讨燕赵词与词学对中华文明历史文化的贡献，以期论析燕赵词与词学在中国词学史上的位置与价值。

燕赵文章与诗歌代有名家作手，继荀子、韩愈之后亦能彪炳史册。然而名家既多，作品亦甚丰富。由于力量与时间所限，笔者没有像燕赵词与词学那样进行历史通贯式的整理与研究，而是选择了清代以来在燕赵地域流传发展非常广泛而煊赫的北方桐城派文人群体，对他们的文学文献进行整理与研究。鉴于北方桐城派文士群体名家众多，笔者先从重要的名家文学文献整理入手，先后整理了贺涛《贺涛集》、王树楠《王树楠诗集》、李刚己《李刚己集》、赵衡《叙异斋集》等。在此基础上完成专著《斯文的困惑与转型：莲池学派文艺思想研究》，对北方桐城派诸名家如张裕钊、吴汝纶、王树楠、贺涛、李刚己、赵衡、籍忠寅等人的文艺思想及相关问题进行了深入研究。在整理和研究北方桐城派文人诗文集的过程中，始终有礼敬乡贤、传承斯文之情洋溢心间，对历史上曾从事燕赵文化与文学文献整理和研究的前贤油然生出无限的敬意。

李葆光《涵象轩集》的整理工作是燕赵文化与文学文献整理与研究工作的继续。是 2023 年度河北省社科基金项目“历代燕赵词整理与研究”（HB23ZW010）及河北省高等教育教学改革与实践项目“新文科背景下中国文学批评史课程教学与改革研究”（2022GJJG001）的阶段性成果。在这项工作的进行中，得到了河北大学文学院领导的大力支持，尤其是李金善老师、田玉琪老师在学术规划和方法上的大力提点和帮助，在此表示对老师们最诚挚的感谢。

襟带山河，禹分冀州。燕赵风骨，亦刚亦柔。桑梓之爱，敬贤表幽。一脉斯文，与道同俦。